太极炜昌 著

当代世界出版社
THE CONTEMPORARY WORLD PRESS

图书在版编目（CIP）数据

债务师 / 太极炜昌著. -- 北京：当代世界出版社，2022.4
ISBN 978-7-5090-1594-0

Ⅰ.①债… Ⅱ.①太… Ⅲ.①长篇小说－中国－当代 Ⅳ.① I247.5

中国版本图书馆 CIP 数据核字 (2021) 第 270315 号

书　　名：	债务师
出版发行：	当代世界出版社
地　　址：	北京市东城区地安门东大街 70-9 号
网　　址：	http://www.worldpress.org.cn
出 品 人：	丁　云
监　　制：	吕　辉
责任编辑：	李俊萍
编务电话：	（010）83907528
发行电话：	（010）83908410（传真）
	13601274970
	18611107149
	13521909533
经　　销：	新华书店
印　　刷：	北京新华印刷有限公司
开　　本：	710 毫米 × 1000 毫米　1/16
印　　张：	20
字　　数：	300 千字
版　　次：	2022 年 4 月第 1 版
印　　次：	2022 年 4 月第 1 次
书　　号：	ISBN 978-7-5090-1594-0
定　　价：	59.00 元

如发现印装质量问题，请与承印厂联系调换。
版权所有，翻印必究；未经许可，不得转载！

楔 子 ………………… 1
01 公安调查 ……………… 2
02 全新挑战 ……………… 9
03 危机再现 ……………… 15
04 现场办公 ……………… 21
05 隐形圈子 ……………… 27
06 强硬后台 ……………… 33
07 空降奇兵 ……………… 39
08 纪检介入 ……………… 45
09 纳新计划 ……………… 51
10 反对之声 ……………… 57
11 祸不单行 ……………… 63
12 绝境逢生 ……………… 69
13 西南之行 ……………… 75
14 另辟蹊径 ……………… 82
15 初尝成功 ……………… 88
16 评估报告 ……………… 94
17 特别人选 ……………… 100
18 誓师大会 ……………… 106
19 实战演练 ……………… 112
20 铩羽而归 ……………… 118
21 众矢之的 ……………… 124
22 茅塞顿开 ……………… 130
23 意外收获 ……………… 136
24 直播翻车 ……………… 142
25 事态升级 ……………… 148

I

26 惊人真相	155
27 违规证据	161
28 假病成真	167
29 回望初心	173
30 再游西南	179
31 不谋而合	185
32 重整旗鼓	191
33 卷土重来	197
34 剥离债务	203
35 恢复生产	209
36 背水一战	215
37 无功而返	221
38 实名举报	227
39 正面交锋	233
40 柳暗花明	239
41 绝望深渊	245
42 离间之计	251
43 三访T城	257
44 邂逅兰芝	263
45 融资成功	269
46 自酿恶果	275
47 约定分离	281
48 香港之行	287
49 舍得之间	293
50 未来可期	299
后记	305

楔　子

　　人为什么害怕失败?

　　不是因为物质上的一无所有，也不是因为世人冷漠的嘲讽，而是因为失去了奋斗的能力。

　　从头再来、东山再起的神话，并不适用于每个人。所以很多人宁可卑微地蜷缩在舒适圈，也不愿再次踏上风雨飘摇的未知之路。

　　当然，这其中并不包括一个叫邢斌的男人。

　　同他合作过的人，佩服他的勇气，也欣赏他的探索精神。这个拒绝舒适圈的男人，更像是一株长在峭壁上的卷柏，有一点阳光就能生长。它并不是峭壁上最美的草；但它所见过的风景，却是最多、最美的。

　　连邢斌自己也说不清，他是从什么时候开始喜欢上这种叫卷柏的植物的。或许只是一次路过时不经意间的回眸，或许他们本来就很像……

　　不过，时光荏苒，物换星移，邢斌这个创业路上的行者，又要起程奔向下一站的风景了。

　　在他还没有失去奋斗的能力之前，他要再去看一看，走一走，闯一闯。因为他坚信，世间最美的风景，不在别人眼中，而在每个人的下一站。

01 公安调查

经历无所谓好与坏，而在于你如何去经历。真正令我们耿耿于怀的，往往不是那些"坏经历"，而是我们没能处理好的那一部分。邢斌从不讨厌"坏经历"，但这一次的经历着实让他喜欢不起来。

"您是邢斌吗？我们是刑侦支队经侦调查科，有个案子希望您协助调查……"

"是，"邢斌的声音有点虚，后面的话几乎没听见。此刻，他满脑子只有两个字——案子。

商海浮沉多年，他虽然看惯企业老板的起起落落，但没想到事情真落到自己头上还是一样发慌，从业久了，谁能保证自己一尘不染？他飞快地搜索着自己从业以来接手的大大小小的工程、接触的形形色色的人，思索着自己有过什么纰漏，或是有可能被谁牵连了……

就在接到这通电话的前一天，他做出了人生中又一个大胆的决定：在人到中年的时候再冒一次险，并且这一次他要孤注一掷。

也许在很多人看来，这算不上什么。但对于品尝过成功滋味的人来说，在三十多岁，敢于搭上自己的全部，包括用血汗换来的成功果实，并不容易。

邢斌做这样的决定，是经过深思熟虑和反复自我否定的。其中的艰难和不舍，只有他自己最清楚。

然而，他刚刚激发起来的斗志，才仅仅一天的工夫，就要沉沙折戟了吗？不，他不能失去斗志，更不能让人看出自己的慌张和懦弱，越是这种时候，越需要冷静。

一夜无眠的邢斌，满脸疲惫，却笔直地站在 S 城公安局大院门口。值勤警察一脸严肃。邢斌出示证件,在登记簿写下个人信息。此时,他没有丝毫紧张,反而很坦然,因为他问心无愧。

这是他生平第一次成为被调查对象。对于生意人来说,这虽然是在所难免的,但绝对是不想遇见的"坏经历"。

走进大院,迎面矗立的三层老式洋楼瞬间吸引了邢斌的注意。那是典型的老式建筑,欧式风格,浪漫又有情调;但作为公安机关的办公大楼,总感觉少了几分威严,多了几分温情。总之,这里跟他想象中的公安机关大相径庭,不过着实让他的心情放松了许多。

此时,值班警察已联系好经侦科的同事,所以邢斌刚走了几步,便见一位便衣警察走来,他的心也随之越跳越快。

他突然发觉,那些满口说着"平日不做亏心事,夜半敲门心不惊"的人,大体是没有他今日这番经历的。

"您是邢斌吧?"这位警官年纪不大,二十多岁的样子,和门口的值班警察一样,一脸严肃,弄得邢斌心里七上八下的。

邢斌怔怔地点了点头,跟着年轻警官往里走,忍不住问道:"警察同志,这次找我来是为了什么案子?"

"我们领导正等您呢,待会儿您就知道了。"年轻警官虽不是故意卖关子,但清冷的声音让人心头一紧。他见邢斌满脸焦虑,便安抚他:"您是第一次来公安局吧?"

"您怎么知道?"邢斌诧异地问。

年轻警察一本正经地道:"您脸上都写着了。"

邢斌怔了怔。

年轻警察见状,又道:"待会儿您见了我们领导,有什么就说什么,不用紧张。"

邢斌听他这么说,心里更打鼓了:"我见你都紧张,见你们领导不是更紧张了吗?"

年轻警察很快将邢斌带到一间讯问室。那是邢斌平生第一次走进"小黑屋"。

小黑屋并不是真的灯光昏暗,相反,房间通体明亮,浅黄色的背景墙调和了白色天花板和蓝色地毯的对撞,令整个房间淡雅清新。房间正中摆着一张黑褐色的方形实木办公桌,桌后摆有两张黑色皮质靠背椅,对面两米远的地方也摆着一把同样的靠背椅,只是扶手和椅腿处加装了特别的装置。

邢斌站在门口,怔怔地看着那把椅子,身后传来年轻警察催促的声音:"就是这儿,请进吧!"

他点了点头,木讷地向前迈了两步。

年轻警察见他踌躇不前,突然想到了什么似的,一脸憨笑地道:"您稍等,我去请领导。"

年轻警察闪身出去了,只留下邢斌一个人在这空荡荡的房间里。他轻咳了一声,居然有回音。

"我真成调查对象了,还是'嫌疑人'待遇!"邢斌的自嘲里多少有些委屈,他自信在自己的创业生涯中没有做过逾矩的事。

不一会儿,一位方脸阔鼻的中年人走了进来,后面跟着刚才那位小警察。他搬了一把木椅子放在对面,又一本正经地做起介绍:"这位是我们经侦支队的副队长林刚。"

林刚示意邢斌落座,爽朗地说道:"邢老板,不好意思,辛苦您跑一趟,感谢您对我们办案工作的支持!"

这位林副队长虽然长得孔武有力,却是一脸和气,笑起来眼睛像两弯月牙,宽脸上的两个酒窝还有几分可爱。

邢斌微微欠身,连忙道:"林队客气了,配合公安机关工作,是我们公民的义务,这个我懂。再说,有什么问题还是讲清楚,也是为了我们公司好。"

"当老板的人就是不一样,觉悟高,看问题一针见血。"话音未落,林刚就换了一副面孔,"下面咱们就开门见山,说说案子的事。"

这脸变得还真快!邢斌刚刚放松的心情一下子又紧张起来:"有什么需要我配合的,林队您就吩咐吧!"

林刚随手翻开笔记本,神色清冷地道:"邢老板不用紧张,我们怀疑长和公司有人涉嫌行贿。据我们掌握的情况,邢老板跟长和公司有一些业务上的往来,所以请您过来配合调查取证。"

为什么是长和公司?怎么可能是长和公司?一提到"长和公司"这四个字,邢斌的心就"咯噔"一下,脸色也凝重起来。

长和公司的确大有来头，至少对邢斌来说，意义非凡。因为他即将开启的新征程与这家公司有着密切的关系。如果长和公司有问题，他无疑是跳进了一个火坑。

"邢老板是从什么时候开始跟长和公司合作的？"林刚又继续问。

邢斌想了想，答道："从前年开始的，有两年了吧！"

林刚点了点头，示意身旁的年轻警察做好笔录，又接着问："据我们所知，邢老板这两年拿到了政府的几个热点项目，应该有很多工程队找上门，怎么偏偏选择了资信不太好的长和公司呢？"

邢斌下意识地撮了撮手指，没作声。

林刚见他有些慌乱，又从公文夹中取出几份合同副本和几张发货单、发票的复印件，摆在他面前："这些是你们公司这两年跟长和公司业务往来的合同、发货单和发票，另一份是我们调取的几家建筑公司的工程报价。我们仔细比对过，长和公司无论是人工费还是材料费，都远高于其他公司。邢老板也是在商场上摸爬滚打这么多年的老手了，这亏本买卖做的，倒是给我们看糊涂了。而且这些项目没有经过正常招标流程就直接定下来了，邢老板是不是该给我们讲一讲呀？"

铁铮铮的事实摆在面前，林刚原以为邢斌会坐不住，至少会焦虑，没想到他反倒异常淡定。

邢斌对这几份合同了如指掌："其实这几个都是小工程，而且又急着施工，当时我们也跟建筑部门报备了，直接委托给荣鑫集团来做。确切地说，连委托都算不上，荣鑫集团是咱们S城建筑行业的老大，我们这种新兵刚入行，当然得找个好师傅带一带，所以就选择了荣鑫，这样施工方面有保障，我们也能把精力专注到管理方面。当然，荣鑫把这些业务分配给了下属的长和公司，所以我们实际上是跟长和公司签的合同。至于价格嘛，我们毕竟是有求于人，所以在价格上做了很大的让步。"

邢斌指着清单上几款材料的价格，又道："林队您看，这几款产品我们都是按成本价直接转给长和的，还有人工费，我们给得高，实在是因为长和那边的专业人才多……"

听到这里，林刚脸色一沉，突然低声道："邢老板，吃回扣可是行贿呀！您是没亏公司的钱，可是你们公司账面上的利润薄得很，您是怎么跟股东解释的？"

回扣、返点，的确是建筑行业的"普遍现象"。毕竟人在江湖，怎么可能清莲一枝；但邢斌的确是一肚子冤枉。真实情况是长和公司的经营状况并不好，他之所以刻意给出高价，也是因为当初赵瑞有所拜托，加上他自己也的确需要一些人才帮忙。

林刚见邢斌脸色凝重，沉默不语，又换了一个问题："邢老板，我们就是想多了解一些你们之间合作的事。"

"我知道的都说了，我想这些情况，你们都掌握了。"邢斌面露难色地道。

林刚笑了笑，让年轻警察给邢斌倒了杯水："这些情况我们是了解，不过账面背后的事，我们就不清楚了。"

"您指的这个'账面背后'是什么意思？"邢斌虽然领会了他们的意思，但还是不由自主地"明知故问"。

"邢老板跟长和公司的合作应该不止这几个项目吧？"林刚殷切地看着邢斌，显然还掌握了更多的情况。

"您这话的意思是……"邢斌的心怦怦跳了起来。

林刚笑了笑，慢条斯理地说道："我听说，邢老板给长和公司介绍了好几家材料供应商，而长和跟这几家供应商也的确有业务往来，有些业务的报价也高出了市场价格。邢老板不知道吗？"

邢斌顿时吓出一身冷汗。他的确给长和公司介绍过供应商，但也只是出于朋友关系的帮忙，况且他们之间的后续合作，他也从未过问。

林刚见邢斌有些慌了，便乘势追问道："邢老板听说过'新环材料'这家公司吗？"

邢斌立刻摇了摇头，斩钉截铁地否认了。

"林队，我的确是给荣鑫集团介绍过几家供应商，但确实没有叫'新环材料'的，而且我们公司跟这家公司也没有业务往来。"

林刚见他回答恳切，便没再逼问，只道："我相信您，但是您能保证你们公司的人也没问题吗？"

"能。"邢斌的声音显然没什么底气。

林刚看着邢斌，紧紧地盯着他看，突然说道："邢老板这话没什么底气呀！我们了解到一些新消息，荣鑫集团的一把手赵瑞给您抛了橄榄枝，许诺您的该不会就是长和公司总经理这个位置吧，那也太巧了？"

邢斌顿时被吓傻了，一时语塞，呆呆地看着林刚。

"这是我的个人选择。"过了良久，他才一个字一个字，蹦出这么一句话。

"我们尊重您的'个人选择'，只是这个时间点有点巧合，上一个项目刚完工，您就成了合作公司的总经理，您不打算解释解释吗？"

"我没什么好解释的，我刚才说了，前面的合作我没有直接参与。我是答应了赵总的邀请，准备去荣鑫集团，那也是因为前面的项目结束了，我们公司做了经营调整，我独立出来，打算继续创业……"邢斌越说越激动，委屈爬上了他的心头。

"邢老板不要激动，您说的这些情况，我们会去核实。至于你们公司的员工，凡是跟长和公司私下有现金往来的，我们还会一一排查。不冤枉一个好人，也不放过一个坏人，这是我们的原则。当然，调查清楚了，对您、对双方公司也都有好处。"

"是，林队这话我支持，我们公司的人也会全力配合。"邢斌道。

"不管邢老板这话是代表哪方说的，我们都会一一记录在案，让事实和证据去说话。说到这儿，我还有一个问题，你们公司当时跟长和公司合作时，对方的代表是谁？"

邢斌沉默了一下，说出了一个名字——陈涛。

林刚若有所思地点了点头。

但邢斌很快又补充道："林队，其实我也不认识陈涛，您也知道，两家公司合作，具体事务一般都是交给直接对接人……"

虽然两家公司在合作，但跟长和公司实际对接时，并不是邢斌亲自出面的，而是委托给一位部门经理。至于"陈涛"这个名字，他还是从那位部门经理口中得知的。而此刻，他从林刚复杂的眼神中读到了一些信息。他甚至不能断定，自己随口说出的这个名字，会给对方带来什么后果。

林刚看出了邢斌的心思，又道："邢老板想多了，我们只是了解情况，再说这个陈涛如果清清白白，也不怕我们查。"

"那是，那是，"邢斌连连附和，"我相信陈经理没问题，至少我对我们公司有信心。"

林刚听罢，会心一笑："情况我们都了解得差不多了，我看今天就到这里吧！"他又朝身旁的年轻警察看了看，"笔录记好了吗？"

年轻警察点了点头，拿给邢斌过目，示意他在笔录上签了字。

林刚站起身，主动跟邢斌握了手："感谢邢老板今天的配合，您反映的一些情况，我们会一一核实，后面还需要您继续配合调查。"

"一定，一定，林队放心，我回去把这几年跟长和公司的合作重新复下盘，有可疑的情况及时向您汇报。"邢斌迫不及待地走出了那间"小黑屋"。

他人生中的"坏经历"暂告一个段落，不知道后面还有什么麻烦事。不过有一点可以肯定，那就是他即将开始的新征程，还没出发就风雨飘摇了！

02 全新挑战

当邢斌走出公安局大门的那一刻,他才意识到赵瑞许给他的未来如此飘摇,甚至充满了危机。然而,他已经做好了孤注一掷的准备,放弃了公司的全部股份,从身到心,完完全全、彻彻底底地抽离出来。他原来以为,这将是一次全新的美丽的经历;然而现在看来,这俨然成了生存的挑战。

黑色奥迪车在S城的高架桥上奔驰,两个中年男人坐在后排。赵瑞望着窗外驶过的风景,难掩一脸的兴奋。显然,长和公司被公安介入调查的事并没有影响他的好心情。

长和公司作为荣鑫集团旗下的子公司,原本是公司的支柱产业;但近年来因经营不善,问题重重,一连换了几任总经理,情况也没有得到改善。这也是赵瑞千方百计说服邢斌加入公司的原因。他看中了邢斌的遇事果决、与集团内部人事关系牵连较少,而少了人情羁绊,改革起来自然阻力小。只是他不敢确定,邢斌的心思是否依然如故。

"老邢啊,公安调查的事,我都听说了,你心情没受什么影响吧?"赵瑞声音清朗,像悠扬的古典音乐,仿佛能穿透人心。

邢斌敷衍地笑了笑。怎么可能没有影响,谁碰到这种事能谈笑风生?

"我知道,遇上这种事,心里多少会有些别扭;但是今天你能坐上这辆车,就说明了你的决定。说实话,我打心眼儿里感动。就冲你这份魄力,以后你在长和遇到困难,直接来找我,我给你做后盾。"赵瑞虽然喜欢煽情,但他此刻说的却是肺腑之言。

俗话说:"良禽择木而栖,贤臣择主而事。"邢斌之所以会加入长和公司,有一半原因是想再次挑战自己;而另一半原因,或者说占主导的原因,是他想报答赵瑞的知遇之恩。毕竟在他的公司陷入困境时,是赵瑞和荣鑫集团在力挺他、帮助他。当然，他也用自己的方式给予了回报。在物质方面，他并没有占荣鑫集团的便宜，也没有让荣鑫集团占到便宜。但在精神层面，赵瑞给予他的，是走下去的勇气和温暖。就冲这一点，他不可能背弃契约精神。这也是赵瑞最欣赏他的地方。

"赵总把话都说到这份儿上了，我还有什么理由不答应！"

赵瑞就是有一种令人无法拒绝的魔力。邢斌想了一整晚都没有想到一个拒绝他的理由，此刻更是无法拒绝了。

"我就知道，这才是我认识的老邢！乘风破浪，不做第一，只做唯一。长和公司改革就缺你这股劲儿。"

赵瑞对邢斌向来不吝溢美之词。眼下，长和公司的事情一出，他更是急需邢斌这样的大将去稳住局面。

"赵总过奖了。您不是都安排好了吗？"邢斌笑着指了指司机，又道，"前两天长和公司的总经理秘书就给我打过电话了，跟我约饭，说是长和的几位高管提前给我接风。我哪敢去呀，我怕是鸿门宴！"

"老邢，你连提前讨好的机会都不给人家留呀？"赵瑞半开玩笑地说道。

邢斌也跟着笑了，车上的气氛一下子活跃起来。

"这个秘书倒是有点儿意思，老高你见过这个人吗？"赵瑞立刻向司机打听。

司机沉思了片刻，怯怯地道："好像姓徐，是个男的，三十来岁吧，我也是听他们说的，没见过本人。"

赵瑞没再追问。不过，小徐这位秘书倒是给邢斌留下了极深的印象。像荣鑫公司这样的大型国有企业，很多员工是第二代、第三代，彼此之间都沾亲带故。小徐这样的年纪就做到总经理秘书的职位，甚至还能组织中层干部，这个组织能力的确不容小觑。即便这件事不是他主导的，那他也与幕后真正的主导者有着密切的关系。

看来长和公司的裙带关系盘根错节，一点儿也不简单。如果依靠现有领导班子实施改革，难度肯定很大。前几次的失败经验告诉赵瑞，必须找个"外人"来干。所以邢斌就成了最佳人选。

"老邢啊，你到长和以后，尽情施展，该改的改，该罚的罚，千万别手软，我给你坐镇。我就一个要求，一年后，长和公司要换副新面孔。"赵瑞调转话题，又回到此行的主题上。

邢斌深吸了一口气，摇了摇头，苦笑一声："您这要求，说起来简单，做起来可是难上加难呀！"

"谁让你是一把手，权利和义务都是对等的，天底下哪有便宜事儿？"赵瑞又使出了那一招"四两拨千斤"。

二人正说着，车子已开进一个宽敞的院子。迎面是一幢老派的办公楼，像二十世纪九十年代的建筑风格，庄严得有些死板。办公楼前的花坛里花团锦簇，坛下水迹未干，显然刚刚浇过。

赵瑞和邢斌刚下车，一群人便簇拥上来。为首的是一位五十开外的中年男人，头发梳得油亮亮的，一根一根像贴在头皮上，笑起来满脸皱纹。他殷切地拉着赵瑞的手不住寒暄，热络得让人有些恶心。

"老李，这位是新到任的总经理邢斌。"赵瑞看了邢斌一眼，又忙着向他引见这位长和公司的临时负责人，"这位是李副总，上一任总经理调职后，他一直代理总经理的工作。"

"鄙姓李，单名一个'堃'字，二方一土。"赵总的话音未落，李堃已经迫不及待地上前拉住邢斌的手，眯着一双小眼，做起了自我介绍，"早就听说邢总的大名了，如雷贯耳，如雷贯耳呀！邢总真是年轻有为，有能力有干劲，又有多年的创业经验，一定会给咱们长和公司带来一股新风气。公司上下早就盼着邢总来了。我先表个态，今后我们一定跟着邢总好好干，让公司更上一层楼。赵总，您就放心吧！"

李堃这一番话滴水不漏，可就是让人浑身上下不舒服，邢斌感觉自己不知不觉当了一回"群演"。他看了看赵瑞，脸色有几分尴尬。

"老李，有话咱们一会儿开会说，我这'送干部'，可还没送到家呢！"赵瑞用他特有的幽默点了李堃几句。李堃立刻收敛了，把赵瑞和邢斌请进了公司。

长和公司的办公楼有些老旧，内部的办公设施也同样陈旧，最大的会议室有一百多平方米。走进去，迎面是一排排折叠座椅的观众席；观众席对面是主席台，后面的背景墙上挂着一条横幅，红底黄字赫然写着"欢迎总公司领导莅临视察"几个字，丝毫没有提及新老总到任之事。这条幅跟这位李副总的行事风格倒是很般配。邢斌有几分介意，但表面上未露半点痕迹。

桌案后有三把座椅，看来公司常设的领导班子有三个人；但刚刚只见到李堃自己，难道还有一位副总没有到会？邢斌已经猜到这位神秘人物就是陈涛。这个名字，对他来说，才真是"如雷贯耳"！

李堃热情地将赵瑞和邢斌请上了主席台，自己则跟其他人一起坐在台下的观众席。赵瑞和邢斌尚未坐稳，李堃就给站在墙角的青年男子使了眼色。紧接着几名青年女员工端着托盘，一字排开，走上主席台。有的端着茶水，有的端着水果。而那名青年男子则拿出相机，咔嚓、咔嚓地拍起了照片。

邢斌并不习惯这种场合，闪光灯亮起时，下意识地闭了眼睛。李堃指着相机对青年男子训斥道："屋里边开什么闪光灯，赶紧关了，关了！"青年男子一脸茫然，立刻关上了闪光灯。

赵瑞和邢斌看着李堃这一番操作，真是哭笑不得。但见李堃忙碌得正兴奋，也不便说什么。再看李堃娴熟地拿起无线话筒，主动维持起了会场秩序。他进入角色倒是很快。

"马上开会了，大家安静，安静一下。"他的声音在话筒扬声器的作用下，磁性十足。乍听起来，竟有几分电台主播的味道。

"总公司领导亲自带着咱们新任总经理来赴任，从今天起，咱们公司终于有'当家人'了，这是一个值得纪念的日子。话不多说了，下面有请总公司赵瑞总经理为大家讲话，大家欢迎。"

他的话音未落，会场已经响起了雷鸣般的掌声。邢斌还从来没听到过如此热烈的掌声。看来这位李副总在长和公司很有声望，人脉根基也非常牢固。他今后要开展工作，首先得过李堃这一关。

"大家好，今天这个会的主题是'送干部'。"说到此处，赵瑞下意识地回头看了一眼墙上的条幅，笑了笑，"所以'视察'谈不上，但是总公司给大家送来一位能打硬仗的总经理，就是我身旁这位。"

邢斌应声起身，向台下深深鞠了一躬。赵瑞又接着说："邢斌总经理的职业生涯非常丰富，连我都自叹不如呀！他做过教师、仓库管理员，几次创业，几次失败，凭借百折不挠的精神，最终成功。当然，成功以后，还是被总公司挖到咱们公司来了。"

赵瑞这一段开场白，令邢斌涨红了脸，身经百战的他居然有些羞涩了，连连谦虚道："赵总过奖了，过奖了。"

"邢总也不必谦虚，我说的是事实。总公司为什么花这么大力气请来一位'创业专家'？这不仅是对咱们长和的重视，更说明长和已经走到了改革的岔路口，有些问题根深蒂固也好，积重难返也罢，是毒瘤就得切掉，是麻烦就得解决，否则公司很难走得长远。邢总不仅要来改革，更要把咱们公司带上新的轨道，这是总公司给你们设定的目标，也是我个人对你们的期许。下面请邢总讲一讲。"

邢斌接过话筒，缓缓站起身，又朝台下鞠了一躬，声音略带沙哑地说道："各位同事，上午好！能加入咱们长和公司我非常荣幸。首先要感谢赵总的信任。信任是并肩作战的基础，尤其在企业遇到危机的时候，信任能够帮助企业渡过危机。我真心希望，大家能像信任赵总一样信任我，不过这需要时间去磨合，但我憧憬这个适应的周期会很短。刚才赵总也说了，我是一个走在创业路上的人，有过一些成功的经验，但更多的是不成功的经验。"

这话一出，台下顿时一片哗然，唏嘘声，嘲笑声，还有事不关己的沉默……没有创过业的人，不会懂得失败的意义：一次失败胜过十次成功。失败让人清醒，更让人看清自己，看清世事。而成功如同一张美丽的网蒙住了眼睛，让人看不清那些可怕的、没有爆发的危机。

邢斌笑了笑，接着道："不成功的经验比成功的经验更重要，因为我知道哪条路行不通，哪条路有危险。这个经验是成功的人永远体会不到的。我希望我踩过的那些坑，能够帮助长和少走弯路，少走险路。"

在邢斌的世界里，只有"成功"和"不成功"两个词。他把不成功的经历，归结为成功路上的风景。而比起目的地，他更在意沿途的风景。因为那是只属于他自己的财富。

"最后还要拜托在场的各位领导，接下来公司可能会有一些变化，老话不是说'新官上任三把火'嘛，不管火大火小，总要烧一烧，希望大家多理解，有问题咱们及时沟通。今天我先说到这儿，咱们来日方长。"

邢斌再次起身鞠躬，未待落座，李副总已迫不及待地起身领掌了。

邢斌虽然在职场摸爬滚打多年，但对于长和这样的企业文化还是第一次遇到，今天算是深度体验了一把。他望着主席台下黑压压的一片，前排却孤零零地坐着李副总一个人。而那位神秘的陈涛，自始至终都未曾露面，也算是奇事一桩了。就算是不欢迎他这位新领导，总该给总公司领导面子吧！

　　看来，这个长和公司真是一个巨大的挑战！

03 危机再现

越平静的海面，越是内藏波涛。明代吴中四大才子之一的祝允明，也就是枝山，曾写过一首小诗，第一句就是"世途开步即危机"。这说明什么？每个人从进入职场那一刻起，危机就从未消失过。何况邢斌在到长和公司之前，危机就已经出现了。

见面会上，邢斌的发言在长和公司引起了轩然大波。"来日方长"四个字，搅得上下不宁，足见这位新老总的"威力"，再加上集团"一哥"亲自送干部这个特殊背景，令公司上下都不敢小觑。

当然，在邢斌眼中，长和公司也很特别：一位神秘"消失"的副总，办公室居然被打扫得一尘不染；员工们上班时间山南海北地聊天，仿佛上班是兼职；原本以为忙得四脚朝天的中层，要么在煲电话粥，要么开小差……不过，有一个人，倒是例外。

按常理说，邢斌加入长和公司，最不服气的人应该是李堃，平白无故多出一位"顶头上司"，谁会乐意呢？可这位李副总偏偏不是一般人。

自从邢斌到公司后，他时常找机会来汇报工作，有时候仅仅是因为员工迟到这些琐碎的事情，弄得邢斌哭笑不得。不过，只要一谈到公司经营现状，他就云山雾罩地打太极。他越是欲盖弥彰，越惹人怀疑。况且，邢斌毕竟是一把手，想要了解公司情况，办法多得是。

像荣鑫集团这样的大型国企，二级单位的财务主任通常是由总公司派遣的，以便于掌控二级单位的财务状况。所以，这些有着"双重身份"的财务主任，既不好笼络，也不受待见，这反而给了邢斌机会。

总经理办公室摆着一套老树盘根的茶海，样式虽然老旧，但不失厚重。据说是上一任总经理的"个人财产"。邢斌自己置办了一套茶具，青花瓷茶壶、茶匙和茶盅。白色的盅壁配上淡黄色的茶汤，格外清亮。

邢斌倒好一盅茶，递到财务主任小黑面前。这是个长着国字脸的年轻人，身材魁梧，年纪不大，皮肤黝黑，跟他的姓氏一样；而且他毛发粗重，脸像是永远也洗不干净似的。这等长相的确不讨人喜欢，所幸，邢斌也不是外貌协会的。

小黑赶忙欠身接过，腼腆得不知该说些什么，只是一味地笑，僵硬的唇角颤抖了几下。虽然是极其细微的动作，但还是没有逃过邢斌的眼睛。

"怎么，我让你紧张了？"邢斌笑道。

小黑放下茶盅，摇了摇头，试探性地问："没有，没有，邢总，您太客气啦，有什么事，您吩咐一声，我就去办。"

邢斌怔了怔，没想到眼前这个三十出头的年轻人，居然是个"职场老手"。

"呵呵，也没什么事，就是聊聊公司的项目。"邢斌故意摆出一副漫不经心的样子，以免小黑觉察自己是刻意询问的。

"邢总，项目的事是不是得问项目部呀，我是管财务的……"小黑欲言又止。

邢斌看得出他有所顾忌，便安慰道："咱们就是随便聊一聊，从财务角度分析分析咱们公司这些项目。"

"这，这，财务角度能说的，除了数据还是数据……"小黑支支吾吾，一脸难色。

"聊数据也行。"邢斌看出小黑的推辞，故意紧逼。

"这，要不我去给您准备一份财务报表。"小黑说罢，便想起身，被邢斌拦了下来。

"财务报表不急，你稍后再整理，难得有空，咱们聊聊闲话。"

邢斌如此殷切，小黑也不便再推辞，只好硬着头皮坐下来。

"咱们公司赢利最多的项目是哪个？"邢斌开门见山地问道。

小黑想了想，道："要是按利润来说，那当然是最新中标的开发区项目。那是政府的PPP项目，虽然垫资多，但是利润率也是最高的。反正从我接手公司财务以来，还从没见过哪个项目有这么高的利润率，再说又是政府的项目，来头大……"

邢斌不禁笑了，淡淡地说了句："来头大，不代表项目优质。"

"您的意思是……"小黑一脸疑惑地看着邢斌。"优质"这个名词对于搞财务出身的小黑似乎有点超纲了。他所理解的优质是回款快、运作周期短、利润率高的项目。但邢斌似乎另有所指。

"这个项目是谁负责的？"邢斌话锋一转，指向了关键性问题。

小黑脱口而出："项目部呀！"

这答案并不是邢斌想要的。他摇了摇头，又问："我是说，谁具体对接供应商，谁具体对接甲方？"

"这……"小黑又吞吞吐吐起来。

"没关系，你知道什么就说什么，咱们本来就是聊闲篇，不必当真。"

邢斌的话虽这样说，但小黑心里难免不翻来覆去地琢磨："万一说了不该说的话，那岂不是得罪了人，谁知道这位新老总能待多久？万一哪天他拍拍屁股走人了，我可怎么办？"

邢斌见小黑有难言之隐，知道自己问到了症结。既然路找对了，也不急在这一时弄出个结果来。他干脆又换了思路："我看花名册上，项目部现在主持工作的是一位副主任，正主任的职位悬空有三年了，怎么一直没做人员调整？要么提升副主任，要么安排新人，你不觉得奇怪吗？"

小黑笑了笑："要说这事吧，也不能怪公司一直没安排人。这项目部是咱们公司赚钱的部门，得业务能力顶呱呱的人才能坐镇。这种人多难找呀！再说，谁还能比陈副总的业务能力强？"

"陈副总？"邢斌听到这里突然神色一变。又是这个"陈涛"，看来除了李堃之外，这个陈涛也是不容小觑的对手。此刻，他倒真想会一会这位"高手"了。

机会很快就来了！

周一，上午九点钟，一天中最美好的时光，也是头脑最清醒的时刻。还是那间会议室，疏疏落落地坐了十余人，狭窄的空间突然宽敞了。

这是邢斌上任后第一次组织召开总经理办公会，他提前让秘书将汇报内容通过OA办公系统发给各位副总经理和部门主管，并特别关照一定要发给陈副总。虽然文件发过去，如以前一样石沉大海；但他有一种预感，这位陈副总一定会现身！因为自从他上任以来，针对项目部召开了好几次会议，再加上接连有供应商登门催要货款，陈涛不可能再沉默了。

邢斌让办公室重新布置了会场，拆掉主席台，换成了圆桌，这样更有团队气氛。

待一切准备妥当，神秘人物果然出现了。

"今天怎么换了位置？"

一个略带沙哑的声音从背后传来，邢斌回眸一看，只见一个瘦削的中年男人，短发偏分，略显沧桑的脸上留着小胡子，脸颊微红，嘴唇微紫……这个疲惫的形象与邢斌的想象差之千里。

"陈总？"人群中传来一声惊讶，仿佛陈涛不该出现在这个场合似的。

陈涛看向邢斌，二人对视，有些尴尬。陈涛主动做了自我介绍："这位就是邢总吧，我叫陈涛，耳东陈，'江涛'的'涛'。"

邢斌怔了怔，赶忙迎上去，握住了陈涛的手："陈总好。"

这时，李堃走过来，熟稔地拍了拍陈涛的胳膊，满脸堆笑道："老陈，我还等着给你们引见呢，看来是用不着了。"

陈涛看了李堃一眼，脸上露出了意味深长的表情。

李堃讪讪地自找台阶："邢总，别介意，老陈就是这脾气，有一说一，有二说二，人比较直爽，是咱们公司的顶梁柱。"

这话听着真做作。例会马上开始了，李副总按照惯例主持会议："大家安静一下，咱们现在开会。今天是邢总到咱们长和公司的第一次例会，会前徐秘书已经把会议议题发给大家了。邢总，您看咱们是不是每个部门挨个汇报一下？"

邢斌点了点头，示意徐秘书做好会议纪要。

首先是项目部发言。这位副主任忸怩了半天才开口："邢总，李总，陈总，各位同事，大家好，我就项目部近期的工作做一个简单的汇报。今年上半年项目部共参与投标项目两个，目前这两个项目还在修改方案……"

邢斌听了这话，大吃一惊，不禁打断了副主任的汇报："这两个项目是什么时间开的标？怎么还在修改方案，卡在什么地方了？"

副主任又看了一眼陈涛，支支吾吾地不敢多说。邢斌一眼看出了问题，看来这位副主任是不会再说实话的，便先把他放在一边，说道："关于这两个项目的事，会后咱们再详细探讨，下面请财务部发言。"

小黑木讷地抬起头，看着邢斌，迟疑地问了一句："该，该我了？"

邢斌点了点头，和蔼地笑了，引得众人也跟着笑了。小黑这才缓过神来，慌乱地打开笔记本电脑，连接上电视投屏。

邢斌看着电视上五颜六色的图表，心里对小黑颇为赞赏。不过，他脸上的笑容很快就消失了。公司糟糕的财务状况令他眉头紧皱，众人的表情也跟着凝重起来。只有李副总还是那一副云淡风轻的样子，悠闲地喝着茶。

"别光说问题，做管理要'望闻问切'，既然找到病因了，你从财务的角度提一提解决办法，大家讨论一下。"

小黑突然紧张起来，脸色一沉，不知所措。

"邢总，既然大家都说了很多，我也想说两句。"

没想到，一直沉默的陈涛居然接过话茬。即便邢斌将项目部副主任逼问得哑口无言时，他也没有为爱将说话，此刻却突然开口，看来是早有预谋。

邢斌笑道："看来陈总是要讲真东西了。"

陈涛清了清嗓子，喝了口茶，淡定地道："我接着财务主任的话说。哪个项目回款不慢？咱们接的基本上都是PPP项目，哪个不是垫资开工？这种情况要是一直存在，那财务状况就一直好不了了？做项目是开源，不是赔钱，垫付的资金迟早是会回来的。可是，如果我们不垫这个钱，也不可能接到新项目，那公司还怎么生存呢？"

邢斌朝秘书使了个眼色，让他去给陈涛的杯子续水，然后趁机说道："陈总的感触很深呀，其实我也深有体会。只是现在公司面临的难题是资金短缺，咱们下一步还是先追款，缓解一下公司的财务危机。不过，调整项目结构这个事必须要干。会后，希望项目部尽快整理出一份项目评估报告，咱们再开会讨论一下，去芜存精，看看怎么把公司效益提上去。"

"还是要拿掉一些项目？"没想到陈涛竟直接怼了回来。

邢斌淡定地道："这是公司发展必然要经历的一个阶段，拿掉不好的项目，把优势资源留给优质的项目，公司才能轻装上阵。"

陈涛阴沉着脸，没再争论。不过，他的态度显然是对邢斌的做法不满意。

"邢总，时间差不多了，大家手头上还都有工作，您看……"李副总不失时机地插上一句。邢斌抬头一看，已经临近中午，便散了会。只是陈副总一直坐在原地，迟迟不愿离去。

"老陈，你这倔脾气又上来了？"李堃看了邢斌一眼，故意说。

"你们先走吧，我正想跟陈总聊聊呢！"邢斌朝李堃使了个眼色。

李堃走了，只留下邢斌和陈涛两个人。邢斌拉过椅子，坐在他对面，平静地道："现在就剩咱们两个人了，陈总有什么话，不妨直说，我这个人不喜欢拐弯抹角。"

"我正好也是直肠子。"陈涛的语气还有些僵硬。

邢斌重新沏了一杯茶，递给陈涛："看来今天咱们要好好聊一聊了。"

"你真的打算削减项目？"陈涛接过茶，语气稍有缓和。

邢斌还是一脸微笑："有些项目进展太慢，进度跟不上，资金占用周期就会拉长，风险也会增大。"

陈涛的情绪又激动起来："那就把项目砍掉？那损失不是更大吗？"

"也不是都砍掉，是先评估一下，亏损的项目砍掉；但是进展慢的项目，要换项目经理。"邢斌开诚布公地说出了自己的想法。

但陈涛并不理解，他在基层干了很多年，深知项目经理的不容易，便为之打抱不平："你知道项目经理得管多少事？项目进展慢，都是项目经理的责任吗？"

邢斌并没有被陈涛的情绪影响，照旧微笑着淡定地说道："那依陈总看，怎么办好呢？"

"我建议开现场会！"陈涛撂下这句话，转身便走。

这位脾气火暴的副总，有点意思。邢斌开始对他另眼相看了。

04 现场办公

毛主席在《实践论》中提出："一切真知都是从直接经验发源的。"事实的确如此。如果不到工地，不可能知道工人的艰辛，也不可能知道哪些设计并不实用，更不会知道工程管理中存在哪些问题。有时候，听一听第一线的声音，能感觉双脚是踏在地上的。

陈涛愤怒的心声，果然起到了效果。有人说，那是他的激将法，也有人说他是在转移注意力，故意把事件的焦点引向开发区项目。不论怎样，邢斌都真真切切地听进去了，并且积极地采取了行动。

"邢总，这是我们整理的公司项目情况。"项目部副主任将一摞文件夹放在邢斌的办公桌上。虽然过了中秋，天气转凉，但他的额头上还是冒出了细密的汗珠。

邢斌看着这位副主任，忍俊不禁，但又不好表现出来，便敷衍地道了一句："贾主任辛苦了。"

贾副主任讪讪地道："不辛苦，不辛苦，都是我该做的。"

邢斌请他坐下来，然后翻开文件夹，仔细地看了起来。刚翻了几页，他的脸色便凝重起来："这个PPP项目是三月份中的标，咱们既是资方又是施工方，怎么会一直在勘查现场呢？一拖就是半年，有什么问题吗？"

"这……"贾副主任的椅子还没焐热，又赶忙站了起来，"社会资金迟迟不到位，咱们也没办法呀！"

邢斌示意他坐下："别紧张，我就是了解下情况。"他继续翻看那份项目报告，越看问题越多。

这原本是一个政府牵头的PPP项目，由于地方财政捉襟见肘，便采取由政府出资百分之三十到百分之三十五、其余资金由投资建设方负责的方式。在建设期内，投资方的资金成本利息由业主支付。这种合作模式大大减轻了政府的资金压力，使其可以上马一些大体量的项目。这种模式有一个新名字叫"BT"，也就是"Build-Transfer"，从"建设"到"转让"的意思。

  与传统的 PPP 项目相比，BT 项目政府和企业的关系发生了变化。传统 PPP 项目，政府是资方，不管项目收益如何，政府都会付款给企业。企业虽然有一定的资金风险，但更多承担的是建设风险。而在 BT 项目中，政府和企业是合作关系，风险共担。由于采取社会资本融资模式，中标企业既是资方也是施工方。虽然项目规模扩大了几倍，但企业所承担的资金风险也随之增加了几倍。政府和企业的风险捆绑在一起，迫使企业不得不自行强化风险意识。这对项目发展大有裨益，也大大激发了企业主动参与的动力。

  然而，权利和义务终归是一柄双刃剑。虽然 BT 项目可以让企业获取更多的利益，但兼作投资方和建设方也要求企业具有较强的融资能力，具备过硬的施工队伍。因为即便是工期拖延、业主不满意这类小问题，也会导致资金无法如期回笼；而企业一旦陷入资金链断裂的窘境，必然会引起一连串的麻烦，比如拖欠农民工工资、无法支付供应商货款等等。这些困境，邢斌都经历过，甚至现在仍记忆犹新，他怎能不着急呢？

  眼下，长和公司还不具备既作投资方又作施工方的能力。中标这个项目，已经是勉强为之了，所以每一个环节都不能掉以轻心，尤其是项目经理至关重要！想到这些，邢斌坐不住了："这半年里，项目经理在做什么，项目组又在做什么？"

  "我……我也不清楚。"贾副主任吞吞吐吐地说。

  "你这个项目部副主任怎么会不知道？项目经理不归你管吗？"邢斌明知道他在刻意回避，却还要逼他说出实情，"就算你一时没顾过来，可是半年这么长的时间，你从来都没问过原因吗？"

  贾副主任唯唯诺诺地低着头。

  "我没有责怪你的意思，就事论事而已。你现在给这位项目经理打个电话，了解一下项目进展情况。"邢斌一脸愁容地道。

  "现在打电话？"贾副主任一脸惊讶。

"对，现在就打。"邢斌诧异地点了点头，"有什么问题吗？手机不方便的话，这儿有座机，用这个打。"说罢，他将办公桌上的固定电话递到贾副主任面前。

贾副主任被逼得没办法，只好硬着头皮拨通了电话："喂，你那个项目最近进度慢了不少，是怎么回事呀？"

邢斌见他没问到症结上，便接过了电话："喂，我是邢斌呀，你们的勘查工作进展到哪一步了？我看了一下工作日志，进度太慢了，有没有窝工？"

"邢总，现在这情况，修修改改的，材料都不齐，肯定有窝工……"项目经理一声叹息，也是干着急没有办法。

邢斌听他的口吻，似乎问题很多，便想到了陈涛的话，看来很有必要开一次现场会了："好吧，电话里也说不透彻，咱们见面说吧！"

秋风横扫，落叶纷至，午后的暖阳照在飞驰的五菱车上。邢斌走马上任后的"第一把火"就是放弃领导专车，改乘工程车或私家车出行。总经理、两位副总经理、工程部主管，连同秘书，同乘一辆工程车出行，这在长和公司的历史上，还是头一次。

车内的气氛平静得近乎沉闷。李副总有好几次都想挑起话题，但环顾四周，大家要么闭目养神，要么欣赏窗外风景，根本无心交谈，他只得清了清嗓子，又继续沉默了。

这一路上，邢斌思绪万千，以前创业的艰辛历历在目。不知道兰芝在异国他乡怎样了，有没有偶尔想起他这个旧友？还有田蕊那丫头，到底收没收到他的入职邀请函，准备什么时候给他回复，又会给他怎样的回复呢？

四十分钟的车程，并不算长。邢斌的思绪随着司机的一声"到了"回到现实。车子停在一处宽阔的临建院内，四周是蓝色钢架搭起的隔离带，迎面有一幢两层的活动板房。他们一行几人下了车，才看见板房大门上挂着"荣鑫集团开发区项目部"的牌子。

果然到了！

此时，院中一旁的旗杆下走来几个人。领头的是一位三十多岁的年轻人，一身笔挺的西装，皮鞋锃亮，微笑着迎上来。

"欢迎领导们来视察工作，我是开发区项目的项目经理王军。"他的声音清脆嘹亮，中气十足。

"都准备好了吗？"李堃问道。

王军眯缝着一双小眼睛，一面将众人迎进板楼，一面笑吟吟地汇报工作："各位领导放心，会议室都准备好了，副经理、总工、材料部长、技术员都在，大家都盼着领导们来视察工作呢！"

邢斌又借机细细打量了王军一番，愈发喜欢这个年轻人了。他对领导不阿谀奉承，说起话来干脆利索，颇有些实干家的风采。

他们进入会议室，已经有好几个人在等着了。王军抢先一步示意众人起立："大家欢迎邢总、李总、陈总来视察工作。"紧接着，一阵稀稀拉拉的掌声响了起来。

"大家坐吧。"邢斌示意大家落座。他并没急于发言，而是环顾四周。这间简陋的会议室里居然布置了文化墙：公司简介、项目部组织架构、业绩看板……虽然面积不大，但样样俱全，企业文化氛围浓郁。邢斌颇感欣慰。见微知著，看来王军颇有些管理手段。

正迟疑时，王军已经开始介绍他的队员了，从项目副经理、总工、材料部长，再到技术人员，一一介绍了一番。邢斌看着这个三十开外的年轻人，仿佛看到了年轻时的自己。

会议很快进入正题，李堃对主持会议这件事殷勤得很："大家好，今天邢总过来看一下项目进展情况。邢总，大家都已经知道了，这里就不介绍了。大家重点说一下开发区项目部成立以来的进展情况，重点说一下存在的问题。"

众人的目光立刻投向了邢斌，气氛也一下子凝重起来。"说实话"还是"说领导想听的话"，这是有本质区别的。邢斌看出大家脸上的畏难之色，也深知大家的"心理负担"；但他想听的是实话，而且是来自一线的真实声音，否则也不必劳师动众地跑这一趟了。所以，他要给大家"卸包袱"！

"大家不用紧张，想到什么就说什么，遇到什么困难就提什么，不用藏着掖着，也不用想太多，什么给'领导上眼药'、害怕领导给'穿小鞋'，不必有这些顾虑。我们领导班子这次来，就是为了听一听大家的'心里话'，我事先声明啊，听不到'心里话'，我们几个人是不会走的。王经理啊，你带个头！"

邢斌这一番话，果然起了作用。王军脸上的畏难之色瞬间消失了："各位领导，那我先来说一说。首先，感谢邢总和各位领导今天莅临我们开发区项目部。这次咱们中标的是政府开发区BT土建项目，这个项目建筑面积大，前期勘测和设计花费了一些时间，不过目前所有设计图稿已经通过了规划、消防、人防、气象等部门的审核，拿到了施工许可证。至于施工方面嘛，已基本完成土地平整工作，马上要开始施工了，就是材料进场跟不上……"

说到此处，王军下意识地朝领导班子成员看了一眼，欲言又止。然而，就是这个细微的动作也没能逃过邢斌的眼睛。敏锐的直觉告诉他，其中一定有问题。

李堃也看出了问题，立刻和颜悦色地道："小王，有什么问题拿到桌面上来说，有邢总在，什么困难不好解决呀？"

他这一番话，却引得一旁的陈涛朝他飞了一个白眼。

王军见邢斌一脸期待，思索了一下道："就是公司资金下来有点慢，不能按时给材料商打款，有些供应商好说话，还是能协调一下的，不过有些不太好说话。这账期眼看就要到了，可咱们的货款还在审批中……一旦断了材料，施工肯定要受影响……"

其实，这些问题大家都心知肚明，可这样堂而皇之地摆到桌面上来讲，不仅需要勇气，还需要找准时机，否则非但解决不了问题，还会给自己惹上一身麻烦。王军深知其中利害，如果他不是到了山穷水尽的地步，恐怕也不会说出这番话。他想试探一下这位新老总的能力，说不定借着他新官上任的气势，能解决一些资金问题。

邢斌认真听完王军的汇报，脸色更加凝重了，但心里却对这位年轻的项目经理赞赏不已。他正愁没人敢提出问题来，王军的发言给了他一个大大的台阶。所以，他在本子上认真地记下了王军所提的问题，并一一做了标记。

"王经理提到的这些问题，咱们回去认真研究一下，争取一周之内解决。毕竟工程开工在即，工程停一天，耽误的都是咱们自己的时间！"邢斌跟李堃和陈涛说道。然而，陈涛还是板着脸，李堃照旧是那一脸看不透的笑。

回程的路上，车内还是一片寂静，只听得到发动机的翁鸣声。邢斌不禁思忖："公司大了，牵扯的部门也就多了，项目中间的环节也就变得复杂了，哪个环节没有到位，都会拖慢项目进度，甚至让项目夭折。"这几天，他翻看了长和公司以往的项目报告，回款情况并不理想，而且也出现过中途停工的情况。这对公司长久发展都是极其不利的。

自从邢斌到长和公司，原有项目已基本步入正轨，施工回款按部就班，虽然稍有迟缓，但还在可控范围内。唯独这个BT项目让他放不下心，毕竟这是长和公司首次作为投资施工方，又是政府主推的大项目，资金占用体量大，回款慢，而且还需要进行社会融资，这些对他、对公司来说，都是新的挑战。

邢斌靠在车座上，侧目望着窗外飞驰的街景，心潮起伏……

05 隐形圈子

《战国策》中讲过一个故事,大学士淳于髡一天之内向齐宣王举荐了七位贤士,意思是齐宣王多近贤臣,自然会"近朱者赤",由此引出了"物以类聚、人以群分"的千古名句。用于今天,圈子文化也是如此。环境固然可以造就人,但圈子可以改变人。有人群的地方,必然会有圈子。当然,并非所有的圈子都是积极进取的、充满正能量的。良莠不齐,也适用于圈子。

一次并不顺利的现场会,让邢斌结结实实地领教了长和公司的圈子文化。从王军的欲言又止,到李垩的借题发挥,再到陈涛的义愤填膺,邢斌都一一看在眼里,也深深感到长和公司有一个隐形的圈子,想走进去,可不是轻而易举的事。

"邢总,您找我?"财务主任小黑敲了半天门,见没有回应,便推门进来了。

邢斌见有人进来,才回过神来。两人坐在茶海前,小黑娴熟地打开电源加热水,又拿起茶匙拨茶。

看着壶嘴升腾的热气,邢斌若有所思地问:"上次你给我的报告里,开发区那个BT项目的启动资金已经到位了,可王军却说因为拖欠货款,很多材料没到位,到底怎么回事?"

小黑知道邢斌从开发区现场回来肯定会问这件事,早早就做足了功课,从容地道:"邢总,您知道,这个项目,咱们公司既是承建方,也是出资方,按合同来说,咱们公司直接垫付的启动资金早就到位了,没到位的是社会资金那一块。"

"哦?"邢斌有些诧异。按理说,项目进场前至少要完成第一轮融资,况且政府牵头的工程必然是市场上的"抢手货",怎么会找不到融资呢?可是王军说得那么义正词严,到底是怎么回事呢?

小黑见邢斌一脸蒙,又接着说:"您来的时间短,有些情况还不了解。这个项目原本已经完成了一轮融资,可是为了给市里一家银行完成存款任务,资方那边就先存了定期,只能等到期后再给咱们转账。"

"存款任务?"邢斌诧异地看着小黑。他无法理解,为了帮别人完成任务,就可以占用工程款吗?这不是在挪用公款吗?他们之间的协议成了一张废纸了吗?

小黑又继续说道:"其实,您也不用觉得奇怪,这种事不新鲜,都是国家号企业,相互之间帮个忙,以后好办事呀!再说,现在哪家公司不贷款,平时不跟银行搞好关系,关键时刻就抓瞎了。我跟资方的财务沟通过,下周就能把款打过来,不耽误咱们进场……"

小黑自然是从财务角度考虑,可是他忘了,等款项到账,再支付给供应商,供应商见款发货,这一圈流程走完,等材料运到工地,早就过了工期。看来被耽误的款项还不止这一笔。问题的关键是这家公司信誉如此不好,是怎么引进的?

"这家公司也是咱们公开招标中标的。"小黑见邢斌表情凝重,赶忙解释道,"不过,我听说这家公司跟总公司的人挺熟,是总公司介绍过来的。"

又是关系户!难怪只顾人情,不管工程进度。邢斌虽然心有不悦,但表面上还是不动声色。毕竟他来公司的时间尚短,人际关系还不甚了解,加之木已成舟,也只能这样了。不过,像这样的"合作",在他的任期内是不会有了。

小黑走后,邢斌的思绪久久不能平静:裙带关系不仅会拖垮工程,也会拖垮公司。长和公司要整改的地方实在太多了,他甚至有点后悔当初帮长和公司的忙了。

他正想着,突然接到了田蕊的电话,郁闷的心情一扫而光。

"大叔,听说您最近日子不太好过呀?"

"这事都瞒不过你,你又打听到什么消息了?"

"你看看，这话说得，我得多无聊呀，到处打听事儿。"

"好，好，好，我错了。你这是友情提醒。"

"提醒谈不上，公安和纪检都来公司查过账了，跟长和公司有关。我说大叔，您这波操作还真是让人看不透，人家是绕着火坑走，您是见哪个火坑大，就往哪个火炕跳！"

邢斌憨憨地笑了，没作声。这个消息的确算不上好，也不算太坏。他从没做过违法乱纪的事，对自己有信心，不怕查。至于那位负责具体事务的项目经理，在他离职前也沟通过，情况大致了解，的确没有私下的钱权交易，只是因为有求于对方，才不得不一再压缩利润。

倘若事情到此结束，也无可非议。问题出就出在邢斌现在的身份上。任谁看，他都像在牺牲公司的利益给自己铺路，是堂而皇之地行贿呀！

田蕊就是想到这一点，才给他打了这通电话。不过邢斌自己却并不在意，一副云淡风轻的样子。

"查一查也好，查清楚了，不就还咱们清白了吗？"

"大叔，纪检都出动了，您觉得这事能简简单单就结束吗？纪检肯定会找您的，您好好准备准备吧！"

挂了田蕊的电话，邢斌陷入沉思。他的确要"好好准备"，不是为自己开脱，而是查明事情真相，至少要接近一部分真相。因为即使没有公安和纪检的调查，长和公司内部那个隐形的圈子也必须打破，否则他永远融入不进去，又谈何改革呢？

秘书小徐就是最好的突破口。这个想提前结识他、轻而易举就能召集中层管理人员的人，背后一定有高层在帮他，而这个高层不是李塾就是陈涛。从现有证据来看，应该是陈涛，毕竟大大小小的项目都在他手上。也可以说，他一个人挑起了长和公司的"生死存亡"。但邢斌隐隐觉得，事情并没有这么简单，越是看着像的"事实"，越有迷惑性。所以小徐就是他了解真相的第一站！

秘书小徐颤悠悠地抱着一撂文件进来，满脸堆笑地道："邢总，这是您要的材料。"

"这么多呀？快进来！"邢斌接过小徐手上厚厚的文件，迫不及待地翻看起来。

小徐腼腆地朝他笑了笑:"这些都是咱们公司的项目档案,您看用得上吗?"

邢斌边埋头看数据,边点了点头。开发区项目是迄今为止他经手的最大项目,压力可想而知。他急于从这些冰冷的数据中找到一些安全感,至少能让自己找到方向。

小徐见他看得入神,便想借机开溜,没想到被他拦了下来:"有急事要处理吗?"

小徐摇了摇头。

邢斌又邀他坐下,专门为他沏了杯茶,一脸温和地道:"我来公司有一段时间了,平时太忙,也没顾上跟你多说几句,今天咱们好好聊聊。"

小徐有点儿受宠若惊。早前他代表公司部分中层想约见邢斌,却怎么都约不上。后来邢斌来了公司,也总是疏远他,没想到今天竟主动找他聊天,不知道是好事还是坏事。此时,他只觉得右眼皮一阵乱跳,弄得他心绪不宁。

邢斌反倒是一脸泰然:"小徐呀,这段时间辛苦你了,我刚到公司,马不停蹄地各处开会,你跟着我也是各种跑,我心里都有数。"

"邢总,您客气了,我是您的秘书,给领导做好鞍前马后的工作,本来就是我的职责,谈不上辛苦。"

虽然是客套话;但任谁听了,心里都是美滋滋的。邢斌话锋一转:"年轻人有干劲,不错,不错,开发区那个BT项目你了解吗?"

小徐迟疑了一下,神色突然有些慌张。

"上周开现场会,你也参加了,依你看,王军反映的情况有几分真几分假?"

这显然不是真假的问题,小徐知道邢斌想要的答案是什么,也知道他在等自己主动开口,不禁打了个寒战,喃喃地道:"这个项目一直是项目部直接管的,我虽然知道一些情况,也都是开会时听到的……"

邢斌见他越说声音越小,又给他吃了一颗宽心丸:"没事,咱们就是闲聊天,你知道什么就说什么,哪说哪了,不传话。"

小徐见领导这么说,自己也不好继续打马虎眼。他知道如果不说点干货出来,是过不去邢斌这关的,便狠狠心,说出了一个大秘密。

"领导您这么说,我也就不藏着掖着了。我听人说,王军可是集团赵总看上的人。按说这么大的项目选项目经理,就算没经过内部竞聘,至少也得管理层投票吧,结果集团直接内定的王军,连李总和陈总都没经过。这事换了谁,心里能不别扭……"

邢斌笑了笑:"这么说,李总和陈总对王军不满意?"

"这个,也说不上。"小徐讪讪地道。

"既然不存在个人恩怨,那王军反映的问题,你怎么看?"邢斌再次把小徐逼到了墙角。

小徐踌躇了半天,一脸难色地道:"邢总,这业务上的事,我真是不懂。"

"发货付款,又不是工程上的事,不涉及业务,你就说说你的看法。"看来,不问出个所以然来,邢斌是不肯善罢甘休的。

"这货款是应该付,可是咱们公司不是没钱吗?!"小徐怯怯地回了句。

"对,问题就在'没钱'两个字上。谈好的几个第三方融资公司迟迟不打款,你觉得这事正常吗?"

小徐终于明白,原来这才是邢斌真正想问的。他双眉紧锁,沉思了半天,才吐露了一点实情:"邢总,我也是间接听说的,这家融资公司背景深厚,是陈副总亲自洽谈的。"

"陈涛?"邢斌也猜到是他,所以并没有显出惊讶的神色。

"起初陈副总对这家公司也不太上心,觉得他们资质一般,后来不知道怎么的,突然就极力推崇这家公司。下面的人还不是跟着领导跑,领导说什么就是什么呗。"

"是哪家公司?"邢斌递给小徐一张第三方融资公司名录,小徐立刻指了出来。

"其实陈副总一直挺慎重的,这家公司要不是集团推荐过来的……"小徐似乎是有些负疚,又忙着替陈涛开脱。

"谁介绍来的也得按规章制度办事,否则耽误的是咱们自己。"邢斌义正词严地道。

"那是,那是,您说得对。"小徐连声附和。

邢斌继续翻看文件，指着一家公司又问道："这家公司，你听说过吗？"

小徐看了一眼，眼睛滴溜打了个转，又道："知道一点儿。"

"哦？"邢斌看了他一眼，有些意外，"说说看。"

那是一家叫"新环材料"的供应商。没错，就是公安询问邢斌时提到的那家公司，果然出现在长和公司的供应商名录中。这家公司虽然有些神秘，但还是逃不过小徐的八卦神通。

"我听说这家公司的老板先前就跟陈副总认识，据说有些来头，陈副总八成也是不敢得罪人家，所以就引进来了。不过他们公司挺神秘的，连王军也只跟他们公司的人见过一面，具体的事我就不得而知了。"

小徐接连几番话，似乎都在有意无意地针对陈涛。如果他们之间没有私人矛盾，那就一定是间接的利益冲突。否则一位公司副总、一位领导秘书，应该是站在一条战线上的，怎么会如此针锋相对呢？又或者说，陈涛真的有问题……邢斌不敢再想下去。

见邢斌似乎没有再聊下去的兴致，而是一直埋头翻看资料，小徐也知趣地找了个借口开溜了。在他看来，邢斌已经得到了自己想要的答案。

不过，邢斌可不是这么想的。此刻，他的心情愈发沉重了：长和公司仿佛有一个隐形的小圈子，也许他和陈涛都是这个圈子之外的人，也许陈涛另有一个圈子，也许……还有很多他不知道的"秘密"。没想到这家百余人的小公司，人际关系竟如此复杂，看来是时候招募一批心腹骨干了。

06 强硬后台

    人是最难管的。但所有改革，偏偏又必须从"人"开始。从这一点来说，古人讲究"上承天意，下顺民心"也并非全是封建思想。"天意"也可以理解为上层建筑的意思。任何事情，但凡上层建筑带好了头，那是绝对不缺群众基础的。邢斌现在需要的，就是"天意"。尽管赵瑞给他吃了一大颗宽心丸，但那毕竟是在私底下。长和要改革，要"伤筋动骨"，只凭他这个总经理是不可能实现的，必须要有更强硬的后台支持。

    上午的阳光，有一点清冷。邢斌独自坐在落地窗前，反反复复摆弄着手机。他正踌躇是否要打一个电话，结果手机此时竟响了起来。

    "老邢，改革有进展吗？"这是赵瑞一贯的作风，不问过程，只抓结果，并且直指最终目标。跟这样一位领导说话，时刻都要绷紧精神，开足马力往前冲。所幸的是，邢斌已经适应了。

    "赵总，公司的情况我了解得差不多了。"邢斌淡定地"答非所问"。

    "那很好。"

    "可是了解越多，问题也就越多。"

    "哦？"电话另一端传来赵瑞的一声轻笑，"意料之中，有什么问题需要我出面？"

    果然，什么都瞒不过赵瑞。邢斌言简意赅地说了下大致情况，总体思路是招新人，用新人带动工作风气，打乱长和公司的小圈子。赵瑞听后，不置可否。这与他既定的想法有些出入，而且现在已经过了招聘季，即便邢斌已经有了心仪的人选，突然招入公司，也很难起到奇兵之效，弄不好还会适得其反，让原本混乱的局面更加火上浇油。

    "赵总，这个事我想再跟您详细汇报一下，不知道您什么时候方便？"

邢斌仍不死心，毕竟赵瑞是他在荣鑫集团唯一的"后台"。

赵瑞迟疑了一下："这样吧，咱们就不在单位见面了，找个地方坐一坐。"

"那好，我知道一个地方，下班后带您去坐坐。"

傍晚，人潮涌动的老城街，夜市刚开，已人声鼎沸。这边小情侣闹别扭，那边好哥们儿边喝边唱，全无秋日的萧瑟。邢斌置身其中，感觉自己也年轻了。

他转身进了街角一家新开的火锅店。店内装修古朴，仿红砖、小牌楼，四方桌、扁条凳，老北京风情尽收眼底。当然这里的火锅才是重点——正经的北京大铜锅。

"两份羔羊肉，两份肥牛，一份火鸡卷，一个蔬菜拼盘。"

邢斌娴熟地点了菜。四处弥漫的羊肉香气袭来，他肚子已经饿了，不禁向窗外望了望。夜幕已经悄然降临，他心里不免有些忐忑。赵瑞虽然是国企一把手，但毕竟是位十足的海归，这么接地气的饭，也不知道吃不吃得惯？

邢斌走神之际，大铜锅已经上了桌。服务员熟练地续了炭，打开了气阀，不一会儿锅里的水开始咕噜起来，菜也陆续上来。邢斌刚要拿电话，只见一个穿着棒球衫的青年走了进来。

赵瑞虽然换了一身休闲打扮，但儒雅的气质是藏不住的。从进门起，他就吸引了无数目光，仿佛这么精致的一个人就不该出现在这里。

"邢总，不好意思，我临时回家一趟，耽误了一会儿工夫。"赵瑞的谦逊和蔼，有一种让人无法拒绝的魔力。

"没有，没有，时间正好，菜刚上来。"邢斌赶忙客套，又递了菜单过去，粗略介绍了几样菜，"我先点了这几样，您看看菜单，还有什么要点的？"

赵瑞看了看桌上的菜，满意地道："我看菜不少了，咱们光盘行动不浪费。"

"开吃，开吃。"赵瑞兴致很高，邢斌也跟着高兴起来，挑起一卷羊肉下了锅，随手又倒了一杯酒递过去，"吃火锅得配这个。"

赵瑞看了一眼酒瓶，居然是"二锅头"，呷了一口，连连称赞："真是地道的京味儿。没想到，你还好这口儿。"

"我朋友从北京捎来的。"邢斌口中的"朋友"自然是兰芝，这是兰芝来 S 城时特意带给他的,现在也只剩下这最后一瓶了。他边喝边有些淡淡的伤感。

"这老北京大铜锅配上咱们 S 城特有的羔羊肉,味道真是一绝。"食物总能带给人简单又纯粹的快乐,几卷羊肉下肚,赵瑞已是一脸满足。

"是呀,吃火锅也是有讲究的,什么锅配什么肉,什么肉配什么料,可不能混搭,不然那就窜味儿了。"邢斌也喝了口酒,但他却有些心不在焉。

"酒也喝了,肉也吃了,该说正题了吧?"赵瑞看着邢斌微微蹙起的眉头,就知道他遇到难题了。

邢斌顿了顿,才道:"长和的问题比我预想的严重。"

这句话,让赵瑞也跟着皱起了眉头。邢斌可是他请来救场的大将,如今邢斌这么说,他也连带地没了底气。

邢斌观察着赵瑞的脸色,心里有点忐忑,不知道接下来的话会不会搅了这顿饭:"虽然我还不知道事情到底有多大,不过从掌握的冰山一角来看,已经够让人震惊的了。"

赵瑞故意装出一副不以为然的样子,照旧涮肉喝酒,漫不经心地道:"邢总,你就别吓唬我了,遇到什么问题,直说吧!"

邢斌喝了口酒,舒缓了一下情绪,又道:"前段时间我去了一趟开发区的项目部,开了一次现场会,效果不太好,项目进展有点慢,再这样拖下去,只会消耗咱们更多的人力财力。"

"项目进展慢我是知道的。其实你来之前,我已经让总公司的项目部催过李堃了。"说到这里,赵瑞欲言又止。

"结果'不了了之'了?"邢斌若有所思地问道。

赵瑞点了点头,夹了一筷子肉,在锅里涮来涮去。

按说总公司一把手催办的业务,李堃作为分公司的临时负责人,怎么会置之不理呢?邢斌心中不免疑惑,又接着说:"项目经理王军向我反映过第三方公司资金到位慢的情况,有些公司还是集团引荐过去的。"话到此处,邢斌这个直肠子也欲言又止了。

赵瑞自然察觉到了,他看了看邢斌,知道他在想什么,只是不便明说。

赵瑞喝了口酒,微微一笑:"我回去再督办一下这个事,让总公司财务部也跟着一起催,凡是合同内的融资款,必须准时到位,不能影响工程进度。"

听了赵瑞这话，邢斌悬着的心总算放下一半。两个人又要了一份毛肚，邢斌笑吟吟地一边涮毛肚，一边道："涮毛肚得七上八下，咬起来脆生，味道才叫'好'。"

见邢斌在锅里涮毛肚，赵瑞也夹起一片，有样学样地涮了涮，刚放到嘴里，就连连称赞："这酱料调得不错。"

"是啊，这家味道挺正的。"邢斌附和了一句，又将话题拉了回去，"我想排查一下公司内部的风险。"

赵瑞意味深长地笑了笑，瞧邢斌这架势，恐怕真正的主题才刚刚开始。白天在电话里，他没给邢斌的回复，看来在这饭桌上是非说出"子丑寅卯"来不可了。

"你是长和的一把手，人事、财务都归你直接管，还有什么内部风险不好控制的？"赵瑞这话算是给了他最大的权力，但邢斌还是有点不放心。他需要的不是一句话，而是一把实实在在的"尚方宝剑"。

邢斌略带调侃地笑道："赵总，长和的情况您最了解了，哪个员工背后不是关系套关系，没有您这把'尚方宝剑'，我这个'外来户'就是想动，也动不了呀！"

赵瑞早就猜到他的来意了，但亲耳听邢斌这么一说，心里还是有点小别扭，于是也开起了玩笑："老邢啊，咱们认识的时间也不短了，你觉得我是把兄弟抛下的人吗？"

世人都说"外来的和尚好念经"，可再好的"经"总要有人能听进去才行。如果没有人带头，谁又会听一个外来和尚的话呢？赵瑞想到这一层，不禁话锋一转，改了主意："不过你说得对，我这个'后台'如果总在后面站着，让你去当先锋，只怕你得撞得头破血流。那咱们就得不偿失了。"

邢斌听这话好像有门，脸上的笑容渐渐绽放开了："您的意思是？"

赵瑞想了想，又补充道："这样吧，下周我让办公室再出一个公示，既然最近公安和纪检都在调查长和，咱们也开展一下自查，由你任自查小组组长，直接向我汇报，李堃和陈涛任副组长，配合你工作。尤其对项目部要进行严查，别等着公安和纪检什么都查清楚了，咱们就被动了。凡是问题严重的，可以暂时停职，这样你也可以正大光明地招新人了。"

赵瑞的话简直说到邢斌心坎里去了，他美滋滋地道："能得到领导支持，这个事儿就成了一大半。只要新人进来，就有可能打破长和现在的圈子，不但能改善工作风气，说不定还能揪出一些有问题的人。"

"集团监事会再出台一些监督办法，咱们也给一部分人改过自新的机会，切忌一竿子打翻一船人，避免波及面太大，影响了公司的正常经营。"

赵瑞这招刚柔并济的确高明，既达到了改革的目的，又不会伤及公司的"筋骨"，当然最为重要的是，避免给某些别有用心的人可乘之机。邢斌从心里佩服赵瑞的智慧，当然更庆幸自己结识了这样一位上司兼挚友。

二人把酒言欢，越聊越投机，几乎把长和公司未来改革的大方向和举措都敲定了，剩下的只是细节和实施。这一次他们二人又想到一处、不谋而合了。

赵瑞又给邢斌支了一招：内部竞聘和外部招聘同时进行，可以破格录用。这样一来，既招到了有经验的人才，又搅动了公司那池子浑水，一箭双雕。

赵瑞这么一说，邢斌突然想起一个人来——王利。

王利是个有故事的人，原本在政府机关工作，已经退休。他虽然只是一名办事员，但人脉关系很广，又善于随机应变，是办公室主任的不二人选。当然，最难能可贵的是，老王仍有一颗不安分的心。

那天饭局结束后，邢斌就开始联系老王，展开了一系列的游说工作。他好几次跑到老王家游说，差点踢破了人家的门槛。老王也不是故意拿乔，只是牵扯改革，得罪人不说，还有可能成为众矢之的，毕竟他只能算"外人"。

"老王，我对您可是期望很高的，集团公司领导那边，我都打好招呼了，正式聘请您加入荣鑫集团，到长和公司担任办公室主任，您可不能不来呀！集团领导听说了您的经历，一致认为您是这个职位最合适的人选，一切都准备好了，就等您入职报到了。"

邢斌的话诚恳又实在，让老王没有拒绝的理由。邢斌原本是个不会说"奉承话"的人，可是在老王面前屡屡破例，甚至还做了老王女儿的思想工作，把老王实实在在感动了一把。终于，在一个风和日丽的早上，一身西装的老王走进了长和公司的大门。

"我家姑娘说,'爸,你都这把岁数了,还出去折腾什么?退了休,在家好好休息休息,没事儿出去散散步、跳跳广场舞,不是挺好吗?'我说啊,你爸一辈子闲不住,就是个劳碌命!"老王满脸含笑,见到邢斌主动上前握手。

"你老哥能加入长和,我们公司真是如虎添翼呀!"邢斌见老王来了,远远迎出来,拉起他就往办公室走,边走边谈,热络得很。他早几天就吩咐人将办公室打扫出来了,就等老王来了。

公司里的人见邢斌对老王如此重视,不知道来了一位什么样的"大人物",都对老王毕恭毕敬,忌惮三分。毕竟老王可是拿着退休金来上班的,搞不好就回家休息去了。再说,这位老王也的确是个"人物",上班第一天就给大伙来了一场"意外"。

07 空降奇兵

但凡改革,讲究"不破不立"。可如何打破现有的圈子,却是件挠头的事。一场饭局长谈,邢斌虽然争取到了赵瑞这个强硬后台的支持;但要改风易俗,他还需要奇兵。所谓"他山之石,可以攻玉",既然现有人员不能独善其身,那就只有借助外力了。而王利正是他的第一个奇兵,并且很快就收到了奇效。

周一的晨曦,格外不同。长和公司老旧的办公楼前,站着一位西装笔挺的男人,一脸和蔼地跟大家打招呼。不知道的,还以为他在迎宾。那人手里拿着一个文件夹,边笑边记,也不知道在记些什么。那西装的款式明显有些老旧了,再加上他一本正经的样子,不免让人想起了学校里古板的教导主任。

"王主任早。"

"早啊,早啊,大家早。"

邢斌老远就看出是老王。他年轻时当过兵,听说还立过功,后来虽然转业到地方,但军人的架子不倒,人过花甲,仍然耳不聋、眼不花,身板挺得笔直,从背后看更像三十出头的小伙子。邢斌最羡慕他的,正是这一点。不过,此刻他更有兴趣的是,老王在记些什么?

"老王,公司里不是有打卡机吗?你在这里干什么?"邢斌好奇地问。

老王笑了笑,故作深沉道:"待会儿你就知道了。我一会儿去找你'汇报工作'。"

果然,上班五分钟后,老王准时出现在了邢斌的办公室。

"你这是……"邢斌指了指老王手上的文件夹,一脸疑惑地问。

老王眼珠子滴溜溜地转了一圈,将文件夹递给邢斌,不紧不慢地道:"这就是我早上去'人工打卡'的收获。"

邢斌接过文件夹，翻开一看，老王居然将拎着早点上班的员工一一做了标记，便一脸懵懂地问："这是什么意思？"

"可别小看这一条，早点、热茶、看手机，是办公室里的'三件宝'，就因为法不责众，公司向来都是睁一只眼闭一只眼。可没有规矩不成方圆，咱们不如以治理'上班时间吃早点'为由头，给他们立个规矩。这规矩定了，公司的风气才正。"

老王这一番话语重心长，句句在理。邢斌暗自庆幸"找对了人"。老王思想觉悟高，责任心强，日后肯定能成为自己的得力助手。当然，这个"笑面虎"的绰号也的确名副其实。

"还是老前辈有经验啊，见微知著。拿这个事开刀，的确是整顿公司风气的好借口，工作就该有个工作的样子。这样吧，从明天开始，我先以身作则。"

邢斌表了态，老王心里有了底，脸上的笑容更灿烂了。

第二天，公司办公区出现了很多"严禁饮食"的告示牌。而原本门可罗雀的食堂一下子热闹起来。邢斌走进那间只有一百平方米的小饭堂，许多陌生的面孔出现在他眼前。

"他们也是长和的员工吗？"他连连震惊。如果不是胸前的工牌，即便面对面，他大概也认不出几个人。作为公司负责人，连自己的员工都认不全，说出去也真是有些尴尬。

"邢总，在食堂吃饭感觉怎么样？"老王那一张大脸挡住了邢斌的视线。

邢斌看见老王，掩不住笑意，推了推餐盘，给他挪出一块地方。老王也不见外，放下餐盘，对面而坐。

才两天的功夫，员工之间见面打招呼的多了，微笑也多了。领导和员工之间的僵化关系也得到了很大的缓和。邢斌打心眼儿里佩服老王："老王啊，真有你的，就这么简单的一小招，公司里的风气就变样了！"邢斌没想到一点小小的变化，竟能使整个公司的精神面貌焕然一新。

"老王这个办公室主任，聘对了！"他不禁暗自庆幸。

不过，老王带给他的惊喜还远远不止于此。

长和公司一直保持着"部门负责人例会"制度，每周一次，中层以上干部全部参加，总经理亲自主持，为的是协调各部门工作，快速推进公司业务。这个制度虽然出发点不错，但频次多了，也难免流于形式，实质性的内容反而听不到了。

邢斌主持过两次例会，深有体会。他原本也不大乐意参加这个会，但今天有所不同。因为上一周，公司发生了不小的变化。此刻，他急于了解这些部门负责人的态度，想看一看谁是支持他的，谁又在反对他。当然，这些"各扫门前雪"的封疆大吏们，也不是好摆弄的。

"大家好，咱们现在开始开会。按照公司领导班子的指示，这周例会，咱们还是说一说项目进展情况，主要是谈问题、找方法，多说干货，大家的时间都很宝贵，咱们发言时注意尊重他人的时间。好，下面先从项目部开始，贾主任，请吧！"

老王这一轮开场白，看似平平淡淡，实则瞬间掌控全场，整个会议的节奏被带动起来。这般游刃有余，没有长期经验的积累是做不到的。邢斌暗自欣喜，得了老王这员大将，真是如虎添翼。

这节奏还真是有点快，项目部贾副主任全无准备，下意识地擦了擦头上的汗，赶忙拿出一沓手稿，准备开始他的长篇大论。邢斌不禁皱了皱眉头。

贾主任一边翻看手上的资料，一边磕磕巴巴地叙述着各个项目的进展情况。十分钟，十五分钟，二十分钟过去了……还是没有讲到邢斌想听的"重点"。邢斌看了看表，又看了老王一眼。

老王立刻心领神会，起身拿起暖瓶，走到贾主任身边，往他的杯子里续了点热水，又悄声在他耳畔唠叨了一句："贾主任，稿子这么长，喝点水，先歇会儿。"

众人惊呆了，历任的办公室主任，还从没有这么做小伏低、和蔼谦逊的。贾主任侧目一看，居然是新任办公室主任，也被吓了一跳，登时站了起来；但他立刻又意识到有些不妥，便尴尬地杵在那儿。

老王机灵地拉了拉他的袖子，低声说："贾主任，太客气了，您快坐，领导还等着您发言呢！"

这位贾主任虽然业务能力一般，但还是看得出眉眼高低的。他坐下来，立刻转了话锋："其实项目的基本情况就这些，我昨天又跟王经理沟通了一下，现在进场的材料还没齐，施工进度上多少都会受点影响。"

这话正说到邢斌的心坎上，他原本就计划找机会提供应商的事，现在有人开了口，正好可以好好深究一下："是进货渠道问题吗？"

"都是合作多年的老供应商了，不是渠道的事，是咱们的资金跟不上。"

"可以先发货吗？"

贾主任一脸为难，支支吾吾地道："原来是能提前发货，按账期结款，不过……"

"不过什么？"邢斌又催道。

贾主任见推脱不过，这才小心翼翼地说出了实情："因为咱们公司信誉不是太好，经常拖欠供应商费用，所以……现在只能'先款后货'，否则对方不给发货。"

这位贾主任果然是个聪明人，句句往邢斌心坎上说。不过，这一点原本在邢斌的"意料之中"，但他一时也想不出更好的解决办法，只能迂回处理："很多建筑公司存在这类问题，那中建投就不会碰到这种问题了吗？照样会有。可是人家的工程也照样开工。"

讲到这里，他下意识地看了陈涛一眼，又道："无论怎样，开工是第一位的，建筑公司不是在施工，就是在准备施工，否则公司怎么维系下去？"

贾主任随声附和。他的意见，也不过是给邢斌一个冠冕堂皇的台阶，起不到决定性作用。邢斌更担心的反而是陈涛。贾主任所说的这些项目，绝大部分都与他有关，他居然一言不发，还真沉得住气！这一点令邢斌颇感意外。

"好了，不耽误大家时间，接下来财务部说一说吧！"

邢斌给老王使了眼色，老王心领神会，立刻话锋一转，打了小黑主任一个措手不及。不过，这次小黑显然有所准备。只见他从容地打开了电脑里事先准备好的分析报告，层次分明地讲了起来：

"现在公司财务最迫在眉睫的问题还是回款慢，现场会后，我们财务部针对开发区在内的几个重点项目重新做了效益评估，报告已经发到各位领导的邮箱里了，会后各位可以详细看。总体情况不太乐观，有几笔应付账款是本月到期的，我们已经标出来了，大家看一下。"

小黑主任指着投屏上的一张表格，标红的几笔款，数额不小。邢斌看了一眼,脸色立刻沉了下来。

"这几笔就是刚才贾主任提到的材料款,我们财务部正在积极想办法筹措。不过说实话,难度很大,我们算了几天,勉强能解决一小部分,大部分应付款还是没着落。"

说到这里,小黑主任叹了口气,一股无力感冒了出来。

邢斌知道,他已经尽力了,这不是一个财务部能解决的问题。

"咱们公司现在的财务状况大家也都清楚,巧妇难为无米之炊,财务部再能算,钱是一分也不可能多算出来的,那么钱从哪儿来呢?还要咱们大家共同来想办法。"

"邢总的意思是……"李堃故意添了一嘴。

"融资!"邢斌看了陈涛一眼,见他没作声,又继续说道,"黑主任,你把项目的资金缺口和融资情况也给大家说一说。"

小黑点了点头,立刻从电脑中调出另一张图表来——一张漂亮的结构图。

"各位领导,咱们接下来就说一说项目资金缺口问题,这是我们财务部就目前几大项目做的资金缺口图,缺口最大的就是开发区项目。"

众人看了后,都被图中巨大的缺口吓了一跳。也许是结构图过于直观,也许是大家根本没想到事情的严重性,当这个结果突然出现在大家面前时,一股无力感迅速蔓延开来。

"这缺口也太大了。"

"是呀,这得筹措多少资金呀……"

"现在这经济环境,去哪儿找那么多投资呀……"

会场一下子"热闹"起来。老王看了看邢斌,又看了看小黑,见邢斌脸色阴沉,小黑欲言又止,便故意清了清嗓子说道:"安静,大家安静一下,小黑主任的发言还没完呢!"说罢,他朝小黑伸手示意。

小黑又继续讲起社会融资的情况。虽然有社会资本介入,并且已有部分融资到账;但与资金缺口相比,简直是杯水车薪。再加上资金到账时间较慢,远水解不了近火,这令邢斌和几位经理更加焦急了。

会议室上空笼罩着的阴霾,久久不能散去,气氛突然安静下来。此时,众人的目光都集中在邢斌身上。

问题又卡住了。

邢斌看了看事不关己的李堃和沉默的陈涛,这两位副手的确不好对付。一个整日里把自己装扮得纤尘不染,一个说不了两句话就摆出苦大仇深的样子,三个人貌合神离,连最底层的员工都看得出来。

会议室的低气压压得人快喘不上气了。

"小黑主任你发言超时了啊!"老王突然半开玩笑地对小黑说道,"下次控制好时间啊,你看马上到饭点了,领导们都没时间讲话了。"

他转身看了看邢斌,指着墙上的挂钟乐呵呵地道:"邢总,您看这到饭点了,要不咱们边吃边开会?省得大伙饿肚子,这工作积极性也不好调动呀!"

老王插科打诨地化解了会场尴尬的气氛,邢斌正好借机下了台阶:"那好吧,王主任说得对,不能饿肚子,今天的会先开到这儿,大伙回去多动动脑筋。我的办公邮箱是公开的,有什么建议、想法都可以提出来,直接给我发邮件。"

会议就这样结束了。老王这个奇兵果然收到了奇效。邢斌看出了陈涛和贾主任的焦虑,心知这次会议的目的已经达到了。

08 纪检介入

人总是喜欢相信自己乐意相信的，否则谣言从何而来呢？而谣言为什么没能止于智者，大概是因为智者太少吧！其实，自从邢斌踏进长和公司那一刻起，谣言就从未止息过。加之，他为了配合公安调查，几次出入S城公安局，身上的"污点"早就洗不清了。但这并不意味着磨难的结束，更猛烈的暴风雨即将袭来。

"邢总犯事了！"

"邢总被公安拘了！"

"刑总收了供应商的贿赂，被公安局查出来了……"

虽然邢斌事先提起过自己配合公安机关调查长和公司经济问题的事，但听到这些谣言时，老王还是有些吃惊：为什么员工这么喜欢编排这位新任总经理的新闻？如果不是确有其事，那一定是有人故意为之。

"邢总，你这是动了谁的奶酪？"

总经理办公室内，老王和邢斌相对而坐，开着玩笑。看得出，两人心情不错，完全没有受这些谣言困扰。

"我是谁的奶酪都得动一动。"

"邢总是要大刀阔斧改革了？"

"长和公司问题很严重，不大动干戈解决不了问题呀！"

"从'人'开始是一个奇招，但是能不能真见成效，还得看后手。"

老王沏了杯茶，递给邢斌，也给自己倒了一杯。两人关系十分熟络，完全不像上下级，更像是一对久别谈心的老朋友。

"后手？"邢斌喝了口茶，若有所思地望着门口。此时他脑中闪现出另一个身影：身姿曼妙，伶牙俐齿，还有……那是个让他终生难忘的女子，也是他一直想招募至麾下的干将。

"邢总，邢总……"老王见他出了神，便拿起手机大声喊道，"有电话。"

邢斌接过电话，见是一串陌生的固定电话号码，有些迟疑。自从上次接到公安局的电话后，他对固定电话号码就有一种发自内心的恐惧。

他小心翼翼地接通了电话，听了没两句话，脸色又凝重起来。不，应该说是蜡黄，惨白……

"邢总，怎么了，出什么事了？"老王关切地问。

邢斌挂上电话，过了半晌才道："是纪检。"

"纪检？"老王立刻觉察到，一定与"贿赂"有关。他踌躇片刻，还是问了邢斌："是不是跟之前公安调查的案子有关？"

邢斌微微点了点头。

"案子涉及回扣还是不正当竞争？"不得不承认，老王的问话很专业。所谓"不正当竞争"既包含了低价格垄断，也包含了高价格的利益输出。而邢斌当时作为总包，的确给过长和公司高于市价的承包价格。虽然其中另有隐情，但结果终究是形成了异于市场价格的交易。

尽管邢斌还是一副不置可否的样子，但老王也猜出了几分，语重心长地劝道："既然事情已经发生了，只要没触犯法律就不怕查，公安也好，纪检也好，凡事总要讲证据，没做过就是没做过，用不着担心。"

他看出了邢斌的焦虑，便主动宽慰了几句，也借机探一探口风。万一邢斌真的做了犯法的事，他也好提前为自己安排退路。毕竟他是邢斌招来的人，一旦邢斌出事，他在长和公司也待不下去。

邢斌明白他的担忧，但此刻无论说什么都显得矫情，倒不如淡然处之："应该是公安调查结束，转交到纪检了，我就是去配合调查。不过公司这边还是尽量低调。虽然没什么事，但说出去不大好听，公司里人多嘴杂，说不定又会传出什么'新闻'来。"

老王心领神会，只当没发生过这件事，既不刻意隐瞒，也不过多关注，尽量转移大家的注意力。

"你什么时候到长和公司的？"

"这个月月初。"

"一个月前你在哪家公司？"

"兴业发展。"

"为什么来长和公司？"

"良禽择木而栖……"

"邢斌，我们手里没有足够的证据，是不会请你来的。希望你慎重回答每个问题，这是对自己负责。兴业和长和两家公司有密切的业务往来，多次合作出现价格异常，我们有理由怀疑你们的业务往来中存在贿赂行为……"

同样压抑的相对而坐，同样极具窒息感的房间，同样逻辑严密的问话，同样无处遁逃的自己……邢斌再次坐在小黑屋里，比之前更加紧张，手心冒汗，心跳加速，灵光的大脑也仿佛停转了。

这里毕竟是纪检委，"威严"二字不仅仅是因为一幢建筑、一身制服，还因为其不知不觉早已刻进每个人心里。

"我，我没有行贿。兴业之前中了政府的PPP项目，我们公司虽然有资质，可终究是半路出家，那个项目技术要求很高，我们怕做不下来，只能找别的公司帮忙。长和有技术人才，这是行业内都知道的事，谁让我们技不如人呢；所以当时就签了施工转包协议，这个也是甲方同意的。"

"高出市场价签订合同，你觉得这正常吗？项目结束后，你就到长和做了总经理。兴业发展虽然拿到大项目，但是绝大部分利润却被长和赚走了。你怎么解释这不是商业行贿？"

"这，我确实没有行贿。当时长和的主要技术团队要走，荣鑫的总经理跟我提过，想要留住这些技术骨干，但是当时荣鑫的主要资金都用在项目上，我也是想留住这些人，所以……"

"一个技术团队的薪酬能用掉一个PPP项目绝大部分的利润吗？邢斌，我再次提醒你，不要避重就轻，慎重回答问题。"

"我真的没有行贿。我个人也好，兴业公司的人也好，我敢说我们没有跟长和公司的任何人有任何金钱上的往来。"

说到这里，邢斌有些激动。关于这个问题，他真的无力再解释。

"邢斌，你控制一下情绪。贿赂的形式有很多种，不见得就是直接的金钱输送，比如拿公司的钱做人情，也是一种贿赂。"

"您的意思是……"邢斌似乎想起了什么，但他不确定，也不敢相信，那一脸诧异中，竟不自觉地流露出几分慌张。

"你给长和介绍过供应商吧？"

"是，介绍过几家，但是他们之间的洽谈、合作，我都不曾参与。"

"别急着撇清自己，想清楚了再说。"

"我的确没有。"

"没有什么？没有金钱上的利益输送，对吗？这几家供应商怎么解释？兴业转包给长和的项目中，他们可是赫然在列，而且从合同价格来看，长和给他们的，都是市场价格的上限，在合理范围内做了合理的利益输送。"

说着，工作人员把一沓材料递到邢斌面前。邢斌觉得这些材料着实眼熟，因为在长和公司都见过。为什么当时没觉察出不对劲呢？现在后悔已经晚了。不是所有事情都能未雨绸缪的，尤其是那些意料之外的事，唯有静待这突如其来的一刻，再随机应变。

"在这件事上，我承认我有私心。后来长和是用了这些供应商，但这是信息置换，不是贿赂。"

邢斌知道自己的辩驳极其苍白，但他还是要说。如果他不说，就再也没有声音为他说话了。

"邢斌，我再次提醒你，控制自己的情绪，激动只会火上浇油，解决不了任何问题。"

他的确激动了。在这样的环境里，在这样紧迫的问话中，换谁也没办法若无其事吧？

"你说得对，这些供应商都是在你到任前引进的，从表面证据看，是跟你没什么关系。但是也很难证明，不是你暗示长和公司引进的。因为从合同签署的时间来看，都是在兴业和长和公司合作期间引进的，这一点你不能否认吧？"

邢斌擦了擦手心的汗，逐渐冷静下来。他仔细翻看了那几份合同，签署时间果然是在那个PPP项目合作期间，但长和公司的代表人一栏都签着陈涛的名字。

"这家叫'新环材料'的，是长和公司的长期供应商，也是在兴业和长和公司合作期间引进的，他们的材料有一部分已用到了合作项目上。我们查过当时那些材料的市场价，比合同上的价格低很多。我们想听听你的解释。"

怎么又是"新环材料"？邢斌清楚地记得，最近来公司催付货款的供应商中就有这家公司。当初高价签署协议得了便宜，现在又来催钱，看来这家公司跟长和的渊源很深呢！

"我不认识这家公司的人。"

"不认识？这不是你介绍给长和公司的供应商吗？"

邢斌吃惊地看着纪检调查人员，连声道："我真的不认识，不瞒您说，我到长和公司这半个多月，供应商也见了几批，唯独没见过这家'新环材料'的人，而且他们的资料也很少。"

"他们不是去长和公司催过货款吗？"

"这种事一般都是财务部门去应付，大不了是分管副总去应付，还轮不到我出面……"

"邢斌，逃避没有用。据我们了解，新环材料也是长和公司开发区项目的供应商。这层关系，你总不会不知道吧？再说，一周前你不是才开了开发区项目的现场会吗？"

最后这一句吓得邢斌心中一惊。纪检部门连这个情况都掌握了，这说明他不是第一个来这儿的。长和公司被调查的人员绝对不止他一个。想到这里，他不禁暗暗打了个寒战，幸好他刚才说的都是实话、真话，没有任何隐瞒。否则，证词一对，真假立现。当然，即便他有君子之腹，也不能排除别人没有小人之心。

"新环材料是长和公司的供应商，而且开发区项目采用了很多他们公司的材料，不过那些合同都是我到任之前签署的，价格的事，我的确不知道。这个你们可以去查。我也不认识这家公司的人，这家公司不是我引荐给长和公司的。我知道这点很难说明白，但你们也可以去找新环材料取证。"

"怎么开展调查是我们的事，你只需要回答你的问题。"

"我没有问题，至少在新环材料的合作上，我没有问题。"邢斌斩钉截铁地回答道。

纪检调查人员也没再纠缠，而是另辟蹊径，转而攻向了陈涛。

"陈涛是你们公司主管项目部的副总吧？引进供应商是他的工作，他跟你汇报过这家公司吗？"

那怎么可能？邢斌和陈涛之间像隔着天堑一般，陈涛怎么会主动找他汇报工作。

邢斌摇了摇头，说道："公司合作供应商的材料，我还是从财务部和办公室查到的，陈副总比较忙，我到任后，也只跟他谈过两次，而且每次都是不欢而散。"

"为什么？他排斥你？"

"说不清，反正不喜欢。"

"新环材料的引进工作一直是他负责的？"

"是。不过我觉得，他不像……"

邢斌虽然不喜欢陈涛，但也说不上讨厌。况且在大是大非的问题上，他相信陈涛不会出格。

"他不像什么？有行贿问题的人吗？"

"这，我觉得是。"

"你只说你自己的问题就行了。你和新环材料有没有关系，我们会再进一步调查。在此期间，你有什么要反映的情况，可以随时联系我们。希望你不要有所保留，不要做误人误己的事。"

这算是提醒，还是警告？纪检调查比公安调查还可怕。自从走进纪检大楼的那一刻起，邢斌的心跳就没平息过。

"一定，我想起什么，或是了解到什么情况，一定联系你们。"

"谢谢你的配合。查清楚问题，对你自己也有好处。"

终于走出纪检大楼时，邢斌的内心五味杂陈。他还在纠结，到底是谁把他拉进了这个"圈子"。从他踏进长和公司的那一刻起，仿佛就被一张无形的网死死粘住了。

等待已久的老王见他出来，便主动迎了上来关切地问："怎么样？"

邢斌脸色凝重，只淡淡地说了句："回去再说。"老王见他情绪不佳，没再说话。二人上车，回公司去了。

09 纳新计划

  人才是企业发展的永动力。机器可以代替人力劳动，但永远无法代替一个会思考的大脑。邢斌之所以竭力争取引进新人，不仅仅要搅一搅长和公司这潭死水，更要打造一池充满生命力的活水。只有"人"活了，企业才能"活"！

  "我听说陈副总也被叫去公安局了，说是配合调查，好像李副总也去过。"回去的路上，老王开着车，休闲地说道。

  "听说？"没想到邢斌的关注点却在这两个字上，他略带调侃地又说了一句，"王主任这么快就安排上心腹了？"

  王利毕竟在职场摸爬滚打多年，立刻收敛起来，半开玩笑地回道："我能安排什么心腹呀，不过是风言风语地听上一耳朵罢了。"

  邢斌也跟着笑了，脸上的阴霾消散不少。他虽然不喜欢听人嚼舌根，但老王这句话倒是提醒了他。

  这两次调查，公安和纪检都提到了"新环材料"这家公司。而且从调查的问题来看，这家公司存在很多问题，但为什么公司留存的这家公司的档案却少之又少呢？如果有人在刻意隐瞒，那这个人一定跟新环材料公司的经济问题有关联，甚至可能已参与其中。邢斌作为长和公司的负责人，一旦新环材料的问题被揪出来，他必然是第一个被问责的。所以对方事先设计好了这个套等他来钻？如果真是如此，那长和公司这个幕后圈子真是太可怕了。

  想到这里，邢斌不禁惊出一身冷汗。那个把他和新环材料扯上关系的人，是正义凛然的陈涛，还是世故圆滑的李堃？

  "邢总，邢总，咱们是直接回公司吗？"老王见他出了神，眼见快到公司了,一连喊了他好几声。

"啊?"邢斌回过神来,看了看窗外,下意识地说了句,"快到公司了?"

"是呀,马上要下班了,咱们还回公司吗?"老王再次向他请示。

外面的街景已经黯淡下来,太阳快落山了,夜幕即将降临,这个时候回公司也办不成什么事了。他看出老王不想加班,便拉老王去一家小酒馆小酌几杯,一来缓解缓解紧绷的神经,二来也犒劳一下老王鞍前马后地陪了他一整天。

老王看得出,邢斌满腔郁闷,想找个人倾诉,倒未必真要请他帮忙出什么主意。不过能成为领导的倾诉对象,说明他已经成为"自己人",便欣然答应了。

小酒馆离邢斌家不远,店面不大,几张桌子,接待的大多是街坊邻居。邢斌自然也是熟客之一。他一个人生活,几乎把这儿当家庭食堂了,就算不来喝两杯,也会点外卖回去吃。

"邢总是这儿的常客呀,熟得很。"

"这家菜地道,老板人又厚道,再说离我家不远,图个方便。"

两人很快点好菜,边喝边聊起来。邢斌出乎意料地讲了很多下一步的改革计划,从公司制度到机构调整,涉及方方面面。虽然很多业务上的事情,老王并不全明白,但关于人员方面的事,他还是在行的。可以说,邢斌的改革方案不止大胆,还存在极大风险。

"照这个改法儿,可是伤筋动骨。邢总,您刚到长和公司,根基不稳,这个时候不宜动作过大,要是弄巧成拙,再激出什么变故来,就不好解决了。"老王担心地劝道。

"有风险,我考虑过,也跟集团公司的领导汇报过,有上级领导的支持,没什么问题。只要咱们掌握好节奏,人员调整这块主要由你负责实施……"邢斌的话刚一出口,就吓了老王一跳。

"邢总,我才来了不到一个星期,负责这么大的事,不太好吧?再说,我连人都没认全,怎么调整啊?"老王绝非推脱,而是担心激化矛盾,雪上加霜。

邢斌知道他的顾虑,又道:"要的就是你这个'不熟悉'。你可以借新官上任的机会,给全员做一次能力评估,不讲情面、只论能力,公平公正地打分。虽然咱们最后也未必按照这个评分重新安排岗位，但这个评分是很重要的参考值。"

"可是……"老王还是有些担忧，毕竟对于建筑行业他是十足的"门外汉"。自己都不懂，又拿什么去考评别人呢？

"放心吧，业务考评有陈副总出面，你只负责组织考评。"邢斌泰然地道。

老王却一脸疑惑地问了句："陈副总答应了？"据他观察，陈涛和邢斌的关系并不好，在外人看来甚至是水火不容。他不免心生疑虑。

邢斌却胸有成竹地道："放心吧，他一定会同意的。因为考察新人，也由你们俩共同负责。"

老王愣住了。兜兜转转半天，原来招新人才是邢斌真正的目的，他不过是一个排头兵、试金石，后面还会源源不断地引进新人。看来，长和公司这潭死水马上要沸腾了。他非但没有一丝喜悦，反倒变得忧心忡忡。因为这的确是一项危险的计划，弄不好会让本就岌岌可危的长和公司雪上加霜。而自己可能功臣没当成，反倒成了罪人。

"有点困难是正常的。人一旦待懒了，习惯了，就不愿意走出自己那个小圈子。可是别人不答应，社会也不会答应。我知道很多人都不想动，想占着位置等退休。可是公司等不了啊，这公司都没了，还往哪儿去等退休呀？"

此时的邢斌借着酒劲侃侃而谈，仿佛变回了那个意气风发的创业青年，兴奋地讲起了自己的引进人才计划。当然，这其中也包括他游说很久都没成功的田蕊。他坚信，这次一定能把那丫头招进公司。

老王认识邢斌这么久，还是第一次见他这么激情四射，好像整个纳新计划已经万无一失了。他突然发觉，这位平日里温文尔雅的老弟搞起事业来还挺有魅力的。

那天，老王陪着邢斌聊了很久，也聊了很多，从人事管理到山南海北，从创业艰辛到时下困局。邢斌像打开了话匣子，一直聊到小酒馆打烊，两人才悻悻地离开。

这是邢斌进入长和公司后最开心的一晚！

老王原本以为邢斌那晚说的是醉话，没想到纳新计划很快就开始实施了。他不知道邢斌是用什么方法劝动了陈涛，也不知道他们两人之间是什么时候"和解"的。总之，陈涛的加入，令很多反对岗位竞聘的声音消失了。

他打心眼儿里佩服邢斌的高招。不仅打破了领导班子不和谐的传闻，还使公司里的"风言风语"转换了话题。毕竟在人人自危的时候，谁还有心思"关心"别人呢？

"这几个岗位的竞聘人选都不合适！"陈涛的话掷地有声。在业务方面，他是专家。

巨大的办公桌上，散落着几份文件。老王偷偷瞄了邢斌一眼，他正聚精会神地看着手中的文件，脸色有些凝重。陈涛提出的那几个岗位，要么是项目经理，要么是助理，都是关键岗位，弄不好会影响全局。

"陈总，公司里的适龄员工几乎都参加竞聘了，连咱们一线的一些技术人员、助理都参加了，要不您再挑挑？"

老王表面上是劝陈涛，实则是想探一探邢斌的态度。毕竟公司正值乱事之秋，领导班子成员又都在配合公安、纪检的调查，这种时候搞大规模的竞聘，难免弄得人心惶惶。一贯胆大的老王也不得不谨小慎微起来。

陈涛却一口回绝，态度强硬。他不是一个能够轻易妥协的人。

邢斌看了看陈涛，又仔细思考了老王的话，最后还是坚定地支持陈涛。

"业务上的事不能'当好人'，行就是行，不行就是不行。现在只是竞聘，即便以后上岗了，年终测评也要实事求是，能力不行的，一律要劝退。项目经理也好，经理助理也好，都是动辄影响整个项目的人。甚至一个小小的决策失误，都可能会影响到项目，影响到公司的声誉。所以选人必须慎重，我支持陈总。"

听了两位领导的话，老王犯了难：往哪儿找人去？

"我说两位领导，找人是最难的，咱们这个行业又特殊，那要的人才是复合中的复合，全面中的全面，这人往哪儿找去？"

"猎头公司。"邢斌略带调侃地道。

"找人才是人力的事，找来的人用不用，是我的事。"陈涛那张冰山脸照旧没有半点暖色。连阅人无数的老王都快受不了他了。老王只是奇怪，为什么邢斌一定要拉上陈涛竞聘新人呢？

"得，我这活儿啊，还真是不好干。"老王叹了口气，装出一副为难的样子。

"行了，老王，你肯定有办法，别在我们面前装啊！"邢斌对老王的能力了如指掌，三两句话就说得老王哑口无言了。

三人又对引进人才的事重新部署了一番，陈涛和邢斌一致决定不招应届新人，只招有从业经验的年轻人。没想到，这条件虽然略显苛刻，还是引来了众多求职者，那几天公司邮箱都快挤爆了。人力专员的电脑上，不停闪现有待查收的新邮件。长和公司还从没得到过这么多的社会关注。

阳光温暖的下午，正在开会的邢斌突然接到一条信息，是老王转发过来的一份简历。他草草看了一眼，嘴角便不自觉地向上扬了一下。虽然那动作极细微，但还是被身边的李堃捕捉到了：这笑容仿佛带着一股春风，有点奇怪。

晚上，邢斌主动打了电话过去。

"我之前劝了你那么长时间，你都不肯来长和，现在怎么突然想通了？"

"我可不是随随便便就跳槽的人。万一公司业绩不好，我还傻乎乎地跑过去，连工资都拿不到，那岂不是亏大了？"田蕊半开玩笑地道。

"你不是对我没信心吧？"

"那怎么可能？邢总的业务能力，别人不信，我还没见识过吗？我是觉得，你刚到任，我就跟着进了公司，明眼人一看就知道我是你的亲信了，那以后我怎么工作呀？"

田蕊的口吻虽然像在开玩笑，但也的确是实情。

"那你现在就不怕'人言可畏'啦？"

田蕊爽朗地笑道："大叔，我还有点智商，你这么大张旗鼓地公开招聘，还特意给我发了链接，不就是为了避免人家说你假公济私吗？"

"你这张嘴呀！"邢斌骂在嘴上，却乐在心里，"长和公司是国企，人多嘴杂……"

"好啦，我知道，少说话多干活，你放心吧，我可是去给你帮忙的！"田蕊得意地道。

"这么说，你是来雪中送炭的啊，我这儿还没到'四面楚歌'的份儿上呢！"

"得了吧，大叔，你要是不缺人手，干吗又是竞聘，又是招聘？"

田蕊又是一语中的，还真是什么也瞒不过这个小丫头。

"算你说对一半吧！"

"敬爱的邢总，我能不能冒昧地问一句，你准备给我安排个什么职位呀？说好了，我可不干秘书！"

田蕊的语气突然多了几分娇气。邢斌倒是颇为怀念这种语气。

"总经理秘书有什么不好？有多少人巴不得干呢！"

"你自己刚刚说的，你们那个公司呀，人多嘴杂的，我这么年轻貌美的小丫头给你当秘书，指不定得惹出来多少闲言碎语呢？我还是过点轻闲日子吧，像什么项目部呀，工程部呀，最苦最累的工作，邢总就看着安排吧！"

"你这个鬼灵精，就知道我不会让你来享轻闲。"邢斌心里早有盘算，田蕊的话正合他意，二人又想到一处了。

"唉，我就知道。"田蕊故意叹了口气，假装沮丧。

"少贫嘴。你先到项目部去熟悉一下，重点接触一下开发区那个项目。"

"这是给我的侦察任务吗？"

"少贫嘴，有事及时汇报。"

邢斌嘴上故意呵斥她，却乐在心田。第二天，刚上班，他就收到了那小丫头报到的信息。此时，他才感觉自己离开发区项目进了一步。

10 反对之声

无论什么时候，总有人会站在你的对立面。即便你有一万条理由证明自己是对的，但只要有一条错了，那也是错了。因为有些人就是想让你错。只有你的错，才能让他们守住自己的利益。

S城开发区项目部，距离长和公司总部四十三点三公里，车程一小时。田蕊和邢斌之间居然隔了整整一个小时。

她既然来了，为什么还把她送到那么远的地方去？

有时候，连邢斌也讨厌自己的理智。他为什么不能感性一点，自私一点？他只是一个普通人，并且上了点年纪，为什么还要活得这么小心翼翼？

"下班了吗？"

傍晚的余晖映在对面大厦的玻璃墙上，耀眼的红光折射过来。邢斌拉下百叶窗，办公室里一下子暗下来，像夜幕下的小岛般宁静。他打开微信，打下这四个字，然后又迅速删除了。自从田蕊进入开发区项目部后，邢斌只接到过一次信息，并且简洁到只有三个字——已就位。

"邢总，还没下班吗？"老王见办公室亮着灯，敲了敲门却没人回应，不放心邢斌一个人，就推门进来看看情况。

"是老王啊！"邢斌看着老王的眼神居然有些木讷，没有了白天的光彩。他显得有些疲惫。

不，是很累！

因为这一整天，对他来讲，就像坐了无数次过山车。

"我正好路过，看房间亮着灯，就进来看看。"王利走近几步，关心地问，"没事吧？"

邢斌长叹了口气，苦笑道："没什么，明天的会议准备好了吗？"

老王脸色一沉，面露难色道："倒是准备好了，会议室也腾出来了，地方足够用，就是……"

邢斌见老王欲言又止，便猜到他的顾虑："就是什么，怕他们不来？"

这两个人口中的"他们"原本也是长和公司的员工，而且都是在内部竞聘中丢掉岗位的人，有些甚至还是中层干部。遗憾的是，他们输掉了竞聘，也暂时输掉了人生。人到中年，一旦打上失败者的烙印，就很难咸鱼翻身了。市场经济就是这么残酷，每个人都是商品，都免不了"以价论值"。可是，有多少人能看破这一切呢？

"如果一个人也不来，倒还好。"话到此处，老王一脸担忧，"我是怕他们都来了，闹事！"

"你不是分批通知的吗？"邢斌面带质疑地问。

老王点了点头，还是有些担忧："本部这些人中，有相当一部分是我亲自谈的。虽然过程不算愉快，但咱们给的遣散费不少，看在钱的分上，他们总不至于来闹事，就是怕项目部那些人。"

"怎么了？"邢斌追问。

虽然这次竞聘陈涛是组长，但他只负责考核。劝退、改派这些得罪人的事，还是老王一肩挑。由于内部关系网太过复杂，连陈涛这样一贯铁面无情的人都退避三舍了。

正因为如此，老王对每个劝退人员都了如指掌，每天晚上一闭上眼他就能看到那一张张难看的脸。有的甚至威胁过老王，有的还当着老王的面扬言要找邢斌的麻烦。果然，世上没有一颗钉子是软的。所以，邢斌提出要亲自见一见被劝退人员时，老王才忧心忡忡。

"他们可都是在工地上摸爬滚打出来的，工地上闹事、催债这些手段，见怪不怪了。而且按文件执行，他们能拿到的遣散费比本部的人员少了不少，这事放谁身上，心里也平衡不了。"

"放心吧，如果真是工地上催债的那些手段，我还见识过一些，不至于拿他们一点办法没有。"邢斌却胸有成竹地道。

"可这些人……"

"没事的，放心吧，明天随机应变，苗头不对，咱们就报警解决。今天就到这儿吧，你先回去好好休息。"

那一夜，老王睡得并不踏实，半梦半醒间好不容易熬到天亮了，却被一个电话吓出了冷汗。公司保安向他汇报，天刚亮，公司门口就聚集了上百人，拉起了横幅，并且将公司大门围得水泄不通。

老王一方面稳住保安，让他们尽量安抚聚集人群的情绪，避免发生暴力事件，另一方面抓紧时间向邢斌做了简要汇报。邢斌早些年也经历过工地停工、民工讨薪这些恶性事件，甚至还闹出过工伤，但规模这么大、这么有组织的事件，他还是第一次经历，不免有些慌张。

"老王，你还有多长时间到公司？"

"大概五分钟。"

"好，我在路口等你，咱们先商量一下再过去，另外通知李副总和陈副总尽快赶到公司。"

"李副总已经到了。"老王的声音有些低沉。

邢斌微微一笑，暗想这倒是符合李堃的行事风格，看来总公司的领导也已经知道了。他刚挂掉电话，就收到了赵瑞的信息：

"怎么闹这么大动静？尽快安抚好员工，来总部一趟。"

邢斌赶到路口时，陈涛正站在垃圾筒前，低着头，猛吸着烟，见他来了，撩起眼皮，瞥了他一眼，继续闷头吸烟。

"陈总，你进去了吗？现在什么情况？"邢斌朝公司方向看了一眼，这个位置比较隐蔽，不容易被发现。

陈涛摇了摇头，掐灭了烟，沉声道："门口被堵住了，想进公司，得先跟那些人谈。"

"你们有什么建议？"邢斌看着陈涛和老王，眼神中闪现出一丝期待和企盼。

"干脆报警，这算非法聚集，完全可以报警处理。反正现在他们正在气头上，咱们怎么解释，他们也听不进去。"老王的话不无道理。

陈涛轻咳了一声，没说话。他不同意老王的方法，但一时又想不出更好的解决方案，也只能闭口不言。

"先不报警，这是公司内部矛盾。一旦报警，双方就都没有退路了，而且还会造成很大舆论压力，有损公司形象。"邢斌说这话时，顶着巨大的心理压力。他明白，凭他的能力，要解决这次事件并不轻松，甚至有可能弄巧成拙，把自己辛苦建立起来的领导形象统统抹杀掉。然而，不报警的话，任由事态继续扩大，闹出更大的乱子，到时候公司受到的损失会更大……他一时也很难抉择，只是下意识地要维护公司形象，才勉强做了这个决定。

"什么，不报警？可是邢总，你没见那些人的架势，要跟咱们拼命呀！"老王让守门的保安偷偷录了视频传过来，放给邢斌和陈涛看。

邢斌关掉了手机的提示音，可是震动声依然响个不停。

集团安保处、总裁办公室、人力资源部……

微信、电话、短信……

他的手机快爆了，整个人也快爆了……好像整个世界都被点燃了！

"总躲在这儿也不是个事，早晚被那些人发现。"陈涛沉声道。

"是呀，邢总，实在不行，咱们就报警吧！"老王继续劝道。

邢斌还是沉默。他需要足够的时间让自己冷静，再冷静，反复思考权衡，预测事件可能演变的最坏结果和最好结果……这短短的一刻钟，他仿佛走过了好几年。

"我想现在已经有人替咱们报警了，说不定媒体也来了。现在最棘手的是怎么回复那些人。"

邢斌这话一出，陈涛怔了怔，老王也怔了怔。在邢斌的印象里，那是陈涛第一次郑重其事地看着他。

"说得对。"

"话是不错，可怎么回复呀？我之前劝他们离岗时就已经提出咱们的条件了，要么接受集团重新安排岗位，要么自谋职业，公司支付他们三个月的薪酬。当时倒是有几个人接受了，可是一转眼又反悔了，你们看看，就是这几个人，出尔反尔，翻脸比翻书还快，这还有点诚信吗？"

老王指着手机视频上的几个人，眉头紧锁，满脸愁容地碎碎念。

"还是咱们工作没做到位，考虑问题太主观了。"邢斌若有所思地道。

"这还主观？"老王有点不服气。

"这事换了谁，心里都会不舒服。"邢斌想了想，"过去吧，我有办法了。"

老王和陈涛相互对视了一眼，脸上写满了惊讶和疑惑。邢斌在老王耳旁低语了几句，老王有些愤愤不平地离开了。陈涛跟着邢斌一起朝闹事人群走去。

"来了，来了，他们来了！"

老远就听见人群中传出一阵喊声。邢斌信步走在前面，神色和蔼淡定。走近人群时，他看到了那条横幅，上面赫然写着"无故辞退员工，要求劳动仲裁"的大字。白布红字，让人触目惊心。好在他在工地历练多年，讨债的事见多了，也见怪不怪了。反而是身后的陈涛，眉头皱了皱，面露愠色。

邢斌和陈涛被闹事人群团团围在中央。邢斌没作声，耐心地等人群渐渐安静下来。陈涛却显得有些不耐烦，他正要张口，却被邢斌拦了下来。

"别着急，先看看。"

"这还看什么？"

"再等等。"

两人窃窃私语，被闹事员工呵斥道："都到这时候了，还有什么不敢说的。"

"对，要说就大大方方地说。"

有一两个挑头的，人群一下子又闹腾起来。陈涛见状，叫了保安，没想到保安根本挤不进人群，闹事员工的情绪反而一下子被刺激了，开始往中间聚拢，将二人挤得更紧，他们快喘不过气来了。

"大家冷静冷静，听我说，我们是来解决问题的，希望大家给我们一点时间，有什么要求，可以提出来，我们尽量帮助大家想办法。"

为了盖过其他人的声音，几句话的工夫，邢斌只觉耳膜都被自己震得如针刺一般。陈涛见他声嘶力竭地喊，火气也降了下来，跟着他一起游说大家。

这时，刚刚消失的李堃出现了。他带着几个保安，居然在帮助老王发放早餐。原来老王离开是按邢斌的吩咐去买早餐了。

"热豆浆、刚出锅的油条，每人一份。"老王故意将早餐车放远一些，以便分散聚集的人群。闹事的人群果然渐渐散开了，邢斌和陈涛也得以松了口气。

"大家冻了一个早上，喝点热豆浆暖和暖和，有什么问题，吃饱喝足了再说。"李堃满脸堆笑，热情地发着早餐，居然还给邢斌和陈涛一人送来一份，"邢总，王主任都跟我说了，真是厉害！我带着保安维持了半天秩序都不管用，您这一招，得勒，全解决，果然见过大场面，以后得好好跟您学习。"

陈涛瞥了他一眼，拿着早餐坐在边道上吃起来。

邢斌淡淡地笑了笑，喝了口豆浆，又叫来老王吩咐了几句。老王转身去跟保安沟通了几句，然后对着闹事人群说道："今天外面有点冷，邢总已经安排好了会议室，待会儿吃完早点，有愿意跟公司领导沟通的，欢迎到会议室去谈。今天不想谈的，可以先回家，事后想再找领导谈话的，可以先到我这里登个记，我替大家安排好约见时间，再通知大家。你们看怎么样？"

老王的一席话并没收到回应。闹事员工都在吃着早餐，偶尔有几个人抬头看了看邢斌，绝大多数人保持沉默。

"我知道，这个沟通的方式跟大家预想的有一点出入，但是沟通的内容还是大家关心的问题。我们只是想尽量帮助大家解决一些实际困难，当然不可能尽如人意，但我在这里向大家表个态，公司领导班子一定会竭尽全力为大家想办法，谋出路，不会扔下大家不管的。目前公司正在调整期，难免有一点疏漏，我在这里代表公司领导班子向大家道歉，希望大家能给我们一点时间，咱们坐下来，心平气和地沟通一下。我们也想了解一下大家的诉求，说不定咱们还有新的合作机会。我们不会轻易否定一个人，也希望大家不要轻易对我们丧失信心。"

也许是邢斌的真诚打动了大家，也许是他们想清楚了自己的处境。邢斌话音刚落，有人已经起身迈向公司大门了。紧接着，一个，两个，三个……越来越多的闹事者走进了公司，走向了和谈的会议室。

警察赶来时，公司门外只剩下值勤的保安。这场闹剧暂时告一段落，但真正的危机才刚刚开始。

11 祸不单行

为什么好事总一件一件地来,而坏事常常接踵而至?那是因为人接受一件好事只是一瞬间,而接受一件坏事却需要几分钟、几小时,甚至是更长时间。然而,人经不起大喜,却受得住大悲。比最坏更坏的事情,也不过是更坏而已。乐观的人总是准备着应对更糟糕的事。

"祸不单行"这句话不是白说的。当劝离员工围堵公司时,邢斌就预感到会有一连串噩耗袭来。果然,他刚进办公室就接到了老王的电话。

警察找上门了!

老王带着两名身穿制服的警察穿过办公区,在众目睽睽下,直奔总经理办公室去了。为首的是一位中年警察,面容和善,却有一种不怒自威的气势。老王对那人十分客气,称他为"林队"。

"邢老板,咱们又见面了。"林刚一见邢斌就热切地打招呼。

邢斌没想到会在这里见到林刚,脸上闪过一丝惊讶。他主动迎上去握手,寒暄道:"林队,好些日子不见了。"

老王站在一旁,怔了怔,心想这两人难道是老相识?原来邢斌早有准备,害得自己刚才一阵瞎着急。他突然发觉邢斌这人不简单。

邢斌安排两位警官落座,示意老王先去招呼会议室那几位闹事员工的代表。

"邢老板,今天的阵仗不小呀?"林刚朝窗外努了努嘴,一脸含笑。

邢斌苦笑了一声,无奈地摇了摇头:"公司正在整改,可能做法上有些激进了,我们正在想办法解决。"他知道林刚此行的目的并不在此,转而又问,"林队今天来是……"

林刚笑了笑,说道:"其实咱们第一次见面时,我们已经收到消息,你将出任长和公司总经理。当时没说，也是想再观察你一段时间。"

"观察？"邢斌听罢这话，心里暗暗有些不服，便不自觉地表露出来，"看来这事我说不清了？"

"至少目前还不能下结论。"林刚略带冷漠的声音像刺一般扎进邢斌心里。

他是否有嫌疑，他自己说了不算，林刚说了也不算，只有真相说了才算："那要等到什么时候才有结论？我就一直这样生活下去吗？我怎么工作呢？"

林刚理解邢斌的情绪和压力，但作为一名警察，他必须用事实和真相说话："我理解你现在的心情，我们也确实还没有找到你和你原来公司的下属在合同存续期间与长和公司的人有私下资金往来的证据。所以到目前为止，还不能确定你们的合作中存在贿赂行为。"

邢斌听了这话，脸色稍有舒展，嘴角微微上扬，但很快又恢复了冷峻。

"你先别高兴，我只是说从这个角度找不到相关证据。"林刚接过助手递来的文件夹，又认真核对了一下，才缓缓地道，"但是你前后身份的变化，也的确给了我们很多侦破灵感，原本我们是打算直接介入长和公司开展正面调查的，相信你也有所耳闻，我们也找了长和公司其他管理人员，做了一些外围调查，也可以说是排查，可是效果并不理想。既然你已经上任，咱们又是老熟人了，我们还是希望能从你这里找到突破口。你先看看这几份材料。"

林刚的审问技巧的确老道，至少让邢斌很舒服。很多时候，他甚至分不清哪一句是审问，哪一句是调侃。林刚的调侃并不让人厌烦，相反，在很大程度上调节了对话的气氛。邢斌暗暗学了很多问话技巧，只不过他并不是一个好学生，至少实践能力不强。

邢斌接过材料，仔仔细细、认认真真地看了一遍。基本上都是长和公司和供应商之间资金往来的发票和会计凭证，但竟然有一半是"新环材料"的。

"怎么又是这个新环材料？"邢斌暗生怒火，脑海中突然冒出了"陈涛"这个名字。

"邢老板，我知道这里面绝大部分供应商都是在你接手长和公司之前签订合同的,但是他们现在是跟你合作,所以我们希望你能积极配合。当然,我们作为执法机关,也会依法立案,这样一来,长和公司面临的局面就被动了。公司的资金账户会暂时被冻结,我们会知会荣鑫集团做好配合,但首先是你自己要把好关。"

林刚那张和蔼的脸突然严肃起来,邢斌还真有点不适应。

"我明白,这是必须走的流程,我们公司现在这个局面,也是乱到一块儿去了!"邢斌不由自主地叹了口气,"林队放心,我会积极配合的。要调查、要取证,我们都全力配合,早点调查清楚,我们也好早点恢复经营,毕竟项目不等人呀,我这个压力确实很大。"

邢斌并不是一个轻言压力的人,但此刻他脸上已是愁云密布,他大概没想过,一场改革还没开始,竟遇到了那么多"意外"。

林刚向门口望了一眼,又看了看身旁的助手,若有所思地道:"既然我们已经介入调查了,今天这个事情也不能说跟长和公司的资金问题一点关系没有,我们也不能白来一趟,正好了解一下情况。"

邢斌心里顿时有些发虚。他不知道那些闹事员工会编造出什么话来,也不知道林刚想了解哪些情况;但依眼下的情形,他若是执意阻拦,只怕弄巧成拙,反倒让林刚怀疑他做了什么见不得人的事,倒不如光明正大地积极配合。所以,他亲自带着林刚和其助手来到了会议室。

一进门,邢斌几乎呆住了。依照陈涛的火暴脾气,他原本以为会议室里会吵成一片,没想到会议室里却一反常态地格外安静。双方各自拉长了脸,互不理睬。陈涛双臂紧抱,冷漠地看着对面。闹事的几个代表也是一脸不忿,时而看看坐在正中的李堃。

李堃见邢斌和两名警察进来,赶忙迎上去,笑盈盈地道:"邢总,两位警察同志,来得太及时了。我这都快撑不住了。您瞧这双方,谁也不让步,我这劝完了左边劝右边,劝完了右边又劝左边……"

"这位是李副总,负责工会、行政这块儿,"邢斌向林刚介绍道,又指了指一旁的陈涛,"那位是陈副总,主要负责业务。"

"不用介绍了,大家都是老熟人了。"林刚笑着跟李堃握了手。

"林队过来了解一些情况,希望大家据实说明情况就好。"邢斌看了看对面颐指气使的几个闹事代表,语气温和地道。

"据实说明？"一名代表脸色一沉，怪笑一声，"邢总这话是什么意思？你是怕我们'实话实说'吧？"

"这是什么话，警察同志在这儿，你们实话实说就行了，我就是嘱咐两句。"邢斌强压着怒火解释道。

其实，他不解释还好，越解释越火上浇油，那几个代表的情绪反而愈发激动了："邢总，你们要是不心虚，嘱咐什么？你这分明就是怕我们揭了你们的老底儿。"

"对，就是怕我们揭老底儿！"

"领导不是让咱们'实话实说'吗？那咱们就好好跟警察说道说道。"

邢斌和陈涛都有些激动了，陈涛甚至站起身要跟那几个人理论，被李堃拦了下来。

"别激动，别激动，有话好好说，警察同志不是还在这儿吗？"李堃又拎出了他那张左右逢源的玲珑嘴。可惜这一次不太灵。

"别听他的，官官相护，他们是一伙的！"

话音未落，一位代表瞪大了眼睛，从包里掏出一沓材料，往会议桌上一拍："警察同志，这就是我们准备的材料，您看看。"

林刚微笑着坐下，随手拿起一沓材料翻看起来。那些材料基本上都是项目工程方案，专业性很强，他一时半会儿也看不懂，需要找专家来审核，但费时费力，不是马上能给出答复的。况且多年办案经验告诉他，这些材料在长和公司的案子中起不到什么作用。办案的确需要广泛搜集资料，但也要有方向性，不是所有资料都有办案价值。

不过，作为老警察，他还是不露声色，吩咐身旁的助手仔细核对材料，这样既能给那几位情绪激动的代表一些心理安慰，说不定还能找出个把有价值的线索。但邢斌和陈涛有些慌了，尤其是陈涛。毕竟所有项目都是他经手的，这次竞聘也是他主持的，所有矛头都指向了他。

林刚看出双方的矛盾，也看出邢斌、李堃和陈涛的心思，便故意不紧不慢地道："大家先不要着急，既然我们来了，就把今天这个事情搞清楚。刚才我们跟几位经理、主管了解了一下情况，首先要说明的一点是，长和公司在这次竞聘中的做法确实欠妥，处理方式过于简单粗暴了，但是各位今天这个集会是非法的，是我们国家法律法规不允许的。"

林刚这个"双方各打五十大板"的做法果然收到了一定的效果，一听到"非法"两个字，那几位代表的气焰立刻降了下去。

"警察同志，我们也不想集会呀，可是如果不把事情闹大了，谁来关注我们呢？我们都吃不上饭了！"

"我看了你们公司对劝离人员的政策，集团公司会给你们重新培训、派遣合适的新岗位，如果不想留在荣鑫集团，也可以另谋职业，公司会给你们预支三个月的工资。不管怎么说，也不至于吃不上饭呀？"林刚眯缝着眼睛，温柔地道。

"什么集团公司培训？我们怎么不知道！"

"怎么能说'不知道'呢？我可是挨个跟你们谈的，公司的政策也一条一条跟你们说了，你们不能睁着眼说瞎话吧？"老王也激动了，满脸委屈地道，"警察同志，几位领导，这可是他们的一面之词，我有证据，谈话时我们办公室的人力专员也在场，要不叫她来，咱们当面对质？"虽说老王是职场里的"老江湖"，但当面被人这样诬陷，还是向警察和上级领导告黑状，也无法心平气和了。

"老王，你去看看早上值勤的保安，慰问一下。"邢斌朝老王使了个眼色，借机支开了他。

李堃笑嘻嘻地给大家沏茶续水，又忙着打圆场："要我说呀，大家都冷静冷静，吵架解决不了问题，警察同志在这儿呢，有什么话，咱们心平气和地敞开了说。"

"是呀，李副总说得对，既然我们来了，就是为了协调这个事。"林刚借机转了话锋。

"我说两句，"他的声音低沉，仿佛带有魔性，会议室瞬间就安静下来，"情况我们基本都了解了，你们的心情，我非常理解，现在工作不好找，离岗就意味着失业，再就业也不是那么容易的。家里上有老下有小，都指着咱们养活，肩头压力不小啊！"

林刚的话一下子戳中要害，刚才还趾高气扬的几个人眼中瞬间泛起了泪光。邢斌看在眼里，不禁垂下了头。

此刻的他，有一点自责，但更多的是一种无力感。他不是没想过好好安置这些离岗员工，可往哪里安置呢？总公司能调配的岗位也是有限的，而且要求较高，要求低的岗位，也就剩下保洁了。对于坐惯办公室的人来说，怎么可能接受保洁、保安这样的岗位？

他突然无比理解他们，说道："林队，我能说两句吗？"

"可以啊！"林刚大方地道。

邢斌理了理思绪，淡定地道："这种时候，我知道说什么都弥补不了大家。但是我还是想先说一句'对不起'。咱们公司现在的状况，想必大家也都知道，可以说是相当不好。作为公司总经理，我不是在这儿卖惨，也不是寻求大家的同情，我就是实话实说。公司要活下去，就必须要调整，这也是集团公司给咱们公司的最后一次机会。如果咱们公司在年底无法扭亏为盈，那所有人，包括我在内，都会被集团公司放弃。到那时候再就业，会比现在更难。再说咱们这次也不是真让大家失业，集团公司为大家安排了新岗位。我知道，这些岗位不尽如人意，跟大家之前的工作环境相比可以说是天壤之别。所以我理解大家的心情……"

"光理解有什么用？"对面又传来激动的声音，只是语气不似之前那般强硬了。

邢斌不怒反喜，毕竟他们之间有了对话的可能："你说得对，光理解没有用。所以接下来，我要做一件事：对所有离岗人员做一次全面的能力评估，根据大家的能力，向总公司争取更多的适合的岗位，凡是没有落实好岗位的人员，留岗待用，有合适岗位我们会优先推荐，当然薪酬会低一些。不知道大家有没有意见？"

这话说出后，会议室里又是一阵寂静，众人面面相觑……

12 绝境逢生

《孙子兵法·九地》有云:"投之亡地然后存,陷之死地然后生。"在现实生活中,究竟什么样的境遇算是死地呢?账户冻结、工地停工、项目夭折、员工罢工……整个公司几乎停摆,这样算不算绝境?有意思的是,邢斌已经不止一次有过这样的经历。他的淡定从容不是毫不在意,而是他相信,总会有一抹阳光为他而留。

过了良久,沉默的会议室里,终于响起了疏疏落落的掌声。激愤的闹事代表们被邢斌的真诚打动了。他们跟邢斌并没有太多的同事情谊,甚至绝大多数人根本不认识这个一身书卷气的总经理。

"他为什么要帮我们?"

"是愧疚,还是安抚?"

不管他的承诺能否全部兑现,也不管他是不是真心实意在帮离岗员工,这一刻,大家愿意相信他。

"邢总,"李堃偷偷拉了拉邢斌的袖子,在他耳畔窃窃地道,"万一总公司提供不了这么多岗位,咱们怎么办?"他的语气,大有"上了贼船"的懊悔。

邢斌知道,让李堃跟他们一起做这个承诺,显然不符合他的"老好人"形象,便骗他道:"放心吧,我来之前已经跟总公司领导汇报过了,领导基本同意我的方案,要不我也不可能随便开'空头支票'呀!"

李堃虽然将信将疑,但陈涛却信了:"邢总说得对,我们领导班子不会放任大家不管的。这次劝离的人员中,有相当一部分是工作五年以上的老员工了,我们不会不管的,我相信邢总会帮大家争取到合适的岗位。"

陈涛说得激情澎湃,这是他迄今为止最具感染力的一次演讲。邢斌虽然不动声色，但心里却打起了鼓，毕竟这只是他的一面之词。赵瑞会不会支持这个提议，他并没有把握。但作为负责人，他责无旁贷要迎难而上，稳定住公司的局面，尤其在这个内忧外患的时期，更要先确保自己阵脚不乱。

在陈涛的带动下，局面居然一边倒地倒向了邢斌这边。闹事员工代表的脸上乌云退散，一场闹剧终于暂告一个段落。

"好啊，看来不用我们再出面调停了。"林刚也对邢斌暗生钦佩，"邢总，既然事情平息了，接下来就是你们公司内部需要解决的问题，我们不便参与，就先回去了。"

邢斌亲自送走林刚和助手，便马不停蹄地赶到总公司向赵瑞汇报情况。他一定要第一个见到赵瑞，汇报第一手的情况。这是老王再三嘱咐他的，倒也不是以小人之心度君子之腹，实在是被坑多了，下意识地自我保护。

荣鑫集团大厦是S城的地标建筑之一，三十八层的大厦，总裁室在最顶层。坐电梯上去要好几分钟，邢斌正好利用这个时间想一想该说什么，怎么说。向领导做汇报也是有技巧的，即便他跟赵瑞再熟，也还是需要讲究一些策略，毕竟这件事情影响太大了。就算赵瑞想袒护他，也需要无可辩驳的理由。而这个理由，他必须提前准备好。

"请进。"邢斌轻轻敲了几下，门内传来磁性的声音。从声音判断，赵瑞并没发火，至少现在还没有。

"赵总。"邢斌走到办公桌前轻声叫道。总裁办公室，除了宽敞还有一种说不出的威严。

"来了？"赵瑞抬起头，看了邢斌一眼，又下意识地看了看手表，快十二点了，"比我预想的快，坐吧！"

赵瑞还在闷头处理文件，邢斌就在办公桌前坐下，静静等待。

"事情处理得怎么样？"赵瑞签好字后，合上文件夹，脸色凝重地看着邢斌。他在等一个解释。

邢斌将上午的情形讲了一遍，尤其是林刚的处理意见也原封不动地告诉了赵瑞，最后又提了他给离岗人员的承诺。不过，他对李堃和陈涛的猜测只字未提，也未露半点端倪。

赵瑞听后，沉默了良久。时间一点一点流逝，期间秘书打过几次电话都被赵瑞挂断了。邢斌看得出，自己一时义气的承诺让他为难了。

"赵总，我是不是有什么地方处理得不好？"邢斌轻声问。

赵瑞没作声，而是打开电脑，在键盘上一阵敲击。他是个优雅的人，连敲键盘的声音也轻柔得很。

邢斌没再说话，打扰别人思考同样是不礼貌的行为。他想给赵瑞一点思考的时间，他可以等，一直等……

"离岗人员安置的事，我会找人力资源部尽量帮你解决。"赵瑞面无波澜地道。

"谢谢赵总，谢谢您支持。"邢斌发自肺腑地感谢道。他知道这个承诺的背后需要一连串的协调工作。像荣鑫这样机构复杂的集团公司，任何一点细微的调整都需要经过很多环节，需要很多部门的协调沟通，即便赵瑞这个总裁也不可能搞"一言堂"。

"客气话就免了。有个事我要提前通知你。"赵瑞顿了顿，想了半天才道，"审计从下周开始入驻你们公司，所有项目合同、出入账款，全部彻查。你提前做好安排，配合工作。"

邢斌预想到审计会进驻公司，但没想到这么快。他怔了怔，礼貌性地回复了一句，语气略显沮丧。

"出了这么多事，审计入驻也是正常的，查一查没坏处，不要带情绪，你这个'一把手'要是传播负能量，整个公司就没法要了。"赵瑞的声音突然变得清冷。

"我明白，就是有点突然，一时没转过弯儿来。"

这简直就是"屋漏偏逢连夜雨，船迟又遇打头风"，接踵而至的噩耗压得邢斌快喘不过气来了。他不由自主地叹了口气，一脸愁容难以舒展，满腹委屈无人倾诉。赵瑞虽然理解他的心情，但眼下却不是互相安慰的时候。

"转不过弯儿来也得转，你是公司一把手，员工们都看着你呢！你脸上满是微笑，举重若轻，那公司里传播的就是正能量；你要是整天愁云惨淡的，那公司里到处都是负能量，员工们可就该自谋生路了……"

也只有邢斌，能让赵瑞这样推心置腹地劝告。在他心里，邢斌不只是手下，更像朋友，是来帮助他解决难题的开路先锋。

这时，秘书送来两份午餐，赵瑞和邢斌边吃边聊。

"忙了一上午，先吃饭吧！"赵瑞关切地道。

邢斌笑了笑，吃了几口，却味同嚼蜡："其实我知道，这些事情早晚都会过去的。我会尽快打起精神，长和的改革刚起步，后面还有很长的路要走。只是我没想到，会遇到这么多困难。"

"跟你之前的经历有很大不同吧？"赵瑞话锋一转，突然问道。

邢斌点了点头，怅然道："完全不同的经历。以前虽然也会遇到各种各样的问题，但很少涉及人际关系，也不会出现今天这种事……"

"这没什么，权当积累经验了。就算换了别人去搞竞聘，也会发生这些事，该离岗的人还是会离岗，该来闹事的也还会来闹。"赵瑞淡然地看着邢斌，安慰道，"那些离岗的人，就算不是在咱们公司，换了别家公司，也会被劝离，淘汰他们的不是我们，是社会。"

这些道理邢斌都懂，他也这样自我宽慰，但却无济于事。他内心深处还是充满了自责。赵瑞见他双眉紧锁，一脸愁容，又为他准备了一个惊喜。

"我知道，这段时间为难你了。公安和纪检都找过你，虽说你只是配合调查，但是'人言可畏'，有些事好说不好听，这个我明白。"他喝了口茶，从手机上转发了一条信息，"知道你这次遇上的麻烦有点大，我可没闲着，一直在帮你想办法，看看这条信息。"

邢斌打开微信，原来是一条高端商务人才的短期课程报名信息。这种课程可以说是商界精英的聚会，有资格接受邀请的，要么是公司总裁，要么是商界名人，自己籍籍无名，怎么会有资格参加？所以，他当下便打了退堂鼓。

"这……赵总，我不太适合。"

"怎么不适合？我看挺适合的。"

"这是您这个级别的领导参加的，我去了不合适。再说公司现在这个局面，我也走不开呀！"

"有什么不合适的？公司现在这个局面，正好需要这次机会。"赵瑞放下餐盒，喝了口茶，语重心长地道，"虽说公司账户被冻结，经营上有些困难，但这都是暂时的，等审计调查过后，公司账户很快就会解冻。这些都不是真正的难题。真正的难题是怎么把长和公司这潭死水搅活了。"

邢斌点了点头，说："这个事，我不是没考虑过，我们现在的确需要新项目，光靠一个开发区项目养活不了整个公司，何况这个项目周期太长，回款会很慢，占用公司资金又多……"

"所以才需要短期项目快速赚取利润，盘活资金，再说你有项目在手，才好向银行贷款，做工程离了贷款怎么生存下去……"赵瑞越说越兴奋，邢斌很快就被他说动了。

"赵总，今天这顿午餐，我吃得太值了，您说的我全明白了，我不会辜负您的期望，这次的西南之行我会满载而归的。"

"那我就坐等你的好消息了。"

"放心吧，赵总。"

邢斌走出总公司大门时，仍然难掩一脸兴奋，仿佛一张美好的蓝图就在前方。他信步走向午后的阳光，走向一个未知但他却坚信美好的未来。

俗话说"否极泰来"，厄运走到头了，事态便会向好的方向发展。比如赵瑞为他争取的培训机会，再比如他接到了等待已久的电话……

"你终于回电话了？"邢斌故意用生气的口吻说。

"生气啦？前两天开会时，我把电话设成静音模式，后来忘记改回来了，您不会这么小气吧？"电话另一端传来年轻的充满活力的女声。

原来是田蕊，也只有她敢这么跟邢斌开玩笑。

"你这丫头，办事这么不靠谱，我怎么把重要工作交给你？"

"重要工作？"田蕊一听立刻来了兴趣，"什么重要工作？不会又是让我当掮客吧？我可不干，跟做贼似的。"田蕊是指邢斌让她打探开发区项目的事。

"怎么了？情报搜集工作不顺利吗？"邢斌听出她语气中有些抱怨，便问道。

"怎么可能顺利？我是个新人，融入团队还需要时间呢，您还让我打探情报？人家肯定事事都防着我！"田蕊装作嗔怪道。

"这说明你的方法不对路，还得多动动脑子。"邢斌故意逗她。

"那么核心的东西，我一个新人怎么可能接触到？您堂堂的总经理都打听不出来，我这个小兵就能打听出来了？我都怀疑您是不是在故意整我？"田蕊不吃亏地开始调侃邢斌。

邢斌却开心地笑了："你这小丫头，嘴上就是不饶人。"

"大叔，您心态可以啊！今天发生了这么大的事，您都上本地头条了，怎么一点儿也不急呢？"

"我还能上头条？"邢斌笑嘻嘻地自嘲。

"那是啊，信息社会嘛，一点风吹草动都能天下皆知。"

"那我还出名了？"

"整个公司都知道了！这个时间，您应该在总部吧，刚从大领导办公室里出来。"

"你这丫头，心眼儿都用这儿了。"

"被大领导训了吧？"田蕊调侃道。

"你想多了，我不光没挨训，还得到了一个重要机会，有没有兴趣跟我出趟差？"邢斌有些得意地说道。

"出差？去哪儿？"

"西南，C城。风景秀丽，四季如画。这个季节嘛……"邢斌故意挑起田蕊的兴趣。

"少诱惑我，我工作忙着呢，请不下来假！"田蕊故意冷冷地回绝他。

"这可是难得的学习机会，原本连我都没资格参加的。"邢斌得意地道。

"那正好，反正我也不想去。"田蕊故意装出一副不在意的口吻。

邢斌知道她口是心非，只说了句"这事已经定了，由不得你"，便挂了电话，兴冲冲地回公司了。

13 西南之行

最美的月色，总在灯火阑珊时。人们惋惜美景短暂，却忽略了等待的过程同样美好。很多人因为害怕白白浪费一晚时光等来的却是钩星残月，于是放弃了等待。这才是真正的遗憾！对邢斌来说，这一趟西南之行就是他等待已久的美月。无论如何，他都不会任由它和自己擦肩而过。

"你确定这一趟会有惊喜？"直到列车发车，田蕊还觉得自己在做梦。

"'惊喜'不敢说，但收获一定有。"邢斌故作深沉地道。

"收获？"田蕊瞪大了眼睛，吃惊地看着身旁的大叔。

邢斌朝她笑了笑："美女相伴，算不算收获？"

"您这人，一点领导的样子都没有！"田蕊哼了一声，扭过脸去，假装生气，"我可是搭上了五天年假，陪领导您'游山玩水'，您还开我玩笑？"

"你真请了年假？"邢斌故意做出一副吃惊的样子。

"不然呢？说邢总经理让我陪他去上课，那王经理能批我假吗？你以为这是'霸道总裁'的小说？别人会怎么看我？我以后还在不在公司里待了？"田蕊气哼哼地叉着手，看着窗外缓缓后退的站台，渐渐远去的高楼大厦。隔着玻璃，她居然能闻到一股泥土的清香。昨夜才下了一场雨，绿色渐消，满地尽是枯黄。她心里莫名地生出一股惆怅。

这时，她耳畔突然传来一句玩笑："你心里没'鬼'怕什么？"一扭脸，发现邢斌正痴痴地看着她，竟有点不好意思，仿佛回到了初识的那个清晨。

田蕊突然回过神来，瞥了他一眼，古灵精怪地道："那邢总是希望我心里有'鬼'呢，还是没'鬼'呢？"

邢斌故意不答，扭过脸去，偷偷笑了。

田蕊哼了一声，看着窗外飞驰而过的风景，却难以自抑地憧憬起未来的旅程。虽然只有三天时间，但这却是她和邢斌第一次单独出差，而且还是这样"偷偷摸摸"的。每每想到这里，一股放肆的冲动就在敲打她的心门。她从未想过，有一天，自己会和邢斌跨越一千多公里，走在完全陌生的街上……

但事情真的发生了，尽管有点不可思议。

十一月的北方已是北风呼啸，而地处西南的C城却未染半点秋色。傍晚，两人办好入住手续，就从酒店出来觅食。

"C城的夜市是出了名的。"邢斌像个导游，带着田蕊一路穿街越巷。他显然有点兴奋。

田蕊转动着炯炯有神的大眼睛，紧紧跟在邢斌身后，像个好奇的孩子，对C城的一切都充满了兴趣。当然，她最感兴趣的还是走在前面的这个文质彬彬的男人。

倘若没有这个课程，倘若没有长和公司的困境……那该多好啊！

可是，倘若真的如此，也许他们永远不会来C城，至少不是他和她单独前来，这一刻也永远不会出现在她的记忆里。她忽然想起张爱玲的一句话："生命是一袭华美的袍，爬满了虱子。"

兴冲冲的邢斌并没有发觉田蕊内心的小波澜。这是他第二次来C城。上一次是二十多年前，创业初期的艰难令他记忆犹新：绿皮火车，小旅馆，连三餐都要算计，如果没有希望的支撑，他绝对走不到今天。迎面吹来的风，还如当年那般清冷，街上全是新鲜又陌生的面孔，一切仿佛都那么美好，他不禁也心旌摇曳……

C城，就像是他生命的加油站。那一晚，他仿佛重新活了一次。

第二天，两人起得格外早，精心打扮一番后，在酒店吃了早饭，然后就奔向那个课程所在的商务酒店。为了迁就田蕊，他们没有住在会议指定的酒店，而是另选了一家档次较低的快捷酒店。

"我怎么又客串秘书了？"田蕊跟在邢斌身后，嘟着嘴嗔怪道。她极少穿职业装，走两步便不自觉地拉拉裙摆，感觉自己像被禁锢在硬壳里，浑身上下都僵直了。

"不是'秘书'，是助理。"邢斌纠正了她的用词。她这个职位仅限于他上课期间。

"还不是一样，"她偷偷瞥了邢斌一眼，又在他背后做了个鬼脸，"请问邢总，能不能发我一个助理证呀？"

"注意仪态，此时此刻你的一言一行都代表荣鑫集团，可不仅仅是咱们长和公司。"邢斌一脸严肃地说道。

田蕊朝他背后努了努嘴，刚做出一副不屑的表情就立刻收敛起来。

两人刚走到旋转门前，门童就微笑着迎上前来。邢斌拿出邀请函，两人又拿出准备好的身份证，门童核对后他们才获准进入。

由于这次课程邀请的都是商界精英，安保级别也相当高。进了大门后，邢斌和田蕊又经过安检、二次身份核对后，才在服务生的引导下前往会议厅。

一路上，随处可见会议标识，氛围堪比国际商务论坛。所有陪同人员被安排到另一个会议厅看展览。邢斌见田蕊有些失落，安慰道："是该给你弄个助理证，我想想办法，今天你先委屈一下。"

田蕊点了点头，像个乖巧的孩子般跟着服务生去看展览了，但心里不禁默念："男人都是大猪蹄子。"

她对文艺性的展览倒是有些兴趣，虽然也不大看得懂，但人一旦被文化产品包围着，便会生出一股莫名的文艺感。不过这种商务性展览偏科技，新型机器人、无人机、节能设备……对一位小姑娘来说，很难提起兴趣。她走马观花似的参观完后，点了一杯咖啡，在休息区坐下来。她看了一下墙上的钟表，距离午餐居然还有三个小时，等待的时光真是无聊啊！

另一边，邢斌正在兴致勃勃地经历一场头脑风暴。听了两位大咖的演讲，他顿觉受益匪浅。对于经营者来说，眼光比努力更重要。但眼光却不是能学到的，也不是经验能磨砺出来的。有些人天生就比别人站得高、看得远。

"你是第一次来听讲座吧？"

一个温柔的声音突然传进邢斌的耳朵。他不禁回眸看了看。那是个打扮精致的男人，年纪与自己相仿，谈吐优雅。两人四目相对之时，那人脸上露出了暖暖的微笑。

邢斌点了点头："您看得真准，我的确是第一次。"

男人浅笑，淡淡地说道："看出来了，脸上带相。"

邢斌腼腆地垂下头，过了一会儿才道："刚才那两位大咖讲得真好。"他说这话时，眼中满是羡慕和膜拜。

"他们啊……"男人突然欲言又止，收敛起目光，低眉浅笑道，"谁有好的经验都可以上去讲，没准下一届论坛，你也会上去讲。"

邢斌一时之间怔住了。"好大的口气！"他头脑中闪过这个念头，但又觉得初次见面，况且人家是在鼓励他，他这样想未免有些不识好歹。

"我不行，我怎么行？"邢斌连连摆手。

"没什么'不行'的，再厉害的大人物也是从小人物做起的。"男人笑了笑，转过脸去继续听讲座。

"这到底是什么人呢？"邢斌偷偷看了看自己手上的名录，终于找到了身旁这位先生的名字——森华商贸有限公司总经理梁成宇

单从公司的名字来看，这家公司应该规模不大，倒更像是早年间的皮包公司。可邢斌转念一想：这么高端的商务论坛，他是怎么拿到邀请函的？如果公司真的没有实力，也不会进到这个圈子。不过这个人的确有些奇怪。

会间休息，邢斌本想去隔壁展厅找田蕊，怕她闷，想陪她说说话，顺便把自己刚刚的"心潮澎湃"讲给她听。结果刚走到服务台，一个熟悉的声音叫住了他。

"着急去隔壁厅见朋友？"

邢斌转过身，又见到了男人微笑的脸，便陪了一个笑脸。但他心里突然咯噔一下："他居然说的是'朋友'，而不是'同事'或'秘书'？何况他又是怎么知道我要去隔壁厅的呢？"

见邢斌一脸惊讶，男人解释道："我是瞎猜的，因为我的秘书也在隔壁厅。"

邢斌吃惊地看着他。

"没什么稀奇的，能带来参加这种论坛的人，关系肯定不一般。"他这话说得好像跟邢斌很熟似的。

"其实也没什么，不过是普通同事。"邢斌不解释还好，这样"多此一举"后，反倒坐实了自己跟田蕊有着"不一般"的同事关系，气氛突然变得尴尬起来。

"我是森华商贸的梁成宇。"想来他也觉得有些尴尬，便另找话题自

我介绍道。

邢斌也赶忙介绍道："荣鑫集团邢斌。"

两人后补了握手礼，便笑了起来，方才的尴尬一扫而去。

"我才听赵瑞提起你，没想到今天就见到了。"梁成宇信步走向餐饮台，拿了两瓶饮料，递给邢斌一瓶。

"赵总在您面前提过我？"邢斌有些诧异。他没想到梁成宇跟赵瑞居然相识，而且他们之前的关系似乎也"不一般"。

"赵总对你可是赞不绝口呀！"

"哦？"被人当面褒奖，邢斌不好意思地垂下了头。想来也是，这个论坛毕竟是赵瑞推荐他来的，有赵瑞的朋友在也不稀奇。何况，在这个复杂的临时圈子里，他也的确需要一位盟友。

"是赵总给你的邀请函吧？"

邢斌点点头："这你也猜到了？"

"我跟组委会的人认识，听说赵总一再要求组委会把他的名额换成你。"梁成宇见邢斌神色默然，又安慰道，"这不算什么，这种论坛赵总已经参加过好几次了，该认识的人都认识了，对他来说意义不大，但对你就不同了。我听说荣鑫集团最近遇到麻烦了，他既然让你来，就是想让你找找新思路，说不定会有意外收获。"

邢斌轻叹了口气，世上哪会有那么多的"意外收获"？

"论坛就是圈子，就是圈子里的见面会。所以像这种论坛，课程本身没什么大不了的，真正的收获在课程之外。"梁成宇这话似乎是在点拨邢斌。他听得懂，只是无从下手。

课程继续，两人的谈话也暂告一个段落。但邢斌对梁成宇的好奇却越来越强烈。

午餐时，梁成宇忙着应酬几位老朋友，没有再找邢斌"套话"。不过两人互相加了微信。梁成宇是C城人，为尽地主之谊，他特意向邢斌约了晚饭。原本邢斌以为梁成宇这样优雅的人，会约在优雅的高档餐厅，没想到居然是C城一家老字号的火锅店。

原来是同道中人！

邢斌愈发觉得这个梁成宇有意思了。

不过，更有意思的是，梁成宇居然订了两个双人桌，而且中间还隔了一张桌子。"这是什么安排？"邢斌有些不解。

梁成宇倒是习以为常："他们吃他们的，咱们吃咱们的，硬坐在一起，说话也不方便。"

"说话不方便？"邢斌愣住了，心想梁成宇是要说什么私密话，但这个场合也不适宜呀？

"他们聊些年轻人的东西，跟咱们说不到一块儿去，反而拘束。"梁成宇边说边请邢斌入座。

菜已提前点好，服务员端上了桌，桌上九宫格火锅里的热油已经汩汩冒泡。

"还是火锅地道，正宗川味，辣得过瘾。"梁成宇夹了一块肺片涮起来。

"老北京火锅讲究吃羊肉，川味火锅还是筋头巴脑好吃，尤其是毛肚……"邢斌不由得想起了自己常吃的火锅，骤生感慨。

"这火锅的学问大着呢！"

"哦？愿闻其详。"

"你想啊，这么多食材，就这一口锅，能煮出不同的味道来，这功夫全在搭配上。什么食材配什么料，煮什么料用什么锅底，差一点儿那味道都不对。"

邢斌仔细想了想，还真是这么回事：老北京大铜锅里涮脑花，那味道就差了一点，但要是把上好的羔羊肉放到这川锅的热油里涮一涮，羊肉的味道也会被麻辣味盖住。

"梁总真厉害，吃火锅都能悟出这么多道理。看来您的商贸公司一定经营得风生水起。"邢斌借机打探道。他对梁成宇充满了好奇，但是能搜集到的资料却少之又少，这个人似乎很神秘。

梁成宇笑了笑，调侃道："邢总比我想象得有耐力，忍到现在才问，当初你们赵总可是三句话就开问了。"

"哦？"邢斌又吃了一惊。

"我和赵总也是在论坛上认识的，之后我们之间有过一些小合作，这次他把你介绍过来，估计是希望咱们之间能有深度合作吧！"梁成宇突然换了张一本正经的脸。

邢斌不解地问:"合作?您的公司是……"

这时,梁成宇才郑重地递上名片:"我们公司是专门做企业重整重组的。"

"企业重组?"

那晚,邢斌第一次听到这个词,也第一次听到有做这种业务的公司。他忽然发觉,这也许就是自己等待已久的"明月"!

14 另辟蹊径

人生的路，不止一条。没有什么能困住人的双脚，除了自己画地为牢的思想。固守是一种坚持，但坚持并不意味着能走到终点。有时候，注定要另辟蹊径。账户冻结、供应商追债、公安纪检联合调查，远程审计结束后，又迎来现场审计……长和公司一下子走到了崩溃的边缘。前所未有的困境，几乎把这家公司逼入一条死路。西南之行不仅给了邢斌一轮明月，也为长和公司带来一线生机。

三天的短暂旅程很快结束了。邢斌满载而归，而田蕊多少有些沮丧。尽管在第二天，邢斌想方设法为她弄来一张参会证；但邢斌忙于应酬新朋友梁成宇，根本无暇顾及身边的她。她这个看客只有乖乖地将椅子坐穿的份儿，唯一的区别就是可以亲眼看到这两个男人"亲密交谈"。虽然返程前一晚，邢斌特地请她吃饭当作赔罪，但她心里还是有些别扭。

一踏上S城的土地，熟悉的紧迫感立刻就回来了。邢斌送田蕊回家后，马上联系老王询问公司的近况。虽然这几天他没有接到公安和纪检的电话，但集团委托的审计事务所已经入驻公司了。这是一件足以掀起波澜的事。为了避免公司人心惶惶，他必须掌控全局。

不过，意料之中的事情还是发生了。老王带来了一条坏消息：审计针对陈涛展开专项调查，集团公司已经批准暂停陈涛的一切职务。就在邢斌回来的前一天，集团公司已经在公司内网发布了处罚公示。由于是集团发文，办公室没有通过邢斌就直接转发了文件。而此刻的邢斌一脸愕然，血液倒灌一般，双耳嗡嗡作响。

这意味着什么？

陈涛有问题，开发区项目有问题，长和公司有问题！

"这是要坐实谣言吗？"邢斌不敢再想下去。虽然之前纪检调查"新环材料"的事，他曾经怀疑过，陈涛故意误导调查人员将注意力引到他身上，但要说陈涛做出损害公司的事，他是断然不会相信的。何况陈涛在荣鑫集团历任多个职位，业务能力和职业操守都是有口皆碑的。向来睿智的赵瑞怎么会同意这样草率地处置陈涛？这势必会引起公司上下人心浮动，接下来的整改工作还怎么推进呢？

邢斌怀揣着不解和不甘给赵瑞发去一条信息，很快得到了回复。赵瑞同意他到总部汇报工作。不过，邢斌并没有立即前往，而是找到田蕊，两人连夜奋笔疾书，拟定了一份专项小组成立方案，而陈涛正是小组成员之一。

"你这不会是为了捞陈总吧？"田蕊一边飞快地敲击键盘，一边瞥了身旁的邢斌一眼。

邢斌没理会，只是专心致志地撰写方案。他并不是为了救陈涛，而是在救公司。在大是大非面前，他总是毫不犹豫地选择集体利益。这并不是人格高尚，而是他明白：只有集体安稳了，个人的利益才能实现。如今他身在国企，体会也更加深刻。况且，他对陈涛没有偏见。他相信陈涛没有做过越界的事，审计调查会还陈涛一个清白。此刻最紧急的是救活公司，只有尽快走出经营困境，才能让公司、让每个人走上新的轨道。

第二天，天气很好，阳光温暖。邢斌脸上看不出丝毫疲倦。他是压力越大、动力越大的人，这次西南之行给了他新的启发。长和公司又将有一番新的变化。

"看你这样子，满载而归啦？"赵瑞见邢斌精神焕发的样子，剑眉一挑，打趣道。

邢斌点点头，坐在客座上，一脸志在必得的样子。

赵瑞暗自欣喜，看来这次西南之行的确有意外收获。他故意向邢斌伸了伸手，示意要礼物。

邢斌则假装在包里摸来摸去，摸了半天，居然掏出一个文件夹，兴奋地道："这礼物怎么样？"

赵瑞接过文件夹一看，上面赫然写着"债务专项小组组建方案"几个大字，便来了兴趣，当即翻开来看，一段一段，一页一页，从组织架构到人员选聘，从户外团建到业务考核，事无巨细，一一陈列。

"这事你盘算多久了？"赵瑞的声音略显低沉，脸色也逐渐黯淡下来。

"方案有什么问题吗？"邢斌暗自琢磨，一时之间也想不出哪里不对，只得先应付一下，便小心翼翼地回答："没盘算多久，从西南培训回来才有的想法，算是对这次学习的总结吧！我知道这次机会难得，也许以后也很难遇上这样的机会了，所以一分一秒都不想浪费，得对得起赵总的一片苦心呢！"

"出去学习一趟，你这口才可是见长，有什么奇遇吗？"赵瑞慢条斯理地道，目光却一刻也没离开那份方案。

邢斌突然想到了梁成宇，便试探地道："奇遇倒也说不上，只是认识了一位很有见地的人物，他说跟您是老相识了。"

赵瑞一听"老相识"便抬起头，怔了一下："谁呀？"

"梁成宇，森华商贸的总经理。"邢斌郑重地道。

没想到，赵瑞的反应却出乎意料的平淡，只是意味深长地道了一句"他啊……"，便再无下文了。

邢斌不知道该不该接着往下说，正踌躇之际，赵瑞放下了方案，深思片刻，然后同样问了他那个关键性的问题：

"陈涛为什么也在整合人员之列？"

赵瑞的言外之意已经很明显了。邢斌可以不理会田蕊的明知故问，但不能不理会顶头上司的问询。于是，他把想对田蕊澄清的话，又向赵瑞原封不动地说了一遍。虽然他知道赵瑞并不完全相信自己的解释，毕竟这些高风亮节的话，连他自己都不大相信；但他还是说了，并且说得义正词严。

时间突然静止了。赵瑞沉默不语，把方案从头到尾又翻了一遍。邢斌的心在噗噗乱跳。那是他和田蕊的心血，也是长和公司唯一的希望……

终于，赵瑞开了口："你知道长和公司的人际关系有多复杂吗？有多少人跟总部这边有瓜葛，又有多少利益纠葛？你组建的不是一个团队，而是一个关系网。没有这张网，长和的债务问题不可能得到解决。这些问题，你考虑过吗？"

他的声音突然变得冰冷，如寒冬残雪，冻得邢斌心里直打战。

"我考虑过，但是……"邢斌突然觉得自己的解释苍白无力，面对连赵瑞都觉得棘手的人际关系问题，他这个"外人"又能有多大把握呢？

"但是还得干！"赵瑞突然斩钉截铁地回了一句。

这正是邢斌心底的话，也是刚才欲言又止的话。他笑了，赵瑞也笑了。

"打算从哪儿入手呀？"赵瑞的脸色突然放晴了。

邢斌不假思索地说出了两个字："爬山。"

"爬山？"

赵瑞怔了怔，一脸诧异地看着邢斌。荣鑫公司每年都会组织员工团建，爬山这种常规性的活动自然不在少数，员工们并没有新鲜感。他不解的是，邢斌为什么偏偏挑这个又累又不讨好的节目打头炮？

邢斌胸有成竹地介绍起整个团建活动。这次活动的初衷是考察项目组成员，同时也是为了提升长和公司的凝聚力。毕竟最近公司人员变动比较大，很多新加入的员工和老员工并不熟悉，正好可以利用这次机会增进了解，便于日后开展工作。

赵瑞听了邢斌的介绍，觉得整个方案全面又具体，各方面问题考虑得也比较周到，才稍稍放了心。

"现在公司人心浮动，搞一次团建也不失为一个办法，只是我要再三强调安全问题。现在集团上下关系很微妙，很多人在盯着长和，盯着你，稍有差错就可能造成不可想象的后果，这不是你我能承担的，明白吗？"

讲到此处，赵瑞的脸上又浮现出一丝忧虑。自相识以来，邢斌还是第一次见到赵瑞忧心忡忡的一面。显然他现在的处境堪忧，集团风传的那些谣言也许是真的，赵瑞的位置也不太稳当了！

"赵总，放心吧……"临走前，邢斌向赵瑞立了军令状，并不是他对团建活动胸有成竹，也不是债务小组势在必行，而是他和赵瑞都没有退路了，长和公司也没有退路了。

在邢斌的亲自主持下，除了快退休的一些老员工外，其他员工都自愿参加了团建活动。一行人浩浩荡荡地向大山进发了。公司中层管理人员悉数到场，除了陈涛正在停职外，李堃也随行，主要和王利一起做好后勤安保工作。

团建是愉快的。很多人兴高采烈地报了名，主动参加公司活动。尽管在报名之前，王利将两天团建活动的整体安排详细地讲述了一遍，但绝大多数人并没放在心上，还是把它当作了一次"公费旅游"。可惜，人生哪有那么多安逸！当邢斌提出亲自带队爬山时，车上有一多半人的脸上露出了惊愕的表情，连李堃都吓了一跳。

"邢总也太拼了，咱们这是在野三坡，将近两千米的山，说爬就爬呀？"他吃惊地对王利说道。

王利虽然上了年纪，但身体硬朗得很，平日里也经常锻炼，爬山这种活动，全程参与也不在话下。故而他轻松地点了点头，兴冲冲地道："这怎么了，爬山是多好的运动呀，平时哪儿找这种机会去？"

"第一天就上这么大的强度，后面两天我们连床都起不来了。"

"爬山是年轻人的事，我们都这把岁数了，还参加个啥，要不我们在民宿休息吧？我们打牌、唱歌、看电视，保证不给领导添乱。"

"你这个'岁数'没我大吧？我带头爬，今天的目标就是峰顶，下面咱们分两队，觉得自己能爬上山的站一队，觉得自己爬不上去的站一队。"

起初，年龄偏大的几个人站成了一队，但看到另一队人丁兴旺，年轻人居多，有几位年龄大的人就改换了门庭，不过还是有几位坚持留在后进的队伍中。

眼见团建活动还没正式开始就困难重重，邢斌当然不肯放弃。他当即宣布，只有参加全部团建项目的员工才有资格参选项目组，如果不参加就视为自动弃权。当然，他不会强迫所有人参加，只是制度既然定了，就要遵守，否则对参与活动的人不公平。凡是不参与爬山的员工，后面的活动也不必参加，这三天的旅程就当作公司的旅游福利了。

邢斌的"大方"得到了员工们的一致拥护，没想到参与第二天爬山活动的人不减反增，上了年纪的员工也争相参与。这一招以退为进着实高明，王利站在一旁，悄悄朝邢斌竖起了大拇指。

第二天一大清早，阳光明媚，鸟声啁啾，山间的空气格外清新。吃过早饭，准备好水和护具，邢斌就带着一群人浩浩荡荡地向山顶进发了。

然而，刚爬了一小段路，就出了状况。有人望着缥缈入云的峰顶，打起了退堂鼓。很多人的脸上浮现出沮丧的神色。

"别看了，咱们的目标是半山餐厅，爬上去有大餐吃，爬不上去的只能吃大饼炒鸡蛋了。"邢斌打趣道。

众人听罢，悬着的心终于放下，继续跟着邢斌往山上爬。台阶一层又一层，山路一弯又一弯。

邢斌吩咐田蕊、小黑主任、王军，还有几个年轻骨干，穿插在队伍中。一方面可以保障安全，另一方面也便于相互联络，防止有人掉队，尤其对一些上年纪的员工要"重点保护"。

虽然大家彼此之间是竞争关系，但还是要相互照应。邢斌故意没有说明考察的具体条件，为的就是看一看每个人在放松的情况下最真实的表现，这些本能的反应是不带任何表演痕迹的。这才是他要观察的，一旦遇到危机，人的本能行为往往表现为第一反应，而这些"反应"足以影响项目的走向。

果然，邢斌选人的方式很独特！

15 初尝成功

每个人都有不可估计的能量，有时候连我们自己都不知道。所以，当人们发挥的能量超出预期时，便成了奇迹。人们惊叹于奇迹，却忘了那些成功并非偶然，只是我们不知道身体里的潜能一直在沉睡。唤醒它，是团建活动的意义所在。这一次，邢斌要做一名登山教练……

见邢斌说错了目标，李堃三步并作两步追上来，将邢斌拉到一旁，小心翼翼地问："咱们的目标不是爬到山顶嘛，怎么改成'半山餐厅'了？后面的行程改了？要是换成缆车下山，那费用可是……"

邢斌见他一副紧张兮兮的样子，不禁笑道："如果我一开始就说要爬到山顶，有人立刻就调头走了，你信不信？"

李堃琢磨了一下，点点头："还真有可能。"

"一口吃不成胖子，爬山跟咱们搞基建一样，得一步一步来，慢了不行，快了也不行，你说是不是？"邢斌看着李堃一脸懵懂的样子，浅浅说了几句，便继续向上爬。

李堃跟在后面，走了几步，又开始吩咐人组织队伍一边爬山一边唱歌，说是要"凝聚团魂"。邢斌笑而不语，跟老王悠哉悠哉地赏景上山。

几个年轻人中，数开发区项目经理王军最为活跃。他工作中是个沉稳内敛的人，没想到生活中却开朗活泼，加上体能好，就成了队伍中的积极分子，一会儿扶着上年纪的老员工向上爬，一会儿又鼓励体能略差的员工不掉队。邢斌和老王远远观察，对这个年轻人格外留意。

体能较差的是小黑主任，一米八的大个子，两百斤的体重，刚爬了半小时，身体就亮起了红灯，额头上豆大的汗珠直往外冒，加绒T恤竟然湿了一大片。

"上学时体育课总逃课吧？"邢斌拎了一瓶纯净水，刻意站在道边等他，见小黑晃晃悠悠地爬上来，便递了过去。

小黑接过水，讪讪地点了点头，双手撑着膝盖，躬着背，弯着腰，大口喘着粗气。

"别急着喝水，先缓缓，把气喘匀了再说。"邢斌喝了口水，一边欣赏山间景色，一边看着前面崎岖的山道，"上学时跑过1千米吗？四百米的跑道，得围跑两圈半。跑完第一圈好多人就没劲儿了，看着那个终点，跑啊，跑啊，两只脚都拌蒜了，可是终点好像越来越远。这个时候啊，最好别看终点。"

小黑喘过气来，抬起头，一脸疑惑地看着邢斌，问道："那看哪儿？"

"看自己的脚啊！"邢斌一本正经地道，还亲身示范，"不信你也试试。"

此时，小黑已经缓过劲来，人也精神了。邢斌让他看着自己的脚后跟，自己迈一步，他跟着迈一步。两人一前一后向半山腰进发。

"别东张西望，全神贯注。"

"少喝水。渴了就喝一小口，嗓子不干就行。"

"跟着我的节奏，一步一步地走，别着急。"

在邢斌的督促下，小黑很快度过了身体疲劳期。就这样，不到一个小时的工夫，两人居然成功到达了半山餐厅。小黑激动地往山下看，兴奋地指着来时路，一会儿说"走过这"，一会儿又说"那边有棵松，差点绊倒了"，肆意挥洒着满满的成就感。才一个小时的回忆，就在他生命中写下了浓墨重彩的一笔。

邢斌自然乐见员工们的进步，拿小黑主任当典型鼓励其他员工，还时不时地打趣道："搞团队建设就跟爬山一样，不拼一时，拼长远。咬住牙，跟着集体的步子走，每一步都咬住了，就没有一个会掉队，这样的团队呀，吃什么都香！"

"邢总这是在给各位安排午饭呢！"有员工起哄道。

"邢总请客，十二点前进餐厅的有饭吃。"老王果然是做人事工作的高手，很快就跟公司里的年轻人混熟了，也跟着他们一起起哄。他这么一说，结果十二点前所有人都登上了半山腰，这效果出乎邢斌的意料。

"我请客，没问题，王主任买单啊！"邢斌也来了兴致，跟老王互相开起玩笑。

午餐还没结束,邢斌又忙着安排下午的活动了:"大家吃饱喝足,休息得也差不多了,咱们说说下午的安排啊!"

"邢总,下午咱们还接着爬山吗?"人群中有人问了一句。

"你这是害怕了吧?"邢斌笑了笑,继续开讲,"上午上山时,有人羡慕山顶上的人,想一口气爬到山顶,看看山顶的风景。"

"谁呀?谁呀?"人群中立刻传出好几个声音,大家窃窃私语,纷纷猜测这个人是谁。

少顷,终于有人开口说:"该不会是邢总自己吧?"紧接着,又是一阵起哄。

邢斌没想到,爬山才半天,大家彼此之间已熟络了许多,不但互开玩笑,还有人敢开他的玩笑了。领导和员工这么亲密的关系,真是出乎他的意料。公司的凝聚力真是迅速得到了提升啊!

他心里暗暗得意,又继续说:"有人猜对了,我也是羡慕者之一,但不是只有我羡慕啊,咱们的项目经理王军也想上山顶。"

王军立刻站起来,一头雾水,憨憨地笑了。

"还有谁想上山顶?"邢斌又问道。他看到人群中有几个人跃跃欲试,但左顾右盼之下,刚举起的手又缩了回去。

"怎么缩回去了,想去就去,大胆地说,咱们今天就是出来玩的。"邢斌鼓励那几个年轻人,"不要太在意输赢对错,今天的所有活动,没有对错,没有应该不应该,也不要管别人是怎么做的,只管自己。你们想做什么,大方跟我说,不要忸忸怩怩的。"

虽然他这么说,但还是没人敢强出头。邢斌朝小黑使了个眼色,小黑立刻站起身报了名。刚才活跃的几个年轻人也紧跟着报了名。年纪大一些的员工中,老王也不甘示弱,率先报了名。

"王主任带头报名,不是'不服老',是咱们根本就没老,只要心态年轻,比什么都强。"邢斌又开始拿老王树榜样。

"对,年轻可不是光看年龄。就说咱们邢总吧,那平时又练跆拳道又练太极拳的,要不身体能这么好吗,一口气爬上山,比年轻人都不差嘞!"老王这马屁拍的,不显山不露水,还拍得邢斌心里美滋滋的。一看就是在机关工作多年练出来的。

"邢总还练跆拳道呢?"

"太极拳也会?"

经老王这么一说,邢斌瞬间成了"大众偶像",无数目光像聚光灯一般集中到他身上,弄得他两颊绯红,一脸窘相。最后还是老王的几句话,帮他解了围。当然,这一轮"商业互吹"也如愿以偿地收效明显,所有上山的员工都报了名。

午后,绚烂的阳光中,邢斌带着浩浩荡荡的大队人马继续向山顶进发。期间,又有人吸引了邢斌的注意。

那是一位中年男人,五十岁上下的年纪,一头浓发,两鬓有些斑白,瘦高的个子,看上去很是精神。这人身姿矫健、步履轻盈,完全看不出已经爬了半天的崎岖山路,他手中只拿了一瓶纯净水,全身上下并无其他负重。看得出来,是个惯会爬山的老手。

"老哥,平时经常爬山吗?"邢斌故意凑过去问。

男人摇了摇头,眯缝着眼,笑道:"我平时很少有机会出来爬山,这次还要感谢邢总,要不是您呀,我也没机会出来散心。"

邢斌颇感意外:这位老哥居然不是旅游达人,那只能说明他平时爱琢磨,会找方法,是他欣赏的类型。于是他叫来老王,仔细了解了一下这个男人。

原来这人是办公室管后勤的老朱,名叫朱健,长和公司成立之初就在这儿工作,是公司元老级的人物了。这人工作踏实认真,责任心强,口碑也不错。老王口沫横飞地介绍了一番,邢斌虽然表现得不动声色,但心里已经认定了他。

经过三个小时的跋涉,大家在相互搀扶、相互鼓励下,终于实现了下午的爬山目标。连中途掉队的李莹也在年轻员工的搀扶下及时登顶。当邢斌宣布"长和公司的登山队全员登顶"这个消息后,山顶上响起了雷鸣般的掌声。这掌声是给每个人自己的,也是给整个长和公司的。在那一刻,所有人的情绪都燃烧起来,凝结在一点。这才是邢斌想要的团魂!

"山顶上的风景是美,但是得披荆斩棘、历尽艰辛才能看到。现在回想自己爬上来这一路,是不是觉得挺骄傲的?"众人正兴奋着,邢斌又凑到老朱身旁,悄声道。

老朱看着邢斌,满是感谢:"那是,这么多年没爬过山,要不是邢总您非要拉我们上来,打死我们也想不到自己能爬上山顶。这下子,回去可有'牛'吹了!"

野三坡位于太行山脉和燕山山脉的交汇处,素有"雄、险、奇、幽"之称。景点之一的百里峡,虽然景色奇美,但近两千多米高的白草畔主峰,径直爬上去,需要花费大半天的时间。对于不惯爬山的人来说,爬上顶峰固然体会了一把"无限风光的险峻",但也着实要了半条命。

"大家休息差不多了吧?山顶风硬,走,咱们下山去。"身体的疲累,对每个人都是一种濒临极限的挑战,邢斌自然也不例外。但他不能趴下,更不能放弃。无论是团建还是企业经营,作为领头人,他需要带着大家往前走。

不过,这话一出,可把大家"吓"坏了。

"这怎么下去啊?腿都不听使唤了!"

"是啊,明天连路都走不了了。"

"邢总,我们自己出钱坐缆车,行吗?"

当然不行!这次团建活动要的是有始有终。

"各位,咱们千辛万苦爬上来,可不能半途而废。再说,这个地方离缆车通道已经很远了。你们要是想坐缆车下山,还得往回走。"邢斌指了指东边的山道,众人回眸一看,"啊"的一声,很快打消了乘缆车下山的念头。

"大家再忍耐一下,下了山,晚上咱们吃点好的,犒劳大家。"邢斌站起来,让老王组织大家拍集体照,以缓解疲劳,分散大家的注意力。

休息好后,邢斌又带着队伍出发了。结果下山的过程中,又有人犯了懒。

"邢总,我是真的走不动了,您看我都这个岁数了,总不能为了参加一次团建交代在这儿吧。我还有一大家子人得养活呢!"

"正因为'有一大家子人得养活',咱们才不能轻言放弃。你今天后退一寸,明天就能后退一尺,后天就能后退几米。'逆水行舟,不进则退'呀,老同志!"邢斌一边鼓励几位老员工,一边提醒大家下山时注意屈膝。

"我都这年龄了，退就退吧。"那老员工言语间满是沮丧。

"你要是真想'退'，当初就不会主动请缨，跟着来团建了。咱们可是事先公开了团建活动内容的。"

"我是真的不行了。"那个老员工双腿发颤，每下一层台阶，仿佛能够听见软骨摩擦发出的格、格声。

邢斌不想放弃任何一位员工，他又继续鼓励道："没什么不行的，走，我跟你一块，咱俩'并肩下山'，你要是掉队了，我也跟着掉队。"

话音未落，他果真带着几位老员工"并肩下山"了。

三天的团建活动，邢斌和员工们一起经历了爬山、划船、探秘游戏，从个人耐力到团队协作，每个人的能力都展示了出来，而整个团队也从第一天的沮丧到第二天的团结，再到第三天的不舍，真的练出了团魂。

团建活动的空前成功，超出了所有人的预期，让邢斌品尝到了成功的喜悦。

16 评估报告

　　成绩不能代表所有，然而能力又用什么来证明呢？一份评估报告，即使综合性再强、再科学，也会存在些许偏差。然而，没有这份证明，又拿什么来评判能力的高低呢？人生之事不可能绝对公平，但对制度而言，数据就是最有力的展现。所以，在这次债务小组成员的选拔中，评估报告起到了决定性作用。当然，任何事总有例外。

　　返程的路上，伴着夕阳的余晖，看着红彤彤的晚霞，邢斌的心情格外好。回想三天的旅程，他感慨颇多，收获颇多，成长也颇多。每一个人仿佛都经历了一次从肉体到心灵的洗礼，而他自己更像涅槃重生一般。此时此刻是他到长和公司以来，最开心、最踏实的一刻。

　　李堃不顾大巴车的颠簸，拿着手机，兴奋地向邢斌报告："邢总，这次咱们公司真是扬眉吐气了，你看。"

　　邢斌接过手机一看，微信朋友圈里铺天盖地地都在评论他们公司的团建活动，评论区点赞无数。

　　原来，邢斌昨天让秘书小徐写了一篇此次团建活动的文章，发给了集团公司的宣发部门。没想到，宣发部门今天就发布在集团公司的公众号上。更不可思议的是，平素不太关注公众号内容的赵瑞居然破天荒地转发了这篇文章，紧接着集团公司很多高管也纷纷转发。

　　邢斌和李堃相视而笑，夕阳的余晖斜射在他们脸上，萧瑟的深秋仿佛突然焕发出一片绿意。虽然不知道公司现在的困境什么时候能够走出来，但那一刻每个人心底都洒下了无数希望的种子。

　　就在众人沉溺在成功的喜悦中时，邢斌又接到纪检部门的电话，请他转天到市纪检委协助核实"新环材料"公司的债务问题。邢斌突然想到一直停职在家接受审计调查的陈涛,也不知道他怎样了。债务小组的竞聘和组建工作马上要拉开帷幕了,他这个主要负责人可不能缺席呀?

想着,想着,邢斌心里打定了主意。

返程后的第二天,邢斌从市纪检委回来后,就一头扎进会议室开会,从中午一直开到夜幕降临。等他不经意间抬起头时,窗外已是一片霓虹。

"大家都累了吧?今天先到这儿,明天大家先整理手头材料,然后由办公室负责汇总,咱们尽量在后天再开一次会,把竞聘方案和组建流程都定下来。"邢斌严肃认真地布置了工作。

回到S城,一切又恢复如常,唯有一点变化——田蕊被抽调到公司帮忙。她终于又在他眼皮子底下工作了。自从"西南之行"回来后,他们就十分默契地保持着距离。虽然邢斌的报销单据上没有半点田蕊的信息,但有心人还是猜出了他们同行的事。公司里隐隐有一些流言,只是还没传到当事人耳朵里。

"邢总,我们团队已经拟好了竞聘方案的初稿,也发给陈总审阅了,但是陈总那边迟迟没有回复,您看……"一位二十多岁的年轻人,正恭恭敬敬地向邢斌请示。为了"债务重组小组"的成立,邢斌可谓煞费苦心,甚至请了专业的团建公司进驻,从团建活动到团队组建全程指导。

邢斌想了想道:"陈总那边我来想办法,你们先把初稿发给我吧!"

关于组建债务重组项目小组的事,陈涛迟迟没给邢斌答复。他近来一直为审计和纪检调查的事苦恼,邢斌本来也不想打扰他,但再不打扰就会影响整体进度,邢斌也只得硬着头皮拨通了陈涛的电话:

"老陈呀,我是邢斌。"

"邢总,这么晚了,有什么事吗?"

邢斌没想到陈涛会接电话,而且是如此平静淡然的回复。他一时之间有点意外,理了理思绪才道:"老陈,是这样,咱们公司这个局面也不太好扭转,供应商也好,客户也好,三角债太多了,一时之间很难彻底清算。所以我想了个办法,咱们成立一个专门的债务重组小组,专门负责债务对接,这样既不影响正常的经营工作,也能让公司经营更多元化,少受债务影响。我知道很多项目都是你经手的,所以我想请你来主持债务重组小组的日常工作。当然这个小组不受任何部门约束,由公司领导班子直接领导,你看怎么样？"

他本以为陈涛会答应。可他终究还是高估了自己，也高估了对方。陈涛非但没有答应，还对邢斌一顿冷嘲热讽："邢总，哪家工程公司没有三角债问题，哪家公司又清理得干干净净了，除非别在这个行业里混。你来长和搞整改，我支持，搞新项目我也支持，唯独清债这个事，还是别算我这份儿了。再说，我现在身份敏感，说不清道不明的，别给你惹事。"

"审计只是例行调查，过去就完了，你这个事，我会帮你想办法的。我相信你……"邢斌还在继续争取他的支持。可惜事与愿违，你永远叫不醒一个装睡的人。

"得了，邢总，先这样吧，时间不早了，我现在是闲人一个，明天你还得上班呢！"未待邢斌回复，陈涛那边已经挂断了电话。

第一次邀请，以失败落幕。但邢斌岂是轻易认输的人？陈涛一天不同意，他就会继续游说。这样的业务精英，他是不会轻易放弃的。

陈涛的工作由邢斌暂代。拿到团建公司给每个人的评估报告时，邢斌惊呆了。专业的人做专业的事，果然非同凡响。评估报告既有数据支持，又有理论分析，还有专业建议，为选才提供了可靠的参考依据。

邢斌花了两天时间，认认真真地看了专业人士对每位员工的分析。他尤为看重团队配合和随机应变两项能力的分析，这是债务重组人员的必备能力。增加这两项能力的评估是受了梁成宇的启发。

想到此处，邢斌不禁又想起了这位认识时间不长的老朋友。自西南之行后，两人一直保持着微信交流。梁成宇成了本次团建活动的远程专家，提供了不少建议，让邢斌受益匪浅，比如这份评估报告。然而，世上之事往往"成也萧何，败也萧何"。这份评估报告在公司里引起了一场不小的风波。

两天后，当每个人都拿到专业化团建公司出具的职业评估报告时，心情是复杂的，可以说，有人欢喜有人忧，还有人暴跳如雷。

"就这么几页纸，就说明我没有团队精神啦？我平时没少给大伙带早点啊？"

"对啊，我怎么就不会随机应变了？上次离职那些人来闹事，还是我及时报告给李总的，我哪不行啦？"

"我在荣鑫集团都快三十年了,干了一辈子,到头来,我倒成了不合群的了。你们说说,我要是不合群,这三十年我是怎么混下来的?这报告有谱吗?"

总经理办公室门口、办公区、楼道里,一时之间挤得水泄不通。很多一线项目组的员工也跑到公司来理论。老王组织办公室人员逐个安抚。可是这评估报告关系前途、更关系"钱"途,评估结果好的自然偷着乐,评估结果不好的可就是一肚子委屈了,怎么可能轻易劝好?

眼见一场风波又要开始,邢斌当机立断,公布了成立"债务重组项目组"的消息,并宣布了公司内部竞聘的条件。这一下,众人都安静了。因为在大家看来,讨债并不是光彩的工作,况且不仅要讨债还要面对债主,为了公司的债务,自己劳心劳神,还要承受高压,简直不划算。这是长和人的普遍特点,小账算得精,大账却糊涂。邢斌利用了这一点,将这份工作描述得艰辛无比,大家的关注度降低,自然也就没有那么多患得患失了。

邢斌虽然暂时稳定了公司的人心,但关于这份评估报告的争论还远远没有结束。会议室里,团建公司的人正在被中高层管理人员围攻。

"你们这个报告没解决问题,反而制造了很多问题。我们公司请你们来,不是让你们制造麻烦的……"一位部门主管悻悻地道。他手里那份评估报告并没有太多华丽的赞美,只是建议他去办公室工作。作为业务部门的领导,这样的评估显然很难接受。

"是呀,闹得公司里人心惶惶,再加上审计正在调查,这谁还有心思工作?"

"你这个报告都快把我搞糊涂了,成立债务项目组我没意见,问题是这跟评估报告有什么关系,评估结果好就能进项目组,评估结果不好那就是能力有问题?"

几位部门主管接连发问,会议室里的火药味越来越浓。眼见形势不好,李副总又发挥了他那八面玲珑的神技:"大家都安静一下,邢总刚才不是说了嘛,这个评估报告就是个参考,最后谁能进项目组,谁进不了,那还得公司领导班子集体决定,人事调动是大事。再说了,没进项目组就还在原岗位工作嘛,邢总的意思是成立一个新部门,又不是要砍掉原来的部门。各位做管理工作也不是一天两天了,理解领导的意图是管理人员的基本素养，回去都好好学一学。"

经李堃这么一说，大家焦虑的心情才稍稍平复。且不说他这话有几分道理，只说他在中层管理干部中还是有一些威望的。邢斌一直站在会议室外，过了一会儿才进去。

"邢总！"

众人见邢斌进来，纷纷起身。邢斌示意大家入座。

"刚才我在会议室外听了一会儿，看来大家对这份评估报告还是有一些想法的。我先说一说我的想法，清楚认识自己并不难，但是为什么很多人做不到呢？这份评估报告写得很详细，可以帮助大家科学地认识自己，我希望大家认真读一读这份报告，不管以后在哪个岗位工作，都有利于我们的职业发展。"

众人默默听着，面面相觑。

"邢总，报告我们回去会认真看，现在大家关心的还是这次竞聘的事。"李堃说出了大家的心声。

邢斌笑了笑："刚才李副总也跟大家说过了，咱们是成立一个新部门，不是拆散现有部门。再说，每个岗位都不可能适合所有人，专业的人做专业的事，没选上只能说明你不适合这个岗位，不代表你不适合其他岗位。希望大家能够放平心态，正确对待竞聘这件事。"

"邢总说得对，现在是科技时代，知识折旧、技术迭代的频次越来越快，而每个项目的完成都离不开知识和技术，所以说项目部是一个需要学习型人才的地方。当然，咱们也不能要求每一个人都是学霸。"

这时，老王也进来了，跟着李堃一起"和稀泥"。

"要真是学霸，咱们这间小庙也养不起呀！"

还有人跟着一起开玩笑，会场的气氛一下子轻松了。

"所以咱们要找适应能力强、心理素质过硬，又善于接受新事物的人，年龄可以放宽，这不是主要问题。有些年轻人不接受新事物，就算他年龄合适，进了项目部，能发挥多大作用？而有些人，虽然年龄大一些，但是乐于接受挑战，那他就有被塑造的潜质。"

邢斌话里有话，李堃似乎听出了弦外音，立刻来了精神，乐呵呵地道："邢总的意思是，债务小组人选的年龄可以适当放宽，我也觉得现在社会上竞聘，动不动就'三十五岁以下'不合理。很多老员工责任心强，而且接受新事物的能力也不差。比如咱们公司的老朱，团建时就表现得很好，勤恳、责任心强，这样的人应该得到重用。"

谁都看得出来，李堃的话是故意讲给邢斌听的。对他这副嘴脸，大家早已司空见惯了。

只是对老朱进入项目组这个事，很多人明显不满，几个中层管理人员甚至将情绪写到了脸上。邢斌自然看得出来，这些人看似严格把关，一心为了项目组，但只是针对老朱而已。

17 特别人选

庄子有一句名言："人皆知有用之用，而莫知无用之用也。"意思是说，人们只知道眼前有用之物的用处，却不知无用之物的用处。那些看似"无用"之物，往往在关键时刻发挥重要作用。其实人亦如此。天地不生无用之人。孔子也说："三人行，必有我师焉。"严格来说，世上没有无用之人，只有没用好之人。在企业中，每个人都是一个发光的个体，只要把这些微光聚合起来，就会有一片绚丽的天空。

不出邢斌所料，这一场超前讨论会在意见对立中结束了。邢斌不小心挪动了一下椅子，空荡荡的会议室里竟有了回声。而那回声出奇的寂寞！

邢斌低估了那份评估报告的作用。它居然成了员工之前相互诋毁、相互踩踏的利器，成了阻挠公司转型的绊脚石。这是他始料未及的，也是他绝不允许的。他并不是一个执拗的人；但在原则问题上，他绝不退让。

素来文质彬彬的总经理，出手了！

有人想看看，那副金丝眼镜下，藏着一双怎样的眼睛。

一连几天的奋战，团建公司和办公室已经草拟出一份小组成员的名单。当然，这只是初选结果，最终的"生杀大权"还掌握在邢斌手中。他看了看名单，脸上露出了满意的笑容。他想要的人，皆在名单上。看来，只要实事求是，就很容易找到共鸣。

邢斌决定召开一次员工大会。一方面，他来公司有一段时间了，员工还认不全，有必要跟一线员工见见面，另一方面，他需要向所有人阐明态度和决心，在长和公司转型改革这件事上，树立一个标杆。老王举双手赞成，关键是领导班子成员有没有人反对？

"李副总应该问题不大，关键是陈副总，这次团建活动他没有参加，对组建债务小组也有些意见……"老王提醒邢斌要做好陈涛的思想工作。

邢斌听到"陈涛"这个名字,轻叹了口气。这个执拗的家伙并不好说服,况且他从开始就反对这件事。三个人的领导班子,有一个人坚决反对,事情就难办了。

老王见邢斌一脸愁容,于心不忍,灵机一动道:"我倒是有个办法,可以试试。"

"什么办法?"邢斌立刻追问。

老王故作神秘。

没过几天,陈涛果然主动给邢斌发了信息,虽然语气还是有些生硬,但并没有再坚持反对召开员工大会。不知道老王用了什么办法,竟说服了陈涛。邢斌一再追问,老王一直憨笑,只说那方法上不了台面儿,便含混过去了。

不过,在召开全员大会前,邢斌还是召开了核心管理层的小范围讨论会。为的是先统一思想,构筑统一战线。当然,这次会议邢斌可是提前做好了充分准备,直接公布了债务小组的成员名单。

一石激起千层浪,这份草拟名单意料之中地让会议室瞬间沸腾了起来。老朱当仁不让地扮演着"焦点人物"。

"邢总,这老朱年龄超纲了,而且业务能力也一般,破格录用有点儿说不过去呀?"人事专员首先发问了。处在他这个职位,闷不吭声反倒不正常了。

"好奇了?"邢斌漫不经心地笑道。

"不是好奇,公司里上上下下的眼睛都盯着呢!老朱虽然兢兢业业,但这人脑子轴,学习能力也一般,最主要的是他岁数大了,跟团队里的年轻人合不上拍,再说咱们团队也用不着后勤呀?"人事专员虽然戴着有色眼镜看人,但也确实说出了绝大多数人的心声。

不过,邢斌听着还是觉得有些刺耳,至少心里是不舒服的,只是碍于领导身份没表现出来。他半开玩笑似的道:"我可没打算让他干后勤!"

"不干后勤?"人事专员一脸惊讶地问。

邢斌环顾四周,只觉得好多双好奇的眼睛在盯着他。他不禁觉得有些可笑,一个人事聘用居然能让一屋子中高级管理人员争得面红耳赤。

"每个人都有用武之地，年轻人有年轻人的好，但老朱也有老朱的好。老朱办事稳妥牢靠，就说爬山这件事吧，他有一股子坚持到底的劲头，不想拖团队的后腿儿，这就是责任心和团队精神。"提起老朱，邢斌免不了夸赞几句。

"您说的这些优点没错，可是这个年龄问题……年龄大了，接受新鲜事物的能力就差了。"有人又道。

"谁说上年纪的人学习能力差了？这得学过才知道。"老王突然冒出来一句，惹得众人哈哈大笑，一时之间会议室的气氛活跃起来。

"你们没发现吗？老朱眼睛里有光。"邢斌又道。

"有光？"众人面面相觑。

"对。有目标的人，眼睛里是会放光的。"邢斌的眼睛里也闪着光。

此时，会议室里响起了窃窃私语之声：

"老朱能有什么目标，等退休了呗？"

"这老朱够有本事的呀，爬了一回山就得到领导赏识了？"

"我觉得这老朱藏得够深的。"

……

老王清了清嗓子，道："注意开会纪律，别开小会啊，有什么话放到桌面上说。"

虽然老王来公司的时间不长，但年龄和资历都摆在那儿，所以大家还是很买他的账的。他这么一吆喝，会场立刻安静下来。

"啊，我客观地说两句，"李堃终于忍不住说话了，"前几天小组内部竞聘，老朱讲了不少业务上的事。其实，在业务上我也是外行，不过我听着，老朱讲的也不是全没道理。退一万步说，他一个管后勤的人员，能讲一讲业务上的事，已经很不容易了，这些知识可没人给他培训过。"

李堃虽然为人处事圆滑世故，但这几句话还是比较客观的。邢斌听着，暗自一阵兴奋。

"李总这个评价真是客观公正。"老王赶忙做了个总结，给这事定了性，"要说，我不方便发言，毕竟老朱是我们部门的，不过咱们公司向来'举贤不避亲'，我也说两句。"

老王说话，真是绵里藏针，轻描淡写地一句"举贤不避亲"，封了在场很多"关系户"的嘴。

"虽然老朱年纪是大了点，但是跟他接触的这段时间，我发觉他这个人肯吃苦，责任心强，对工作那是肯花时间的。就这一点，就值得很多年轻人学习。"老王漫不经心地讲着，环顾四周，跟小黑主任对了对眼神。小黑主任立刻心领神会。

"对，老朱的适应能力连我们这些年轻人都佩服，团建的头一天，他就选择了爬山，是我们组里年龄最大的！"小黑这话一出，几个年轻一点的部门负责人也跟着点头，连连附和：

"对，我想起来了，划船时他也是主动冲在前面。我们那组落后了，他主动喊号子往前冲，要是不看脸，我还真觉得他跟我们年龄差不多呢！"

"是啊，我听说老朱以前当过兵，身体素质没得说，你看现在那腰板还挺得笔直呢！"

邢斌和老王一唱一和，大家也自然没话说了，老朱的事就算在小范围内通过了。其余人选自然是顺利通过，当然也包括田蕊在内。所谓强将手下无弱兵，这是最让邢斌骄傲的事。不是因为田蕊赢得大家的认可，通过了面试，而是因为她完全没有依赖他的关系，全凭自己的实力通过的！

遗憾的是，当邢斌将这件事告诉老朱时，不知老朱是被这突如其来的"幸运"砸晕了，还是一时迷了心窍，居然连连推辞："邢总，谢谢您对我的赏识，也谢谢您的好意，但是我觉得，我不合适，还是不参加项目组了。"

邢斌听罢，大为震惊："怎么不参加了？团建的时候，你不是很主动嘛？怎么突然对自己没信心了？"

"没有，没有，我不是这个意思，"老朱连连解释，喃喃地道，"信心还是有的。"

这下邢斌更觉得奇怪了："既然有信心，又不缺能力和经验，我想不通，你为什么不愿意参加项目组呢？"

这是老朱第一次进邢斌的办公室，原本就有些紧张，再加上邢斌步步紧逼，他便不停地喝水，脸上显出为难的神情。他支支吾吾半天，才勉强道了句："邢总，我不想占着名额，那年轻人都挤不进去……"

邢斌听了这话，有些闷闷不乐。他为了让老朱进入项目组，可以说是煞费苦心，光是口舌之争就历经了好几轮。眼下终于说服了管理层，老朱却打起了退堂鼓,他心里自然是不甘的。

"项目组是'挤'进去的?"他瞥了老朱一眼,见其低头不语,又道,"我这个项目组可不是靠人情关系垒起来的。那得是有真本事的人才能进去。"

"邢总,我那些……哪算得上'本事',现在的孩子们业务能力都很强,再说我就有管后勤的经验,债务重组的经验那就等于零。"老朱越说越丧气。

邢斌却越听越火,摆出一副恨铁不成钢的口吻,说道:"你说的那是业务技能,学一学就会了。咱们又不是科研部门,还有学不会的业务?只要你拿出爬山的那股劲头,一准儿没问题。"

"邢总,我……我的确不想拖大家的后腿。"老朱还是没信心,又喃喃地道。

"老朱啊,这可不像你。"邢斌坐到他身旁,拍了拍他的肩头,语重心长地问,"你是不是听到些什么?"

"没有,没有,邢总,咱们公司挺团结的,我……"老朱原本是个老实人,平素也不太撒谎,听邢斌这问,心里便焦虑起来,连连解释。

"老朱,我创业这么多年,也看过不少人,眼光还是有的。我看好你,你一定能行。"邢斌知道他习惯了当"老好人",不想得罪人,便鼓励道。

"可是……"老朱看着邢斌,没再说下去。

邢斌看出老朱的顾虑,又劝道:"老朱,压力这个东西,谁都有。就是你自己不给自己压力,社会也会给你压力。就说你早上上班吧,出门突然发现车没油了,打车吧,费用高,坐公交车,又怕迟到……这是不是压力?孩子升学考试没考好,你得操心吧,这也是压力。你一直都适应得很好,这次也一样。新工作而已,没什么大不了的,只要坚持你自己的原则,一准儿没问题,我看好你。"

"邢总,这……我要是干砸了,不得给您丢人呀?"老朱还是顾虑重重。

"老朱啊,咱们是同龄人,你这些顾虑我也有。我能明白你心里的感受,但是,你想想,咱们这个年龄要是再不干,就真的干不动了。"邢斌把茶递到他手里,安慰道。

老朱点了点头,轻叹了一声:"我这些年……荒废了。"

邢斌又劝道:"怎么这么说,哪儿'荒废'了?世上没有白吃的苦。

你这些年做后勤工作，兢兢业业、勤勤恳恳，先不管大家认可与否，就冲这份责任心，我是看重的。现在的小年轻该好好受一受教育。实话说，我把你安排进项目组，就是为了让你带带这些年轻人，把团魂立起来。一个团队有了团魂，那就有了凝聚力，那就是指哪打哪，攻无不克呀！"

"邢总！"老朱似乎有些哽咽了。已经很多年没有人这样安慰他，鼓励他了。

邢斌又鼓励道："别再谦虚啦，你行的！"

"我一定好好干，不辜负您的期望。"

"这就对啦！"

老朱是垂着头走进总经理办公室，昂着头走出去的，这也很快成了公司里的热门"新闻"。看来老朱这位焦点人物还会继续成为焦点。有些人就是想看看邢斌到底有多大本事，能把一块废铁炼成钢。可惜，他们根本不知道，邢斌最厉害的本事，不仅仅是炼钢，还有选材。

不过，要把老朱这个个体的成功复制到更多人身上，才真是"星星之火，可以燎原"！这是邢斌将面临的下一个难题。

18 誓师大会

比尔·盖茨说："生活是不公平的，你要去适应它。"在很多情况下，适应和选择同等重要。比如一些人选择了良好的工作环境，但如果不能适应工作所带来的压力，那么迟早会遭遇淘汰。所以，邢斌拼命抓住的不是老朱这个人，而是一种永不放弃的信念。他要传递给长和员工的是主动适应新环境新变革的团队精神。

在物欲横流的社会，讲信仰是要吃亏的。可邢斌偏偏"不信邪"！既然管理层能够同意老朱加入债务小组的提议，那么就一定会有更多的"老朱"走上新岗位。而这些人会无比珍惜新机会，因为他们有着无比笃定的信念。

邢斌为什么这么强调信念的重要性呢？因为债务重组小组是一个特殊的部门，他们所接触的客户无一不是与公司利益息息相关的。要么是债权方，要么是债务方，无论哪一方，都对公司影响巨大。所以为人正直、热爱岗位、抵抗诱惑这三点品质比工作能力更重要！

这样看来，老朱的入选也就不足为奇了。为吸引更多的"老朱"加入，他要办一场声势浩大的誓师大会。尽管在一些人眼中，这么做劳民伤财，但邢斌就是要激起一部分人的嫉妒心。他需要迅速激活公司，扭转公司连日来的颓废之风。当然，可想而知，这场誓师大会办得并不顺利……

邢斌放弃了办公楼里那个破旧不堪的会议室，让老王在商务快捷酒店租用了一间宽敞的会议厅，可以同时容纳三百人——那是长和公司的全部员工。

"这恐怕有点难，工地上是倒休的，不可能全员到齐。"一个"全员参会"的会议通知，难倒了老王。

"会议时间改成晚上，只留值班人员在现场，其余人都到会场，不能请假。"邢斌尤其强调了"不能请假"四个字。看来，这位文质彬彬的总经理要动真格的了。他这话分明是有所指。

"那陈副总……"老王喃喃地问道。

邢斌怔了怔，用僵硬的口吻道："我去说。"

自从审计和纪检委找上陈涛后，公司里已经许久没有办案人员来调查了。当然，陈涛也"消失"了。从团建活动到这次的内部招聘会，他一直没露过面儿。于是公司里渐渐流传起一些风言风语，有的说陈涛与供应商有勾结，有的则说他为公司挡事，还有的说他犯了事被批捕了……

这些当然不是事实。可陈涛一直在有意回避公众视线，无论对公司还是他个人这都并非好事。所以，有好几次，邢斌都想找他谈一谈，不仅是债务小组的问题，还有公司未来的发展大计。在他心里，陈涛是为数不多可以"共谋大计"之人。不过，在此之前，他要弄清这位陈副总的人脉关系网，尤其是跟"新环材料"的关系。

初冬的北方，午餐过后的阳光是一天中最温暖的。邢斌专挑了这个时间跟陈涛碰面，不仅仅是因为阳光很好，更是为陈涛考虑。他近日麻烦缠身，想避开一些流言蜚语也在情理之中。此时午休刚刚结束，精力充沛的人们正专注于下午的工作，不会有人打扰他们，更不会被别有用心之人拿去"制造新闻"。

"最近怎么样？"邢斌坐在茶馆的落地窗前，一边喝着小青柑，一边问。

"这不都明摆着嘛？！"陈涛张了张手臂，用奇怪的语气掩饰内心的困顿。

邢斌大方地道："不光你，我也在被调查。咱俩是同病相怜。"

"同病相怜？"陈涛看了邢斌一眼，嗤笑道，"我可是停职调查，邢总照样搞团建、搞竞聘，长和公司在你手里可是风生水起呀！"

这话听得邢斌一阵倒牙。他解释道："我来长和最主要的任务就是改革，这是赵总对我的考核指标，我也是没办法呀！再说，我这段时间都是小打小闹，不敢大张旗鼓，公司现在这个情况，还是低调些好……"

"邢总这几招都是大动作，整个集团公司都通报表扬了，还低调？"陈涛指的是团建活动上了集团公司公众号这件事，"其实啊，我是很佩服邢总的，这么被动的局面都能盘活，不简单啊！"

"老陈，你就别恭维我了。我知道你最近挺难受的，停职只是暂时的，我这儿连工作都安排好了，也给集团打过报告了，过几天我再催一催，要是再不给你复职，我这工作都没法开展了。"

邢斌虽是半开玩笑地说，但陈涛的脸色却愈发阴沉了。他知道邢斌的来意，但债务小组的工作，他既然无力阻止，也不想参与其中。即便这是他复职的唯一希望！

"老陈，你是有什么顾虑吗？"邢斌恳切地问。

陈涛看了他一眼，避而不答。

邢斌又问："公司现在这个局面，债务重组是唯一的一步活棋。关于这点，我相信你早就看到了，也许已经走到我前面了，所以才找到了新环材料这家公司。"

他故意提起新环材料，为的是试探陈涛的反应。结果，陈涛果然没有令他失望。当这四个字灌入陈涛耳朵时，他那微微扬起的眉梢和颤抖的嘴角，虽然只是一闪而过，但还是没能逃过邢斌的眼睛。

"我调阅过咱们公司跟他们的业务往来数据，他们的环保材料在业内的确算得上价格偏低。不过最近这两个月他们的价格却突然涨了近一倍，而咱们公司并没有与他们中断合作，还在继续进货，接下来就是拖欠货款。这点我就不太明白了。"

邢斌突然提起，陈涛虽然早有准备，但还是没想到他竟问得这么直截了当，一时之间也不知该如何应答，整个人僵住了。

"在任何人看来，这都是两头落不着好的事儿，咱为什么要这么干呢？"邢斌见陈涛沉默不语，神色有些慌张，立刻收敛了话锋，"你看我真是的，哪壶不开提哪壶，这都是公安和纪检操心的事，估计这段时间，你早就被这些问题烦透了，我还来添乱……"

"邢总，你的来意，我明白，不必拿这些话激我，我就算再直肠子，这点眼力见儿还是有的。"陈涛突然开了口，不过声音异常低沉。邢斌虽然坐在对面，却能感受到陈涛内心的翻涌。

邢斌轻叹了口气："老陈，我的来意，你不全明白。我不是来试探你的，也不是来激你出山的，我是真心实意地来跟你商量公司发展大计的。我不想失去一个好搭档，要说私心，这就是我的私心。我成立这个债务小组，既能解决公司的债务问题，也能解决你眼前的困境。借着这个机会，把新环材料的问题弄清楚，这不是两全其美的事吗？你再想想。"

陈涛始终闷头喝茶，一泡又一泡，就是不说话。

"我知道，转个弯需要点时间，我能理解。债务小组的成员基本敲定了，这是名单。"邢斌掏出一份名单，递到陈涛面前，"公司后天要在新城酒店搞一个誓师大会，时间是下午两点，你是债务小组的主要负责人之一，材料我已经报给集团了，任命应该很快会下来，别让大伙白等一场。这样吧，我先回去准备开会的事儿，纪检和审计那边，你该配合就配合，有什么事咱们随时沟通。"

直到邢斌走出茶馆，陈涛依然坐在落地窗前，一口又一口地喝着茶。没有人知道他在想什么，只有邢斌觉得他听进去了。

誓师大会那天，新城酒店二楼的会议厅里座无虚席。三百人的会场异常安静，所有人的目光都紧紧盯着主席台上那个文质彬彬的中年男人。此刻，他就是长和公司的希望，是台下三百人的希望。

"今天，我们为什么要兴师动众地搞这个誓师大会？有人觉得这方法太老套了，都什么年代了，还搞形式主义。可是，很多时候，没了这么点仪式感，还真少了点什么。"

话音未落，台下响起一片笑声。

"能把大家说乐，也不枉费我这一番精心准备。"邢斌在台上优雅地踱了几步，他在想办法调动大家的情绪，因为接下来的话可能会刺伤一些脆弱的心，"接下来，我要做点得罪人的事——公布债务小组的成员名单。"

说罢，他接过台下送上来的文件夹，一字一句，认真地念着："……田蕊……朱健……"最后他还不忘补上一句，"这个得罪人的事，真应该让王主任来干。"

台下死寂的气氛瞬间又被他调动起来。

"我知道，这些人可能并不优秀，也没有过人的技能，甚至他们入选让台下的很多人心生嫉妒。"说到这里，他朝台下扫视了一圈，"我觉得嫉妒不是坏事，嫉妒还有另一种说法，叫'羡慕'。如果你羡慕他们，说明你正在走向一条宽敞的大路。因为这种羡慕会变成你前进的动力。今天我要声明一点，债务小组的成员不是一成不变的。"

话到此处，台下又是一阵骚动。邢斌突然宣布这条规定，打破了很多人的"好梦"，但也给了一些人希望。

这是田蕊第一次坐在台下仰望邢斌，竟生出一种奇怪的尊敬，但并不是前辈那般的崇拜。她的眼神中仿佛有一点骄傲，又有一点宠溺，既想向世人宣告什么，又害怕被人窥伺到什么……如此复杂的心情，她生平还是头一遭。她只觉脸颊一阵火热，竟不知粉扑扑的像个刚熟的桃子。

台上，邢斌还在激情澎湃地演说。

"债务小组的工作压力是很大的，我们现在采取常驻岗位和轮岗制结合的方式，允许一部分成员阶段性转岗，去其他岗位自我调整，当然也希望大家申请来债务小组轮岗学习，表现好的，可以成为常驻人员。大家不要以为公司这是在搞激励，公司只是在为大家提供更多的尝试机会。如果不尝试，我们根本不知道自己适合还是不适合，适应还是不适应，关键在于迈出第一步。生活，从来都不是一成不变的。我相信，未来大家一定会找到更好的、更适合自己的舞台。我不是一个喜欢煽情的人，实打实地说，你们每个人能力都提高了，公司的整体水平就提高了。如果你们一直在原地踏步，那公司也只能原地踏步。如果说私心，这就是我的私心。"

演讲非常成功，会场的气氛很热烈。邢斌用真诚打动了在场的每一个人。没想到，这位看上去有点书生气的总经理，竟然这么接地气，没有一点官架子。

在演讲接近尾声时，会议厅后门突然被推开了一道缝，一个熟悉的男人走了进来。那一瞬间，全场所有人的目光都被这个男人吸引了。他在众目睽睽之下，缓缓地、悠然地走到前排，走到贴着他名字的座位前，淡定地坐下。

那一刻，邢斌拼命按捺住内心的激动。他赢了！不是赢了在场这些人，而是赢了他自己。曾经他也一度以为陈涛放弃了长和公司，直到演讲时，他还时不时地瞄会议厅的大门……他竭力压制沮丧的心情，调动全部的情绪投入演讲中，才坚持下来。可是此刻，陈涛来了，他的希望也回来了！

誓师大会成功了，债务小组也顺利组建。那几天，整个公司都是一派欣欣向荣的局面。连李堃等几个"老人"都说，已经很多年没见过公司有这么一副新面貌了，像是换了一家新公司似的。邢斌自然是乐在心里，当然最重要的是——陈涛回归了！

就在邢斌正意气风发之时，他又接到了来自公安机关的电话：因为案件有新线索，需要他再次前往公安局配合调查。这显然不是一个好消息。不过对于邢斌来说，他已经适应了……

19 实战演练

从还未走进长和公司开始,邢斌就在经历一次又一次的考验,从公安审问到纪检调查,再到员工围堵公司……这些看似偶然的事件,哪一桩、哪一件不是前因造成的后果。而这些所谓的"结果",又会开启一段新的"恩怨"。借用畅销书作家尼古拉斯·塔勒布的一句名言:"历史告诉我们,过去从未发生的事情的确会发生。"当这些"意外"真的在邢斌身边发生时,他才意识到,实战能力远比经验更重要。

当邢斌又一次走出S城公安局的大门时,他遇到了一个年轻人。此时的他怎么也想不到,这一次"碰面"会再一次改变他的人生。而这个年轻人,也成为他生命中的又一个重要角色。

这个年轻人名叫李峰,刚满三十岁,长得却有些着急:高耸的发际线着实有些吓人,圆眼方脸,高鼻阔唇,油腻的身材偏偏配了一套修身西装,走起路来,雪白的衬衣下,清晰可见肚子上微微颤动的赘肉。不经人介绍,完全看不出才三十岁。

攀谈之下,邢斌得知他是一名律师,而且专门打经济官司,年纪轻轻在业界已小有名气。这次是受新环材料公司之邀前来处理债务纠纷的。这个李峰虽然外表看上去油腻,但实则精明干练。看得出,这个小伙子是个厉害角色。

"其实,我早前就听说过邢总的大名了,只是一直没有机会拜访。"李峰十分健谈。他身上既有律师的严谨,又不乏生意人的精明,真是不可多得的人才。果然"人不可貌相"!

"哦?"邢斌有些意外,"李律师大概是在供应商那里听说过我吧?长和公司换了老总,可压款的毛病还是没改?"

说罢，两个人哈哈大笑。

"邢总真会开玩笑。幸好新环材料这次没打算跟长和打官司，要不然我还真是碰上对手了。"李峰半开玩笑地道。

"我哪是李律师的对手，还得多谢新环材料手下留情呀！"邢斌又借机打探，"不过我还真是想认识认识新环材料的老总，他们的材料其实不错，只是最近为什么突然涨价了呢？"

李峰摇了摇头。他虽然是新环材料的代表律师，但产品方面的事他并不了解。况且，他们二人又没有过深的交情，于情于理，李峰都不会透露过多。邢斌没再追问。两人又简单聊了几句，互相加了微信，便各自离开了。

之后的一段时间里，两人一直保持着微信沟通。邢斌经常向李峰请教经济方面的涉法问题，尤其是债务方面的。起初，李峰以为他是因为与新环材料的债务问题才主动接近自己的，但相谈之下发现邢斌不仅好学，还颇具投资眼光，对债务和债权有着自己独到的见解。两人有了共同话题，一来二去便熟络起来。

突然有一天，李峰收到了邢斌的郑重邀请。原来长和公司自从成立债务重组小组以来，从组织架构到人员培训，每一项都需要从头开始，这可难倒了长和公司的高层们。邢斌不仅自己不断学习，还要求小组成员也一起学习。

但没有方向的学习等于做无用功，加上债务重组是一个新课题，项目组的成员基本上都是新手，急需老师手把手地教。然而，这样的老师到哪儿去找呢？正踌躇之际，邢斌的脑海里冒出了李峰的名字。

这不就是现成的老师吗？李峰既有法律知识，又有实践操作经验。虽说他是律师出身，但好在债务小组的成员们本身就有多年的经营基础，对于商场上的惯用伎俩了如指掌，再加上法律知识和实际经验的传授，必然事半功倍。想到这里，邢斌立刻行动，给李峰发去了信息。为了表示诚意，他干脆登门去请。

架不住邢斌一再邀请，态度又是那样诚恳，李峰便勉强同意了。但碍于自己作为新环材料代表律师的身份，他只答应帮忙进行一次实战演练。邢斌对此高兴不已，毕竟有一就有二，有二便有三。只要他肯去，邢斌就有办法留住他。对于企业而言，人才远比金钱重要得多。

实战演练在长和公司又成了新鲜事。以往只听说营销课上有这样的环节，没想到搞债务重组也要演练。

这是要演练讨债还是躲债呀？

这种事还需要演练吗？

意料之中，邢斌扔下的这块小石头，又激起了一片涟漪。想来，长和公司这潭死水也真是需要搅动搅动了。

老王虽然也觉得邢斌这是多此一举，但还是任劳任怨地组织了这次演练。当天，演练被安排在会议室。

冬日的阳光从窗户射进来，照在老旧的散发着一股陈旧铁锈味儿的铸铁暖气片上。债务小组的成员悉数到场，有人举着保温杯，一边喝茶一边等着"看戏"；有人不住朝窗口张望，想看一看那位传说中的讲师有什么三头六臂，像极了教室里等着上课的学生……

邢斌让出了主座，挑了一个角落坐下。此刻的他，恍惚间有一种时光穿梭的感觉。看到眼前这番景象，他仿佛回到了在学校教书的时光，回到了年轻的岁月……没想到，二十年就这样匆匆而过。他算是实现了自己当初的小目标，但也失去了那样简单的生活！

人生，也要遵循能量守恒定律，有得必有失，一切在冥冥之中自有安排。

老王介绍李峰时，只说是特邀讲师，对于他的另一个身份并没有提及。但邢斌留意到陈涛初见李峰时，脸色一沉，仿佛有心事。在他的认知里，这两个人应该是认识的。即便二人之前不认识，那么陈涛几次三番配合公安和纪检调查，难免碰面。李峰作为新环材料代表律师的身份是瞒不了陈涛的。那么，陈涛复杂的表情又说明了什么问题呢？

陈涛原本是坚决不参加这次实战演练的，因为身份着实尴尬。虽然邢斌早早地向集团打了报告，也申明了陈涛对债务小组开展工作的重要作用，但集团公司对他复职一事分成了两派，双方互不相让。在这种情况下，赵瑞也不可能偏袒邢斌。所以，陈涛只能继续停职。什么时候问题查清了，才能复职。可是怎样才算查清了呢？邢斌不知道，赵瑞也不知道，只有陈涛自己才知道。不过，就目前情况而言，陈涛还能出现在这里，单凭这份勇气，就值得敬佩。

所以说，一个人的成就大小，跟能力并没有必然的因果关系，反而更多时候要归于时运。不得不承认，运气在一个人的成长过程中，的确占有相当重要的分量。一旦时运不济，失去的不只是机会，还有大把的年华。那些大器晚成的人，谁不想风华正茂时就走上人生的巅峰？毕竟生命短暂……

每每想到这些，邢斌心里就像是压了一块巨石，喘不过气来。虽然他和陈涛"政见不和"，但那只局限于工作方法。在长和公司的长远发展和经营眼光上，他们有太多的相似之处，邢斌甚至觉得陈涛与自己是一类人，所以他比谁都希望陈涛回归。

李峰似乎也留意到陈涛脸色的变化。二人四目相对时，他的脸色也显出一丝惊讶，但很快就恢复了平静。毕竟是久临战阵之人，表情管理还是有一套的。

简短的开场白过后，李峰直入正题。债务是怎么发生的，债务为什么要重组，对企业又有什么意义？李峰把这一系列问题，讲得丝丝入扣。在场每个人都被他精彩绝伦的讲解深深吸引了，连经常听讲座的邢斌也听得入了神。

邢斌之前也做过"债转股"，还因此在 S 城名噪一时。但那些跟李峰所讲的案例比起来，真是小巫见大巫。不得不说，他当年的成功，多少有些运气的成分。若是换成现在，只怕那些债权方没那么容易被说服。当然，最吸引他的，还是李峰的口才和观点。

对于企业而言，没有债务只是理想状态。企业的债务要在风险可控的范围内，一旦债务叠加，超出了自己的控制范围，就很容易导致资金链断裂，这对企业无疑是致命一击。用李峰的观点来说，债务不仅要解决，更要学会预判预防。避免债务的发生，远比解决债务更重要。很多人听到此处，大为赞同，连陈涛也悄悄鼓了掌，只是他脸上依旧是那一副淡漠的样子。

之后，李峰又在老王的协助下，组织大家现场组队，一对一进行实战演练。有些人矜持惯了，不免扭捏；有些人则放得很开，拉着李峰问东问西，生怕错过了辅导机会。邢斌在一旁静静地观察，并悄悄做好笔记。哪些人内向,哪些人外向,哪些人善于思考,哪些人能够随机应变……他心中那个"黄金团队"的模样渐渐有了!

田蕊、老朱和另外一个成员临时搭成一组。老朱倒是没说什么,从刚才听讲座时,他整个人就是一副木讷样子,像是在神游。田蕊的脸上闪过一丝嫌弃,不禁回眸看了邢斌一眼。邢斌却一脸淡定,摆出一副不以为然的样子,似乎早就知道会这样。

"邢总,你不是想锻炼一下田蕊吗?"连老王也觉得这个组合有点奇葩,便凑到他耳畔小声咕哝。

邢斌意味深长地笑了笑:"我更想锻炼一下老朱。"

"老朱?"老王一脸茫然。在所有人眼中,老朱能进债务小组,纯粹是邢斌开了后门。只是没想到,他还要把这个"后门"开到底。

田蕊思维活跃,敢想敢干,三两句话就占据了主动,查资料、分析情况、想对策,全程包干。老朱还是一如既往地配合,再配合,简直像田蕊的下属。老王一脸担忧地看着他们:"这要是真在工作中,老朱还不得累死?"

邢斌看出了老王的担心,笑道:"不要小看了老朱,关键时刻还得是老同志,不信待会儿你就知道了。"

果不其然,邢斌的话很快应验了。李峰故意出了一道难题,假定债权方只要求还债,不接受任何方式的重组,怎么办?田蕊一下子蒙了,想方设法说服对方,可惜嘴皮子磨破了也不奏效。

其实在工作中,这种情况不算罕见,尤其在经济发展速度放缓、紧缩银根的环境下。各家企业都对回收账款极其看重,要改变对方的意愿,是一件难上加难的事,除非你有绝对优秀的方案,否则根本不会成功。就在田蕊和对方僵持不下之际,老朱居然来了一招隔山打牛,惊艳了在场所有人。

原来,李峰假定的这个债权方由于成本上涨,产品价格被迫上涨,销路屡屡受阻。这个情况和新环材料的现状非常相似,可以说就是以新环材料为蓝本的一道命题。邢斌当时眼前一亮,暗自为李峰竖起了大拇指。

其实老朱的招数并不算新鲜。他先是仔细研究了债权方的产品构成,建议债权方做一个同类产品的分析,找到价格上涨的原因,然后自己找关系去跟原材料商谈合作,拿到优惠政策后再跟债权方洽谈。

这个方法果然不错。两点之间最短的距离是直线，但最快的抵达方法却是曲线。老朱的方法让债务方摇身一变成了债权方，这种"你中有我，我中有你"的关系，更符合共享经济的大背景。

邢斌看了看老朱，又看了看老王，露出了满意的笑容。看来，演练的成效比预期要好。邢斌高兴地做了总结发言：

"今天的演练暴露了一些问题。这不是什么坏事。只有坏事，才能出好的经验。咱们现在的问题不是能力问题，而是思维模式的问题。刚才李老师讲得非常好，希望大家回去多想一想，融会贯通，把这些经验用到工作中去。"

演练结束后，邢斌再次提出与新环材料的合作，并邀请李峰从中牵线。李峰盛情难却，答应全力撮合。

"邢总放心，新环材料那边我还是说得上话的，我去协调。长和公司现在手上握着市政府的大项目，虽说融资入股有一定风险，不过政府项目是有保障的，多少公司想找这个机会还找不到呢。我想新环材料没那么傻。"

"好，那我就等李律师的好消息。"

送走李峰，邢斌显得信心满满。他抬头望了望湛蓝的天空。那个意气风发的男人又回来了。

20 铩羽而归

坏事情才能收获好经验,邢斌在演练现场讲的这句话,不仅是经验之谈,更是他创业经历的写照。从最初放弃稳定收入下海,到住地下室,赚每月三百元的薪水;再到后来工地停工,创业失败,仿佛霉运总是跟随着他。但他从未放弃希望,也从未因霉运而沮丧。不怕坏事,不惧失败,才让我们看到了今天的邢斌。

别出心裁的实战演练,再一次让邢斌成了风云人物。荣鑫集团官方公众号上连续报道了长和公司组建债务重组小组的事迹,从之前的团建活动到这次的实战演练,将长和公司打造成了荣鑫的新星。对处于阴霾中的长和公司来说,这的确是可以振奋人心的消息。

当然,邢斌很清楚,如果没有赵瑞在背后推波助澜,也不会有这些报道。虽然这些报道让集团公司决策层看到了长和公司的变化;但要使公司彻底解冻,还需要实实在在地添把柴。

债务重组的目的就是要化解长和公司目前的债务危机,所以既要快又要好。这的确给项目组带来了不小的压力,尤其是作为第一责任人的邢斌,要承担整个公司的压力,不是一件轻松的事。连日来,邢斌虽然脸上挂满了笑容,但脚步却愈发沉重。老王看在眼里,也曾劝过他。然而,劝慰的话不过是望梅止渴,解决不了实际问题,他身上的压力一直都在。

其实,长和公司面临的债务问题很严重。从邢斌接手长和公司开始,债务就像雪片一样飞来,今天一家供应商上门催债,明天一家供应商通知断货……邢斌和财务主任一直疲于"拆东墙补西墙",但无济于事。他本想着成立债务重组小组后,债务问题可以交由专业部门来解决;然而他过高估计了员工的能力,到最后还是推到了他身上。

晨曦从落地窗射进来，邢斌只觉得身上暖洋洋的。彻夜工作的他，也不知趴在办公桌上睡了多久，直到老王进来叫醒了他。

"又熬了一夜啊？"老王放下早餐，"刚出锅的包子，抓紧吃。"

邢斌伸了伸手臂，又转了转腰，只觉得后背肌肉酸痛。他朝老王笑了笑，接过包子咬了一口，才发觉自己早已饿得前胸贴后背了。

老王沏了杯茶递给他，好心劝道："多大年纪了，还当自己是年轻小伙子呢，老这么一夜一夜地熬，迟早熬出病来。"

邢斌狼吞虎咽地吃下一个包子，又喝了口茶，才缓过神来："我也不想熬夜，可是不熬不行，集团上下那么多双眼睛盯着呢！现在这个债务小组已经不是咱们公司自己的事了，集团刚下了文件，把它列为明年的重点扶植项目了。"说罢，他从一堆文件中找出一份，递给老王。

那是昨天集团公司颁布的一份文件，列出了明年集团重点发展的十大项目。老王看到这份文件吃了一惊。虽说得到上级支持是好事，但也无异于把债务小组架在火上烤。更确切一点说，烤的是邢斌。因为这个项目从提案到组织实施，都是邢斌一手策划的，又被集团众星捧月般地推出来，很容易遭人嫉妒。

邢斌自然也明白这一点，可是眼下，他和赵瑞都急切地需要一点成绩来得到认可。这也是赵瑞一边没有解禁长和公司的财务限制，一边又极力推动这个项目的原因。

"明年？还有一个多月，一转眼就到了，这么急着让咱们出成绩，这也有点……"老王话到嘴边又咽了回去。他知道，即便说了，也改变不了什么，还不如帮邢斌想想对策。

"时间不等人，看来咱们得尽快找到突破口。"老王轻叹一声，愁容满面，转念一想，又试探地问，"你真打算从新环材料入手？那家公司背景复杂，又不太好沟通，要不再想想？"

邢斌知道老王的顾虑是陈涛。作为债务小组的二号负责人，陈涛至今还没有正式进入角色。虽然参加了誓师大会和上次的实战演练，但谁都看得出来，他不过是为了给邢斌面子，并非真心实意。何况，上次演练结束时，他明确表示自己不会支持长和跟新环材料的合作。邢斌当时一脸尴尬，要不是老王打圆场，还真不知道该怎么收场。从那以后，陈涛再也没来过公司。不过奇怪的是，李峰也消失了，连微信也久久没有回复。邢斌不免焦急起来。

"既然新环材料的问题迟早要解决，那宜早不宜迟。"邢斌是打定主意拿新环材料作当头炮了。可惜，对方却不一定这么想。

"李律师有消息了？"老王又试探地问。

邢斌摇了摇头，眼神坚定地说道："条条大路通罗马，咱们不能在李峰这一棵树上吊死。"他喝了口茶，若有所思地道，"老朱的思路有点儿意思。"

"老朱？"老王心想，这个老朱的确不简单，一个人就搅得一家公司翻了江，这眼界也的确不寻常，"你是说'隔山打牛'那招？"

邢斌点了点头，得意地道："年轻人固然有年轻人的好，但是老同志的格局和眼界是年轻人比不了的。"

老王听完，却不免担心起来，语重心长地劝道："这做生意讲究的就是不熟不做，人家的行业规则咱们不懂，贸然进去，难保不吃亏。而且，他们自己都找不到降低成本的方法，咱们何必费力不讨好地帮人家解决问题呢？"

"怎么能说'费力不讨好'呢？"邢斌白了老王一眼，"新环材料的成本降下来，咱们的成本也就跟着降下来了，最终受益的还是咱们公司。"

"话是这么说，关键是咱们怎么去搭上线，对咱们来说，那都是陌生行业，而且又没有直接的业务往来，这太难了！"老王一语中的，这的确是长和公司面临的实际困难。然而，这并不是能令邢斌退缩的理由。事实上，他是个从不知后退的人。

"新环材料这条线的确不太好挖，李峰一直没回信，没准儿碰了壁。"邢斌看了看手上的材料，若有所思地道，"也许咱们可以先找一家小公司试试身手。新环材料虽然规模比较大，但也是块'硬骨头'，需要时间磨。"

老王一听邢斌松了口，也跟着松了口气："好啊，有目标了？"

邢斌点了点头，吩咐老王去召集人员，准备开会商量对策。一小时后，老朱、田蕊、小黑主任，还有几位成员，先后来到总经理办公室。债务小组成立后的首个项目就在这里确定了。众人摩拳擦掌，兴奋不已。

那的确是一家不起眼的小公司，主要向长和公司的城建项目供应各种配件。这类配件公司通常规模小，现金流紧张，最怕被拖欠货款。近来这家公司催账比较紧，年轻的老板已经登门好几次了，每次都是小黑主任去应付，所以邢斌才对这家配件公司没什么印象。

邢斌提出了项目分包的方案，将一部分项目以分包的方式转给这家公司。专业的人做专业的事，长和公司省去了一些人力成本，而这家配件公司不仅能收回货款，还成为项目分包方，扩大了收益。众人都觉得这是一个两全齐美的方案，便沿着这个思路，准备好洽谈方案和项目策划书，兴冲冲地来到了这家配件公司。

依然纠结于身份尴尬的陈涛没有参加这次洽谈。少了左膀右臂的邢斌，心中难免失落。毕竟这是债务小组第一次出师，赢得一个开门红，对小组成员的士气和后续开展工作都是非常重要的。何况赵瑞也等着这个胜利的消息，邢斌身上的压力可想而知。

好在债务小组对这次洽谈做了全面而具体的准备，预判了可能出现的各种洽谈结果并制定了应对方案。如果没有充分的案头工作打底，邢斌和项目组的骨干们也不会从容淡定地坐在这家配件公司的会客室里。他们憧憬着接下来的洽谈过程，甚至憧憬着第一次的胜利……有的人已经按捺不住内心的喜悦。

然而，理想总是丰满的，而现实大多骨感。"骄兵必败"这个道理，真是亘古不变。债务小组出师不利，遭遇了"滑铁卢"。

这家配件公司的老板是一位年轻人，看上去谦和而有礼貌，据说是大学毕业后就加入了创业大军。这样的经历跟邢斌倒是有几分相似，但二人却并没有惺惺相惜之情。洽谈进展得并不顺利。这位老板虽然年纪不大，但人却固执得很。任务小组的成员轮番上阵，摆事实、做分析，最后还打出了人情牌，可他就是一人一嘴，摆出一副不为所动的架势，最后干脆直接回绝了他们。那股子决绝的劲头，简直不像一个生意人。

走出这家配件公司的那一刻，所有人都是蒙的。他们明明做了充分准备，连最坏的情况都算到了，就是没算到这位老板的任性。

这样莫名其妙地输了，邢斌心有不甘。回公司的路上，他一言不发地盯着手机，脸色十分难看。他原本编辑好了一段文字，要向赵瑞汇报首战情况，可是现在不得不按下了删除键。他不知道该向赵瑞说些什么，怎么说。

"这个人也太任性了。"

"是呀，完全不按套路出牌，他是不是收了谁的好处？"

两个年轻成员在车上发起了牢骚。

"别胡说，"老王朝他们瞥了一眼，又看了看后排脸色阴沉的邢斌，"人家有人家的考虑，咱们做好自己就行了，回去再把方案修改一下，今天没谈下来，改天再谈呗！"

其实，他这话是说给邢斌听的。可惜此时的邢斌烦躁得很，根本听不进去，直接吩咐所有人回公司复盘。当时已经是下午五点，复盘就意味着加班。众人的目光都聚集在老王身上。老王暗暗垂下了头。他从没见过邢斌这副表情，即使被纪检调查时，也没有这么沮丧过。

于是，大家拖着疲惫的身体回到了公司。复盘持续了很久，一直到深夜才结束。众人离开后，老王见邢斌仍坐在会议桌前，便主动留下来陪他。

"还没想好怎么跟赵总汇报？"

邢斌摇了摇头，手里不停地摆弄着手机，显得十分焦虑、懊恼。

老王又试着开导他："今天大家都尽力了，谁也没想到那个老板这么固执。"

"这不是理由，"邢斌叹了口气，自责地道，"还是我没考虑周全。"

"这不是你的错，也不是大家的错。今天这事儿，就是意外。咱们哪能想到对方心里去？"老王又劝道，"你也别太自责了，不就是没谈下来嘛，咱们再修改修改方案，找个时间再约一回那个老板……"

邢斌朝他摆了摆手："他把咱们所有的路都堵死了，再谈也是一样。"

"我还真不明白，咱们给的条件够好了，他为什么就是不答应呢？再说，做分包商赚的利润可不止货款那点钱。他年纪轻轻的，又是大学生，怎么就算不明白这个账呢？"老王纳闷道。

"不是算不明白，是被压款压怕了。"邢斌无奈地道，"拿到手里的钱才是自己的，而咱们是给人家画了个饼，这个饼再好，没吃到嘴里，也很难尝出味儿来！"

"这是实话，换了是我，也会这么想。"老王点了点头，又试探地问，"要不咱们再找找别的项目？"

邢斌想了想，突然说道："你说得对，明天咱们再约一约李峰。"

"还是不想放弃新环材料？"老王猜到他心里了，"行吧，我去约，这次找个好点的馆子，我看那小子也是好吃的主儿。"

说罢，两人相视而笑。

不过，事情并没有结束。这一次的铩羽而归，不仅让债务小组颜面尽失，也给一些有心之人落了口实。

21 众矢之的

"君不见薛公正齐当路时,三千豪士相追随……一朝失势宾客落,唯有冯驩西入秦",对这首诗邢斌的体会尤为深刻。遥想债务小组成立之初,上至总部,下至员工,都拍手叫好,甚至很多人因为没有竞聘成功而沮丧惋惜。如今,债务小组出师不利的消息不胫而走,一夜之间便传遍了整个集团。邢斌这个领头人,很快成了众矢之的。

邢斌从来没有像今天这样厌恶开会。他不想把时间浪费在无聊的责任界定上。事实上,他早就做好了承担全部责任的准备。即使没有这次总经理办公会,即使所有人都跳过了今天这个日子,他也会向赵瑞和集团公司汇报情况。他从不惧怕承担责任,只要能找到解决问题的方法,他可以成为"众矢之的"。

会议照例还是由李堃主持。邢斌一直忙着复盘总结,无暇顾及会议议程,便交由李堃全权负责。然而,令他没有想到的是,"信任"可以救人,也能害人,表面上"一心为你好",实际上却是"害你没商量"。

"今天咱们还是按照惯例,各部门先说一说上周的工作进度和结果,做一个简短的复盘;然后再说一下本周有什么安排,需要总经办或是哪个部门配合协调,提前报备一下。"李堃按部就班地做了开场白。即使是隆冬时节,窗外北方呼啸,他依然保持着服帖的发型。很多人背地里讥讽过他的大偏分,但他照样把头发梳得油亮油亮的。

陈涛看了看李堃的大偏分,不禁皱了皱眉。其实今天会议最大的意外就是陈涛——一个被停职的人,居然出现在公司核心管理层的会议上。对此,很多人的感觉不是意外,而是诧异。

邢斌没说什么,示意会议继续。首先是项目部发言。自从债务重组小组成立后，贾主任的工作又轻闲了很多，再加上目前公司各大项目基本处于停摆状态，他的汇报稿从十页缩成了五页，现在又缩成了两页——缺少数据，缺乏措施，全篇假大空。邢斌越听头越大，勉强听完了，又换了财务部。

小黑主任的工作报告向来翔实简洁。虽然他的报告没得挑，但报告的内容却让邢斌忧心忡忡。糟糕的财务数据，迟迟无法解冻的资金，还有一连串上门催账的供应商名单……搅得邢斌的五脏六腑如翻江倒海一般，快要吐了。

老王见邢斌脸色不好，朝小黑使了个眼色。小黑立刻会意，草草了结了报告；但有的人可不打算"草草了事"。

"下面该债务小组汇报了。"说罢，李堃看了看邢斌，言外之意是等着邢斌发话，因为不知道该由谁来做汇报。

邢斌刚想开口，老王抢先了一步："我来说吧！"

李堃惊讶地看了王利一眼，众人也甚感诧异。毕竟债务重组小组的正牌负责人是陈涛，直属领导是邢斌，这两个人都没说话，老王难免有点越俎代庖了。何况他一个办公室主任做业务报告，那不成了"假行家"吗？不过，老王可不这么想。

"上次去那家配件公司洽谈，我全程参与了，借这个机会说两句，也算不上汇报，有不妥之处，请各位专家多指教。"老王把客气话说在前面，接下来绘声绘色地描述了一番债务小组的工作：怎样准备洽谈材料，怎样搜集配件公司的信息，又是怎样跟那位小老板周旋的……

起初，大家还在认真听，可是老王越说越起劲，越说越像是在替债务小组开脱，渐渐地也就没人听了，老王只得草草结束发言。不过，此时会场的气氛却变得诡异起来。

"王主任的汇报全面而具体，就是在结果上一带而过了。"李堃虽然语气委婉，但话锋却一点也不绵软，只用了半句话就把债务小组的失利摆到了桌面上。谁都知道这是邢斌主抓的项目，也是邢斌带队伍去洽谈的第一个项目。李堃这么堂而皇之地借题发挥，分明是在给邢斌难堪，可是他脸上那一股"浩然正气"却又让人无力反驳，字字句句占着理。邢斌只能是哑巴吃黄连，苦果自己吞了。

"谈成了就是成了,没成就是没成,咱们是讨论问题,又不是分析责任,没必要遮遮掩掩的。"陈涛突然冒出这么一句,不知道的,还以为他和李堃一唱一和呢!只有邢斌知道,他是直肠子,没听出李堃的弦外之音。

在陈涛的"带动"下,有几位部门负责人也纷纷附和,要么揭配件公司的老底,要么假意提醒领导班子要小心处理债务问题……在这些看似善意的建议下,这次例会几乎演变成批斗会了,老王有些着急了。

"大家注意发言时间,发言时不要跑题。"

因为公司领导班子在场,大家不敢有异议。随后的发言也都言简意赅,会议议程进行得很快。不过,到了邢斌做总结发言时,一石又激起了千层浪——他郑重地提出了与新环材料债务重组的提案。众人不免有些吃惊,觉得此时再出新提案有些操之过急。毕竟首战就铩羽而归,理应做好充分总结,再推进后续项目。

陈涛也是一脸惊讶,他之前曾明确表示过不支持这个项目。以他对新环材料的了解,这家公司实力薄弱,在经营上也比较死板,并不是一个好的合作伙伴。现在,邢斌却当众宣布启动这个项目,分明是不把他的意见放在心上,也未免太过独断了。他满心的不爽已经写到了脸上。

然而,出人意料的是,李堃的脸色却如镜面一般平静,好像早就知道邢斌会当众宣布这个项目似的:

"邢总临时提出这个项目,说明这个项目很重要,也需要尽快开展起来,大家有什么问题,可以在会后向邢总反映、请示,今天咱们会议的主题并不是讨论这个项目。邢总,您看咱们是不是继续下面的议程?"

这番话看似在打圆场,实则堵上了邢斌的嘴。邢斌被将了一军,项目的事只得先放一放,但他绝不会放弃。

这次例会终于在诡异的气氛中结束了。邢斌强行推进新环材料的项目屡屡受挫,也在意料之中,但陈涛和李堃两个人截然相反的态度,耐人寻味。该反对的没反对,不该反对的却反应过度,这其中到底藏了什么不可告人的秘密?邢斌感觉自己仍然在长和公司那个小圈子外面打转!

傍晚,郁闷的邢斌约了田蕊去河边散步。这是他们来长和公司后第一次单独相处!

"我说领导，大冬天的，您跑来河边散步，这不是喝西北风吗？"田蕊立起大衣领子，又将肩头的围巾重新围起来。

邢斌笑了笑，没有显出丝毫不耐烦的情绪，尽管她迟到了："调到公司来工作，感觉如何呀？"

田蕊看着岸边干枯的柳枝，长舒了口气："总算出村儿了。"

"好好说。"邢斌瞥了她一眼，眼神中满是宠爱。

田蕊想了想，调皮地道："要说假话吧，那就是感谢领导关心，让我这个下乡青年终于能够返城了。"

"说实话！"邢斌故意加重了语气。

田蕊伸了伸舌头，假装叹气："哎，非让人说实话，感觉真不怎么样，还不如继续回去当村姑呢！"

"哦，为什么呀？"邢斌的眼神突然凌厉起来。

"城里太复杂了，我这么单纯的脑袋，还真照顾不过来那么多人的心思，与其整天钩心斗角，还不如回村里干点实事呢！"田蕊一副鬼机灵的样子，三两句话就告了全公司人的状。

"还有'钩心斗角'呢？"邢斌只当她故意开玩笑，打趣地回了一句。

"那可是'随处可见'！就说我们债务小组吧，老朱的代号就是'监军'，大家都觉得他是你派去的卧底。好像前脚跟他说句话，后脚就能传到你耳朵里似的。谁还敢跟他走近呢？"田蕊缩了缩肚子，见邢斌一语不发，又故意开起了玩笑，"幸好他们没发现我，要不然我也会被孤立的！诶，我想起来了，咱俩别走太近，万一被人看见，把我也当成奸细怎么办？"

"这都哪儿跟哪儿呀！"邢斌摇了摇头。

"你别不信。老朱的日子不好过。你在的时候，大伙一个样，你不在的时候，大伙又另一个样，你管得过来吗？"田蕊一本正经地道。

"我可没给大伙立过规矩。只要不耽误工作，其他事情能通融的都通融。"邢斌一脸无辜地道。

"那老王主任呢？天天抓工作纪律，动不动就罚款！"田蕊故意瞥了邢斌一眼，"大家表面上不说，背地里还不是把这笔账算到你头上！谁让老王主任是你身边的'大红人'呢！"

邢斌叹了口气，沉默不语，但能感觉到他有些不悦。

"很多人都这么想。这种编排领导的事，在办公室里早就司空见惯了。"田蕊又解释道，"所以说，防火防盗防小人，这小人多的地方是非就多。我说领导啊，你还是把我调回开发区吧，我宁可在工地上打转，也不在办公室里钩心斗角。你也知道，我天生就不是这块料，别哪天再给您惹出什么祸来。"

邢斌知道她在故意逗自己开心，也调侃道："想回去可没那么容易。你在开发区时就没好好完成任务，现在可是你将功折罪的机会。"

"将功折罪？"田蕊一脸无辜地瞥了邢斌一眼，咄咄逼人地问，"我什么时候没完成任务啦？哪次有新情况，我不是第一时间向你汇报？再说，人家项目组怎么可能把核心机密告诉我一个新来的？"

"好了，好了，我也没说什么呀！"邢斌赶忙解释。

"那你找我来，有何吩咐呀？"田蕊假装生气道。

"没什么吩咐，就是散步。"

"纯散步？"

邢斌点了点头。

田蕊努努嘴，一脸不屑地道："算了吧，我还不知道大叔你啊！今天例会的事，我听老王主任提了几句。"她像个孩子似的，特意强调只提了"几句"。

"哦？"邢斌虽然不喜欢员工之间乱传消息，但此时此刻他倒很想知道他们传了些什么，所以惊讶之余，还有些许兴奋，便故意道，"我有那么小气嘛！"

田蕊早就猜出他的心思了，只是没明说，此刻时机刚刚好，便道："我对陈总这个人了解不多，也就几面之缘，连话都没说过两句；但我总觉得他这个人不坏，有点一根筋。"

"一根筋？"邢斌扑哧一声笑了，他还是第一次听人这样形容陈涛，"人家陈总怎么就成了'一根筋'，你们这些小姑娘啊。"

"他还不是'一根筋'？上次新环材料那个副总跑来催货款，他一分钱没给人家，硬说人家故意抬价，几句话就把人家怼跑了，之后新环材料就把咱们公司给告了。虽然不知道这个新环材料后来为什么撤了诉，不过这事儿在公司里闹得沸沸扬扬。大伙儿都说这位陈总啊，最大的爱好就是

'得罪人'。要不，凭他的能力，早调到总部去了。"

田蕊的话，提醒了邢斌。他之前怀疑陈涛跟新环材料暗通款曲，看来是大错特错了。陈涛那么坚决地反对跟新环材料合作，原来不是因为他们之间有矛盾。或许，他这样想陈涛，又是小人之心了。

不过无论如何，和新环材料的合作一定要促成。田蕊虽然没有明说，但话里话外都在提醒邢斌，公司领导班子并不团结。李堃显然是个不好对付的角色，但陈涛和他关系又不远不近，这的确有些麻烦！但新环材料的项目还要继续，邢斌决定绕开领导班子，先干出点成绩，再拿到会上讨论，来一个"先斩后奏"！

22 茅塞顿开

《增广贤文》中有一句非常有意思的古训："有心栽花花不开，无心插柳柳成荫。"古人为什么要教导后世这样一句话呢？其实这是古人告诫我们，越是强求、在意之事，越难以达成所愿。比如父母都"望子成龙"，可有多少孩子能成龙成凤？一个"望"字也间接说明，这只是一种美好的愿景。那些我们并不寄予厚望的事情，反而能带给我们意外的惊喜。比如突然得到朋友的帮助，其实是多年前自己相助之情的回报。可是那一刻，足以让人欣慰。

邢斌并不是容易气馁之人，但债务小组首战失利，的确给他带来了沉重的打击。虽然他在总经理办公会上故作坚强，但心里比谁都清楚，接下来的路有多难走。赵瑞虽然没有明说，但言语之间充满了惋惜，毕竟他也急需一场胜利来回击那些质疑的声音。这样一来，短期之内，赵瑞很难再大张旗鼓地支持他，也不好给长和公司资源上的倾斜。

看来，要摆脱困境，只有自救了！

然而现实是无比残酷的。以长和公司的现状来说，信用度几乎降到了谷底。谁会相信一家被冻结了账户的公司还能起死回生？又有谁会相信一直身陷纪检风波的人能有什么锦囊妙计？在生意场上，建立信任不容易，但毁掉信任只需要一件事，甚至一句话。

邢斌原本已经习惯了逆风前行的生活。可是，当他努力到极限却依然无法解救困境中的公司时，潮水般的压力瞬间就压垮了他。人的崩溃，只是一瞬间的事，仿佛决堤的洪水，一泻而出。

崩溃之后，有的人会选择买醉宣泄；有的人则用疲劳来自我麻痹；还有的人会选择倾诉……邢斌这样理智的、用冷静来自我警醒的人，自然是选择后者。况且，比起宿醉和劳累，语言的互动似乎更有价值。说不定别人无心插柳的一句话，对自己来说，就是天赐良机。邢斌非常清楚，即便在信息发达的当今社会，信息不对称仍然是经营中最大的绊脚石。

当然，邢斌的倾诉对象可不一般。

没错，又是那个梁成宇——森华商贸公司的总经理。重申他的公司和职务，是因为他无心插柳的那句话，恰恰与方兴未艾的电商行业有关。那么，他能带给邢斌怎样的启发呢？说来，的确有点意思。

那天和田蕊分手后，邢斌回到家中仍然烦躁不安。面对一团糟的公司，他毫无头绪，便打开手机微信。他原本没有看别人朋友圈的习惯，一来平日工作忙碌，无暇关心八卦；二来朋友圈里晒的东西，大多有作秀的成分，所以他不大喜欢看。可是，那天他却鬼使神差地翻看起朋友圈来，而且还看到了梁成宇的朋友圈。

"这家伙又出去旅游了？"邢斌对着手机喃喃自语，画面上的年轻男人正是梁成宇。只见他穿着碎花衬衣，白色五分裤，一副硕大的太阳镜遮住了半张脸。他身后是一片碧绿的海，一望无际，与天空浑然一色，看着就令人羡慕！

邢斌不禁轻叹一声，同是创业者，人家活得潇洒自在，自己活得却这么累，到底图的是什么？他心里除了羡慕，还有一点嫉妒，但更多的是后悔。当初真应该听田蕊的劝告，要是没来长和公司，也不至于像现在这么难。这不是自己给自己挖坑吗？

想到这里，邢斌给梁成宇发去了信息。

起初，两个人只是简短地寒暄。可是，随着交谈的深入，梁成宇觉得有些不对劲了：邢斌不是一个喜欢闲聊的人，以往他们两人之间的对话，除了交换创业经历，就是围绕一些经营策略讨论，但今天的邢斌有些不一样。

商人的直觉告诉梁成宇，邢斌遇到麻烦了。管还是不管？他有些犹豫了。管，有可能给自己带来麻烦；不管，自己下了那么大功夫得来的友情很可能就此了结。最后，还是趋利的天性占了上风。

在梁成宇的追问下，邢斌说出了实情。虽然邢斌没有和盘托出，但也说了个大概。梁成宇听完后，一阵沉默。

"我就是找你发发牢骚，说出来，心情好多了，你别当成事儿，我可不是转嫁风险的人。"邢斌憨笑着说。

之后，他看着微信上自己发过去的几条语音，却久久没有等到回复。

梁成宇的态度，让他不免胡思乱想起来。他能够体谅对方，毕竟人在困境中是很难找到朋友的，何况他们本就交情不深。朋友用时方恨少，他不禁想起了远在他乡的兰芝。如果兰芝在，她会对自己说些什么呢？想到这里，他的脑海里突然出现一个声音，气愤地指责他：遇到困难时就想起兰芝，平时又把人家丢到脑后！

没错，连他自己也瞧不起这样的自己，一股沮丧的情绪立刻涌上心头。

几天后，正当他烦闷时，突然接到一条信息：有人拉他入群。群名有点奇葩，叫作"西南大路"，真是有点儿意思。他索性进群一探究竟。

邢斌刚进群，便收到了一阵掌声、鲜花和欢呼——当然都是微信表情。可他有点纳闷：这么多人都认识我？有那么一刹那，他感觉自己上当了，不会是误加了某个传销群吧？

正当他百思不得其解之际，梁成宇终于有消息了。

"邢总，我可不是故意不回你信息的，这两天我一直在直播。你也知道，我是做电商的，生意不好做，这两年大众就爱看直播，抖音、快手、淘宝直播，跟雨后春笋似的，一个接一个地冒出来。我要是不直播，连销路都快没了。"一通解释过后，他又补充了一条语音，"刚才群里的欢迎仪式热闹吧？"

邢斌在微信上回复了一个笑脸。紧接着，梁成宇又发来一条长语音。

"这个群是参加论坛那帮兄弟搞的'民间组织'，里面有不少能人，你有空多跟大家交流交流，人的思路打不开就容易郁闷。再说条条大路通罗马，没有干不成的事，只有没想到的法子。"

梁成宇说的"民间组织"，其实是相对论坛官方建的微信群而言的。那个群已经沉寂许久了，没想到这个"西南大路"群却热闹非凡。每天都有无数个奇思妙想的点子冒出来，有些点子甚至是在玩笑中酝酿出来的。

邢斌仿佛一下子找到了组织，在群里聊了几次，整个人都精神了，自信也回来了。虽然到目前为止，他还没有找到解决公司困境的方法，债务小组那边也是毫无进展，但邢斌的精气神不同了，公司上下都看在眼里。

"邢总最近是得了什么好消息吗？"

"没听说呀，没准儿是找到新项目了。"

"我看未必，也许是找到第二春了。"

"什么？你们不知道他单身呀？"

厕所的确是新闻中心，但几个大男人一边过烟瘾，一边说领导的闲话，看来是工作太少了。老王推门从单间出来后，脸色阴沉地盯着那几个人，一言不发。那几个人像闯了大祸似的，草草掐了烟，灰溜溜地跑了出去。

"邢总，瞧你这意气风发的样子，是遇着什么好事了吗？"老王也不禁问起。

邢斌笑而不语，故作神秘。不过，老王发现，他看手机的时间明显增多了，难怪公司里传出了风言风语！

老王不禁又劝他："邢总，你这上班、开会时，总盯着手机看，影响也不太好呀！知道的，你是在聊工作；不知道的，还以为你这是……"

"我这是什么？"邢斌看着老王一脸尴尬的样子，突然想到他可能误会了，便哈哈大笑起来，"我说老王呀，你都多大岁数了，想法怎么还跟小年轻似的。"

老王也跟着讪讪地笑了："那你整天神神秘秘的，是咋回事呀？"

"山人自有妙计，很快你就知道了。"邢斌像捡到宝贝似的，得意扬扬地道。

第二天，他找来老王和贾主任，说要再搞一次团建。老王当时就吓傻了。上次团建活动已经让大家筋疲力尽，才刚缓过劲来，再来一轮，这不是要人命吗？贾主任倒是有点兴奋，毕竟这是邢斌第一次找他"商量大事"。

"邢总，咱们是再搞一次上回那样的团建活动吗？"他虽然参加了团建活动，但因为表现并不突出，有些懊悔。尤其是他看到老朱开挂的升迁之路，心里难免痒了，正想找机会表现；所以听到"团建"两个字，立刻兴奋起来。

邢斌早就看出了他的心思，笑了笑，道："别着急，我说的不是户外活动，是在线团建。"

"在线团建？"这还真是个新鲜事。两人四目相视，一脸茫然。邢斌便将自己的想法跟他们讲了一遍。

原来邢斌是受了梁成宇的启发。既然他可以带着团队的人搞直播卖产品,自己为什么不能也搞一搞直播?同样是给企业做宣传,就算是东施效颦吧,好歹也能宣传一下公司业务。

不过,长和公司毕竟是工程公司,跟梁成宇的贸易公司还是有很大区别的。最主要的一点就是,一个卖产品,一个卖服务,完全不搭界,根本没有什么借鉴意义。邢斌一直没有行动,就是想不出这其中的门道。后来,还是梁成宇无意间的一句话,给了他灵感。

"谁说直播非得带货了,很多老师、专家还在上面讲课呢!"

真是"有心栽花花不开,无心插柳柳成荫"!就这么简单的一句话,令邢斌茅塞顿开,于是就有了这个"线上团建活动"的提议。

"邢总,直播这种新兴事物不适合咱们做实业的。"老王一听就开始打退堂鼓。

"咱们做的 BT 项目不也是新兴事物吗?不管是新兴事物还是传统事物,能够帮助咱们达成目标就是好的宣传手段,咱们就可以用。思想不要被束缚,要跳脱一点。"邢斌解释道。

"邢总说得对,咱们得跟上社会潮流,要不迟早被社会淘汰。"贾主任这见风使舵的本事,跟李垄简直如出一辙,"邢总,您就说怎么干吧,我们项目部肯定完成任务。"

邢斌笑了笑:"不需要立什么军令状,我主要是想多挖掘项目部的人才,毕竟以后咱们公司的发展主要还是看项目部。"

贾主任立刻兴奋地表决心:"邢总放心,我们项目部肯定不掉链子,再说我们部门年轻人多,尽是有口才有能力的,我让他们都报名参加团建活动。"

老王在一旁静静地看着贾主任表演,脸色一阵红一阵白,最后被逼得没退路了,也只得转了话锋:"这线上团建啊,还是有好处的,既省了经费,又省了精力,对我们办公室来说是好事,我也支持。"

邢斌见老王支持,心里的石头总算落了地。线上团建很快就拉开了帷幕。首先从工会入手,组织员工进行短视频大赛。大赛规定了几大主题——工作、生活、才艺、企业文化等,让员工拍摄短视频发到短视频网站上,收获粉丝最多者获胜。

　　由于长和公司老员工多，活动安排下去后，并没有激起多大的浪花。于是，邢斌带头拍起了小视频。他跟着田蕊学了一天，就找到了方法，然后又把作品传到网站上。结果一天的工夫，点击量就爆棚了。

　　总经理带头上传短视频，那些中层们也不得不跟着做，很快员工们也行动起来。短视频越上传越多，不仅活跃了公司企业文化，也通过网络做了一次免费宣传。结果这次活动不但引起了集团公司的重视，还在社会上引起了强烈的反响，很多公司纷纷效仿。

　　尝到"全民代言"甜头的邢斌，又有了一个大胆的想法——他打算跟李峰合作，搞一次债务重组知识的线上讲座！

23 意外收获

《战略考·南宋》有载:"敌势全胜,我不能战,则必降;必和;必走。降则全败,和则半败,走则未败。未败者,胜之转机也。"这是说,同样是战败,有人选择投降,有人选择求和,还有人选择逃走。当然,不同的选择,结局自然也不同。所以,有些人能在屡败后屡战,最终迎来成功。当遇到败局时,换一个角度,也许会有意想不到的收获。

在困境中找到自救之法的确不容易,但想从困局中走出来,光靠办法是远远不够的,还需要人——可用之人!邢斌能想到的"可用之人"就是李峰。这位名不见经传的小律师,凭什么得到邢斌如此青睐呢?按邢斌的话说,这小子的商业头脑还没被激发出来。

新环材料公司的成本管控出现问题后,并没有从原材料上想办法,反而盲目向银行借贷,导致贷款额不断攀高,银行的本金和高额的利息,让新环材料公司疲于应付。再加上之前为了维系客情,新环材料公司签署了很多超长支付周期的协议,导致资金回笼缓慢,甚至出现呆账、死账,资金链断裂只在一线之间了。而由此产生的一系列连锁反应,才是最可怕的。

虽然资金链处于崩塌边缘,但企业也不能停止生产,所以又出现大批量拖欠供应商应付货款的问题。而在公司内部运转方面,由于拖欠员工工资,已经导致多次罢工事件,目前只有半数生产线在运转。用"苟延残喘"来形容现在的新环材料,一点儿也不为过。不过,就是这样一家濒临破产的公司,李峰不但敢接手处理债务纠纷,还为他们提出了"保命"方案。

简单来说,这个方案就是八个字:外寻援兵、内积粮草。听着有点像打仗,但别忘了那句"商场如战场"的老话。招式老不老套不重要,重要的是管不管用。先说说李峰为新环材料找了哪个援兵。其实这点很容易猜到，就是银行。这一招看似没什么稀奇的，实则不然。如果是一家运营良好的公司，找银行贷款启动项目，这是再正常不过的操作。可新环材料是一家负债累累的公司，这种状况怎么会有银行冒险放贷给他们？这时候就显出李峰的聪明了。

新环材料是一家生产环保涂料的公司，每年在产品研发上投入不小。经过几年的积累，它还真研究出几项专利，其中有一项专利的环保级别挺高，适合老年人使用。李峰建议他们批量生产这款专利产品，推销给一些政府扶植的养老工程。有了这些合作协议的背书，相当于间接获得了政府支持，这时再向银行申请贷款就容易得多了。虽然过程有些周折，也需要一定的人力去执行，但却是一个不错的借势之道。

除此之外，李峰还建议新环材料在财务部门成立一个专门的清欠小组，就负责催收各个项目积压的货款。虽然陈年呆账比较多，清欠工作遇到了很大阻力，但还是比之前由业务员自行催收时见效。当然，长和公司也在被催收名单之列。要不是这样，邢斌也不会见到李峰，进而跟他有那么多深入的交流。

这就是邢斌看重李峰的原因，逆境求生可不是一件容易的事。李峰的主业是一名律师，法律以外的事情可以算是门外汉，但他却能从经营的角度提出这么多良性建议，并没有局限于法律知识的范围。这种实用主义和困境求生的能力，正是邢斌渴求的。从这点来说，李峰能成为邢斌的入幕之宾，也就不足为奇了。当然，李峰对邢斌也是佩服之至，当年他那一招"债转股"，生生把濒临破产的公司拉了回来，也算得上是债务重组的前辈了。

两个人一见面就有说不完的话，活脱脱一对"忘年交"。今天，邢斌约李峰前来，是为了自己那个大胆的想法——"债务重组"直播课堂。

李峰认真地听了邢斌对这个项目的规划，一字一句都在他脑子里打转。然而，他并没有像其他年轻人那样，立刻热血澎湃，想要撸起袖子马上干起来。相反，他一脸冷漠，用一种审慎的目光盯着邢斌看了一会儿，才缓缓道："邢总，恕我直言，这个项目比较小众，推广起来有很大难度。目前投入这样的项目，我看不出对长和公司有什么好处。"

这个回复出乎邢斌的意料。他刚刚燃起的希望，顷刻间就被熄灭了。

"这是个公益项目,我并没有把它当成赢利业务。"邢斌感到自己的解释是那样苍白无力。李峰这一针径直扎到他胸口上,他像泄了气的皮球一样垂着头,良久才接着说道,"李律师,说实话,我非常欣赏你,也看好债务重组这项业务,我打算另辟蹊径……"

"他真是一个不撞南墙不回头的人呀!"李峰虽然钦佩邢斌的倔强和坚持,但也的确有难言之隐。他和新环材料的合作还在协议期内,这个时候频繁与债务方接触,容易授人以柄。

邢斌早已察觉他的心思,也看出他对这个项目还是颇有兴趣的,便灵光一现,又想出了一个折中的主意:"要不这样,咱们找个第三方合作,你受第三方邀请,参与法务讲座,这样咱们两个又不是直接合作,新环材料也就说不出什么来了。"

李峰想了想道:"这的确是个办法,但是这个第三方可不太好找呀!毕竟咱们这个是公益项目,谁愿意参与。"

邢斌一听这话,立刻笑眯眯地道:"有你这句话就行了。"

李峰见他满脸笑容,像是"蓄谋已久",便半开玩笑地道:"我怎么感觉自己像被套路了!邢总,您是不是早就想好前后招,等着我自己往里钻呢?"

其实,说这些话时,邢斌自己心里也没底,不过是见招拆招、安抚李峰罢了。

邢斌说的第三方是一个行业协会。虽然挂着"协会"的名头,其实就是S城一些五金店自发组织起来的小团体,是个十足的民间组织。很多便利店和小超市都存在债务问题,尽管涉及金额不大,但还是给经营带来了一些困扰。

这个协会中有几家五金店跟长和公司有一些业务往来,但涉及的款项较少,而且也不存在拖欠货款的问题。那么,邢斌为什么要选择他们呢?

其实也不难理解,哪家企业有债务问题也不会公开,何况邢斌他们这样的"草台班子",一没经验,二没人脉,从零开始很不容易。再有,绝大多数项目的第一单生意,都是跟熟人做的。至于选定这个目标客户,还要归功于老王。这个协会的会长姓胡,是老王当兵时的老战友。因为有了这一层关系,胡会长很快答应了见面的邀约。

邢斌约了李峰一起前往。两人商定，这次洽谈由李峰打前站，邢斌做后援。这样就避免了长和公司过多参与，毕竟目前债务重组小组仅限于处理长和公司自己的债务问题。现在接与公司债务无关的项目，有点操之过急。

茶过三巡，胡会长便直入主题了。

"邢总，我们这个小协会注册的企业统共才九家，有三家给你们长和公司供过货，是不是这三家公司跟你们合作出了什么问题？"

邢斌笑着摇了摇头："哪有的事儿，胡会长想多了，我们就是来拜访一下，您看这不是还有律师在吗？我们是在搞一个债务重组的直播讲座，咱们之前有业务往来。再说您跟老王是老战友，肥水不流外人田，我们就主动上门请缨了。"

"这债务问题还用搞讲座？"胡会长一脸不屑地道，"欠债还钱，这不是天经地义的事么。"

"话是这么说，您在商场上摸爬滚打的时间比我们长，也比我们见多识广，也知道如今这债可不太好收回来呀！"邢斌一边拣好听的话恭维胡会长，一边又讲明利害关系，"要是每家企业都能做到按时付款，哪儿还有那么多打官司的事呀！"

胡会长听了这话，看了看一直沉默不语的李峰，又看了看邢斌，似乎明白过来什么，恍然大悟道："我闹明白了，合着你们这是搞组合来了，一个管经营，一个管法律，这欠钱的、收钱的，都逃不出你们的手掌心了？"

这话一出，弄得邢斌和李峰一脸尴尬。

他见两人露出窘迫的神色，又觉得不好意思，便连声道歉："对不住，对不住，我失言了，失言了。"原来他自己的五金店也有很多外债没收回来，一直苦恼得很，所以一听到"债"这个字，就打心底里抵触。虽说有老王的关系在，他也没把邢斌当成骗子，可他觉得这事玄乎得很，越听心里越没谱，所以才故意拿话激他们。

邢斌和李峰自然不会放在心上，转而安慰起胡会长。邢斌还贡献了很多自己在处理债务问题方面的经验，李峰也帮胡会长出了一些主意。这让胡会长对二人的态度大为改观。

"听你们这么一说，还真是有道理。这些法子，我怎么没想到呢！"

"我们也是在失败的教训中一点点总结出来的，对您有帮助就好。"

"有帮助，非常有帮助。"胡会长若有所思地道，"有些法子，我还真得试试。"

李峰见胡会长渐渐有了兴趣，便乘势说道："胡会长，其实我们刚才说的这些就是债务重组。我们搞这个讲座，就是想把一些好的经验分享出来。虽说成功各有各的道，但失败的教训可是有很多相似之处。降低失败的概率，不就等于提高成功的概率吗！"

胡会长似乎对李峰的话不感兴趣，又把目光转向了邢斌，笑盈盈地问："邢总，你们搞这个讲座，得收课时费吧？"

这思维也太跳跃了。邢斌和李峰压根儿没考虑过"课时费"的问题，怔怔地看着胡会长。

"咋地，这年头还有搞公益的呀？"胡会长不解地问。

邢斌和李峰齐刷刷地点了点头。

"严格来说，我们这个讲座应该叫'经验分享'，没有什么高深的理论知识，就是一些实际案例，跟大家分享一下解决债务问题的心得，所以才打算用直播的形式，这样氛围轻松，又可以互动……"李峰赶忙解释。

"还搞直播？"胡会长听得更是一脸茫然，"我就听说过直播带货，那不是为了卖东西吗？这个债务还能直播？"

邢斌也跟着解释："直播就是个形式，主要是为了方便互动。平时大家都很忙，聚在一起也没必要，我们就想通过直播的形式，搞个云讲座，也是为了方便大家。"

胡会长毕竟是在商场中打滚的老油条了，他早就听出了邢斌和李峰的来意，便明知故问："那你们也不能白忙活呀，收多少佣金呢？"

李峰顿时脸色一沉，有一种被人窥伺之感。

邢斌则暗自钦佩胡会长的精明，连自己的后招都猜到了，只得笑嘻嘻地解释："老哥真是聪明人。我们倒是考虑过这点，为了企业生存，会象征性地收取一点佣金，不过现阶段主要是经验分享。"

"现阶段是招揽生意！"胡会长哈哈大笑道，"邢总也是爽快人。这个世上，付出就得有回报。反过来说，要是不求回报地付出，非亲非故的，那还真是吓死人了。说实话，你们要是不收佣金，我还真不敢跟你们合作。"

"您的意思是……"

"这样吧,反正我们这个小协会加起来才九家公司,也好组织,咱们合作一次。讲座照常搞,毕竟我得让大伙了解一下这个'债务重组'是怎么回事。再说大伙也得跟你们认识认识,后面谁有债务问题,你们再深入沟通,我呢就提供这么个平台。"

"太好了,谢谢胡会长。"两人高兴地握着胡会长的手,心里憧憬着"康庄大道"。邢斌暗下决心,直播首战一定要"一炮打响"!

24 直播翻车

世上没有一条路是应该走的，却有很多条路是走不通的。经历了一次又一次的失败，我们为什么还要坚持？那是因为我们都不想走别人走过的路。邢斌和身边很多人说过这些话。他是一个执着的探索者。他思考、选择、总结走错的路，然后再转身走向一条新路。他是一个孤独的行路者。他熟悉路标，但更喜欢那些没有标记的地方。那里充满了危险，也充满了探索的乐趣。他渴望同伴，但不需要依赖他的队友，需要的是风雨同路人。

邢斌和李峰这对完全不搭界的组合，从出场就让人不可思议。一个做建筑，一个做法律；一个是企业高管，一个是律师；一个是沧桑的中年人，一个是职场小鲜肉……这样完全不搭边的两个人，居然能合作同一个项目。他们之间唯一的联系，就只有问题重重的新环材料公司……

世间的事情就是这么奇妙！

越是不可能的事，越有可能发生。

当邢斌和李峰这对组合出现在胡会长面前时，老王、李堃、陈涛……长和公司上上下下迅速炸开了锅，连集团公司总部都跟着暗潮汹涌。邢斌背着公司搞第二职业的事，一时之间传得有鼻子有眼，不少人拿这件事做文章。

虽然荣鑫公司并没有明文规定，不允许职工经营副业，但邢斌这个级别的高管知道太多公司内幕，一旦传出在外面有兼职的消息，很容易使人联想到拿公司资源"中饱私囊"这等事。所以，职位越高的人，越爱惜自己的羽毛。"不求有功，但求无过"这句话，成了高管们的行事法则。可邢斌偏偏反其道而行。他很快成为高管这个圈子里的"异类"。

流言传播的速度之快，超出了所有人的意料，邢斌不得不去"喝下午茶"

了。他和赵瑞见面并不是什么稀罕事，他到长和公司后，几乎每个月都要私下和赵瑞见个面，一边联络感情，一边汇报工作；但这一次却是个例外。因为在荣鑫集团内部，总裁请喝下午茶，是高管们的一个忌讳。

总部办公楼的顶层，是荣鑫集团的核心决策人所在地，总裁赵瑞和几位副总裁的办公室都在这一层。当然，还有一间独特的茶室。这间茶室只在下午使用，而且每月只使用几次。受邀前来的高管们，大都是垂头丧气地来，更加垂头丧气地走，甚至有一部分人是带着辞呈来的。很多高管背地里称这儿为"阎王殿"。

茶室外的小秘书正用诧异的眼神偷偷斜睨邢斌。他既没带辞呈，也看不出半点垂头丧气，平和的眼神中透着胸有成竹。小秘书真想问一问他，是谁给了他这样的底气。

赵瑞显然没有邢斌的底气。他并不是怀疑邢斌，而是需要邢斌给他一个足够强大的理由去驳斥那些流言蜚语。

邢斌给得出这个理由吗？

他给得出！

那个冬日寒冷的下午，在赵瑞洒满阳光的办公室里，邢斌郑重地立下了军令状，他永远记得阳光下赵瑞那个凝重的表情。

赢，整个长和公司会迎来一个新的时代。

输，他将离开长和公司，离开荣鑫集团，甚至背负不太好的名声。

可是，他不怕。那一刻，他脑子里只有一个信念，就是一定要把债务重组的直播讲座搞成。他用无比坚定的眼神，说服了赵瑞，又一次拿到了尚方宝剑。

但这一次却与以往几次不同，他的心情格外沉重，或者说，有一点忐忑。毕竟以他的身份来说，与李峰一起搞债务重组的直播讲座，有一点冒险。即使成功了，也会引来诸多风言风语，如果失败了……他不敢想。这是他第一次没有用理性去预估项目的结果。

他快马加鞭地回到公司，立刻组织安排直播事宜。赵瑞说得对，即便不是为了与他个人撇清关系，也应该让长和公司的人参与其中。毕竟债务重组将成为长和公司未来对外承接的项目，现在正是练兵之时。

"这直播的要么是搞在线教育的，要么是搞带货的，跟咱们有什么关系？"

没想到，第一个反对的人居然是老王。老王虽然不是老古板；但阅历丰富的人在听到新鲜事物时，总会天然地带着批判的眼光看待，这也无可厚非。

"怎么没关系？这个直播主要是讲企业脱困的案例，都是实打实的干货，对咱们公司摆脱现状也是大有裨益的。"邢斌解释道。

"这能有人听吗？再说这也没有盈利点啊？"老王担心地道。

"唉，做事情别只盯着钱，有些项目也许眼前并不产生利润，但是它的影响可是深远呢！"邢斌兴致勃勃地道。

老王不明白，听个讲座还扯上理想了。再说，跟员工讲企业发展战略，谁听得进去？

邢斌看出了老王的心思，又接着讲起了他的生意经："能看见的钱，都是别人口袋里的。咱们不能光在这儿等，等账户解封，还是等调查结束？到那个时候，公司就救不回来了。虽说现在只能小打小闹，但只要公司一直在运转，哪怕是公益项目，不赚钱，至少在外人看来，公司还在，就有翻身的机会！"

没有机会，创造机会。这是他在创业路上学会的第一课。

老王琢磨来琢磨去，还是觉得不踏实，便又问道："我明白您的意思，不过我还是担心公司里的人，万一出了纰漏，可不是小事！"

邢斌一时语塞。老王所担忧的事，也一直萦绕在他心中。不过，他并不是因为一点小事就畏缩不前的人。

"这样吧，咱们先小范围尝试，人员暂时限定为债务小组。他们可得好好学一学。"

"那好，我安排他们统一参会，这样便于组织。"老王的言外之意是便于控制现场情况，避免有人捣乱。这并不是杞人忧天。债务小组的成立，在长和公司内部引起了轩然大波。小组内部也难保没有愤愤不平之声。老王的小心翼翼并非捕风捉影，大概是听到了一些风言风语吧！

邢斌没说什么，算是默许了。最近几天，他把精力都投入直播的准备工作中了，还抽调了田蕊和债务小组的年轻人来帮忙。他显然不想再在人员安排和管理上过多分心，便全权交给老王处理。

激动人心的时刻终于到了!

直播间不在长和公司,也不在李峰所在的律师事务所,而是临时租用了一个写字间。田蕊请来了在网红公司做策划的大学同学,又拜托他找人布置了直播间的声光电。待一切布置妥当后,直播的大幕终于拉开了。李峰那张略带羞涩的脸出现在手机屏幕上。

"别紧张,你平时怎么讲,现在就怎么讲,不要刻意,就不会显得做作。"

这是田蕊第一次见到李峰。这个神采奕奕的年轻男人身上有一种独特的优雅,和邢斌完全不同。许久之后,田蕊才发觉,自己正是从那个时候开始迷恋这种优雅气质的。

直播是件神奇的事,一个人,一部手机,就可以和那么多喜欢你的人连接在一起。这听起来并不是一件难事,然而,当真正坐到手机前,在那个巴掌大小的屏幕里见到自己的样子时,谁都难免紧张。

也许是第一次当主播的缘故,李峰的从容中有一点急迫,彩排时语速有一点快。田蕊在一旁提醒他,他回了她一个浅浅的微笑。那微笑不知不觉就印进了田蕊的心里。

两个人就这样认识了。当然,这一切都在邢斌不知情的情况下发生的。

再说老王这边。长和公司那间不算太大的会议室里又挤满了人。债务小组的全体成员悉数到场,还包括一些编外人士也参与了进来。不知道他们从哪儿得到的消息!老王没有拒绝,只是招呼办公室人员到现场维持秩序。

下午三点整,直播开始了。

李峰做了简短的自我介绍后,便直入主题。债务重组并不是一个轻松的话题。虽然每个企业都或多或少地存在一些债务问题;但需要大张旗鼓地解决这个问题的企业,绝大多数都走到了破产边缘。

胡会长的头像一直在屏幕上闪动。他先发了弹幕,向协会旗下的几家企业的老板问好。邢斌也借机向胡会长问了好,毕竟来听直播的老板们,都是看胡会长的面子。

开始时,李峰的声音还有些许拘谨,动作也有些僵硬。但几分钟过去后,随着一轮轮互动,他逐渐放开了,绘声绘色地讲起了自己经手的案子。虽然他的言语平和,但脸上仍然难掩骄傲。他这个年纪的律师,能经办这么多案子，已经非常难得，何况他还是一家大型公司的派驻律师。

真是年轻有为！

邢斌看着李峰浮想联翩，一张美丽的蓝图铺展在他眼前。长和公司的未来和他自己的未来，就从这一刻开始了……

手机屏幕上出现了一串留言，尽是溢美之词，邢斌一看便知是老王组织员工发上来的。这样非但没有起到好的效果，还影响了直播的效果，很多中间进入直播间的网友被那整齐划一的留言吸引，纷纷到评论区留言。

"老王，组织大家认真听李律师讲课就行了，不用留言，实在觉得好，偶尔发一条就够了。"邢斌拿起手机，给老王发了一条长信息。对于老王这种平素极少接触直播的老年人，最直接有效的办法就是一对一教学。

老王立刻让员工停止留言，可惜，为时已晚。屏幕上出现了一条惊人的消息！

有人通过留言爆料，邢斌与一家合作公司有私下往来，并借由解决债务之名从中捞取实惠。

直播间立刻炸锅了。铺天盖地的留言潮水一般涌来，没有人再听李峰说什么。网友们开始迅速搜索"邢斌""李峰""长和公司""新环材料"这些字眼儿……

邢斌当下就意识到，公司里出了内鬼！他立刻给老王打去电话，让他查明刚才那条留言是谁发的。然而，由于直播是时实的，对公司的恶劣影响已经造成。此时亡羊补牢，为时已晚。

直播间里的李峰仍旧一脸淡定，按照事先准备的发言稿有条不紊地讲述着，尽管已经没有人听。为了不影响与胡会长的合作，他坚持将内容播讲完才结束直播。

直到直播间的灯熄灭的那一刻，邢斌才回过神来。他没想到第一次直播，竟败得这么突然而且彻底。他的整个世界都崩塌了，不停振动的手机、像放爆竹一般响起的微信提示音、电脑浏览器频频弹出的新闻……

他又一次成了S城的名人！

只是这一次，有点不一样。

"老王，你担心的事，这么快就应验了！"

"这真是乌鸦嘴。"

"不，你说得对。"

邢斌关掉手机，落寞地走出写字楼。街上是一片萧瑟的寒冬景象，而他的心，比这寒冬更冷。他将头深深缩进大衣的衣领里，可还是感觉冷风直往脖子里灌。这时他身后传来一个熟悉的声音：

"你的围巾忘在直播间了。"紧接着，李峰拿着一条厚实的围巾走了出来。

邢斌接过围巾，强挤出一丝笑容。

"那个留言的人，查到了吗？"李峰关切地问。

邢斌摇了摇头，轻叹一声。他的嘴唇微微颤抖了一下，终究什么也没说。

一切来得太快了！他在赵瑞办公室立下的军令状，墨迹未干；老王的提醒，言犹在耳；李峰，那个刚刚被他激发斗志的青年，正跟在他身后……

邢斌从来没有透露过选择李峰的原因，但谁都看得出来，他是极看重这个年轻人的。正如他曾说过的那样，他不需要依赖自己的队友，需要的是风雨同路人。即使到了现在，他们两人都身陷风波之中，也依然没有动摇他对这个年轻人的信心。

不，那是他对自己的信心！

现在，他有点后悔立下那个军令状了……

25 事态升级

人选择不了成功，却可以选择如何面对失败。从容退场，还是痛苦挣扎？抑郁终了，还是一路奋斗？守着残枝哀怨，还是等待繁花绽放？……这都是选择。每一种选择都会通向一条不同的路，或崎岖，或平坦，又或者需要自己走出一条新路……但却没有一条路，叫退路。

自古"好事不出门，坏事传千里"。自从互联网走进人们的生活后，坏事的传播速度以秒计算，简直可以用可怕来形容。邢斌万万没想到，一次直播事故，甚至小到称不上"事故"的意外，居然在社会上引起了轩然大波。这已经不是赵瑞和荣鑫集团能控制的了。

"那个留言的人究竟是谁？"

不止一个人向邢斌提出这个问题。

真是可笑！明明邢斌才是受害者，可那个"罪魁祸首"居然成了焦点。这世界到底怎么了？邢斌搞不清楚，自己究竟错在哪里？又或者说，他触动了谁的利益，才招惹到这些是非。

邢斌关掉手机，静静地躺在床上那一刻，整个人像散了架一般，连手指都懒得动弹一下。

世界终于安静了！好的，坏的，不好不坏的……管它什么信息，他一概不想理会了。有些人就是想看别人出丑！他实在没有精力去分辨那些劝慰之言哪些是真心，哪些是假意。他只想安安静静地结束这一天。尽管此刻网络上已经风起云涌，各大论坛的服务器都快爆掉了。

一座小小的 S 城沸腾了，而荣鑫集团炸锅了……

"这就是赵总看上的人？居然吃里爬外，勾结供应商！"

"谁说不是呢！这小子刚到长和公司就弄得满城风雨，这回看赵总怎么收场。"

"依我看，没准儿赵总也有份儿……"

赵瑞居然把电话打到老王那里了。老王连忙汇报了今天事件的前因后果，可赵瑞根本没心思听，他只想听邢斌的解释。

"他电话怎么关机了？"

"估计是没电了，邢总平时都是二十四小时开机，今天可能是特殊情况……"

"你这个解释还真是无懈可击，今天的情况真是特殊到极点了。你想办法找到他，让他明天来总部见我。"

赵瑞丝毫不给老王再解释的机会，说完就挂断了电话。

老王见过邢斌那张死灰一般的脸。事情出来以后，他安排好公司里的事，便火速赶去直播间和邢斌商量对策。可惜，他到那幢写字楼时，在门口看到的却是在寒风中跟跟跄跄的邢斌，那张意气风发的脸上露出了从未有过的沮丧和失落。他走上去打招呼，邢斌就那样木讷地看着他，一言不发。那一刻，他不知道该用什么语言去安慰这个受伤的男人。

"他说，他要一个人走一走。"

"这么冷的天，您真让他一个人走了？"

田蕊略带质问的口吻问得老王哑口无言。显然，此刻老王和她都联系不上邢斌了。后来，田蕊又带老王去了邢斌家，按了半天门铃也没人回应。他大概是没回去。

"以前也有过类似的情况吗？"老王知道田蕊和邢斌过去是同事，便问道。

田蕊摇了摇头，她印象里的邢斌并不是一个轻易能被打倒的人，何况今天这样的"小事"根本不值一提。

他到底怎么了？什么时候变得如此脆弱？也许，变脆弱的那个人是自己……田蕊想着想着，一夜就这样过去了。

第二天一大早，邢斌精神抖擞地出现在单位，像什么事也没发生过一样。没有人知道，他昨夜去了哪儿，见过什么人，或是做了什么梦……总之，他整个人，从头到脚，焕然一新。

"邢总，您知道昨天出了多大的事吗？"老王凑上前去，满脸焦虑地问。

邢斌照旧优雅地摇了摇头，云淡风轻地说了一句："不管出了多大的事，一件一件解决。"

小黑主任也凑上来，拿着一份新闻简报，那是他连夜从网上搜索到的信息。

邢斌接过简报，调侃道："你这个财务部主任，什么时候抢了老王的饭碗了呀？"

"邢总，您还有心情开玩笑呢？网上都炸锅了，估计这会儿集团公司那边也炸锅了。"小黑主任一脸焦虑地道。

"邢总，赵总昨天打电话找您，让您今天务必去总部一趟，当面向他解释。"老王也跟着道。

邢斌笑了笑："电话都打到你那儿了？我昨天关机了。待会儿我就去见赵总。"

"好的，我现在通知司机。"

"不用了，我自己开车去。"

这时，老王接了个电话，然后脸色立刻阴沉下来，神秘地道："邢总，您还真得自己开车去了。"

"怎么了？"

"外面来了很多记者，把公司大门堵住了，现在陈总正在下面应付，您还是从后门出去，直接去总部吧！"

邢斌一听，脸色也跟着凝重起来，当下走到窗前，往大门口望去。邢斌的办公室在顶层，落地窗正对着公司大门，只见此时门口已经围满了记者，里三层外三层，围得水泄不通。想从门口出去，显然是不可能的了。

"我下去看看。"

"还是别去了。"

"是呀，稳妥为上，还是不露面的好。"

老王和小黑也看到了门口来势汹汹的记者，相继劝邢斌不要露面。可他哪里听得进去。依他的性格，根本不可能临阵退缩，何况让别人替自己受过，更不是他为人处事的风格。

"陈总自己怎么应付？老王，咱们一块儿去看看。"

这话一出，老王怔怔地看了他一眼，心想："这下子要坏事儿了。"

几个人赶到公司门口时，无数话筒和闪光灯已将陈涛团团围住。老王和保安们费了好大力气才在人群中开出一条道来。邢斌从容地走进了"包围圈"。

"各位记者朋友们，上午好，我是邢斌……"邢斌刚刚开口，就被记者提问的声浪湮没了。老王和陈涛拼命维持现场秩序，可惜根本不奏效。

不知从哪里递来一只话筒，邢斌接过话筒，淡定地道："大家有什么问题可以提问，我今天就是来回答问题的，不过咱们要讲一讲秩序，一个问题一个问题地问。"

众人一听，立刻安静下来。老王则有些焦急，这种场合、这个时机，是不适宜回答记者问题的。他不禁悄悄拉了拉邢斌的衣角，可邢斌并未理会。

此时，有人迫不及待地抢了先机："邢总，请问昨天直播中网友提到的事情是真的吗？"

邢斌明知故问地道："你说的是什么事？如果是真实消息，我们会通过官方发布，而不是通过所谓的'网友'去炒作。"

"炒作？社会上一直风传长和公司的高管和供应商之间存在收受贿赂问题，邢总认为这是'炒作'吗？"

果然还是有人问出了这个尖锐的问题。在下楼之前，邢斌已经预料到会有人揪着这个问题不放，没想到这么快就开始了。

"这当然是个别网友的炒作，'收受贿赂'那是犯法行为，是要公安机关来定罪的，而不是我们在这里讨论的。"

记者原本以为这样直接问出来，会把邢斌逼到死角，没想到他偏偏是一个不太理会舆论的人，轻描淡写地打了一招太极。那记者必然不肯善罢甘休，又追问道：

"网络有时候也代表民意，即便是捕风捉影的事，也至少有个影子；否则网友们就算是编故事，也不会编得这么真实吧？"

邢斌笑了笑："这位记者朋友，你自己也说，有可能是'捕风捉影'的事。既然子虚乌有，那就没有讨论的价值了吧？"

邢斌算是小胜，那位记者不再提问了。不过，其他记者还在打破砂锅问到底，非得到自己想要的答案不可。可惜，他们这回是碰上对手了。他们见邢斌久攻不下，就将矛头对准了陈涛。

"陈副总，我们听说您一直在被审计调查，还被内部停职了，这是真的吗？"

陈涛被当众揭伤疤，自然不好受。可是在这样的公众场合，他又不能避而不答，一时之间尴尬得很。老王作为下属，自然不方便代陈涛回答问题，于是邢斌接过了话筒。

"看来记者朋友们的消息也不太灵通啊！陈副总前几天已经复职了，现在分管我们公司的重要部门。"

陈涛看了看邢斌。他没想到，邢斌会在这么困难的情况下力挺自己。有那么一瞬间，他眼中闪过一丝感激。

"请问是什么重要部门，方便透露吗？"

记者又追问，邢斌并没有理会。此时，王主任接到了总部办公室主任的电话，让他立刻解决这场"舆论危机"。王主任得了尚方宝剑，便指挥保安将记者挡在门外，强行将邢斌和陈涛拉了回来。

回到办公楼后，陈涛并没回自己办公室，而是直接来找邢斌。他说了一番感谢的话。在邢斌的印象中，这还是第一次。

"陈总不必客气，咱们可是一个战壕里的兄弟，互相帮助是应该的。"邢斌沏了杯茶，递给陈涛。他显然比陈涛更从容淡定。

"感谢是必须的，不光是为了刚才的事。这次我能复职，也多亏了你在集团老总面前力荐，这些我都听说了……"陈涛说这些话时，有意无意地垂下了头。他是昨天正式复职的。说来也巧，正好是直播的日子。

邢斌笑了笑，大方地道："你可是人才呀，不光是我，集团公司的领导们也不会轻易放你走的。你停职不过是权宜之计，即使我不去说，等风头过了，领导们也会让你复职的。我不过是做了个顺水人情，你别放在心上。"

陈涛是个实在人，这事他记在心里，只是嘴上不再啰唆："感谢的话，我也不多说了，咱们一切看工作。"

两人开怀而笑，以茶代酒，相互敬了一杯。接着，陈涛进入正题。

"你有没有想过，这次的事是有人刻意为之？"

邢斌笑而不答。就在昨天，事情发生的一刹那，他脑海里也闪过了这个念头。

"我寻思，会不会是项目部的人？"陈涛自顾自地分析，"这次成立债务小组，很多人想进来，可是名额有限，绝大多数人被挡在门外，这些人会不会有怨气……"

邢斌轻叹了口气："怨气会有一些，但也不至于做这种事。现在网上都是实名注册，很容易查到消息的发布者，你说哪儿有这么傻的人？"

随邢斌怎么说，陈涛还是怀疑项目部的人，又继续问道："你让王主任去查了？"

邢斌点点头。

陈涛也点了点头："难怪！老王把项目部的人统统查了一遍，我想现在已经有结果了。"

邢斌之前的确迫不及待地想知道那个留言的人是谁，可是现在，他冷静下来以后，反而不太想知道那个结果了。毕竟那个人也有可能是受别人指使的。

"结果不是主要的。"

"那什么是主要的？"

陈涛是个急脾气，打破砂锅非要问到底。而邢斌显然已经猜出那个幕后黑手了，只是现在说出来为时尚早，极有可能会打草惊蛇。隐忍，在很多时候，是一种极高明的策略。

"我先去总部汇报。"邢斌半开玩笑似的岔开了话题。

陈涛也不便再追问，便匆匆走了。

待邢斌赶到总部时，已经时近中午。赵瑞坐在办公室里，一脸严肃地等着他。那表情是邢斌从未见过的。

"赵总。"他第一次规规矩矩地站在办公桌前，像犯了错的小学生。

"那个留言的人查到了吗？"赵瑞冷冷地道。

其实老王已经偷偷将结果告诉邢斌了，但此刻他却选择了隐瞒。

"你不是没查到，是不想查。"赵瑞叹了口气，"我不管这个人跟你有什么私人恩怨，但这个人必须开除。拿着公司的钱，还给公司造谣，这种人留不得。"

赵瑞是一个当机立断之人。这样的果决、不留情面，是邢斌做不到的。

绝大多数时候，人的选择并不能顺从自己的意志，但这样的被动接受，也是一种选择。

26 惊人真相

真相远没有想象恐怖。在绝大多数人心目中,那个留言的人背后一定有一个严密的组织,甚至有着错综复杂的关系网。因为人们宁愿相信"空穴来风未必无因",也不愿相信世间真有"巧合"二字。

"查,一查到底!"

赵瑞说这话时,语气是那么不容辩驳,丝毫没有回旋的余地。让人很难相信,这么坚决的口吻,居然出自赵瑞之口。

"如果你不方便亲自出面,可以交代给你那位'王主任'。"赵瑞见邢斌迟疑,便又强调了一遍。这是他们相识以来,邢斌第一次见他发火。越是表面上看起来好说话的人,发起火来才更让人心里发毛。

邢斌点了点头,轻轻地回了一句:"老王已经在查了,很快就会有结果"。他的语气显得那样无奈。

赵瑞突然抬起头,看了他一眼。那眼神凌厉得如同一支箭,能射穿人心,令人瞬间臣服。那个瞬间,邢斌终于明白,这样一个年轻人是如何管理一个庞大集团的。此时此刻,他只是赵瑞的部下,荣鑫集团的所有人,都是他的部下!

"事情一出,我和老王就圈定了一个大致的范围,老王暗地里查,我……"邢斌话还没说完,那令人发毛的眼神又射向了他。

"'暗度陈仓',有用吗?"赵瑞故意停下来,仿佛在等邢斌的答案。邢斌看着他,哑口无言,只听见一声轻叹。他又接着道:"网络时代拼的是速度,按部就班解决不了问题,特殊时期得上特殊手段。"

他的声音依然那么柔和,把所有的焦急和愤怒都压抑在那富有磁性的声音里。

邢斌没说话。他不想追究，是不想触动某些人的利益。他这不是怕，是因为公司正处于从谷底向上攀爬的艰难时期，任何一棵稻草都可能导致崩盘的后果，而他没有重来的机会！

但作为集团当家人的赵瑞有这样的底气，毕竟就算长和公司垮了，荣鑫集团也不会垮。他输得起，所以绝不能容忍任何诋毁公司的行为。

"事情越早解决越好，谁也不知道那个留言的人还会胡说八道些什么。这会给长和公司，甚至给集团造成极其恶劣的影响！"赵瑞瞥了邢斌一眼，长叹口气，"我待会儿还要去一趟市委，也是为了这事儿。你尽快给我交代，我才能尽快给市领导交代，否则咱们谁也承担不起这个责任。"

赵瑞的言语显然没有之前那般温和，邢斌能感受到他承受的巨大压力。邢斌想帮忙，可惜以他目前的境况，只会越帮越忙。

"我回去继续催老王，尽快出调查结果。"

见邢斌表了态，赵瑞的脸色才稍稍缓和。他急着赶去市政府，这一场"严肃"的谈话暂告一个段落。

回到公司后，邢斌有些失落。赵瑞一反常态的处理方式，让他突然感到，即使当上了公司的掌舵人，也不能完全控制公司航行的方向。这大概就是"尾大难调头"吧！他原本是一个不惧压力的人，但自从来到长和公司后，压力就像血液里的白细胞，稍稍上火，它就会出来刷存在感。

邢斌听见有人敲门，便轻咳一声，算是应允。那人推门而入，原来是李堃。他可是稀客。自从债务重组小组成立之后，李堃就很少来这间办公室了。邢斌不禁闪过一念："难道是工会主席来搞慰问了？"紧接着，那张油腻甚至带有一丝恶心的脸就伸了过来。

"邢总回来了？"

邢斌点了点头。此刻的他，没心情理会这些无聊的"明知故问"。

李堃抹了抹油亮的头发，自顾自地坐到办公桌前，小心翼翼地试探："我还以为你中午前回不来呢，出了这么大的事，得好好汇报汇报。"

邢斌怔怔地看着他，足足有十秒钟。李堃大概许久没被人这样"盯"着看了，一切的"心虚"和"幸灾乐祸"都从他眼神中暴露出来。

"邢总，您……"

"啊，没什么，在想事情，有点失态了，你别往心里去。"

邢斌赶忙转移话题。

"怎么会，被领导关注，那是作为下属的荣幸。"李堃尴尬地笑了笑，但笑声反而让气氛更加尴尬了。

"你来，有什么事吗？"邢斌也回敬了一句明知故问。

"哦，我是来问问有什么能帮忙的。"李堃脸上的尴尬终于散去，他又解释道，"我听说，王主任正在查那个留言的人。这不太好查，那人要是没实名注册，往哪儿查去，咱们又不是公安机关……"

李堃不经意间的这句话，反而提醒了邢斌，也许赵瑞和绝大多数人的猜测也不无道理。他笑了笑："李总倒是很精通网络上这些门道吗？"

"邢总，您这话就'意味深长'了，我也是听公司那帮年轻人说的。"李堃的脸色瞬间阴沉，赶忙解释。

"我是口无遮拦，随便一说，李总别多心啊！"邢斌也跟着解释。

两人一唱一和，仿佛高手过招一般，客气又拘谨，但信息量巨大。邢斌并不信任李堃，而李堃极有可能暗地里参与了这次事件，至少那个留言的人与他或多或少有联系……

邢斌想着想着，居然被自己吓了一跳。他不知道，自己是从什么时候开始加入办公室八卦团的。

"这个事，我看你可以直接问王主任嘛，毕竟他正在查，也比较了解情况。"

李堃见从邢斌这里很难再试探出什么，又赶上老王来汇报工作，便借故走了。

老王目送李堃离开，轻轻关上门，一脸笑容瞬间消失。

"出什么事了？"从老王进门开始，邢斌就有一种不祥的预感。

老王叹了口气，坐在李堃刚才的位置上，踌躇了半天，才道："这次的事真不好收场，波及面有点大。"

"意料之中。我刚才去总部，赵总被叫到市政府汇报情况了。"邢斌一脸严肃，"说说你那边的情况吧！"

老王脸色凝重地道："坏消息，早上堵在咱们公司的那帮记者，又跑到公安局去采访了。"

"他们去找林队了？"

"嗯，在这事儿上，林队真提气，三言两语就给他们挡了回去。可是事儿还没完。"

邢斌的眼睛突然亮了，一脸严肃地问："还没完？怎么个'没完'？"

"我原本打算找林队帮忙，通过他们的关系去查这个人。可是林队没接这个案子，一是说让咱们走正常手续报案，不过这种事，说白了，有点'子虚乌有'的意思，也不太好查；二是说希望咱们当成公司内部矛盾解决，不要把事态再扩大了，现在的影响已经很不好了，集团也会跟着受牵连，舆论的事尽量控制在小范围内……"

老王边说边观察邢斌的脸色。一个说得小心翼翼，一个听得若有所思。

"林队说得对，舆论的事，能不扩散是最好的。要是咱们公司真有那些问题，也得由公安机关来说。到那个时候，咱们不捂着也不盖着，该怎么办就怎么办。可是现在这个事……"

"对，就是现在这个事还没定性，也没有证据。林队提醒咱们，越是这种时候，越要注意约束公司人员，不要传播虚假信息，造成舆论影响。假话传得多了，也就成真的了。"

邢斌若有所思地点了点头，又问道："这么说，这个事只能咱们自己查了？"

老王点了点头。

邢斌看了看老王胸有成竹的样子，问道："有眉目了？"

老王又点了点头。

邢斌朝门口努了努嘴，意指刚刚离开的李堃。

老王立刻心领神会地摇了摇头："这个结果还真是让人大跌眼镜，跟咱们事先的预测太不一样了。"

"怎么个'不一样'？"邢斌有些纳闷了。

"那个人就是项目部一个普通职员。"老王回道。

"什么？"邢斌一脸诧异，"他为什么要发那种信息？"

"我问过老贾，他说这个人一直想进债务小组，其实也不是真喜欢这个岗位，就是为了升职。"

"升职？我可从来没有说过，进了这个项目组就保升职啊？"邢斌觉得这个理由实在过于滑稽。

"你是没说，可这个项目组是两位总经理共同管理，而且又是总部看重的项目。那将来有露脸的机会，直接升到总部去，也不是没可能的呀！人家看中的可不是咱们这座小庙。"老王酸溜溜地道。

邢斌也无奈地笑了，有点不可思议："就因为这点事，就挟私报复？"

老王认真地点了点头："就因为这件事！在咱们眼里这可能都不算事，可是这位是个认真的主儿。据项目部的人说，这位是一门心思往上爬，早前是一线工程队的，做过监理，后来因为一些工作上的摩擦，就调到公司来了。"

"看来还是个不安分的人。"这个真相连邢斌也有些无法接受。毕竟因为这么点小事，就惹出这么大的麻烦，真是"小题大做"了。

"是，我跟老贾商量了一个方案，跟你汇报一下：这个人肯定得处分，道听途说，还诬陷领导，造谣生事，给公司造成恶劣影响，光开除不行，还得送交公安机关。要不咱们也没办法跟总部还有合作公司交代。"

老王的提案合情合理，但邢斌不想把事态扩大。他思前想后，还是决定大事化小，以平息舆情为主，从轻处理："还是改成劝退吧，将来简历也好看一点。总部那边我去解释，至于合作公司嘛，咱们的名声好坏，也不在这一件事两件事了。"

"邢总，出了这么大的事，还想着'罪魁祸首'的前途，你可真是心慈的好领导。"老王这话虽是褒奖，邢斌却听出了几分揶揄的味道。

"现在这个时候，不激化矛盾就是控制舆情最好的方法。"邢斌很清楚，公司的损失已经造成，也不是处理一个人就能挽回的。何况，外界会怎么看公司呢？说不定别有用心的人又会拿来当谈资，说公司故意找人来承担责任。没准儿还会闹出更大的事呢！

老王无奈地叹了口气："好，我去谈，恶人还是我来做！"

邢斌朝老王笑了笑，不禁暗自庆幸，交了老王这个朋友。不过，此刻他另一位忘年交的处境就不大好了。

直播事故后，回到律所的李峰，不仅被记者围追堵截，还受到了律所和业内同行的排斥。意见最大的当然是新环材料公司，虽然他们同长和公司没有到水火不容的地步，但李峰作为他们公司的常驻律师，却跟与其有债务纠纷的公司搅在一起，难免不让人浮想联翩。"

"你到底向着哪边？"

"我们要换常驻律师。"

"你们还有点契约精神吗？李律师现在拿着我们新环材料的钱，却为长和服务，这说得过去吗？李峰还有点职业操守吗？"

事务所几乎天天都能接到诸如此类的投诉。律所迫于压力，只得妥协。李峰意料之中地被新环材料公司退了回来。那几天，他整个人都消沉了，没有上班，甚至连家门也没出。因为公司和家都有记者蹲守，他索性请了长假。

"这几天怎么样？"距离事件发生三天后，邢斌终于打来慰问电话。

李峰拿着电话，沉默了很久，才勉强说了三个字："你说呢？"

"有怨气！"邢斌已经得知了李峰的状况，所以并没有明知故问地"嘘寒问暖"。

"我哪敢有怨气，我现在快没气了。"李峰自嘲的言语中满是落寞，甚至还有一点后悔。

邢斌听出了他的不甘，便趁机再提合作之事："你不是打退堂鼓了吧？你现在正是'无官一身轻'的时候，咱们一起干，怎么样？"

如果说李峰先前是无暇考虑，那么此刻则是不想考虑。毕竟"一朝被蛇咬，十年怕井绳"，他需要时间去消化，更需要时间冷静下来。而这个冷静期有多长，连他自己也说不清楚。

邢斌没有再勉强他。此刻，邢斌所能做的，就是"等"！

27 违规证据

"贫贱忧戚,庸玉汝于成也",这是北宋张载在《西铭》中留下的一句名言。世间之"苦"大体分为两种:于物质生活,便是"贫"与"贱"这些肉体上的感受;于精神层次,则是"忧"与"戚",是忧愁与悲愤。这是每个人一生都逃不开的情感。邢斌的"忧戚"是长和公司,而有些人的"忧戚"则是邢斌。

时间是一种良药,可以治愈顽疾。在处理与李峰合作这件事上,时间或许是最好的解决办法。任何人遭遇伤害,都需要时间来修复心灵创伤,李峰也不例外。他刚刚燃起的创业火苗,就被这一突如其来的事件浇灭了。随之而来的是来自客户、公司、同行的压力——宛若波涛汹涌的巨浪。一个刚刚步入事业上升期的年轻人,还没有做好心理准备承受这一切。邢斌身后的团队也已经按捺不住了。

"老邢,对那个留言的家伙,处理是不是太轻了?"

邢斌万万没想到,最先发难的居然是陈涛:"劝退还轻吗?"

"应该让他负一些责任,至少在媒体面前澄清一下。"陈涛是个耿直之人,又是从公司角度出发,这样的要求并不算过分。可是,这样的考虑并不周全。

邢斌一边沏工夫茶,一边开起了玩笑:"负责?你让他负什么责呀?让他开个新闻发布会?"

陈涛却一本正经地道:"那也不是不可以。让人们都知道,是谁在说谎。"这口吻听起来,更像是一位"职场新人"。

"料都爆完了,现在再澄清,这不是自己打自己的脸吗?谁还会信?这个时候还是冷处理比较好。"邢斌明知道陈涛不会听他的劝告,还是全力一试。

"没人信？"陈涛怔怔地看着邢斌，愣了半晌，还是不甘心地道，"那咱们就什么也不做了吗？"

邢斌被问得哑口无言。他理解陈涛的感受。他如果不是在这个职位上，也许会跟陈涛有同样的选择。

陈涛见邢斌不语，也意识到自己的态度有些过火，便突然委婉起来："我就是有点儿着急。这事儿一出，公司的情况不太好。我听说一些员工有辞职的打算，而且……"

欲言又止可不像陈涛一贯的作风，想来是出了什么大事。邢斌赶忙问起来。陈涛踌躇再三，才说出纪检委找他谈话的事。

"没想到公安没介入，却招来了纪检，看来咱们公司真是榜上有名了！"邢斌平淡的脸上看不出一点波澜，居然还有心情自嘲。这心理素质让陈涛暗暗钦佩。

"还不是那个留言闹的！这纪检委可比公安局可怕多了。"陈涛不禁感慨道。他是第一次去纪检委，比配合公安机关调查要紧张得多，说话都小心翼翼、思前想后的，生怕哪句话没说清，再惹上麻烦。

"空穴来风，未必无因，纪检委要查也在情理之中。何况咱们接了很多政府的项目，如果身家不清白，那波及面可就大了。"邢斌一脸轻松地说道。

一旁的陈涛却是满脸严肃，现在想起纪检委那间小黑屋，还心有余悸："那地方，我可是不想再去第二回了。"

"你又没犯法，只是配合调查，怕什么？"邢斌的语气带着试探的意味。但话一出口，他就后悔了。这种不信任的话很容易伤害到同事关系。

好在陈涛也不是敏感的人，没听出弦外之音，还骄傲地道："那是当然，这点原则我还是有的。再说，我也没那么傻，从一线技术员奋斗到现在这个位置，那是相当不容易，我还没那么不爱惜羽毛。"

邢斌放心地点了点头，脸上的愁云却没有散去，自己咕哝了一句："公安没介入，纪检却在调查，这事真有点奇怪……"

陈涛听他这话，也来了兴致，一双大眼睛骨碌碌地转了几圈儿，浑身的细胞瞬间都被调动起来了："你也觉察出不对劲了？我还以为就我自己多心了呢！不瞒你说，一开始我也怀疑过留言那小子，挟私报复的事，他干得出来。可是我又一想，他没必要这么干。他要是有真凭实据，那还留什么言呀，直接去公安、纪检委举报不就得了？"

这一次，陈涛和邢斌总算是思想同步了。

"这话对，其实这个事的关键不是那个留言的人，而是留言中说的事。更重要的是，他为什么偏偏挑了直播这个时间点去爆这个事。"邢斌拿下眼镜，一边习惯性地揉了揉太阳穴，一边若有所思。这些事越想越像走进了迷宫，怎么也走不出来，搞得他筋疲力竭。

一语惊醒梦中人，陈涛拍了拍脑门，恍然大悟道："我怎么没想到这点。不过这还是说明这小子背后有人呀！"

邢斌摇了摇头，递过一杯茶："也不一定，说不定他也是不知不觉被'安排'了，或者说，是有人借题发挥。老王找到那人后问过他，从哪儿得来的这个消息，他说是在厕所听来的。就是想借着直播的机会爆出去，让公司领导关注他，他个人倒是没有别的意思。"

"这话，你信吗？"陈涛盯着邢斌问，眼中有一丝落寞。他知道邢斌不会给他想要的答案。

的确，邢斌只是意味深长地笑了笑。留言的人说是在厕所听来的，说明公司领导吃回扣这个事已经是公开的秘密了。无错之错，最难查。这才是邢斌不打算查下去的原因！

邢斌很快向总公司汇报了处理决定。赵瑞虽然没说什么，但心里还是不大认同，也觉得处理得太轻了。毕竟他需要一个能说服市委领导的理由。这个理由，听起来过于荒诞，让人难以置信。况且，和邢斌的担忧一样，市委领导也要求彻查长和公司高管吃回扣的问题，毕竟这个"谣言"已经街知巷闻了。所以，邢斌才想用这个所谓的"幕后黑手"来结束整件事。然而，他的想法还是太过理想化了。

在陈涛被"邀请"到市纪检委配合调查后不到两天，邢斌也成了那里的"座上宾"。不同的是，上一次他是为了新环材料的债务问题，算作良好市民协助调查，而这一次真的查到了他自己头上。

还是那个房间，还是上次"接待"他的两位调查员。不知道是不是冥冥之中的安排，这样的"巧合"让他惴惴不安。

"你们公司不是做建筑的？跟债务重组有什么关系？"调查员的语气虽然依旧平和，但却与上次截然不同，也许真是"问者无意，听者有心"吧！

邢斌清了清嗓子，显得有些拘谨："我们公司新成立了一个部门，专门做债务重组的。"

"那是你们公司的内部机构，怎么会跟外面的债务讲座扯上关系？"调查人员又问。

"这个讲座是我以个人名义和李峰律师合办的。"邢斌答道。

"个人名义？那为什么你们公司的人员会参与直播呢？"

问题一个接一个抛过来，邢斌已经没有之前那样淡定自若了："这次讲座的内容非常好，李律师准备了很多精彩案例，正好我们公司的这个部门刚刚成立，人员急需这样的专业培训，所以我们就组织员工集体听课。"

"直播讲债务重组，也算是创新了。看来你在债务重组上花了很多心思。你们以个人名义合作，一旦产生经济利益怎么分配呢？"调查人员话锋一转，又抛出一个意料之外的问题。

"分配？"邢斌诧异地看了看调查人员，他之前的确考虑过这个问题，"那是未来的事了，目前讲座是公益性质的，听直播的协会都是自愿参与、自发组织的。"

"根据我们掌握的情况，五金协会答应参与这次直播是因为你们公司的王利和胡会长是老战友。这还是自愿吗？"几个回合下来，邢斌就陷入了被动。

他的回话已经不似上一次那般铿锵有力了："胡会长的确跟王利认识，但是五金协会跟长和公司是有业务往来的，期间产生过一些债务问题，也算是熟人了，所以我们才邀请五金协会来听讲座。"

"你说的这些情况，我们会一一核查。"调查人员的脸色从严肃变成了严厉，"现在说说你和李峰律师的合作吧！据我们掌握的材料，你和李峰唯一的交集是新环材料这家公司，而长和公司到现在还欠着新环材料的货款。以两家公司目前的关系，你和债权方律师这么密切地接触，你觉得合适吗？"

无论你有没有犯法，只要走进这个房间，就都成了被怀疑对象，谁能真正淡然自若呢？邢斌喝了口水，强迫自己冷静下来。他原以为今天的调查会围绕那条留言爆料的内容展开，没想到调查人员选了另一条路线，他显然没有准备。

"李律师在债务重组方面很有经验，我们公司恰巧也遇到了债务问题。我想着，能不能在自救的同时，把我们债务重组的经验分享出来，让更多企业受益。当然，如果可能，我会建议集团公司增加一项业务，或是成立一家新公司。我觉得债务重组是未来企业发展的重要一环，每家企业都会面临债务问题，但不是每家企业都能处理好债务问题。绝大多数企业毁在了资金链断裂上，而债务问题就是'罪魁祸首'。这说得有点'高大上'了。我觉得李峰的确是个人才，所以想跟他有更多合作……"

调查人员极具耐心地听完邢斌的"理想蓝图"，紧接着又回到了刚才的问题上："你和李峰之间有没有利益输送？"

邢斌立刻否定："我说过，我们这个讲座是公益的，我和李峰之间没有任何经济纠葛。"

"你不要激动，利益输送的方法有很多种，我们再进一步核实。建议你们这个讲座先停一段时间，等问题弄清楚了再说。"调查人员给出了结论。

调查就这样结束了吗？

当然没有。调查人员一直在竭力搜集邢斌的"违规证据"。事后邢斌才知道，在他去市纪检委之前，调查人员已经秘密来长和公司取证多次了。除了不知不觉做了"涉案人员"的陈涛外，李堃、老王、小黑主任，还有那位贾副主任，都当过"座上宾"。这场声势浩大的调查显然不是从直播事故才开始的，直播事故只是一根导火索，真正的重头戏还是他和李峰的合作！

他究竟成了谁的"忧戚"？

那个隐藏在长和公司的小圈子到底在哪儿？

谁是那个圈子中的人？

这些问题只能留待纪检调查结束的那天才能知道答案了。可是，浮出水面的真相，一定是自己想要的那个吗？邢斌不禁叹了口气。他走出市纪检委大门时，天色已经晚了。夜幕下的S城仿佛变成了另一座城市，华美、艳丽、缤纷，就是少了一丝烟火气。一阵北风呼啸而来，他不禁把脖子缩进毛呢大衣里，但还是很冷，非常冷。

这样的夜，什么时候才能过去？

第二天，邢斌按照自己以往的经验，主动提出配合纪检委一起调查，当然也是为了给自己申辩。没想到这一提议却被赵瑞拦下了。

"你现在是嫌疑对象，不方便参与调查，再说'清者自清'，你是对自己没信心，还是对纪检部门没信心？"

邢斌沉默了。他对自己当然有信心，可是那并不代表不担心。在这件事上，他是有委屈的。可是那委屈又向谁去诉说呢？

赵瑞建议他休病假，避避风头，等事情淡化了再回来，公司的事务暂时交由李堃代理。他之前也做过，驾轻就熟了。

邢斌没想到，最支持自己的赵总居然在这个时候放弃了自己！

28 假病成真

有时候，压垮成年人的，仅仅是一根毫不起眼的稻草。邢斌在创业路上栉风沐雨，工地停工、债主逼债、资金链断裂……多么恶劣的境况，他都经历过，称得上经历丰富了。可是这一次直播事件，却完全在他控制之外。一名员工的几句抱怨，居然成了他"被迫休假"的理由。真是可笑！他自我标榜的意志力，原来是那么不堪一击。

让一个成年人颓废需要多久？答案是：一句话就足够了！

赵瑞的决定，让邢斌瞬间崩溃了。他压抑着情绪，走出总公司大门时，觉得天地一片昏暗。他走在路上，木讷地看着周围那一张张笑脸。他们到底在笑什么？对面的霓虹灯为什么不停闪烁？汽车发动机的轰鸣声什么时候变得这么吵？

这世界怎么了？

这世界生病了。

第二天，闹钟在六点钟准时响起。邢斌从被子中伸出一只手，摸索着关掉了闹铃开关，揉了揉惺忪的睡眼，从床上爬起来。此时的他头痛欲裂，像宿醉般踉踉跄跄地来到窗前。

S城的冬天，阳光有一点懒。六点钟的天，还是漆黑一片。窗帘外的世界，袭来阵阵寒意。清晨时分，暖气已经不那么热了，屋子里的温度降了下来。他不禁打了个寒战，拉上了窗帘。

邢斌回身拿起床头柜上的眼镜，走到衣柜前，准备换上晨练服。就在打开衣柜的一刹那，他从穿衣镜里看到穿着西裤衬衫的自己，这才意识到，自己竟和衣而眠。他努力回忆着昨夜，回忆那个漫长的晚上，从城东走到城西，从小巷走到大街……他想不起自己究竟是怎么回家的，又是怎么回到床上的，那被子又是谁帮他盖上的……

他此刻如同梦游一般，感觉一切都是那么不真实。这不是他的生活，也不是他的世界。

在他的世界里，此时此刻，他应该坐在办公室里跟老王和陈涛计划着债务小组的发展大计；或者跟李峰吃着热气腾腾的包子和黄米粥，聊着直播的事；又或者，他坐在总裁办公室里，向赵瑞描绘债务小组的宏伟蓝图……他时而斗志昂扬，时而意气风发，时而又神采奕奕，却唯独没有一个颓废的自己！

"我到底怎么了？"

他突然感到莫名的恐惧、害怕。他用尽一切办法说服自己：一切都不是真实的，一定是梦！

在梦中，他换好了运动服，像往常一样，准时出现在晨练的公园里。有人走过来和他打招呼，有人邀请他一起晨练，还有人在远处静静地看着他。那个人一定是田蕊。她许久没来陪他晨练了。他们到底还是输给了"代沟"！

梦境时真时假。他双腿发软，像要脱离地心引力似的。这感觉有点奇怪。

公园里的路灯渐渐暗下去。远处，一轮红日升了起来。梦，该醒了！

邢斌换好西装，特意穿上羽绒服。清晨的寒冷，令他记忆深刻。他急匆匆地下了楼，来到停车场却发现车子没在停车位上，才猛然想起昨晚没开回来，索性叫了一辆网约车。

习惯披星戴月的邢斌，极少享受温暖的晨曦，今天心血来潮，提前一个路口下了车，步行到公司。长和公司坐落的地段是一片老城区，"老破小"红砖楼随处可见，烟火气浓郁。晨间的小路两旁有很多流动早餐车，香气四溢，勾着人的食欲，车前排起一条一条的长龙。

这边，年轻的上班族迎风吃着早餐，三五成群，说说笑笑；那边，年轻的母亲举着热气腾腾的早餐，一边叮嘱孩子，一边看了看时间，加快了步伐，奔向早已停在路边的小汽车。这才是生活！邢斌的眼眶突然湿润了。他曾经也拥有这样的生活，妻女围绕在身边，如今却形单影只。这一瞬间，他有些嫉妒那个等在车里的男人。

幸福总是短暂的，连欣赏幸福的悠闲也变得难能可贵。邢斌买了一份早餐，走到路口时，忽然接到了一通电话。

"邢总，赵总给你安排了体检，昨天我联系了医院，约好今天上午九点钟到，我现在派车过去接你行吗？"

是老王打来的电话。这时间掐得真准！再晚一分钟，他就要拐弯了。而拐过弯去，就是长和公司的大门。老王怕他出现在公司尴尬吗？

"体检？什么体检？"邢斌猛然想起来，昨天赵瑞向他提起过休假的事。原来他早已安排好了一切！

邢斌回过身来，车子已经停在路边了。他有一种被人押去体检的感觉。此时他的腿更软了，整个人如虚脱一般钻进车里。

也许，他真的病了。

他去的是S城最有名的医院，在省里也是排名靠前的。刚进医院，邢斌就被安排进了病房。他看了一下，体验套餐的价格不菲。他真想问一句："这算是超标了吗？"

司机全程陪着他。虽然检查项目多，但大体上总不过是抽血、照片子这类常规项目。他手脚灵活，又没病没痛，根本不需要人陪同。他同司机讲了很多遍，司机只说是王主任安排的，不敢离开。

这倒好，他现在真成了"被看管对象"。

由于是商务套餐，用的是VIP卡，排队的人并不多，还没到中午就检查完了。不过，体检报告要两天后才能出来。邢斌想回家去等消息，结果被告知床位已经预付了两天的费用，他也只好乖乖地住在医院里，权当疗养了。现在的他，想不放松心情也不成了。

邢斌吃过饭后，就到医院的花园里散步。不愧是三级甲等医院，园林设计相当好。寒冬季节，梅红柳绿。在这里住院，心情会好很多，病也好得快。不过，邢斌没有心情赏景。这几天经历的人和事，桩桩件件，像电影片段一般在他眼前浮现。他想不通，是自己病了，还是这个世界病了？

正在此时，老王出现了。他是来帮邢斌办理体检和住院手续的。

"住院？我身体好好的，住什么院呀？"邢斌抱怨道。

"住院也不是非得有病呀，你看我每年都住几天医院，做个体检，顺便调理一下。"老王语重心长地讲起自己的养生经，"好些病都是不知不觉中得的，平时工作忙，身体总是处于高度紧张的状态，也感觉不出哪儿不舒服，等你真觉出不对劲儿时，那才真叫'为时已晚'。病找上身了，再治可就费时费力了。"

邢斌敷衍地笑了笑。

"邢总啊，你现在还年轻，等你到了我这个岁数，年轻时欠的账可就都找上门来了。"老王笑嘻嘻地道，"就说这身体疲劳吧，你可别不当回事，这亚健康还真不好治。我说句话，你别在意啊，我看着你这脸色不太好，还是安下心来，好好查一查，有病治病，没病还落个心安不是？"

老王苦口婆心地劝他，邢斌心里明白，可他还是不甘心。老王看出他的心思，又劝道："邢总，说句掏心窝子的话，既然这是赵总的意思，你就好好在医院里休养几天，别拂了领导的美意。公司那边的事，还有李总……"

"有李总在，我当然放心。"邢斌的声音居然有些颤抖。他并不是一个贪恋权力的人，但想到"李堃"这两个字时，他心里还是一阵酸楚。他伤心的不是有人顶替了自己的位置，而是赵瑞显然早有准备！

其实今天上午总公司已经发了公示：在邢斌病假期间，由李副总暂代他管理公司日常事务。只是老王一时之间有些说不出口。他明白邢斌前前后后为公司付出了多少，也明白在这次的直播事件中邢斌受了多少委屈。可惜这些都不能成为理由！

现实总是残酷的。邢斌在这个阶段的任务就是休息，他必须暂时离开公众视野，才能真正让舆论平息下来。邢斌明白这是赵瑞的保全之策，但他还是百感交集，有太多的不甘和不舍咽不下去。

老王知道邢斌放心不下公司的事，便找了个理由请他吃饭。两个人在医院附近找了一家小馆子，随便点了几样小菜，边吃边聊。可惜不能喝酒，否则邢斌真想一醉方休。

当晚，邢斌真的病倒了，高烧近40度，整个人都虚脱了。他有很多年没病得这么严重了，这一次是"假病成真"了！

无论是谁，在病中都会变得脆弱，从身体到心理都需要呵护。即便是平时很强壮的人，一旦生起病来，也会一下子就羸弱不堪。所以男人生病总是比女人严重得多,其实也未必全然是身体上的毛病,大概也有心理上的恐惧吧!

发烧是很多疾病的诱因,高烧不退更不是好现象。用医生的话说,应该是有炎症。邢斌的嗓子像被烤干了一般,说不出话来,眼睛也像在喷火。他虚弱地躺在床上,连手指的关节都是疼的。一袋接一袋的液体,整日整夜地流进他灼热的血管里。起初他觉得凉飕飕的,到后来也麻木了。他觉得自己身体里就像藏着一座巨大的火山,吞噬着一切,也随时准备爆发……

那几天,邢斌昏昏沉沉的,时睡时醒。他醒来时,有时见到的是老王,有时见到的是田蕊,还有一次见到了李峰。那一次,他突然惊醒,一挺身,坐了起来!

"你怎么来了?"他脸上写满了惊讶。

"这话说得,好像我还得避嫌似的。"李峰倒是淡定得很,他换了一身休闲装,提着一篮水果坐在病房里。

"我倒没那个意思,只是有点意外。"邢斌的确没想到李峰会来,而且专门挑了晚上。

两人都不由自主地向窗外望了一眼,李峰笑嘻嘻地坐在旁边的病床上,调侃道:"你住院我并不觉得意外;你真的病了,倒是出乎我的意料。"

大概在所有人的印象里,邢斌都不是一个脆弱的人。

"纪检委找过你了?"邢斌突然话锋一转,还是问起了他最关心的话题。

李峰点了点头,不以为意地道:"意料之中的事,你不是也去了吗?"

"这次的麻烦有点大?我没想到公安没介入,纪检却介入了。"邢斌哑着嗓子,艰难地说道。

李峰踌躇了一下,无奈地道:"我想,是有人不希望咱们合作,故意向纪检委写了什么匿名信之类的,这种事并不新鲜。"

邢斌诧异地看着李峰,嘴角微微扬起。没想到这一次,他们又"英雄所见略同"了!

"我今天来,一是探病,二是给你带来一个坏消息。虽然是坏消息,可还是得告诉你。"李峰严肃地道。

邢斌点了点头,坐直了身体,像是等待审判一般,脸色阴沉。

"昨天我又去见了胡会长，向他提了几个建设性的债务重组方案。我看得出，他是感兴趣的，可是最后他还是拒绝了我。"李峰的表情有点沮丧。

邢斌一脸疑惑地看着李峰，等着他的谜底。

"原因有点可笑，到最后咱们还是输给了'关系'。虽然我再三追问，但胡会长三缄其口，说什么也不告诉我原因。不过，我还是打听出来了，就在直播的第二天，李堃见过胡会长。我不知道是因为直播，还是因为李堃，反正从那以后，胡会长对我的态度就是180度大转弯，要多冷淡有多冷淡。昨天我去拜访他时，他干脆直接拒绝了合作。看来这位李副总还真是个人物，咱们未来的合作，只怕没那么顺利，现在不过才刚刚开始……"

听完李峰这番话，邢斌久久没回过神来。李堃——又是这个名字！他的头又开始疼了。

李峰走后，他把自己和李堃接触以来的点点滴滴都回忆了一遍。除了总经理这个职位以外，他想不出自己还有什么地方得罪了李堃，而李堃又为什么这样处心积虑地搞小动作？

他累了！舆论、同业竞争、内部斗争、接连不断的各种调查，终于击垮了他的精神。他终于明白了赵瑞的苦心，也许现在这种情形，没有什么比休假更好的解决办法了。

只是，他真的病了。

29 回望初心

"不忘初心"这四个字,说起来容易,做起来却很难。初心到底是什么?它为什么总在不经意间被遗忘?是我们过于健忘,还是时光无情?在人生旅途中跋涉的我们,需要时不时地停下脚步,回头望一望那些走过的路和抛在角落里的理想,看一看曾经的"初心"。

李峰带来的坏消息,成了压垮邢斌的最后一根稻草。那一晚,他彻夜无眠,浑身酸痛,头也越来越烫,昏昏沉沉的,好像躺在荡漾的水床上,渐渐地,头顶的天花板也跟着摇晃起来……

也不知过了多久,天色蒙蒙亮了,晨曦透过窗帘的缝隙射进来,一股饭香也跟着飘进来。邢斌突然想起,上一次闻到饭香还是两天前的事。这两天他一直在发烧,嗓子如火烧一般;加上医院里的病号餐淡而无味,他只喝过几口米汤。现在突然传来小笼包的香气,他只觉得肚子咕咕在叫。

邢斌缓缓睁开眼睛,一张干净清纯的脸映入眼帘。这张熟悉的脸,有好几次都出现在他梦里。男人在脆弱的时候,也向往温暖的港湾。哪怕只是临时停靠一下,哪怕只有片刻,也好!

"我不是在做梦吧?"这句话差一点就脱口而出。邢斌突然发现,自己竟如此脆弱,如此需要一个女人……

"我说邢总经理,本姑娘就是再好看,您这样一直盯着我看,也会把我看毛了的。"田蕊一边朝邢斌瞥了一眼,一边拿着电源线问,"插头在哪儿?你这两天是怎么给手机充电的?"

"我,我没充过电。"邢斌用沙哑的声音勉强说道。这两天他一直在发烧,连起床都困难,早把手机丢到九霄云外去了,也落得清净。

田蕊并不吃惊,拿起他的手机一看,果然没电了,便咕哝了一句:"我说你怎么不回我信息呢!来之前我发信息,问你早上想吃什么。结果你一直没回信,我就自作主张了。"

她说着,支起了病床上的餐桌,又把一个硕大的电饭盒放在上面。原来她一大早特意去买了馄饨,还用保温饭盒带来,插上电热一热就能吃了。可是,她在屋里转了一大圈,也没发现电源插座,不免抱怨道:"还说是什么高级病房,电源插座都这么少。"

邢斌目不转睛地看着她,眼神中满是依恋和温情。田蕊还是第一次在他眼中看到这样的神色。她知道,他需要她,至少此时此刻他需要她。这让她不禁有些心旌荡漾,脸颊粉嘟嘟的。

"那边有电源。"邢斌朝电视墙努了努嘴。

田蕊立刻脸红了,有些羞涩地笑了。

不到一分钟,馄饨就热好了。邢斌吃着馄饨,心中有一种说不出的满足。

"你这不是胃口挺好的吗?"田蕊故意逗他,"哪像个病人呀!"

"那是你没见过我前两天的模样。"邢斌吃得津津有味。这是他吃过的最美味的馄饨。

"我听说了,王主任说你病得可严重了。我是代表债务组的同事们来看你的。"说这话时,田蕊的眼神忽然飘了起来。

"公司有什么情况吗?"邢斌问道。

"还能有什么情况,不就是李副总现在'当家作主'啦!"田蕊的语气突然变得沮丧起来。

"那又怎么了?我来长和公司之前,他一直是'一把手'呀!"邢斌淡然地道。这两天发烧,反而让他冷静了下来。

"代理的,好不好!"田蕊特意强调了"代理"两个字。

邢斌笑了笑:"那也是'一把手',你们这几个后进公司的,要好好配合李总工作,不要老是用小脑想问题。"

"谁用'小脑想问题'啦?"田蕊一听这话,脸色瞬间晴转阴,坐到床边,愤愤不平地道,"你是不知道,李副总上任后第一件事就是解散债务小组。"

这消息真是晴天霹雳!邢斌只觉得头皮一阵发麻,气血瞬间上涌,一口馄饨卡在喉咙里,呛得他好一阵咳嗽。

"我猜一跟你说这事,你就得激动。"田蕊一边帮他倒水,一边帮他拍背。

不过邢斌很快就冷静下来。债务小组是公司独立编制的部门,倘若李堃要解散债务小组,必须要经过他这个总经理,也要上报总公司,这可不是一句话就可以决定的。

"这不可能,老实说,到底是怎么回事?"邢斌忍住咳嗽,又问田蕊。

"我就知道你不信!"田蕊无奈地叹了口气,"其实现在的债务小组跟解散了也没什么分别。李副总的意思是因为直播出了问题,所以债务小组要进行整改,所有人员暂时退回原部门,等待公司重新评估。"

邢斌边听边津津有味地吃着馄饨,好像丝毫没把这件事放在心上似的。

"你就一点也不在乎?"田蕊焦急地站起来,故意抬高了声音,"现在债务小组已经被拆散了,我明天就要回开发区了……"

"原来你是不想回开发区呀?"邢斌故意逗她,"那简单啊,我跟老王说一下,让他找个理由暂时让你到办公室去帮忙。"

田蕊气得没话说,只得又加上一个条件:"那好,让老朱也一起去办公室帮忙,怎么样?"

"这个好办,他原本就是办公室的人,就按李副总的要求,回原部门待定好了。"邢斌道。

"可他的位置已经被占了。"田蕊咕哝了一句。

这倒是有些出人意料。照理说,老王知道邢斌对老朱另眼相看,肯定不会为难老朱。再说老朱的岗位可有可无,怎么会这么快就被人代替了呢?

"老王同意的?"邢斌不禁问道。

"是李副总家的亲戚,硬塞进来的,王主任怎么好驳他面子。"田蕊愤愤地道。

邢斌点了点头,没再作声。债务小组成立至今是还没有拿得出手的成绩,但也并不是一无是处。李堃这样的处理方式,不知道总公司会怎么看。虽然赵瑞这次的做法令邢斌有些心寒;但他并不相信,赵瑞会放任李堃将长和公司刚刚取得的改革成绩打回原形。

"总公司的领导知道这件事吗？"邢斌试探地问。

田蕊摇了摇头："这个我不知道，不过我想，如果没有事先得到总公司的许可，李副总也不会搞这么大的动静。"

听到这里，邢斌放下了碗筷，满腹惆怅又涌了上来。他突然问田蕊，和自己认识有多少年了。田蕊掰开手指数了数，竟吓了一跳，他们认识快六年了。时间过得真快，很多事仿佛就发生在昨天。

"一晃六年了，那时候我刚刚四十出头，现在可是奔五了。"邢斌长叹一声，突然觉得白发都长出一大截。

"是呀，我也奔三了。"田蕊也跟着一声叹息。

"我记得当初打算来长和公司时，你劝过我，我没听。现在想想，你这小丫头还是挺有远见的。"邢斌的话突然像个历尽沧桑的老人。

田蕊看着他一脸疲倦的样子，这是她从没见过的邢斌，那么陌生，那么颓废。那个意气风发的男人，被一场直播弄丢了！

"还是创业时自由，想干什么就干什么，赔了就赔了，大不了从头再来。"邢斌想起创业时光，感慨道。

"你，不会是想离开长和吧？"田蕊隐隐感到邢斌萌生了退意，但现在的确不是合适的时机，于是又劝他，"你这个年纪再创业，可不是闹着玩的，你还输得起吗？"

这世上，除了兰芝，只有田蕊会这么直白地毫不修饰地问他。他沉默了！现在的他，真的不知道自己还输不输得起。连眼前这次小小的困难都克服不了……一股无力感瞬间征服了邢斌。

尽管他不愿意承认，可他的确败了，败给了自己！

"我认识的邢斌不是一个半途而废的人。当初你决定来长和公司，就是为了解决他们的债务问题，现在退出，你把赵总放哪儿，把荣鑫集团放哪儿，又把你自己放哪儿？"田蕊越说越激动。后来她忽然停下了，因为邢斌一直沉默着。她从来没见过这样的邢斌。

"你回去吧，我待会儿就给老王发信息。"邢斌似乎也不想再继续今天的谈话了。

他又累了！

田蕊走后，他独自坐在病房里，坐了很久，直到医生进来查房，他才回过神来。

"已经退烧了,您恢复得真快。对了,这是体检报告。"医生递给他一份报告。邢斌根本无心看,随手放在了一边。

医生诧异地问:"您不看看吗?"

邢斌摇了摇头。

医生热心地解释起来:"您身体状态不错,虽然有几项数值偏高,但跟您最近过度焦虑没休息好有关,好好休息几天就没事了。这工作可是忙不完的,尤其像您这样的高管,多注意休息。养好身体才能好好工作嘛!我建议您在医院再住一晚,再观察一下,明天办理出院手续,我会通知您单位同事的。"

医生走后,邢斌又坐了良久,才去了一趟洗手间。直到站在镜前的那一刻,他才突然发现,自己只剩下一张模糊的脸,身后是一条不能回头的路。他不知道尽头在哪儿,也许根本没有尽头。因为脚下早已不是他最初所走的那条路了。

也许,他该找一找那迷失的初心了。

傍晚,在医院里待了三天的邢斌觉得有些烦闷,便独自溜出医院去透透气。他一个人在街上闲逛,竟不知不觉地走到了北京路。

北京路,是一条特殊的路。它不仅横穿市中心,还与很多小巷交错。在城市改造前,这里就是S城的心脏。邢斌那个年代的孩子,能来北京路玩一玩、吃顿饭,就足够向小伙伴们显摆好几天了。

可是今天,当他走在这条熟悉的路上,却突然有一种陌生感,仿佛走在另一座城市的街头。是儿时的记忆远去了,还是这里真的变了?城墙还是那座城墙,青砖灰瓦,砖缝疏疏密密,偶尔钻出几株叫不上名儿的青草,提醒着行人,春天来了!可是,老城的味道去哪儿了?

他走着走着,记忆将他拉进一条窄巷。巷子只有两人宽,擦肩而过时还要挑一挑身材,魁梧大汉断然不行。巷子里闪着幽暗的灯火,像是这个霓虹世界的一个漏洞。他脚步不快,向前走了几步,一股熟悉的面汤味儿飘了过来。

"小时候的味道?"刹那间,邢斌的思绪竟然闪回到了童年:他坐在小小的饭桌前,巴望着厨房里母亲忙碌的身影。母亲煮的面也是这个味道。

人在脆弱时，回忆就变得强大起来！

　　再往前看去，淡黄的灯光下，一个老太太正在锅灶前忙碌，香气就是从那儿飘出来的。他走过去，点了一碗面，掏出手机正要付款时，才发现摊位上竟没有二维码。

　　老太太面容和善，低眉含笑地指着摊前一块儿写得七扭八歪的牌子，道："前边儿有换钱的地方。"

　　邢斌看了看那块牌子，上面写着"概不赊账，换钱往前"，牌子底部有一个硕大的箭头，指着巷子里一个黑洞洞的去处。

　　自从有了手机支付，硬币就成了稀罕物。邢斌笑了笑，摸了摸口袋，居然真有硬币，是他同田蕊打赌赢来的，刚好派上用场。他拿出硬币，数了一下，交给老太太时，得意地道："正好六个，多一个还没有呢！"

　　老太太却拿出一枚硬币投到一个黑匣子里，嘴里还小声念叨了几句。邢斌好奇之余，便问其原因。老太太淡淡地说，起初她攒钱是为了给老伴治病，如今老伴走了，攒钱就成了念想，攒够一定数时便捐出去，算是有个寄托。

　　那一瞬间，邢斌眼中闪过一丝晶莹，但很快藏了起来。

　　他望着深沉的夜空，远处高楼大厦的霓虹灯绚丽闪动，却仿佛是一幅纸贴画，笑脸是迷幻的，忧愁是迷幻的，连声音也是迷幻的……唯有口中的面汤是真实的，那厚重的酱油香、劲道的面片，吃进嘴里是那样踏实，一如最初的感觉！

　　邢斌走出窄巷，天空飘起了霏霏细雪。细碎的雪花落在地上就融化了，夜色被装点得有一点江南的婉约之美。他回眸看去，摊位上不知何时撑起了黑布伞，一双细如竹篙的手还在伞下忙碌着。

　　一颗坚持几十年的初心，才是世间真正的"美味"！

30 再游西南

旅行，行在身而旅在心。行的是万里路，游的是天地宽。有两种人最适合旅行，一种是潇洒的人，游的是江河日月，品的是人生滋味；另一种是遭遇困境的人，寻一处"世外桃源"，修复受伤的心灵，为的是回归现实以历再战。赵瑞强迫邢斌放假，老王劝他外出旅行，都出自此意。于是，邢斌决定再游西南，回到梦开始的地方。

雪中那把黑伞，那个忙碌的身影，那张满是皱纹却有着灿烂笑容的脸，都一一刻进了邢斌的心里。这个平凡的雪夜，足够他记忆一生！

回到医院后，他辗转反侧。老太太的身影，她的一字一句，不停地闪现在他眼前。这个朴实无华的老人，生命正在枯萎，却依然坚守着初心。而他呢？来长和公司短短两个月，却陷入一场又一场钩心斗角中。为了赢，他勉强上马未评估的项目；为了赢，他忘了经营才是本职工作；为了赢，他几乎忘了和赵瑞的约定……

当他再一次站在洗手间的镜子前，看着镜子中颓废的男人——木讷的眼神，毫无光彩的脸，仿佛一夜之间就生出的白发……除了那熟悉的五官，他简直不认识这个人！

他到底丢了什么？是斗志，是坚忍，还是那颗初心？

他不能再这样下去了！正如田蕊说的，他输不起。中年人的颓废，真的可以致命。

第二天一大早，他独自办理了出院手续，走到昨夜经过的那条窄巷。他想碰一碰运气，没准儿那位老太太还在。他想着，再吃一碗面。

"出院也不通知我们一声，害得我到处找你，幸亏医院门口就这一条巷子。"一个熟悉的身影迎面走来。

"你怎么知道我在这儿?"邢斌诧异地看向田蕊。

"找个人还不容易,何况是手里提着旅行包的大叔,跟医院门口那些小摊贩打听一下不就知道了?"田蕊得意地道,顺手接过提包。

"重!"邢斌瞪大眼睛,高声道。

"那也不能让病人提包呀,何况还是领导呢!"田蕊故意开他玩笑。他也不急,反而跟着一起哈哈大笑起来。

"你怎么没去上班?"

"我去了呀!"

"去了?"邢斌又诧异了。

"对呀,你不是说让我去找王主任吗?昨天回公司我就去找他了。"田蕊说着,又指了指提包,煞有介事地道,"这就是他给我安排的任务。"

邢斌笑了,那笑容里夹杂着几分得意。

"可是邢总啊,你放着大路不走,怎么走到这儿来了?你饿了?"田蕊指着两旁的早餐摊问道。

邢斌顿了顿,只说了"秘密"两个字。他在极力掩饰眼中的失落,因为老太太没有出现。或许,他们就这样错过了。

"王主任还给你安排了什么任务呀?"邢斌转而问道。

田蕊歪着头,想了又想。老王那么世故的一个人,怎么会"自作主张"地给她安排任务呢!她索性自己给自己安排上,省得领导以为她无所事事,工作热情不饱满。

"我最近要整理债务小组之前的档案。"

"这也算是任务呀?"田蕊的谎话当然瞒不过邢斌的眼睛,"这样吧,我给你安排一项任务。"

"什么任务?"

"出差。"

"啊?又出差?"田蕊惊讶地喝了一声,"我可不想再去那个什么'C城'了啊!"

"干吗,你还想跟领导讨价还价啊?"邢斌故意严肃起来,"王主任分配给你的任务,你还没完成呢?"

"王主任只说让我接你出院,可没说让我陪你出差,再说你去听那种讲座，那是专门讲给老板听的，我这种才疏学浅的小职员也听不懂啊！"田蕊故意装出一副求饶的架势，又像在长辈面前撒娇，愈发地讨人喜欢了。

"这次不是去听讲座，纯粹散心。"

"那干吗非得去C城啊？"

邢斌突然停下脚步，郑重地看着她："因为那是我梦开始的地方！"

绿皮火车奔驰在乡间，田蕊坐在邢斌旁边，看着窗外驶过的苍凉山景，不禁抱怨："咱们为什么要在大冬天跑出来旅行啊？我说大叔，你这个思路还真是清奇。"

邢斌笑而不语，兴致盎然地看着另一侧的风景。创业这些年来，他还是第一次没有公务在身，享受一次纯粹的旅行。冬日又怎样？不过是与春天的景色不同罢了。何况他们要去的C城是一个四季如春的地方。

夜幕降临，两个人才缓缓走出C城的火车站。这一趟"文艺之旅"，已经度过三分之一了。田蕊不禁惋惜抱怨道："三天的旅程，就这样过了一天，有点不值。"

"怎么不值啦，你这个年纪应该没坐过绿皮火车吧，要学会享受慢生活。"邢斌乐呵呵地拿起行李往出站口走去。

田蕊紧跟在后面，一脸不高兴，小声抱怨："还好我之前没坐过绿皮火车，这么慢的速度，多坐几次还不得要了我的命呀！"

两个人在出站口站了一会儿，看着一辆一辆驶过的出租车，田蕊不禁感叹："全国著名的旅游城市就是不一样，连出租车都比咱们那边多好几倍。不过，邢总，咱们在这儿站了半天，不会是来欣赏夜景的吧？"

C城果然是西南著名的旅游城市，直到深夜依然人流涌动。街边随处可见火锅店、麻将桌、茶馆，还有川流不息的出租车。你不必担心无处可去，只需要担心抢不上出租车。幸好邢斌早有准备！

这时，一辆商务车停在了他们面前。一个高高帅帅的年轻人下了车，一边打招呼，一边帮他们拿行李。言语间田蕊才知道，这人是梁成宇派来的，而且接下来他们在C城的行程也是这位神秘的梁总亲自安排的。

看来见梁成宇，才是邢斌此行的真正目的！

"原来你早有准备呀！"上了车，田蕊便悄悄问邢斌。

邢斌一脸兴奋地道："哪有啊，我只是跟梁总提了一下，说咱们要来

C 城旅游，没想到他这么客气，第二天就把行程表发给我了，连坐绿皮火车也是他建议的，从出发就开始体会 C 城的慢生活，别有一番情趣。"

"是呀，我们这儿生活节奏就是慢，打麻将、喝茶、吃火锅，先会享受生活，才会经营生活。用我们梁总的话说，'不会享受的人就不会生活，这不会生活的人，工作也好不到哪儿去'。"小哥边说边笑，一会儿介绍 C 城的文化，一会儿又教他们说方言，一路欢声笑语，很快就到了酒店。

两间客房挨着，一人一间，既方便又安全。小哥周到地帮他们安排好入住后才离开。

一夜好梦。第二天，天刚蒙蒙亮，邢斌就起床了。他站在酒店的临街阳台上，边晨练，边欣赏 C 城的街景。街景是一座城市独特的文化，只有身在街市之中，才能感受到烟火之气，感受到当地的人情世故。这是邢斌最喜欢的。上一次他忙于听讲座，行程安排得满满当当，根本无暇看风景，这一次要好好看个够。

这时，田蕊也梳洗打扮好了，牛仔裤配芥黄色羽绒服。这么难以驾驭的颜色，也只有田蕊能穿出神韵来。她正在阳台上自拍，看见邢斌还是那一身老气横秋的商务休闲装，便调皮地撇了撇嘴，拿他打趣道："大叔，你到底是来旅游的还是来开会的？你这'万年一身'也太出戏了，一点旅游的感觉都没有！"

"你也说是'万年一身'，哪能随便换啊？"邢斌也开起了玩笑。这一刻，他不是领导，她也不是员工，他们只是朋友。

这感觉，简直好极了！

两人恍恍惚惚，仿佛回到了上一次，又仿佛回到了许久以前。那时他们还在原来的公司，也是在这冬日的暖阳下，他看着她，她也看着他，静静地，任凭时光流淌……

突然，邢斌的电话响起——导游就位！

今天的行程由梁成宇亲自当导游。他开的车是一辆四驱的越野吉普，高高大大的，很是显眼。在城市里开这种车，回头率一定很高，绝对能赚足眼球。梁成宇坐在车里，戴着一副硕大的墨镜，遮住了半张脸，见邢斌和田蕊出了酒店大堂，老远便朝他们热情地招手。

"老邢，昨晚睡得怎么样？"

"酒店设施不错,我可是一觉睡到天亮。"

"你呢,小丫头?"

田蕊不太喜欢这样的打招呼方式,只回了一句"还好"。

"哟,小丫头兴致不高呀!"梁成宇虽然操着浓重的南方口音,但声音很洪亮,底气十足,"今天带你们好好逛一逛C城,吃地道的C城美食,看地道的C城风景,怎么也不能让小妹妹白来一趟。"

田蕊第一次见这位传说中的神秘男人。或许是从事的行业不同的缘故,他看上去要比邢斌年轻许多,也世故许多。当然,看惯了邢斌那一款,她显然对这种油嘴滑舌的男人没什么好感。

"今天咱们去哪儿啊?"邢斌问道。

"到了C城就跟我走吧!"梁成宇一踩油门,车子瞬间飙到了二百迈。两人顿时吓出一身冷汗,连表情都错了位。不过车速很快就降了下来。

梁成宇一脸坏笑道:"今天第一站打卡地,是个网红面摊。"说罢,他突然顿了顿,问,"你们都没吃早饭吧?"

他昨晚刻意交代邢斌今早不要吃早饭,两人果然听话,一直饿着肚子,此时已经饥肠辘辘了。几分钟后,两人被带到了一条深巷,远远望去前面早已排起了长龙。这些人都是来吃小面的。照这个架势,怕是要排到中午了。

两人正踌躇之际,梁成宇不知道从哪里端来三碗热气腾腾的小面,得意地道:"趁热吃,这可是正宗的C城小面。"

"你是怎么搞到的?"田蕊朝排起的长龙看了一眼,问道。

"凡事都有捷径,也都有规矩,就看你怎么运用了。"梁成宇像老先生似的,故作深沉道。

三人坐在巷子里,边吃小面,边听梁成宇讲起这家小面老板的创业故事。原来那老板竟是他的"客户"。

前两年这个小面摊生意冷淡,几乎面临倒闭,老板机缘巧合下认识了梁成宇,得知他的直播节目做得很火,便请他帮忙。在此之前,梁成宇从来不接实体店的生意,一是因为利润空间太小;二是因为到店量太小,效果不显著。但是架不住面摊老板的软磨硬泡,于是答应一试!他找了几个旅游行业的大V做了几期视频,没想到这家小店居然火了。原来几张桌子都坐不满,现在供不应求天天排长队。

"要不是这家老板够执着，今天你们来，也吃不到这口地道的小面了。"梁成宇风轻云淡地道。

邢斌看着身后的长队，又看了看巷口不断涌入的人流，连声称羡。

吃过小面后，三个人随便逛了几处名胜，都是C城必到的打卡地。邢斌对早上的小面久久不能忘怀。田蕊知道，他真正忘不了的，是面摊老板的那份执着。之后，他们又去吃了防空洞火锅。这一天才算是圆满了。

那里跟电影里的场景一模一样，只是冬天的防空洞格外阴寒，如果不是借着火锅的热气，田蕊怕是要冻病了。当然，这家火锅店也是有故事的。田蕊发现，梁成宇是一个特别爱讲故事的人。他讲得的确不错，你可以不喜欢他这个人，但绝不会讨厌他的故事。

这家店早期只是一家普通的火锅店，虽然有秘制底料，但特色不突出，再加上老板年轻，急于扩张，很快便陷入了资金链断裂的困境。迁址到防空洞开店，正是梁成宇的主意。当然，迅速进行债务重组，也是采纳了梁成宇的方案。照梁成宇的说法，那方案并没有突出之处，只是当时的餐饮行业极少用到债务重组，也没有人想到单品菜连锁销售和店铺互推的模式。

让这家店起死回生的并不是多么高明的招数，而是最实用的、简单而直接的"烂俗招"。梁成宇讲起这些生意经，就是一脸坏笑，这些招数虽然不招人喜欢，但却着实有用。邢斌大有"听君一席话，胜读十年书"之感。

这两人越谈越投机，一直谈到深夜。邢斌和田蕊回到酒店时，天都快亮了，他们只好改坐高铁返程。虽然行程很快结束了，两人还有些意犹未尽。邢斌的心情格外轻松，又恢复成那个淡定从容的他了，而田蕊自己也有了新的打算。

看来这一趟，两个人收获颇丰！

31 不谋而合

《诗经·黍离》中说:"知我者,谓我心忧;不知我者,谓我何求。"人生最难的,就是找到一个懂自己的人。可惜知己难求!对于男人来说,红颜知己终是过客。除此之外,再论"懂我"之人,要么是对手,要么是如水之交。而对创业者而言,从来不缺对手;真正难能可贵的,是如水之交。

告别梁成宇这个传奇人物,邢斌和田蕊踏上了返程之路。对于邢斌来说,旅途太过短暂;而对田蕊来说,就未必了。她实在不喜欢梁成宇那张世故的脸,不喜欢他说话的语气,不喜欢他办事的风格……她唯一不讨厌的,大概就是他讲的那些故事,因为它们的确对邢斌有所启发。

"邢总,我怎么觉得咱们这趟像是去收故事的?"返程的高铁上,田蕊叉着手,又开起了玩笑。

邢斌看了她一眼,一脸满足地笑了。虽然旅程短暂,但有美女相伴,又有知己作陪,人生真是惬意。大概这就是人们常说的"因祸得福"吧!

又看到这个男人意气风发的样子,真好!田蕊发自内心的欢喜。这才是她最大的收获!

"昨天你听故事听得都入神了,你回去该不会也想开一家火锅店吧?"田蕊故意逗他。三小时的车程说长不长,说短也不短,开开玩笑,可以打发时间。不过对田蕊而言,只要场合允许,她随时随地都想跟这位大叔"开开玩笑"。

"你这丫头,一提吃的就眉飞色舞。"邢斌的眼中闪过一丝宠溺,但很快就收敛起来。他要小心呵护这份情感,"马上要回到S城了……"

"我知道,各归各位嘛!"田蕊抢着答道。晚霞的余晖从车窗射进来,照见她略带怅然的神情。直到这一刻,她才意识到,旅途真的很短暂!

回到 S 城后,邢斌和田蕊重新回到了各自的生活轨道。邢斌回到家中继续"养病",而田蕊则回到公司办公室工作。这是他们商定的相处方式,也是彼此都舒服的相处方式。

老王知道田蕊和邢斌一起出差,便趁午休悄悄把田蕊叫到办公室,询问邢斌的情况。

"邢总身体怎么样?"老王顺手给田蕊拿了一瓶饮料。

"体检报告都是您亲自去取的,您这不是明知故问吗?"田蕊笑着回道。

老王深吸了口气,心想:"这小丫头嘴巴真是厉害!"

"我是说,这趟出去散心,邢总的心情怎么样?"

"我就是一个小跟班,您都不知道领导的心情,我怎么会知道?"

田蕊觉得今天的老王有些奇怪,说话小心翼翼地,完全不是他平时利落洒脱的风格。直觉告诉她,公司很可能出事了!

"王主任,我怎么觉得今天公司里的人都怪怪的,这几天公司出什么事了吗?"她转守为攻,向老王打听起情况。

老王怔了怔,不置可否。

不止老王,行为奇怪的还有陈涛。也不知道他从哪儿打听到邢斌的住处,又是怎么知道邢斌在家休养的,邢斌回家后的第二天,他就登门拜访了。

邢斌一开门,只见一个魁梧的身躯挡住了门口的阳光。他看着站在光晕中的陈涛,有些吃惊,半晌才回过神来,连忙把他请进屋。

陈涛也不是空手来访,拎了一篮水果和一盒上好的大红袍。上次去邢斌办公室喝的就是这种茶,他记在心上,特意从武夷山买了一大盒,价格不菲。

邢斌知道他不是一个阿谀奉承的人,权当是朋友之间的馈赠,便收了礼,预备过几天再回一份厚礼。

"看你这状态,恢复得不错啊!"陈涛声如洪钟,坐在沙发上,四下里张望。

"还好,还好。"邢斌一边沏茶一边问道,"你今天怎么有空过来了?"

"我前几天就打算来看你的,一直有事耽误了。"陈涛客气地说道。

邢斌知道他是"无事不登三宝殿",怎么可能只是来探病的,便又问:"公司最近出什么事了吗?我这些天病了,一直也没顾上问。"

陈涛迟疑了一下。他原本是来告状的,可话到嘴边,又不知该从何说起了。

邢斌见他支支吾吾的,便主动挑起了话题:"直播的事还没落定?纪检委又找你了吗?"

陈涛摇了摇头:"纪检委没再找过我,不过他们来公司调查了一些情况。"

"哦。"邢斌不以为意地点了点头。

"你不关心他们调查了什么吗?"陈涛好奇地看着邢斌。

邢斌笑而不语。

陈涛却一脸凝重:"他们调取了很多供应商的资料,尤其是长和跟五金协会及新环材料的账目往来,查得很细。"

"情理之中。"邢斌只回了这四个字。

陈涛却按捺不住了:"这分明是有针对性的调查。我觉得是有人向纪检委提供了误导信息。"

"误导信息?"邢斌好奇地问,"陈总这个词用得不太准确吧?"

"准确得很!我说件事,你就明白了。"陈涛喝了口茶,定定神,接着说:"整个公司都知道,我跟李垄不和,但我不是背后使绊子的人,我只说我查到的事实。传老婆舌头的事,我不干。"

陈涛越说越激动,邢斌借机给他递了杯茶,预备听他娓娓道来。他相信陈涛的为人,虽然他们相交不深。

"李垄在你们搞直播前,私自见过那个胡会长。谈了什么,我不知道;但从事后那位胡会长的态度来看,他肯定是使了手段的,要不胡会长的态度怎么可能大转变?还有,你们直播出事以后,公司给胡会长他们协会的一家五金公司转过一笔款。我找黑主任查过,是业务账款,是咱们公司订购了一大批五金件,合同标明可以分期到货。那么大的单子,足够那家公司吃三年的了。咱们公司有多少工程,需要用这么大批量的五金件?而且还是走的内部招标流程,这符合规定吗?这事不奇怪吗?"陈涛皱起眉头,连连质问。

在此之前，邢斌只知道李垩和胡会长私下见面的事，而陈涛所说的这个惊人合同，他真是闻所未闻。如果不是陈涛来告诉他，凭他现在的处境，可能永远也不会知道了。

"还有件事，你大概不知道。"陈涛接着又说，"李垩当上代理总经理后，把债务小组原来的成员都遣回原部门了，现在债务小组已经名存实亡。"

邢斌轻叹一声道："这件事我听说了。"

"事情可不止这么简单。"陈涛说这话时，眼睛都瞪大了。

邢斌又吃了一惊："怎么回事？"

"直播出事的那两天，我虽然被纪检委叫去配合调查，搞得焦头烂额，但是债务重组的业务一天也没耽误，就在小组被解散之前，我还带着他们在整理资料找项目。我们当时圈定了几个有意向的供应商，连方案都准备好了，正想找对方去谈，结果还没来得及成行，就接到李副总的'命令'。"说到这里，陈涛不禁叹了口气，无奈地道，"那几天小组成员一个一个被调回原部门，当初我看着他们兴高采烈地搬到新部门，如今又眼睁睁看着他们垂头丧气地把东西搬回去，心里真不是滋味儿。"

"这可是你买的好茶，要是我自己可舍不得喝，快尝尝。"邢斌见陈涛越讲越气愤，便递过去一杯茶，让他喝口茶，舒缓一下情绪。

陈涛喝了口茶，情绪舒缓了一些，又接着说："好在当时我收起一些方案，也不算'损失惨重'。不过，后来我想明白了，当时我们准备重组的债务中有好几家供应商都跟李垩有说不清的关系。你看一下名单就明白了。"说罢，陈涛拿出手机，给邢斌看一张照片，"这是债务小组之前整理的供应商名单，他们提前向我汇报了一稿。你仔细看看这个名单，有什么不对劲？"

邢斌仔仔细细看了一遍那份名单，虽然"新环材料"也在名单之列，但排在前面的几家供应商更眼熟。

"我没记错的话，这几家公司给咱们的报价都要高于市场价，而咱们又拖欠了他们很多货款，有相当一部分还超期了。"邢斌迅速回忆了小黑主任给他看过的财务报告还有业务合同档案，他突然想起一个关键性问题，这些合同的审批人都是当时作为代理总经理的李堃，而合同申请人都是项目部贾副主任。

两人交换了各自掌握的资料，一个巨大的黑洞立刻显现了出来。邢斌突然感到背后一阵发麻。倘若真是如此，那李堃这个人真是太可怕了！

"你现在还觉得最近发生的事之间没有联系吗？你想想，从直播出事到债务小组解散，再到跟那家五金公司大批订货。这背后要是没人策划，这么多不寻常的事怎么可能接二连三地发生，还是一环套一环的？"陈涛越说情绪越激动，脸颊泛起了红晕。

"陈总，你是不是想多了？"邢斌见陈涛有些激动，便安抚他。虽然他早知直播事件是李堃在幕后捣鬼，但陈涛所说的这些情况的确吓了他一跳。表面和善的李堃果真是藏在公司的大老虎，这一招声东击西用得炉火纯青。邢斌清楚，李堃不是一个容易对付的角色，况且他还早有准备。

"邢总，你平心而论，是我'想多了'吗？"陈涛反问道，"以前我就听项目部的人提起过，李堃私下里有拿回扣的习惯。一些小公司明明产品质量不错，就因为上不起供，他就找机会把人家剔除。虽然后来因为公司整合，吃回扣不方便了，他收敛了一段时间，可是自从他代理总经理职务以后，又死灰复燃了。你刚才也看见名单上那几家供应商了，你可以去工地实际查看他们的产品，再跟市场上同类产品做比较，很容易分出高下。"

邢斌被他说动了。虽然他向来对事不对人，但李堃的这些行为已经损害到了公司的利益，妨碍了公司的改革，那他就不能再宽容下去。

"邢总，不瞒你说，我觉得咱们不能再这样被动下去了，得主动出击。"陈涛见邢斌被说动了，便乘胜追击。

"看来你今天也是有备而来呀！说说你的想法吧！"陈涛等邢斌这句话已经很久了，现在他提出来，正合陈涛的心意。

"先说债务重组这项业务必须做起来，这是公司未来发展的根据地。虽然当初成立这个部门，我有些个人情绪，一是没想通，二是……"说到这里，他停顿了一下，"你也知道，新环材料这家公司跟我有一些渊源，当时我的确是小脑想问题，只想着自己避嫌，没看到公司发展的大方向。现在我想通了，咱们就从新环材料入手，帮他们解决好债务问题，就等于帮助咱们自己解决了债务问题，一举两得，说不定还能把债务重组这项业务拿到手。"

陈涛意气风发，眼前仿佛展开了一张蓝图。长和公司将双箭齐发，一边做建筑老本行，一边做债务重组的新业务。他不知道，这也是邢斌向往的蓝图。这一次，他们终于想到一处去了。这是邢斌今天最大的收获！

邢斌以茶代酒，敬了他一杯："老陈啊，今天可是我到公司以来咱们谈得最彻底、最交心的一次。"

陈涛有些不好意思："邢总，我之前对你有些误会，你别放心上，我这人说话直，爱得罪人……"

"我就喜欢你这个'直来直去'的性格，既然搭班子，那就是并肩战斗的战友，藏着掖着不像话，彼此不交心，更容易出事儿。"邢斌郁闷多日的心情也终于放晴了。

晚上，邢斌留下陈涛，又叫来老王，三个男人一起喝酒聊天，从公司到人生，再到理想……从那天起，随着陈涛的加入，他们这个"三人帮"正式成立了。

32 重整旗鼓

大商人胡雪岩曾说:"商场如战场,商道即人道。"自创业以来,尤其是加入长和公司之后,邢斌感触尤为深刻。从李堃到陈涛,从老贾到小黑,还有那位胡会长,哪一个不是人精。要经营好长和公司,就要跟这些人斗智斗勇。所谓"经营",经的是人际关系,营的是战术谋略。这一次,邢斌要用一招"暗度陈仓"重整旗鼓!

"里应外合"的招数虽然烂俗,但却能让自己知己知彼。以前邢斌是不屑于用这些"招术"的,可是一次又一次被掣肘,一次又一次被"算计",他已经无路可退。就像赵瑞说的,特殊时期得用点特殊手段。

原本田蕊是"里应外合"的最佳人选,没想到李堃使了一招全员遣返,名正言顺地把田蕊、老朱这些邢斌的心腹赶出了公司核心机构。

不过,陈涛不一样。他是公司堂堂正正的副总,又主管项目部,要挤走他可不那么容易。为此,李堃的确想了不少办法。遣返债务小组成员就是他的得意之作,无形中瓦解了陈涛手下最重要的部门,剩下一个名存实亡的项目部,就不足挂齿了。

然而,李堃终究还是小看了陈涛,也高估了自己。因屡受排挤,陈涛早已想好了寻找强援的计策。只是那时他对邢斌尚不了解,未敢推诚置腹。后来,随着了解加深,邢斌又多次不计前嫌地帮他,令他对邢斌刮目相看。这次的债务小组事件更是一根导火索,直接把他推向了邢斌的阵营。这两个人的强强联手,是李堃最怕的。所以,李堃才那么迫不及待地要掌控全局!

自从陈涛主动投诚,邢斌简直如虎添翼,加快了计划实施的步伐。三个人分工明确,老王负责居中协调,专门处理人员调配和资料搜集这些案头工作；陈涛发挥强项，做好目标客户的游说工作；还有最重要的运筹帷幄，就要看邢斌的了。

那天三个人促膝长谈后，第二天回到公司，老王就开始着手排兵布阵了。田蕊和老朱很快成为他的得力干将，这个内部三人小组简直成了邢斌手上的一支奇兵。老王先是以债务重组小组的遗留项目资料过多为名，安排办公室的几名年轻人员去接手材料，这其中就包括田蕊。请示报告打到李堃那里，老王亲自去做了汇报。李堃被他说得云山雾罩，稀里糊涂就批了那份报告。

老王拿了尚方宝剑，大张旗鼓地安排人手搜集债务小组之前的资料。由于当时债务小组几乎把公司所有债务问题都归档好了，既全面又具体，实际上这次的整理工作也没费多大力气。他们正好借此机会了解公司的真实财务状况。这才是邢斌最关心的问题，牵扯到日后债务小组能做多大的项目、能走多远。

要说财务状况，大概没有比财务部主任更了解的了，可为什么邢斌没找小黑来办这件事呢？那不是手到擒来、轻而易举的事吗？事实上，财务数据只能反映表面问题，像长和公司这样债务问题严重的公司，有很多风险是潜在的，甚至是财务数据暴露不出来的。所以，邢斌必须掌握第一手的债务资料，以及债务背后的利益纠葛和人际关系网，这样才能保障他在后面的行动中不被动。

而老朱仍然负责后勤保障，主要是为整理资料的这些人员提供办公物品、往来运送等服务。田蕊和老朱，一个找资料，一个送资料，邢斌名正言顺地拿到了一份真实的公司债务报告，比小黑主任了解得更彻底！

"老朱，辛苦了，还让你跑一趟。"老朱把报告送到了邢斌家里，邢斌无比兴奋，迫不及待地翻开来看。

"邢总，您太客气了，这都是我应该做的，还有什么需要我做的，您只管吩咐。"老朱这些话可不是装高大上，是真正地发自肺腑，所以令邢斌感动不已。有了这些强大后援，新项目何愁不成？

接下来，重头戏该上场了。

"邢总，你该不会是把咱们的事忘了吧？"真是"说曹操，曹操就到"，没待邢斌出手，李峰已经迫不及待地询问进度了。

邢斌拿起电话，不急不慢地道："怎么，找到新项目了？"

李峰以为邢斌真的忘了他们的约定，当即急了，连声调都提高了两度："邢总，你这是贵人多忘事呀，咱们不是说好，从哪儿摔倒的，还从哪儿爬起来吗？新环材料那边我是费了九牛二虎之力才说服他们，刚刚有了点眉目，你这就忘了，不能把我晒一边呀？"

"俏皮话用得很准确！"邢斌听李峰说新环材料有了回应，高兴不已。没想到，这次开局会这么顺利。但多年的创业经验告诉他，越是顺利的时候越要谨慎；因为最不可能发生的事，往往会在这个时候发生。人只要在创业期，就要随时保持警惕和警醒。

"你还有工夫开玩笑，我这可都准备好了，就等米下锅了。"李峰急切地道，"你现在方便吗？给我开下门吧！"

"什么？"邢斌吃惊地走到门口，从猫眼儿里往外一看，果然一身休闲装的李峰就站在门口。

"你还真是'说曹操，曹操就到'啊！"他打开门，把黑着脸的李峰迎进屋。

经过之前的事，他们两人已经成为亲密的合作伙伴。李峰也不客气，直接坐到沙发上，气哼哼地道："邢总，你旅游回来，怎么也不告诉我一声啊！我跟新环材料都谈妥了，人家现在就等咱们的方案，等着跟咱们见面详谈。你这倒好，躲家里享轻闲了。"

邢斌沏好茶，笑盈盈地递过去，可转念一想，觉得有点不对劲。他在家休养的事虽然不是什么秘密，但他外出旅游这事，知道的人可不多。李峰，一个外公司的人，是怎么知道他这么隐秘的行踪的？而且连何时返程都知道得一清二楚。于是，他半说半笑地问："你怎么知道我去旅游了？"

李峰满脑子都在想新环材料的事，邢斌突然一问，他怔住了，"田蕊"的名字差一点脱口而出。

"这，我猜的啊，这很难猜吗？"李峰编了个借口打算敷衍过去，可惜连他自己都不大相信。

邢斌笑了笑，假装被他敷衍了过去。毕竟他们在合作之中，看破不说破才是相处之道。何况这事其实也不难猜，不是老王就是陈涛，总不会是田蕊吧!

"你说，新环材料那边已经同意见面了？"邢斌切入正题。

李峰信誓旦旦地道："他们总经理亲自跟我说的，这还能有假？"

好消息来得太突然，邢斌有点不敢相信，再三向李峰求证后，才放下心来，难掩兴奋地道："看来咱们可以开始下一步工作啦！"

李峰也是一脸兴奋，喝了口茶，掏出随身的笔记本电脑，摆好架势，准备大干一场。

邢斌在一旁笑呵呵地看着他说："我家有WI-FI，密码是我手机号后八位。"

李峰打开一些资料，边展示给邢斌看，边解释："这些都是我搜集到的新环材料的经营数据和债务情况，有相当一部分跟长和有关。"

邢斌扶了扶眼镜，坐过来，认真地翻看那些资料，越看脸色越凝重，不禁叹道："比我想象中严重，不太好办呀！虽然债务总额不是很高，但是他自身的问题不好解决。"他指着一份协议，深深地叹了口气，"这份补充协议签得有点问题。"

李峰点了点头："我也留意到了，你看这一条……"他指着协议上的一句话给邢斌看，"'合作期内价格随原材料涨幅调整'，你再看这一条，'价格调整提前五个工作日告知甲方'，这明显是不平等条款……"

"调了价，还让长和买单。"邢斌若有所思地道。

"对，而且更有意思的是，这份合同居然是陈副总签的。"李峰指了指协议末尾的甲方授权人。

"陈涛？"邢斌吃了一惊，这事情透着蹊跷。

之前他在公司看过与新环材料的合作协议，那份的甲方授权人明明是空白的，可是现在李峰拿到的这份扫描件上为什么赫然写着"陈涛"？之前陈涛向他提起过，跟新环材料存在个人关系；所以才不愿意接手新环材料的债务重组项目。可是现在看来，事情不像陈涛说的那么简单。这份"不平等"补充协议，似乎更能说明问题。他应该找陈涛问清楚，否则这个项目继续下去，不仅债务小组，连同长和公司也会惹上麻烦，那真是"出师未捷身先死"了！

李峰见邢斌出了神，朝他摆了摆手，说："喂，你是不是想到了什么？

我觉得陈涛这事办的，也有点问题，我记得当初我在处理新环材料债务时，向长和发过律师函，希望长和尽快结算账款，陈涛还理直气壮地和我交涉……"

"诶，我想起个事儿，你现在把新环材料的所有法务工作都交接出去了吗？"邢斌突然一个机灵，坐直了身子，怔怔地看着李峰问。

李峰忽然被他这么一问，也吓了一跳，舌头都打了结："都，都，都移交给我同事了，现在是一点关系也没有了，放，放，放心吧！"

"哦。"听他这样保证，邢斌才松了口气。

"你这老同志，吓了我一大跳。我不会干那种授人以柄的事，早就办妥了，才接手这个项目的，要不然我们律所主任也不能放过我呀！"李峰理直气壮地拍了拍胸脯。

"知道李律师聪明。"邢斌又想到了什么，乐呵呵地道，"新环材料这个项目也不是一时半刻能上马的，咱们还得想想别的点子，先扩大影响力。"

李峰见他有了主意，便问道："你又想到什么点子了吧？"

邢斌来了兴致，郑重其事地向李峰宣布："我打算重整旗鼓，你说的，从哪儿摔倒的，还得从哪儿爬起来！"

"什么？你还想搞直播？"李峰又被吓了一跳，大惊失色地道。上次惹的麻烦到现在还没解决完，再添新麻烦，他的职业生涯估计就要玩完了！

"哎，我还能让一块石头绊倒两次啊！"邢斌眼睛骨碌一转，又有了新主意，"这次咱们改成视频讲座！"

李峰又一次被邢斌说服了。两人说干就干，把之前的直播材料重新整理了一下，第一期的视频就出炉了。之后，李峰以个人名义开了一个视频账户，把做好的视频传到网上，短短几天就吸引了很多中小企业主点击观看。迅速收获成功感的李峰，似乎看到了一片光明，但这一切仅仅是个开始……

"你还打算找那个胡会长啊？他不是被李堃买通了吗？"李峰不解地问。自从上次事件，这位胡会长几乎被他列入了黑名单。

"任何一块阵地都不能放弃！"邢斌是不会轻易放弃的。

当然，他们也不会像第一次那么莽撞。讲座视频在网上迅速传播后，邢斌便请老王以老友叙旧的名义，把胡会长约了出来。老王作陪，胡会长自然也不能不给面子。

那天，三个人谈得还算投机。胡会长从朋友处得知了邢斌和李峰在网上进行债务重组知识讲座的事，他们协会正缺法务援助，只是碍于前事，胡会长不好意思主动开口。没想到邢斌主动抛来橄榄枝，胡会长自然美滋滋地接了过去。

一切的动作都是暗中进行的，老王和陈涛在公司里打掩护，做足了保密工作。邢斌这一招"暗度陈仓"胜在了"用人"二字上。有了新环材料和五金协会两个新项目，离债务小组正式重整旗鼓，就只剩下一个仪式了。此时的邢斌，才真真正正地松了口气。

果然"商场如战场，商道即人道"！

33 卷土重来

人生在世，最扬眉吐气的一刻，恐怕就是卷土重来时。那是认为你会一蹶不振的对手们最惊恐的时刻，也是你厚积薄发迎来职业第二春的重要时刻。在创业者身上，卷土重来是绝好的褒义词，它是屡败屡战的勇气，也是执着的写照。很多时候，它像是为邢斌量身定制的。

"我真是没见过像邢总这么执着的人！"这是胡会长对邢斌的评价。有一次胡会长找老王喝酒，对邢斌赞不绝口。尽管有些词听着并不那么顺耳，比如"死拧""没完没了""软磨硬泡"等等；但听得出来，胡会长对邢斌只有两个字"服了"。老王选择性地汇报给邢斌，而邢斌还是一如既往地"淡然一笑"。

对债务小组来说，五金协会不过是小试牛刀的对象，新环材料才是真正的重头戏！虽然经过了通盘考虑、反复修改方案，但邢斌心里还是没底。上一次的铩羽而归，至今仍令他如鲠在喉。配件公司那个傲娇又任性的年轻老板，任凭你说得口沫横飞，就是一副不冷不热、温水煮青蛙的态度，让人有一种一拳打在棉花上的郁闷。

这让邢斌似乎有点抵触跟年轻人谈业务了。而新环材料公司的老板也是个年轻人。据说思维敏捷，很有主见。当然，年纪轻轻就能管理一家大型生产企业，没有点儿个性和手段，的确镇不住局面。

有了前车之鉴，这一次邢斌做足了功课。不过，他需要先找一个人好好谈一谈！

"这份'补充协议'，我需要一个合理的解释。"

街角，冷冷清清的小酒馆里，邢斌表情严肃地质问陈涛。那份"不平等"的补充协议始终是他的心结。他约陈涛出来谈，一是为了保密，二是为了保护陈涛。现在，他们是真正并肩战斗的战友，他有权力更有义务了解所有潜在的危机。

陈涛支支吾吾半天，也没说出个所以然来。他矛盾，纠结，想隐瞒，又想寻找内心的解脱……

"到底怎么回事？"邢斌焦急地追问。

陈涛后悔不已，深深地叹了口气。事情还要从头说起。

荣鑫集团为了提升品牌形象，从几年前开始就加强了品质管理，尤其对建筑材料的环保性能要求很高。所以，长和公司一直采用国外进口的环保型矿物漆。这种漆最大的优势是环保，是双标产品，不仅达到欧盟要求，也符合中国的标准；而且即刷即干，大大节省了工时，又耐水耐油耐涂。直到现在，还是市面上非常流行的产品。但是这种产品有一个缺点，因为是进口产品，从运输到关税，哪一项都不便宜；再加上国外消费水平又高，成本一直降不下来。小工程上用一用还可以，大工程可用不起。

当时正好有一个政府的民建项目，需要用环保产品，而进口矿物漆又贵，为了节约成本，陈涛下了很大功夫才找到新环材料。这家公司虽然成立不久，但却是一家高科技企业。他们也生产矿物漆，功能和国外矿物漆一样，同样达到双标标准。最重要的是在国内生产，他们又有当地政府扶持，产品价格便宜了一半，运输成本也大幅下降。陈涛找出当时的产品评估和项目预算报告，如果采用新环材料的产品，成本仅仅是之前的四成。

这么好的产品，性价比又高，就算换了邢斌也会当即拍板的。起初一段时间，乙方供货，甲方付款，双方你来我往，合作比较顺利。可以说，那是一段蜜月合作期。然而，好景不长，新环材料很快就遇上了麻烦。

因为油漆是下游行业，离不开化学原材料，所以受化工行业原材料价格波动的影响很大。和新环材料长期合作的一家原材料供应商资金链断裂，突然倒闭。一时之间找不到原材料合作商的新环材料面临停产困境。当时，他们公司的老板回国创业的时间不长，人脉关系还没拓展开，经历了很多波折，才找到一家勉强愿意合作的原材料供应商，但价格比原来贵了三成，而且运输成本也增加了很多。

明知道是被漫天要价，为了生存下去，这位年轻的老板还是同意高价引入原材料。这才导致新环材料的产品价格暴涨,比签订的协议价格贵了近四成。当时这位老板来求陈涛帮忙,讲好了,只是这一批原材料生产的产品价格贵一些,等他们找到新的供应商,还会降回协议签订时的价格。

原本陈涛是犹豫的。他虽然心软,但毕竟从商多年,这点警惕性还是有的。可是架不住前前后后那么多人的游说。先是那个项目的项目经理,拿停工说事,逼着陈涛尽快做决定;后来是项目部的贾副主任,这是他的直接下属;再后来就是李堃,他当时还是代理总经理,跟陈涛又是论兄弟,又是讲发展的,把陈涛忽悠得晕头转向,最后就同意了。

"怎么又是这个人?"邢斌听陈涛说着,越听越火。他终于明白陈涛和李堃之间的症结在哪儿了。

后来的事,一如邢斌所见。虽然这两年化工行业不景气,原材料价格也在持续走低;可是唯独新环材料需要的那种原材料因为稀缺,价格还在上涨。

"看来,那位老板的运气不太好。"邢斌打趣道。

"咱们的运气也不太好。"陈涛也自嘲道。

两人不约而同地叹了口气,紧跟着相视而笑。只不过,陈涛的笑中满是歉意。自从跟邢斌相识以来,他简直成了"麻烦制造者"。好在邢斌是个不怕麻烦,甚至偶尔喜欢"自找麻烦"的人。

当然,陈涛也不总是"制造麻烦",这一次他就带来了一条喜讯:集团公司的审计调查提前结束了,长和公司的账户也解封了。邢斌等待已久的时刻很快到来了!

"不解封也不行啊,公司的几个大项目都停工了,都是政府项目,集团公司也得罪不起。再说,这么一直查下去,吃亏倒霉的还不是自己?集团公司的领导们不会连这个账也算不过来!"陈涛自鸣得意地喝着酒。

邢斌微微一笑,突然没头没脑地说了句"是时候了!"

那天之后,邢斌以解决债务小组遗留问题为由,高调地回公司上班了。李堃见到邢斌居然吓了一跳,假惺惺地跑来探望,实则是刺探虚实。

"邢总,您身体恢复好了?您看这段时间公司事情挺多,我一直想去看您,也没顾上……"

"你现在不是看见了吗?我挺好的,前段时间你辛苦了,不过啊,你还得辛苦一下。"

"怎么？"李堃一脸惊讶地等着一个好消息。

"我只是临时回来盯几天，过几天还得走。所以啊，你还得继续辛苦一段时间！"

李堃听了这个消息，一时怔住了。他不知道，对自己来说，这算不算是一个好消息，难道集团的领导们准备放弃邢斌了？他的大脑不由自主地飞速运转起来，各种猜测一时之间都冒了出来。这个男人的出现，打乱了他的全盘计划。

"我替您盯着没问题，可是您别一直不回来呀，我这办事都没主心骨了！"李堃假惺惺地说道。

邢斌热情地拍了拍他的肩，鼓励道："李总太谦虚了，你的能力谁不知道啊！不光我看好你，集团的领导也非常满意，你这段时间主持工作的成绩，是真不错！"

向来都是李堃拍别人马屁，偶尔被别人拍一下马屁，他一时竟有些不适应，怔怔地看着邢斌，那油亮的头发配上似笑非笑的表情，着实奇怪。他想不明白，邢斌这一招是何用意。不过，他不明白的事还多着呢！

邢斌用了一个晚上的时间，用精心准备的新环材料债务重组方案争取到了赵瑞的支持。所以他此次回来，是得到赵瑞批准的，而且专门做债务重组项目。这才是邢斌喜欢的套路！

自从邢斌高调回归，李堃脸上就难掩那份忧心忡忡。老王还是一如既往，在职场摸爬滚打几十年，早已练成了宠辱不惊的本事。当初邢斌被停职时，李堃那洋洋得意的劲头，也不曾吓倒老王。现在邢斌回来了，老王见到李堃照旧是一张笑脸，热情地打着招呼，脸上看不出一丝变化。

不过，邢斌的压力也很大。毕竟他找的合作伙伴，是个烫手山芋。虽然田蕊提前做了充分的准备工作，对环保材料公司的运营情况和负债情况了解得很清楚，也跟负责案件审理的经侦部门取得了联系，但当他们一行人在厂区外考察时，还是被当成了"不速之客"。

"你们是干什么的？"保安吵嚷着，指指点点地走了过来。

老王走上去沟通，好话说了一箩筐，但那保安死活不给面子。邢斌原本想秘密考察，先了解情况，知己知彼才能占得先机，可是被保安这么一闹，行踪必然是藏不住了。而且两家公司还没开始谈判就先闹了误会，这无疑不是一个好的开局。

田蕊正准备打电话跟新环材料公司负责接待的一位领导解释，没想到对方的电话已经打了过来。

结果意料之中，对方一开口就是愤愤不平，连连抱怨道："田小姐，你们搞突然袭击，这算怎么回事，提前考察我们吗？你们还有没有一点契约精神？"

田蕊赶忙解释，可是对方根本不听。新环材料公司的员工平均年龄十分年轻，所谓的领导也不过是跟田蕊相仿的年纪，所以说起话来比较直接，也没有太多顾忌。

邢斌皱了皱眉，看着竭力解释的田蕊，又想起了陈涛。要是他在，恐怕事情早就解决了。田蕊和老王不是不尽力，而是不善于解决客户的问题。这不是短时间内能提高的，需要在经营中长期磨砺。

令邢斌感到意外的是，陈涛真的现身了，很快帮他们解了围。

"你怎么不早跟我打个招呼，我们出发时好带上你呀！"邢斌乐得合不拢嘴，马上凑过来说。

"我早上起晚了，怕耽误你们时间，就没打招呼。"陈涛麻利地给自己找了个台阶，又介绍起这位年轻的老板，"他姓付，三十岁出头吧，不过公司里的人一般都叫他'老付'，估计是'付总'听着像副的。我跟这人打过两次交道，他挺有想法的，也有主意，不爱听人劝。咱们今天啊算是碰上对手了。"

陈涛说得没错，见到这位"老付"后，邢斌意识到他们真的是遇到高手了。偌大的会议室里，老付一个人独挑邢斌他们一行人。他给人的第一印象完全不像一家大型企业的老板，花格子衬衣，套一件羽绒服，更像一个标准的技术宅男；说起话来，声调不高，像是含着半口水似的，咕哝不清。

"债务重组也不是什么新鲜事物。咱们合作能解决哪些问题，解决我们公司什么问题，解决你们公司什么问题？"

邢斌意识到，这个老付思路清晰，是个不好对付的主儿。他朝田蕊使了个眼色。这些问题，田蕊都做了详细准备。更重要的是，邢斌作为最高领导，不能先发言，否则就没有回旋余地了。

"关于贵公司的一些情况，我们也搜集了一些，这里有两份数据报告，一份是现在的经营数据，另一份是债务重组后的数据分析。您可以参考一下。"说罢，田蕊递过去两份报告。

老付翻都没翻，立刻说出了报告中的数据，又诧异地看着田蕊道："你们不是吧，帮我们公司整理数据？这些数据我可以背出来，可是数据解决不了问题。"

田蕊赶忙解释："我们是想通过这些数据得出结……"

"结论就是我们需要先止血，再找到更便宜的原材料。"老付打断了田蕊的话，"而你们公司可以按照之前咱们商定的价格进货，降低工程成本。但是你们想过这个过程需要多长时间吗？太理想化的方案，可行性往往都不高。其实在止血前，我们迫切需要的是原材料供应商。我找过很多家公司，价格都下不来。你们怎么在短时间内了解这个行业，又怎么找到供应商呢？"

老付的话，就像一片创可贴，直接贴在了邢斌嘴上。

看来，卷土重来并不容易！

34 剥离债务

一句"鱼与熊掌不可兼得",让孟子成为取舍之道的千古大家。孟子这句话是讲人生的取舍之道。舍了鱼,才有熊掌;而舍了熊掌,自然就得到了鱼。弄明白取舍之道,人生才能平衡,而平衡才能长久。经营之道也是如此。债务过多要合理剥离,才能保障企业的收支平衡。然而,很多企业恰恰毁在了"舍"这个字上。

邢斌已经许久没在谈判桌上被人问得哑口无言了。刚才那几轮对谈,他们的确轻敌了。以这位付老板的见识,他们本不该输得一败涂地,所以接下来他要扳回一局。

"刚才付老板说的这些,真是一针见血,一下就说到了咱们合作的关键问题。我也想说两句。"邢斌气定神闲地说道,"咱们两家公司现在就是休戚相关。就像付老板说的,解决了贵公司的问题,也就是解决了我们公司的问题。今天我们来这儿,就是想跟付老板共赴难关。"

"共赴难关?"老付哼的一声讪笑,只觉得邢斌有些自不量力,"邢总这话说得,好像咱们是同一战壕的兄弟。"

"那是必然。既然咱们今天坐到一张桌子前,那就表示我们是真心实意想跟付老板一起解决问题。"邢斌趁热打铁接着说道。

老付还是一脸不屑:"邢总,不是我打消你们的积极性。并不是所有问题都能找到答案,我们公司现在面临的问题是原材料涨价,不说是行业大环境的影响吧,至少在国内很难找到愿意跟我们合作的供应商。这是客观问题,不是我们说改变就能改变的。"

邢斌留意到老付的眼神发生了细微的变化,情绪也逐渐激动起来,这是谈判的好时机。"付老板,你刚才说'很难',那就表示不是绝对找不到。我想，国内那么多化工企业，付老板也不是每家都跑过吧？万一有'漏网之鱼'呢？当然，这个比喻不太恰当。不过也是事实。"

老付第一次没有接话。

陈涛看了看邢斌，脸上露出一丝笑意。邢斌又接着给老付戴高帽："我知道，成本降不下来，车间停工，库房里没有产品，付老板比谁都着急。这种局面要是换了我，可没你这么淡定从容。就冲这一点，我非常佩服你。"

老付腼腆地笑了。从见面到现在，众人还是第一次见到这个年轻人的笑容。他笑起来有一点骄傲，像个孩子。但是很快，他又恢复了刚才那犀利的架势："毛病谁都会挑，我只想知道怎么解决这些问题。"

邢斌听到这话，高兴得简直想为自己拍拍手，终于把这个倔强的年轻人引到他们的话题上了："付老板，我们今天来就是给你送解决方案来了。你刚才看的那两份报告，不仅仅是一些基础数据，后半部分才是重头戏，有我们的分析报告和解决方案。"

老付终于心平气和下来，目光开始关注桌上那两份文件。他拿起一份，从中间翻开来看。

这时，邢斌又接着道："我们提出的解决方案是'债务重组'。"他故意慢慢地说，每个字都清晰可辨，希望能激发老付的兴趣。

不过这个倔强的青年嘴上还是那么倔强："重组的债务，不还是'债务'吗？只是延长了还款期限，有什么区别？你们公司欠我们的货款什么时候结算？我们公司欠你们的产品，可以不给了吗？那签过的合同可以不算数了吗？"他说着说着，语气中带着一种负气，又有一种自嘲，还有一点委屈。

邢斌知道即便是老付这样的高学历客户，要让对方在极短的时间内了解债务重组，也不是一件简单的事。幸好他有早年当老师的经验！

"这个债务重组，就像减肥，不是简单地降体重，得调整饮食结构、改变生活习惯，要不'治标不治本'。"

"怎么调整？"老付似乎有了点兴趣。

邢斌又解释道："简单来说，就是债务分担，避免呆账、死账，这样债权方和债务方都能见到成效。"

老付却对他的话深表怀疑："这怎么可能？"

"我自己就是受惠者，我也欠过很多债，要不是用'债转股'这招，我现在只怕早赔得一丝不挂了。"邢斌又简明扼要地讲了自己的经历，希望以身示范，能打动他。

不过，老付似乎对他的故事不太感兴趣，还有一点不屑："我听说过你的故事，'债转股'这招挺高明的，可那不过是江湖救急的招数，只是推迟债务追讨的日期罢了。这债务变成了股份、分红，债主变成了股东。可到时候分不了红，股东们能干吗？雪球越滚越大，到时候连本带利不是更还不起了吗？"

老付的担心不无道理，换了谁都会这么问。但老付的问题，正中邢斌下怀。他笑了笑，又说："所以还要有别的方法，'债转股'是治标的方法，咱们还得有'治本'的方法。"

"还'治本'呢？这'治标'的方法都玩不转了！"老付冷笑一声，不知是对邢斌的方法没信心，还是对自己没信心。

"当然，这债务就是危机，咱们不能总创造'危机'不是？可是危机这东西，又不可能不存在，所以咱们就给他来个'预防'！"邢斌浅笑深谈，越说越开心。

"预防债务？我还真没听说过！"老付眉头一紧，邢斌又一次刷新了他的认识。在这个年轻人眼中，一个中年男人居然能说出这四个字，的确令他刮目相看。

"不瞒你说，我们也不是没有准备。我们公司有一个专门的债务重组小组，来之前，整个小组认认真真、反反复复地研究了这个提案，要不我们也不敢拿出手。"邢斌又指了指桌上的两个文件，那是他最为得意的作品。

"我们建议的解决方案有三点：第一点是降低原材料和运输成本，虽然这点实现起来有些困难，但也不是完全没有可能；第二点是部分业务采取外包，减少人力成本支出；第三点是回归单一经营，做精做强，缩减成本支出。这点我要特别说一下，只是我们一个小建议，如果与贵公司之前的发展战略有冲突，可以选择性地采纳。简单来说就是'降本增效'。不过，万事开头难，咱们还是得先止血！"

邢斌一行人的确是"有备而来",最近几天债务小组连续加班,并不是像某些人所说的,在做无用功。当然,这背后少不了李峰的支持。很多经营数据都是他搜集提供的,整个方案也经他从法律角度审核过,规避了很多潜在的风险。虽然这个方案尚有不完美之处,但至少从法律角度、从可行性上,是无可挑剔的。所以,这个方案一下子就征服了对面那个倔强的青年。他拿起报告,一页一页,仔细翻看。

"你们的确下了很多功夫。"老付不禁感慨,脸上泛起一阵红晕,他为刚才的冒失深感抱歉,"刚才……"

"刚才咱们的对话很顺畅,感谢付老板听了我的长篇大论。"邢斌用自我调侃化解了尴尬。

老付也跟着笑了笑。他初步认可了这个方案,这对邢斌和整个项目组来说,真是莫大的鼓励。毕竟第一次洽谈,对方又思路清晰、不好说服,能取得这样的战果,可以称得上是"初战告捷"了。

不过,最难的才刚刚开始。

债务重组对任何一家企业来说,都是痛上加痛的事。即便是如邢斌所说的"分担债务",债权方也不可能无条件接收债务;而那些条件就如同分期付款,加在了债务方身上。然而,一项两项分期付款,对于债务方来说,尚能应付;一旦叠加得多了,而分期以后的债务又无法再分期,那债务方将会置身于更大的债务风险中。这就要考验债务方的取舍能力了。哪些项目当取,哪些项目必须舍弃,的确是经营者最头痛的事,因为每个项目都像是自己的孩子一样,曾经倾尽心血,呵护备至。

所以,"止血"也可以称为"债务剥离",就是要先舍弃一些盈利不好或是亏损的项目,然后才能谈拓展新项目,也就是"取"。对于新环材料来说,单单"止血"这一步就遇上了难题。因为要剥离的债务中,有相当一部分与长和公司有关。邢斌第一次体会到了什么是"唇齿相依",什么是"唇亡齿寒"。

在长和公司内部有很多声音,其中相当一部分是反对帮助"新环材料"的。毕竟甩掉一个包袱可能只是流一点血,而背上一个包袱就等于负重前行。一个是一时痛,一个是长久痛,就算是完全不懂经营的职场小白也能做出取舍。然而,他们不是邢斌,看不到邢斌眼中的风景。

长和公司的会议室里，气氛有些紧张。

邢斌虽然回到公司上班，但仍然没有复职，他只是营业执照上那个法人而已。李堃第一次当着邢斌的面，坐在了正座上。他的脸上有按捺不住的笑容，与他平时皮笑肉不笑的做作大不相同，他今天的笑容是发自内心的。因为这是他第一次名副其实地当公司的"一把手"。

平淡如水的邢斌和意气风发的李堃，代表了长和公司两股不同的力量，似乎也预示了今天会议的结局。

"邢总难得回来，所以今天咱们临时加开一次办公会。"李堃这话听着像欢迎邢斌，可听着很别扭。

"感谢李总。"邢斌敷衍地说了一句客套话，又摆了个手势，示意李堃继续。

李堃扭了扭身子，又清了清嗓子，不慌不忙地道："今天咱们讨论一下'新环材料'债务重组这个项目。邢总，您说说！"

随后，他一脸谄笑地看着邢斌。邢斌面色如常，简单地阐述了项目的总体思路和洽谈进度，还有下一步的工作和要解决的问题。他刚说到第一步"止血"问题，立刻就有人打断了他的话。

"邢总，恕我直言，这个新环材料不过是咱们的一个供应商，咱们不跟他合作不就完了吗？犯得上帮他们想办法、出主意吗？这不是自找麻烦吗？"

"是呀，邢总，我们不是不尊重您的意见。自打您到公司以后，隔三岔五地就出一条新规定，弄个新项目，个把月就改革一次，这些我们也都习惯了。但是这次不太一样，咱们没必要替别人背包袱呀！咱们可以给这个新环材料付清货款，但是要按原协议的价格支付，那个什么'补充协议'根本就是不平等条约，咱们为什么要认？他们要是有本事，让他们去告，我就不信了……"

听到这里，陈涛的眉头皱了起来，他狠狠地盯着那个人，却说不出半个字。毕竟是他签了那份不该签的"补充协议"。邢斌朝他使了个眼色，他才强按下怒火。

"大家都说了自己的意见，这很好。有些意见跟我们之前预想的不太一样，也是从公司利益出发，没有对错。对一件事的看法有分歧，这很正常。"邢斌拉过话筒，微笑着阐述自己的观点，"大家知道，新环材料公司的很多业务款是由咱们公司做担保的，其中就包括购买原材料，而咱们公司也有未付账款。咱们双方之间是一种唇齿相依的关系，他们的债务问题不解决，咱们的麻烦也解决不了。我们测算过，以原合同价格支付货款，新环材料公司肯定是要赔钱的，他们也不会认可。打官司旷日持久，双方都占不到便宜，也没有必要搞得两败俱伤。所以我们还是想通过债务重组的方式，把双方的问题都解决了……"

邢斌并没有把自己的观点强加于人，而是在寻求共鸣。当然，他的确收获了一些支持，但反对的声浪也没有消失。由于集团公司没有明确意见，只能按常规流程来做，先偿还新环材料的欠款。李堃打的小九九是，还清欠款双方就没有瓜葛，债务重组项目也就没有理由继续下去了。于是，在他的提议下，陈涛肩负起清还欠款的艰巨任务。这着实不是个轻松的活儿，好在也算是对老付有个交代了。

然而，老付还没有等到邢斌所说的"救星"，新环材料公司就停产了！

35 恢复生产

食物可以维持人的生命，而资金可以维持一个企业的生命。企业的资金链断裂，就如同人没了食物供给，除了死亡，大概也没有别的路可走了。停工停产，是企业走向终点的必经之路。不是所有企业都能幸运地起死回生，而创业的路上也不是总有"下一次"。但邢斌决定再试一次，给新环材料一次重生的机会，也给他的债务重组项目一次野蛮生长的机会……

停产，大体分为两种情况：一是缺人，二是缺料。但无论哪种情况，都不至于到生死攸关的境地。可是这一次，新环材料熬不下去了。准确地说，是老付熬不下去了。这位海归精英，大概从来没有想过，他轰轰烈烈的创业之路，居然这么快就走到了尽头。

邢斌再次见到老付时，他已经躺在医院的病床上了，额头缠着厚厚的绷带，手上挂着点滴，透明的液体正一滴一滴流进他的身体。他脸色苍白，双目微合，眉心微皱，嘴角还有一处淤青，双唇时不时地颤抖几下。

很明显，他挨打了！

怎么说老付也是文化人，又是一家企业的老板。虽说有点钢铁直男范儿，平时说话不讨人喜欢，但总不至于招惹是非。谁会对他下狠手呢？再说，现在可是法制社会，打人需要负刑事责任，谁会这么傻？

"挨打了？"邢斌轻手轻脚地走到老付床前，低声问道。

老付微微睁开眼睛，挤出一丝笑容，结果嘴角的伤立刻给了他颜色。他哟了一声，双唇又开始颤抖。

"工人动的手？"邢斌坐在旁边的病床上，有点调侃地问。

老付眨了眨眼。

"脖子没事儿吧？头晕吗？"邢斌开始嘘寒问暖。

老付半天才挤出一句"没事"，然后沉沉地叹了口气，眼角竟有些湿润。他比上一次见面时，又添了几分沮丧。

"年纪轻轻的，别总是唉声叹气的，多大点事儿呀！"邢斌来之前已经得知了事情的前因后果。

这次事件完全是长期劳资关系处理不当导致的。新环材料虽然是生产型企业，但主打科技元素，加上老付又是文化人出身，所以格外重视科研人员。科研人员占用的人力成本超标，就只能缩减一线生产员工的薪酬了。起初，企业效益好，这种劳资矛盾并不明显。但公司如今的境况，这种矛盾自然就显现出来了。

因原材料价格上涨，随之涨价的产品销不出去，原材料自然也进不来，老付手上的资金多半用于维持薪酬发放了。但坐吃山空维持不了太久。科研人员走了大半，剩下几个骨干是他用股份勉强留住的。一线生产人员本就工资不高，又被连续停薪，以往积压的愤怒情绪一下子就被点燃了，于是就上演了这场闹剧。

"你都知道了？传得真快！"老付觉得有些丢脸，低声咕哝了一句。

S城说大不大，说小不小。老板被员工打伤，又传出劳资纠纷，这种新闻很快就能上本地头条。当然，邢斌总不能在这个时候幸灾乐祸，他还指望把新环材料这个项目做成经典案例呢！

见老付一脸委屈又无奈的样子，邢斌不禁想起自己的一段经历。那是在他创业初期发生的一起事故，也是因为劳资关系处理不当，工地上有民工以跳楼威胁他发放工资。他明知道那几个人不过是装腔作势吓唬他，也并没刁难那几个人，反而千方百计筹到钱发了工资。可惜，有一名工人不慎摔伤，假戏成了真。毕竟是因自己而起，邢斌不仅没起诉那名工人，反而按月发给他工资，一直坚持到现在。那名工人和他老婆逢年过节都会来看望邢斌。仇人没当成，反成了朋友，也算是一段奇缘。

邢斌风轻云淡地讲着自己的经历，老付像在听故事一样。也许在他眼中，这是电视剧和小说里才会出现的桥段，根本不可能发生在现实生活中。可是邢斌就这么干了，而且用他的话说，"化干戈为玉帛"比硬碰硬管用，千万别小瞧任何一名员工，没准儿明天他就成了你的合伙人。毕竟在职场上只有两个角色，一个是老板，一个是员工。在创业之前，绝大多数人都是员工!

两个人闲话聊天,互道辛酸。绝大多数时候,还是邢斌在开解老付。就在阳光洒进病房的那个瞬间,邢斌突然一个恍惚,好像回到了望京的那个茶室,穿着唐装的王老师在沏工夫茶,嘴里还振振有词地启发他……

时间过得真快! 王老师出国多年了,而兰芝也许久没有消息了。邢斌偶尔会想起她,想起他们的过往。而今天,就在刚刚,他竟有一丝错乱了。他觉得自己说话的口吻那么像王老师,那么急切地想向一个年轻人分享自己成功和不成功的经验……他想看着这个年轻人一点一点地变好,回到曾经的那个少年。也许,当年王老师也是这样的心态吧!

不过,如今老付的情况要比他当年严重得多。没钱发工资,员工跑了一大半,对于一家生产型企业来说,简直是致命的。

"现在最关键的还是钱,有了钱就能先发工资,发了工资,之前离职的很多员工是乐意回来的。"老付捂着嘴,咕咕哝哝地道。

邢斌点了点头,他当然知道"钱"的用处。可他们现在还没有正式签约,所以对新环材料唯一有用的办法就是长和公司尽快清付货款。虽然老付故意别过脸去,但邢斌还是能感受到他期盼的眼神。他当即答应老付月内清还所有货款,合作的事可以同步洽谈。这已经是邢斌能做出的最大让步,除了陈涛,没有人知道他做这个承诺顶着多大的压力。

陈涛负责清付货款的事,这几天为了筹钱可以说是焦头烂额。邢斌一直担心他心急会激化内部矛盾,有好几次想打电话问问情况,但又不想让陈涛觉得自己过多干预他的工作,真是矛盾。

事实上,陈涛的工作进展的并不顺利,可以说是纹丝未动,用"非常糟糕"来形容也不为过。陈涛从来没这么准时地来过公司,最近他总是第一个来,最后一个走,甚至经常披星戴月地工作。

李堃虽然表面上充分放权,把清欠新环材料债务的事全部交由陈涛处理,可是背后却处处掣肘。一方面公司账上没有足够的流动资金,这的确是长和公司的现状,陈涛就是想挑毛病,也说不出话来,但另一方面,李堃就做得过火了。

由于邢斌暂时停职,原本隶属他管辖的财务部就转由李堃代管。正赶上集团公司推行财务清账行动,李堃为了拼业绩,便异常积极地推进这项工作，调配了财务部很多人手进行欠费清理。这就搞得财务部"人员告急"，谁还有余力去帮陈涛筹措货款呢？更有意思的是，虽然收回了部分欠费，但并不够解决长和公司的燃眉之急。于是，新环材料的货款只能一拖再拖。

陈涛气愤地向邢斌控诉李堃的"种种劣迹"。邢斌也是无奈，准备去找赵瑞寻求支持。两人正筹谋之际，又传来了噩耗，真是"屋漏偏逢连夜雨"——老付刚刚出院，又接到了法院的传票。

原来，新环材料因为拖欠合同款被另一家公司告上了法庭，老付刚刚树立起的信心，瞬间又被打成了尘埃。他给邢斌打了一通电话，给人一种万念俱灰的感觉。他放弃跟长和公司的合作了，准备申请破产。

没想到一个月前还雄心勃勃的创业人，这么快就垮掉了。邢斌跟陈涛说起时，自己也打了个寒战。

"我想再试试，还没到山穷水尽的地步。再说，要是新环材料破产了，咱们受的影响也不小，之前的小区项目标书上明确写着是用他们生产的环保矿物漆，要是临时改了，验收也过不去。"

"除非咱们用进口的，标号更高！"

"那成本呢？会高一大截。"

邢斌眉头紧锁，一筹莫展。两人都想不到办法，项目只有停摆了。

晚上，郁闷的邢斌约田蕊去喝酒。

"叫你这个只喝咖啡的人陪我喝酒，也是够难为你的。"邢斌边说边喝了口啤酒。

田蕊古灵精怪地道："没关系，你喝啤酒，我喝咖啡，两不耽误。"

邢斌扑哧笑了，这是几天来他脸上第一次有了笑意。

"哟，会笑了啊？"田蕊立刻开起他玩笑。

"照你这么说，我不成了'黑面神'了？"

"你以为这几天你在公司里是什么样子啊？大家伙就是敢看不敢说罢了。谁像我胆子这么大，专挑领导不爱听的说。"田蕊拿着搅棒，轻轻地拨弄咖啡上的拉花。

"怎么还弄了个拉花？"邢斌静静地看着她，吃着盘子里的薯条。

"应该要一盘茴香豆。"田蕊突然灵机一动，又拿他开起玩笑。

"茴香豆？"邢斌诧异地看着她。

"对啊，孔乙己喝酒的时候不是总爱吃几颗茴香豆吗？亏你还当过语文老师，你该不会是教体育的吧？"田蕊凑到他面前，故意小声地说道。

邢斌瞥了她一眼，也自嘲了一把："那我就是在语文课上教体育的第一人啦！"

说罢，两人哈哈大笑。连旁桌的人都往他们这边看。

"注意素质，公众场合禁止大声喧哗。"田蕊又假装严肃道。

"这儿可是酒吧，不大声谁听得见？"邢斌放飞了自我。跟田蕊在一起，能让他忘了年龄、忘了时间、忘了自己……

能轻松一刻是一刻！

第二天，记忆就像断档一样，直接跳过了昨夜。邢斌照常去公园里打拳晨练，照常开车上班，一切如常。但他心里一直放不下老付，放不下新环材料的项目。让新环材料恢复生产，如今也成了他的任务了。

永不放弃的邢斌又出马了。他就像当年创业时一样，打电话、查资料、找关系，能用上的方法，一个不落。老王看着他为新环材料的事忙碌，心有不解地问："咱们有必要把别人的事当成自己的事办吗？"

"这可不是别人的事，新环材料要是真破产了，你以为老付和他那些股东不找咱们清算货款吗？再说少了这个供应商，咱们接手的政府项目怎么收场？"邢斌说着说着，突然灵感迸发。

他之前跑政府项目时，听说过政府会拿出一些专项款扶植科技型企业，便动了心思。接下来的几天里，老王、田蕊、陈涛还有老付，大家齐上阵。有人负责准备材料，有人负责执笔，邢斌则负责申请立项。

没有人看好新环材料公司。他们的项目虽然比较新，也有自己的知识产权，但是业绩太差、资金链不稳，尤其是债务太多，看过材料的人几乎都委婉地拒绝了。

无奈之下，邢斌又找到了赵瑞。有时候，要成功就要学会合理利用领导手中的权力。赵瑞虽然有些犹豫，也思前想后、反复衡量了新环材料债务重组项目的利弊，但最后时刻还是决定支持邢斌。据他说，这一次天平只向邢斌倾斜了一点点。如果不是邢斌提出的入股方案，还有未来债务重组业务发展的蓝图，新环材料可能真的就失去复活的机会了。

当老付拿到政府专项贷款时，涕泪横流，高兴得语无伦次。

"我，我以为公司没救了，没想到……"他看着邢斌，激动得双唇又开始颤抖，"邢总，我不知道该说什么才好，我要怎么感谢你？"

"你要是真想感谢我，那就马上给员工发工资，检修设备，恢复生产。最重要的一点是，跟我们签了合同。"邢斌到底是商人，不失时机地搞定了合同。

当然，合同中最为重要的一条是，长和公司以债入股，并且连续三年增加投资，成为新环材料的第一股东。

直到合同签订时，陈涛才发觉，邢斌能成功不只是因为运气好……

36 背水一战

《孙子兵法·九地篇》中讲到"焚舟破釜",讲的是敌人来了,沉船弃锅,以抱定死战的决心。到了《史记·淮阴侯列传》中,讲到大将军韩信带兵陷入恶战,不得不砍断浮桥,摆出背水阵。没想到,原本兵家大忌的阵法,却因对手轻敌而成就了古代战争史上著名的"背水一战"。商场如战场,"背水一战"用到商场上,往往也能发挥奇效。

长和公司成为新环材料的新股东,而且随着投资的不断增加,有望在三年之内升为第一股东。这个重磅消息一经传出,立即在 S 城引发了一次不大不小的"地震":

"创业公司老板再创国企收购私企新神话;

"长和成功入主新环材料,建筑行业或将迎来新业态;

"打着债务重组招牌的债转股,还能撑多久?"

又是一夜之间,邢斌再次成为 S 城各大网站争相报道的人物,而长和公司也一夜成名。至于这家公司的主营业务是什么,人们并不关心。在李垄看来,邢斌不动声色地走上了人生巅峰。他又羡慕,又嫉妒,还有点恨!

爆火虽然给邢斌的债务重组业务带来一定的知名度,但在实际发展中并没给他带来多少助力,反而引起了集团公司和各界人士的"关注"。

"老邢,咱们跟新环材料合作的事,怎么这么快就传到了网上?纪检委刚刚把眼睛从你们身上移开,你们就按捺不住了?

"老邢,你可以放手去发展债务重组业务,但是一定要低调,这点我强调过很多次了。商场上就是枪打出头鸟,你现在又成靶子了……"

邢斌连忙解释,但这次赵瑞的确很恼火!

不过,消息并不是邢斌传给媒体的,而是老付。为了缓解债务压力,老付不得不放出消息，给那些着急催款的公司一颗定心丸。有国企背书，新环材料仿佛瞬间可以起死回生。

可是，他太理想化了。

如今长和公司和新环材料成了一家，新环材料的债务也自然而然地和长和公司绑定了。有人说，邢斌又上套了。

他的确又上套了！政府拨款已经开始走流程，第二批款项也很快会到账。邢斌将债务重组小组委托给陈涛，自己和老付、田蕊则马不停蹄地东进T城，寻找成本更低的原材料供应商。

这将是一次冒险的旅程。

T城是北方一座海滨城市，临海而建，资源丰富，化工产业是其主要经济支柱。在去中心化的时代，源头经济成了新业态，于是T城就成了邢斌和老付无奈又充满希望的选择。

自从拿到政府拨款后，老付对邢斌佩服得那是五体投地，唯邢斌马首是瞻。所以这次T城之旅，他想都没想，就跟着来了。可是到了T城，他才发现，这个决定有点草率。

北方的海滨风光和南方有些不同，风大、寒冷，一片萧条。化工企业由于排污问题，往往建在远郊海边。邢斌要去洽谈的化工集团坐落在T城海边。他们刚下车，冷风就吹了过来，仿佛能把人卷走似的。

"咱们这回还真是'背水一战'了。你们看这鱼池，一个接一个的，那边就是海。"邢斌指着远处的海，调侃了一句。

田蕊毕竟是女生，冻得直跺脚，喊着："还是快走吧，风这么大，冻死了。"

三个人没有半点欣赏海滨风光的心情，直接往酒店去了。北方冬天的海滨，因天气寒冷，酒店里客人极少。他们三人刚刚走进酒店大门，门童、服务生、前台就热情地围过来，三星的设施，五星的服务，绝对让你有宾至如归的感受。

第二天一大早，吃过早饭，三个人叫了一辆网约车，就直奔那家化工集团了。事前，田蕊已经和对方的销售部长联系上了，今天专门登门拜访，主要是为了洽谈订购事宜。

那位销售部长见是意向客户，格外热情，带他们参观了部分厂区和样品间,还亲自当起了讲解员。这家公司是 H 省的明星企业,经常参与外事活动。

邢斌没想到洽谈过程异常顺利。由于新环材料有荣鑫集团这样的大型国企为其背书,对方也不敢小觑。双方你来我往,只洽谈了一个回合,就敲定了价格。邢斌和田蕊一脸兴奋,而老付却显得有些犹豫,一副欲言又止的样子。

午饭时,销售部长留他们在员工食堂用餐。三个人边吃饭边商量。邢斌觉得老付有心事,便再三追问。原来,老付考虑到运输费用,对这笔生意忧心忡忡。

"平心而论,T 城不是最好的选择。"老付说罢,闷头塞了一口饭。他不是不喜欢 T 城这家公司,只是担心路途遥远,今后有什么问题不好解决。

"邢总,咱们为什么不从邻近的城市找源头呢?虽说 T 城这家公司的原材料价格不高,但运输费用高啊!这里外加起来,也不比原来那家供应商便宜多少,咱们的业务员还要经常往来奔波,搭人力又搭物力的。"这次田蕊也站在老付一边,说道:"仔细想想,我也觉得舍近求远有点不值!"

邢斌也不急,喝了口热汤,开始讲他的道理:"你们想想,咱们需要的原材料,全国也没有几家公司能生产,就说黄河以北吧,现在只剩两家公司有实力生产。对人家来说,咱们也许只是百分之一;可是对咱们来说,可就是百分之五十啦!"

"那不还是二选一嘛,再说之前那家都合作熟了。"田蕊不解地问,"你不是一直说,做生意要'做熟不做生'吗?怎么又变了?"

"不是变了,是择优选取。"邢斌故作深沉地道。

"择优?"老付也听糊涂了,"这家公司路程这么远,将来的运输成本得多少啊?"

邢斌笑了,故意卖了个关子。关于运输费用,他早就做好了案头工作,既然老付提出来,他索性就提前告诉他。邢斌微微一笑,满含深意地道:"常识有时候是会骗人的。"

"哦?"老付吃惊地看着他,心想这老哥又有什么高招了。

"我之前让小田查过，这家化工集团跟H省很多家公司有业务往来，H省特意为他们开了一条货运的火车专线，其中一站离咱们S城才六十公里，这个距离可是很近了。咱们只要找到公司合伙拼车，运输成本就不成问题啦！"邢斌边说边算，越说越兴奋。

　　老付也打开手机上的计算器，一通操作后，兴高采烈地道："这么算，至少能降低一半运输费用，产品价格也能降到原来的水平了。"

　　"不止，我心里的目标是三成。"邢斌伸出三根手指，"产品价格也比原价便宜了一成。不过这个价格只能供给长和，其他公司要货还是原价！"他又特别强调。

　　"邢总，我真是佩服，真心佩服，这才叫源头直供。"老付满眼放光，高兴地连夸邢斌。

　　"你们俩说的，跟真的似的，找到跟咱们拼车的公司了吗？"田蕊泼了盆凉水，给他们降降温。

　　不过，邢斌可没被高兴冲昏头，他朝田蕊努了努嘴，又道："这就得看那位销售部长的本事了。"

　　"他？"田蕊不解地道，"人家能管咱们的事吗？"

　　"诶，那可不一定。"老付像突然开了窍一样，得意地道，"咱们就死守这个价格，他想打进S城和周边地区的市场，还需要跟咱们合作……"

　　老付的话正合邢斌的心意。田蕊看着这两个男人在饭桌上商量大计，边说边笑，那自鸣得意的样子，像极了上学时合伙整蛊同学的坏小子。

　　"果然，男人到多大年纪都是男孩！"田蕊自顾自地拿出手机翻看，一个不算太熟悉的身影出现在视频里。她初时有些惊讶，但想起邢斌常常在她面前提起的那些事，便不感到奇怪了。

　　在这个冬日的北方海滨，邢斌和老付描绘着公司的新蓝图，仿佛人生马上要翻开新篇章，大展宏图是指日可待的事。然而，美好的终究只是愿望，从愿望到现实的距离，有时是千山万水，有时仅仅是一句话……

　　考验，说来就来。

　　那天晚上，吃不惯海味儿的邢斌和老付就"好好"体验了一把水土不服。食物在胃里翻江捣海，整个人就像浮萍一般，飘飘摇摇地在海上过了半宿。

医院急诊室外，田蕊急匆匆的身影在人群中穿梭，挂号、划价、送药单……还有买水。她跑遍了医院里所有的小卖部，买了一大包电解质水和功能饮料。因为医生说，腹泻的病人会脱水！当她气喘吁吁地跑回急诊室时，临时病床上那一对难兄难弟已经昏昏欲睡了。给两位老板当助理，真是累死人了。

田蕊看了看时间，天快亮了。她困意全无，索性坐在急诊室外的休息区看手机。结果又刷到了那个人的视频，最新一期是三小时前更新的。"天啊，这人居然是夜猫子。"她不自知地笑了笑，津津有味地看起了视频。

不知过了多久，一个黑影挡住了她眼前的光线。她抬起头，惊讶地道："你怎么起来了？"

邢斌正一手提着输液袋，一手拿着水站在她面前："我好多了，这水有点咸啊？"

"你们俩脱水了，这是补充盐分的饮料，我刚才跑遍了医院的小卖部才买到。你知道吗，这三更半夜的，我一个女孩子跑出去，多危险啊！"田蕊怏怏地道。

邢斌似乎更关心她的手机："看什么呢，这么认真？"

"李峰的视频啊！"田蕊笑了笑，好像这是一件人尽皆知的事。

"李峰的视频？你现在是在出差……"邢斌似乎有些不悦，随口说了一句。

田蕊委屈巴巴地道："你不是说要多看一看李律师的讲座吗？"

"我是说过，但也没说要走到哪儿看到哪儿啊。学习也得有时有晌嘛！"邢斌忙着解释，"我的意思是要全神贯注地工作，别的事情等工作结束以后再说。"

田蕊瞥了他一眼，收起手机。恐怕连邢斌自己都没察觉，他今天的话有点多！

一夜过去，第二天，邢斌和老付都恢复了体力，脸色也好多了。田蕊却困得在急诊室外的座椅上睡着了。邢斌和老付把她送回酒店后，又去了化工集团。今天要切入正题了，可是，他们还没有察觉到，真正的考验开始了。

邢斌和老付再次见到那位销售部长时，他还是热情依旧。得知昨天邢斌和老付腹泻进了急诊室，赶忙让下属准备了温水，中午又吩咐下属准备一些清粥和特色酱菜。邢斌和老付感受到了前所未有的温暖。

不过，人情归人情，生意归生意。到了谈判桌上，销售部长的一脸精明也显露了出来。

老付看了化工集团的报价后，提了很多不便条件，这些都是谈判的惯常招数，为的是给自己砍价增加砝码。可这位销售部长也是身经百战的"老司机"了，老付的伎俩在他面前，简直不堪一击。

"你们说的这些情况，我们别的客户也遇到过。现在是互联网时代，运输费用已经是明牌了，我想这个算不上一个问题吧？你们真在乎这点成本，也不会从西跑到东找到我们了！"

"我们跑这么远来，是带着诚意来的，咱们的合作不能只看眼前。我们公司在西北也是很有影响力的，据我所知，你们公司还没打进西北市场；所以跟我们合作，对你们公司来说，也是一次难得的机会……"邢斌立刻补充道。

销售部长笑了笑，不急不慢地道："虽说现在是买方市场，但凡事也不是绝对。你们能找到我们公司，说明你们也花了不少心思，想必对这种原材料也有一些了解，全国能生产出来的企业没几家，所以就这款产品来说，产品在谁手里，谁就有话语权，对吧？"

这话简直把邢斌和老付噎住了。他们万万没想到，谈判会就此进入了僵持阶段。这"背水一战"，真的成了"背水"之战！

37 无功而返

人们常说:"不经历风雨,怎能见彩虹?"世人因为想见彩虹,而乐意经受风雨的洗礼。但生活中绝大多数时候,人们即便经历了风雨,也未必能见到彩虹。那么,在风雨面前,为了那一点虚无缥缈的希望,我们还要不要砥砺前行?这个问题同样困扰着邢斌和老付,也困扰着在泥泞中挣扎的创业者们。

理想和现实,有时候隔了千山万水,有时候不过一步之遥。只要一步没迈进成功的大门,理想就还是理想。

在邢斌和老付眼中,理想和现实只差了一列货车。

"又想便宜,还想让人家给咱们找拼车,这天底下的美事都让咱们占了,这可能吗?"从化工集团出来,老付垂头丧气地咕哝道。这个沉默寡言的青年,不知从什么时候开始变得爱絮叨了。

邢斌也叹了口气:"这事的确有难度,但是也不至于一点希望没有。"他不想放弃,也不能放弃。如果这一关闯不过去,新环材料公司就真的走上了不归路;然而,更严重的是长和公司,乃至荣鑫集团都要受牵连,先前的货款不过是九牛一毛,真正的损失将无法预估,甚至有可能拖垮整个荣鑫集团。

"咱们想得太美了,人家驳了咱们,也在情理之中,换了是我,我也不同意。"老付一脸愁容地道。他的"自我说服"法果然没练到家,嘴上软了,身体却很诚实。坐上出租车后,他还回头望了一眼化工集团的大门,绝望的眼神里透着一股倔强和不服。

"再想想办法,我就不相信,这么大一个集团,咱们就只能跟他谈?"邢斌突然灵机一动,想起了曲线救国这一招。

"不跟他谈,那跟谁谈?咱们又不是没联系过,人家就指派这个销售部长接待咱们。再说,咱们就算是找了别人,那他们之间不会沟通吗?跟他谈不成的业务,换了别人也未必能成。"老付显然信心不足。况且离开S城这几天,车间正在为恢复生产进行设备检修,也不知道进度如何,他有点不放心,便想回去了。

邢斌似乎看出老付已经萌生退意,但他还想再试最后一次。回到酒店后,他就展开了一系列迂回战术。

能拿到稀缺资源生产批文的公司没有几家,而且都是超大型国有企业。与这些企业相比,荣鑫集团算是小巫见大巫了。所以,即便是有荣鑫集团背书,这场谈判从开始双方就处在了不对等的地位上。对方能让一位销售部门最高级别的主管亲自洽谈,很大程度上也是看中了荣鑫集团的背景。换句话说,销售部长与邢斌的职位对等,这也是基本的谈判礼仪。

但这些都不能成为失败的理由。他们三个人分头行动。老付负责找"拼车"对象,先从查H省生产环保漆的厂家名录入手;田蕊负责从网络上搜集T城跟化工集团有关的新闻,以便寻找双方可能的契合点,这个契合点或许能成为下一次谈判反败为胜的关键;而邢斌负责继续跟进化工集团,想办法通过其他渠道跟销售部长的上级搭上线。

可惜,又是一周过去了,三人仍旧一无所获。时间不等人。况且S城那边又出了新问题。

李峰的讲座视频在网上大火,点击量节节攀升。虽然是公益讲座,不会产生直接的经济收益;但是意外收获却很多。一些存在债务问题的公司找到了李峰,想请他帮忙做债务重组。李峰虽然没有拒绝,但也没有立即答应。因为还有一个重要客户需要他去处理。

"情况就是这样,老邢也不在,我只能找你帮忙出主意,看看还有没有别的应急办法,再拖下去,新环材料恐怕真的保不住了,债务重组也得跟着凉了。"

陈涛脸色凝重,语气严肃,还带着几许无奈。

自从邢斌、老付和田蕊去T城后,陈涛以资方代表的身份进驻了新环材料公司,做债务剥离。长和公司的债务虽然占的比重较大,但是因为有了赵瑞的支持,李堃也不好再掣肘,所以很快就结清了货款。然而,在进行其他公司的债务清算和剥离时，却遭到了对方公司的强烈反对，债务剥离被迫停滞。

李峰查看了陈涛带来的资料和数据，发现好几家公司跟长和的情况类似，都是因为向新环材料订购了产品，但他们中途涨价，导致合作中断；而对方则以产品发货不足为由，拒绝分批支付货款。

"这情况跟你们公司很像啊，不过这次甲方变乙方，该你们想办法了。"李峰手插着口袋，悠闲地调侃道。

陈涛可没他那么悠闲，现在满脑子都是产品："你帮我想想，还有什么办法吗？这合同的事真不好解决！我和新环材料的营销总监去过几家公司催款……"说到这里，他不禁叹了口气，"要论素质，不是我夸口，我们公司比他们可强多了，那是一个天上一个地下呀！"

"哦？"李峰突然来了兴致，抬起头看了看陈涛，"从陈总嘴里听到赞美的话，可真是不容易呀！"

"我是说真的，这几家公司的老板，满眼就是货，一见面就要货，不见货不结款。我就纳闷了，这货款不是分批支付的吗？"陈涛拿起一份合同复印件，指着上面的条款问，"李律师，以你的专业眼光来看，我们去收款有毛病吗？"

李峰拿过合同看了一眼，笑着说："当然没问题，理所应当，这权责关系合同上已经标明了。"

"对呀！我也是这么想的，可是那些公司不是这么想的，拿着'不是'当'理'说，现在这世道，还真是欠债的是'爷'呀！"说到这里，他不禁叹了口气，像泄了气的斗鸡，眼神又恢复了初见时的沮丧。

"你没问他们有没有意向做'债转股'，或是接纳新环材料以其他方式履行合同？"李峰现在是三句话不离本行，用邢斌的话说，他进入角色了。

陈涛又叹了口气："这话，那个营销总监都问过他们，可人家就是一门心思要产品。投资的事，人家自己有门路，不用咱们。"

产品，还是产品！可现在车间只是试运行，原材料没解决，也不知道何年何月才能正式开工。

李峰也沉默了。

两个人跟邢斌和老付开了一次视频会议。双方互通了工作进度后，镜头两边又是一阵沉默。

"最近是怎么了，诸事不顺！"陈涛的急脾气又上来了，气哼哼地说了一句。

"别着急，总会有解决办法的。是吧，邢总？你总说，遇事不要急，办法总比困难多……"老付原本想安慰陈涛，结果话音未落就把目光转向了邢斌。

连他也把希望寄托在了邢斌身上。可此时的邢斌压力更大。新环材料、长和公司、荣鑫集团，一环扣一环，一个问题没解决好，就会引起连锁反应。他估计，蝴蝶效应已经发生了。

自从上次直播事故后，邢斌就时常关注集团公司公众号上的内部新闻，那里已经许久没有长和公司和债务重组业务的消息了。债务重组小组刚刚成立时，真可谓风光无限。赵瑞在大会小会上，总是将这个项目挂在嘴边，甚至为了这个项目不惜破例调用集团的优势资源。可直播事故狠狠地打了他一记耳光，新环材料的货款清算问题，又消磨光了他对这个项目的最后一点信心。这最后一点信心，也许是对邢斌的信心。他们以往亲如挚友的关系不知何时就淡了，恢复成了上下级的关系。邢斌甚至时常能感到一丝寒意，感到赵瑞的态度越来越冷，甚至语气中隐约带着些许无奈。

"回去吧！"

沉默了许久，邢斌终于开了口。他的声音有些沙哑，还有些沉闷。

老付怔怔地看着他，质问道："就这么回去了？这些天的努力就白费了？"

"还是回去吧！那边的情况更紧急。"邢斌关掉手机视频连线，静静地坐在窗前，望着酒店外漆黑的夜，再次沉默了。

现在，他只能沉默。

"这说不回去的是你，说回去的也是你。我说老邢，咱们还有点谱吗？"老付的情绪有些焦躁。一事无成、无功而返，不仅让所有人丢了面子，还让他无颜面对众人，"咱们再找化工集团试试，要不我去求他们，再往下划点价。"

"这又不是买菜！这是上吨的原材料，人家凭什么要让渡利润？再说，咱们有可以跟人家互换的价值吗？"邢斌冷静地问。

老付哑口无言，坐在床上叹气。

"价划不下来，拼车的公司也找不着，敢情咱们大冬天到海边看风景来了？"老付丢下一句，气哼哼地甩门出去了。

年轻人有年轻人的脾气。到了邢斌这个年纪，已经没有发脾气的机会了。不，他早已没有脾气可发了。越是在这种胶着的情况下，越需要操盘者足够冷静、足够坚持、足够有耐力！

第二天一大早，邢斌跟那位销售部长打了个招呼，带着老付和田蕊就匆匆赶往火车站了。老付依依不舍地坐上了高铁，他脸上的绝望仿佛是放弃了整个世界。田蕊照旧坐在靠窗的位置，别着脸，假装看风景。其实火车还停在站里，她只是不想说话，不知道该说些什么，不知道该如何安慰这两个受挫的男人。

邢斌一切如常，仿佛真是来T城旅游的。他认真地看着高铁提供的杂志，目光时不时地飘向远处，打量车上同他们一样行色匆匆的赶路人。老付好奇地看着他，又朝田蕊使眼色。田蕊勉强地朝他笑了一下，又继续看风景。

一路上，老付从最初的焦躁，到无聊地翻看手机，再到最后的麻木、平静……四个小时就让这个男人恢复正常了。而这正是邢斌需要的。

下了高铁，新环材料的司机已经等在站外了。三个人马不停蹄地直接赶往厂房。幸好昨天开视频会时，陈涛已经向他们提前通报了设备维修的近况；否则空空如也的厂房，真能吓他们一跳。

他们走进厂房时，设备维修公司的一名技术员已经等候多时了。见老付走过来，他便上前打招呼；当然，最主要的是"要钱"！

虽然政府的专款已经到位，但设备维修公司并不愿意接这个维修项目。原因是设备过于陈旧，没有维修的必要。新环材料的车间主任为此跑了好几家机械公司，都吃了闭门羹。

此时的邢斌满脸问号，看着老付。老付窃窃地说，创业之初为了省钱，就买下了一家油漆厂的二手设备，他接手时明明是九成新的设备，可谁知道再加上维修费用，比买新设备还贵，为了节省开支，就一直没维修。这次为了重新开工，不得不大修，可是费用也高得惊人。

一边是高昂的维修费，一边是等着产品的甲方……如果不及时开工，就生产不出产品，没有产品谈何盈利，之前投入的资金也会打水漂。这个恶性循环不能再继续下去了。可是维修费从哪儿来？

邢斌看着停滞的厂房，感到前所未有的沮丧。

正当几个人愁眉不展之际，厂房外传来了一阵阵巨浪。工人们涌入车间，将邢斌几个人团团围住。保安只敢站在车间门口，远远看着，任凭老付说什么，他们就是纹丝不动。因为保安的工资也拖欠几个月了……

工人们叫嚣着，让老付出来给个交代。

老付望着一个个圆眼怒睁的工人，怂了！这位年轻的老板，大概从未见过这么多"债主"拉帮结派地前来要债！人群中有人故意伸了伸脚，老付一个趔趄，竟摔倒在地。

工人们紧跟着围上来，圈子缩得越来越小。邢斌勉强扶起惊慌失措的老付，听着一浪高过一浪的讨薪声，他仿佛又回到了很多年前的工地上，回到了他创业之初的艰辛岁月……

38 实名举报

风险管理理论学者塔勒布有一部经典作品叫《黑天鹅》，他在其中提出了一个人类社会一直存在又时常被忽视的问题："如何应对不可预知的未来？"的确，没有人能未卜先知，危机随时都可能发生。对于创业者来说，任何时刻，或许只是下一秒，人生就会发生改变。我们要做的不是危机到来时惊慌失措，而是随时准备应战！

团结的力量是巨大的。当工人们聚集起来，把邢斌和老付紧紧围在圈子中央时，这场守株待兔的游戏才刚刚开始。

邢斌觉得奇怪，以往来新环材料时，从没见过这么多员工，今天这些人是从哪儿冒出来的？而且就在形成合围之势后，他听见"包围圈"外有人在喊"快来，快来，抓住他了！"之后，他眼前就是黑压压的一片，连机器上都站满了来讨薪的工人。

也许三五千元对企业管理者来说，只是财务报表上的一行数字，但对这些人来说，那是活下去的指望。所以他们愤怒、失控，甚至采取了极端的行为。

在邢斌的职业生涯中，不止一次面对这样的场面，面对这样的一群人。他们吃苦耐劳、节衣缩食，只为家里人能过上好日子，至少能吃饱穿暖。他们忍受思乡、思亲之苦，来到异地打拼，就为了那"一行数字"！

"什么时候发工资？"人群中有人大声喊。

"对，拿着我们的血汗钱跑到外地去旅游，今天得好好说清楚，不给钱，就别想走。"有人情绪激动地威胁他们。

"外地旅游"，乍听之下，这些字眼儿着实有些刺耳。老付的脸色顿时就沉了下来，像只斗鸡似的要同这些人理论，却被邢斌拦了下来。

经验丰富的邢斌一下子就听出了其中的问题。他们三人去T城考察，虽然算不上什么商业机密，但事先也并没有到处宣扬，而是尽量低调行事。长和公司那边也只用李堃、陈涛和老王知道，当然还有编外人士李峰。即便是长和公司的人走漏了消息，那这个消息又是怎么跑到新环材料一线工人耳朵里的呢？难道他们之间有什么联系吗？如果不是邢斌那边的人，应该就是新环材料的自己人了。

邢斌拦下老付，并在他耳畔咕哝了几句。老付的脸色又变了，变得铁青。他狠狠地扫视着工人们，脑子却在飞速运转，开启了自我检讨模式，回忆着自己到底是什么时候走漏的消息。

或许，如果没有邢斌后来的穷追不舍，老付大概永远也不会知道，走漏消息的人并不是他！

见邢斌和老付不回应，工人们的情绪更加激动了。人潮继续挤过来，把邢斌和老付挤到另一处，也可以说是逼到了墙角。看来这一次是拖延不过去了，这里毕竟是老付的地盘，他忍下怒火和委屈，先开了口。

"各位工人师傅，请安静一下，听我说几句。"老付故意提高了声调，可惜还是被湮没在人声中。

工人们已经没心情听他解释，因为已经解释过太多次，而每次的承诺都会落空。太多次的失信，让老付在工人们面前毫无诚信可言。失去信任的劳资双方，怎么可能心平气和地谈判？

见老付的话不起作用，邢斌索性踮起脚，举起手臂，做出一个暂停的手势，并示意所有人朝他看。他没有说话，但现场却一点一点安静了下来，直到只剩下一个人的声音，那就是邢斌自己的。

"各位工友们，我知道大家都着急拿工资。今天我们来，就是为了解决工资的问题。"邢斌的话一出口，现场立刻又喧哗起来，有人高声吵嚷，有人小声低语，还有人只是木讷地看着邢斌。因为他们不相信一个刚刚注资的外公司老板会解决他们的遗留问题。当然，这其中还隐藏着一种猜测：当老板的，哪有那么好心？可是，接下来邢斌的发言，真的会让他们大跌眼镜！

"我知道，你们当中有相当一部分人不相信我，想考验我！我只能说一句，我接受你们的考验，就从今天这个事开始。"这时，田蕊带着新环材料的人力资源专员也赶到了。邢斌让那位专员把今天到场的员工都记录在案。这一下,所有人都惊呆了。

"这是干什么?留着证据,跟我们'秋后算账'吗?"人群中又传出了一个声音,跟刚才那个造谣他们"外出旅游"的声音如出一辙。

邢斌觉得这个人不简单,而且很可能是幕后组织者之一。他下意识地朝人群扫视了一眼,有一双眼睛和他稍稍对视后,倏地移开。他想:一定是这个人!

"我们不是要留证据,就是简单登记一下,方便人力资源部核实待发工资。我作为资方代表,跟你们付总商量过了,现在郑重宣布:所有今天登记的员工,三个工作日内,我们会核实清楚欠你们的工资,本月发薪日补发给你们。"

这话一出,人群中先是一阵静默,慢慢地响起了疏疏落落的掌声,之后掌声渐渐热烈起来。邢斌的大胆作为不仅征服了新环材料的一线工人,也令老付刮目相看。不过,话还没说完……

"但是,今天不登记的员工,对不起,你们什么时候来登记,咱们什么时候商量补发工资的事。"说罢,邢斌有意朝人群中看了一眼,"我们会补发工资,但是今天这个事,咱们双方都有责任,我们已经表了态,只是希望跟大家有一个'一对一'的交流机会。"

邢斌真心希望能跟那位幕后组织者深谈一次。他总觉得,那个人的眼睛里,有李堃的影子。

所幸,邢斌明确的态度暂时平息了讨薪员工的怒火。邢斌话音刚落,就有工人去找人力资源专员登记了。不过,众人散去以后,邢斌还是嘱咐老付去查一下这次事件的幕后组织者,尤其是刚才那名员工:

"那个说咱们去外地旅游的工人,还是得想办法查一查,他是从谁那儿听来的这个消息,又是谁让他这么说的?"

老付心不在焉地点了点头,然后直接把邢斌请到了办公室,神色慌张、神神秘秘地问:"邢总,你知道你刚才的大方,咱们要花出去多少钱吗?"

邢斌摇了摇头。长和公司虽然决定注资,但还没来得及正式入股,或者说,他还没有全面了解新环材料这家公司,刚才做决定也是危机之下的权宜之举。但他没想到,自己给自己找了一个大麻烦。

很快，人力资源专员就来汇报了。除了几名回乡探亲的工人外，今天到场的工人比上班时都齐。看来，大家等钱用已经等得快疯了。不过，当邢斌看到这位专员手上汇总的薪酬总额时，出了一头冷汗。

快疯的人应该是他！就因为他刚才那草率的大方，他们换回了一大笔辛酸债！虽然老付聘请了很多科研人员，但新环材料毕竟是一家生产型企业，一线操作员还是占了企业员工的大多数；因此要补发的工资一下子就用掉了政府专款的一半。

这一次真是雪上加霜了！

"工资还是要补发，这样才能保证正常开工。"邢斌看着那一行数字，不禁皱起了眉头。

"可是咱们剩下的流动资金也不多了，还要维修机器、购买原材料……"老付又深深地叹了口气。真是钱到用时方恨少！

"这样，工资先补发一半，下个月再补发剩余部分，省下来的资金用于维修设备，尽快开工，原材料那边再想办法。"

邢斌跟老付简单分了工，便开始各忙各的。原本以为事情可以告一段落了，没想到刚走出新环材料公司的大门，邢斌就接到了荣鑫公司纪检委的电话。这一次情况比较严重，跟赵总都没打招呼，就直接把他叫到了公司总部。

原来有员工举报邢斌在养病期间跑私活，帮新环材料公司讨薪、清理债务，还带着公司员工公款旅游。

荣鑫集团作为国有企业，也设有纪检部门，接受各种举报，进行内部反贪和干部纪律检查。纪检部门可以说是集团内部的一个神秘部门，上至赵瑞下至一般干部，都有权调查。所以邢斌被叫来这里接受检查，也在情理之中。

"邢总，关于这份举报信的内容，你有什么想说的？"纪检委的调查人员向邢斌出示了一封举报信。虽说是实名举报，但邢斌并没有打算看署名。无论是谁举报的，这些内容都是子虚乌有。他不打算在这件事上花费过多精力。

"我之前是休了一段时间病假，住院做了一次全身检查，期间因为过度疲劳还发烧了，结果在医院多住了好几天。检查是我们公司王主任帮我预约的，当时的住院记录也有。这些都可以查到。"邢斌平静地道。

调查人员是一位年轻干部，二十多岁的样子，工作经验不多，问话难免有些教条："邢总，我再重复一下刚才的问题，你对这份举报信的内容有什么想解释的？"

邢斌坐在沙发上叹了口气："我在养病期间确实出去旅游过一次。但那绝对不是公款，是我自己掏的腰包。"

"去了什么地方？"

"西南，C城。"

"为什么去C城？"

邢斌不禁笑了："C城风景优美，可是全国有名的旅游城市，你没去过吗？那真应该去看看，绝对不会后悔。"

年轻的调查员被邢斌描绘的C城美景吸引了，一时之间竟被带跑题了。结果纪检委主任进来，一脸严肃地斥责邢斌不配合调查。邢斌无奈地为自己辩解。

"你去C城都干了什么？"主任问道。

邢斌依旧保持微笑，语气平和地道："看了看风景，散了散心，那段时间病了，那边空气好，恢复得快一些。"

对方没再追问，接下来的问题都围绕新环材料展开。为什么又是新环材料？尽管赵瑞已经明确表态支持长和公司和新环材料进行债务重组，同时以债转股，入股新环材料；但并不代表邢斌可以肆意妄为，况且集团的纪检委是出了名的清正廉明，不卖任何人面子。

"你为什么帮新环材料做债务重组，你跟李峰是什么关系？"纪检主任一口气问了好几个问题，邢斌只记得这两个最紧要的。

"新环材料是长和公司的一家长期供应商，去年我们承接的政府项目，就是用的他们提供的环保漆，目前正在建设中的项目也有使用他们产品的。他们的产品属于高科技产品，虽然贵一些，但是达到了国际国内双标，在市场上比较抢手，比同类进口产品便宜不少。这也是我们选择新环材料的原因。不过去年新环材料在原材料上遇到了一些麻烦，价格上涨不少，我们付不起高额费用，所以双方一直在打拉锯战，我们不付前期货款，他们也不发货。就是在这种情况下，我才介入的，为的是解决材料问题。至于我和李峰的关系，李峰是专做经济案件的律师，在S城有点小名气，我们之间的合作完全是个人之间的合作，不涉及利益输送。"

纪检主任听得极其认真，等邢斌发言结束，他的脸色为之一变，突然鼓起了掌。邢斌一脸疑惑道："您这是……"

"邢总果然是咱们荣鑫集团的风云人物。我见过不少干部，没有像你这么洒脱的。其实我也对这封举报信存有疑虑，不过既然是实名举报，又是一线员工，直接列举出这么多关于邢总的'新闻'，我们不能置之不理。就算不给你一个交代，也得给集团公司领导们一个交代。"纪检主任如释重负地道，"既然问题都说清楚了，我们搜集的材料也差不多了，这个案子我们会尽快结束，向集团领导汇报。你回去专心工作，不要胡思乱想，切记不要去找举报人啊！"

虽然是开玩笑，但纪检主任的提醒还是极有必要的。邢斌立刻说道："怎么会呢，我就当什么事也没发生过，一切照旧！"

邢斌没想到这么快就结束了调查。从纪检主任的言语间，他依稀感到集团公司的领导并没有放弃他。纪检的调查，不仅仅是为了真相，更是为了还他一个清白。

39 正面交锋

一个人的强大在于内心。尼采有一句名言:"那些杀不死我的东西,只会让我变得更强大。"人们喜欢这句话,不仅仅因为字里行间流露出的不服和倔强,还有关于成长的认知。它给逆境中人以力量,很多人靠这股力量逆风翻盘,走上了巅峰。这也是邢斌喜欢它的原因。而此刻,他正需要一颗强大的内心。

邢斌被实名举报的事不胫而走。长和公司乃至整个荣鑫集团又一次被这个男人搅得沸沸扬扬。一时之间,人们自觉分成了两派。因长和公司改革而捞到职业实惠的人,为了保住既得利益,必然觉得凭一封子虚乌有的举报信就对企业高管进行审查,有点矫枉过正了。而另一波人则免不了幸灾乐祸,以为凭借一个人的"牺牲"便可以恢复他们之前的"美好生活"。

可惜,他们都错了!从纪检主任的再三提醒,邢斌感受到这是来自上级领导的保护。这封信的出现,有幕后黑手。也许,是时候会一会那位老熟人了。

在公司现身的邢斌,又引起了一阵不小的骚动。或许很多人认为,他大概是回不来了,至少不会这么快回来。可是,事实就是这么难以预料。他回来了,而且堂而皇之地坐在了办公室里。

有人慌了!

"邢总,这么快就回来了?集团纪检没拿您怎么样吧?"李堃一脸讪笑,走了进来。那假惺惺的笑容背后藏着忐忑、猜测和幸灾乐祸。

要么是他高估了自己,要么是他低估了纪检主任的智商。这位精明的李副总,为什么会做出这等利令智昏的事,而他图的又是什么呢?是名,还是利?邢斌想不通。看着这位老搭档,他只觉一阵惋惜。无论用什么手段,从基层奋斗到今天的职位都不容易,李堃为什么要自毁长城呢?

邢斌也笑了笑,故意摆出一副不以为然的姿态:"本来也没什么事,三两句话解释清楚,就回来了。"

"集团领导对邢总那是绝对的信任啊!"李堃连拍几个马屁,依旧摆出那个宠辱不惊的假笑。可是他并没有觉察到,自己的嘴角轻微地颤抖了一下。

"集团领导相信事实。"邢斌的语气温和而有力,态度和善又坚决。

李堃竟无言以对,怔怔地愣了足足半分钟,才道:"那是,那是,一看这事就是有人诬陷,邢总一向光明磊落,在公司这几个月,哪件事不是放到桌面上说……"

邢斌看了他一眼,没作声。

李堃突然停了下来,仿佛一时忘了词。

房间里,两个人四目相对,气氛甚是尴尬,直到老王进来,才打破了僵局。

"邢总,外面有记者,您是不是见一见?"

邢斌愣了一下,李堃这才回过头,看着身后的老王,打了个招呼,悻悻地走了。

长和公司是多人办公室,几个部门同处一个大厅,透明的隔断墙不过是摆设,经过这里时,就像要接受公众审判一样。李堃平素总是一副淡定自若的样子,逢人便笑,可今天却怎么也挤不出一丝笑容,眼神还有些飘,有意无意地躲闪着众人的目光。有人上前打招呼,他敷衍一句,便匆匆走了。

"李副总这是怎么了?"

"看来是战败了!"

众人用眼神指指点点,瞬间描绘出一场世纪大战。邢斌和李堃之间的战争,已经是长和公司公开的秘密。原来双方碍于面子,矛盾没有激化;但这一次实名举报事件就如同一根导火索,突然引爆了两颗炸弹。众人嗅到了火药味,便等着看好戏。可惜,令他们失望的是,这场意料之中的战争戛然而止了。

其实,李堃的惊讶和迷惑,代表了绝大多数人的心声。那些妄图揣测领导心意的人，最终还是收获了失望。他们忘了，自己没有领导的眼界和格局。尽管直播事件通过网络迅速扩散，一度成为 S 城的爆点新闻，连集团公司纪检委都出动了，最终以邢斌停职，李堃作为"接班人"上任收场，但这一切都在集团公司的掌握之中。这才是问题的关键！

就在很多人以为邢斌就此凉透时，集团公司出其不意，突然恢复了邢斌的职务，就此打乱了一些人的节奏。

当邢斌的复职公示发布在公司内网时，有人失望，有人窃喜，有人惊讶，有人落寞……如果邢斌看到这些千奇百怪的表情，不知会做何感想。或许这才是集团公司想要的结果吧！

就在邢斌复职后的第一次办公会议上，李堃终于不再隐藏实力，正式宣战了！

"今天是邢总复职后开的第一次总经理办公会，各部门先汇报一下前期工作情况，重点汇报未完结的工作，刷亮点的事就不需要汇报了……"

很快轮到了债务重组小组汇报工作进度。陈涛拿起了话筒，滔滔不绝地讲了起来，这令李堃颇感意外。会议的议题是他早就设定好的，合理利用权力揭露对手的问题，符合他的行事作风，而新环材料这个敏感话题，就成了最好的突破口。但他没想到的是，陈涛会亲自上阵。更令他意外的是，陈涛居然和邢斌站在了同一条战线上。

"他们不是不和吗？"李堃的脸色突然阴沉下来。他想不明白，陈涛那么多次顶撞邢斌，甚至当众给邢斌难堪，这两个人本应是对手，至少不应该是朋友，如今怎么会站在同一战线上呢？他皱起的眉毛越压越低，都快要把眼睛挤成一条缝了……

陈涛到底是业务老手，虽然没有摸清债务重组业务的流程，但做起汇报来却是滴水不漏，丝毫没有给对手可乘之机。

李堃显然有点失望，勉强说道："陈总的汇报非常精彩，大家听得也很认真，期间有些人窃窃私语，咱们一再重申，不要'上面开大会，下面开小会'，有事情拿到桌面上来说嘛！邢总一再说，有问题说出来，大家一起解决。不过邢总，我倒是有几个不成熟的想法，不知道当说不当说。"

李堃这样说，邢斌自然只能同意，由着他使花招。不过，李堃的确聪明，咬住了新环材料的债务切割问题："前段时间，陈副总为了筹集新环材料的货款,把公司能动用的流动资金都用上了。财务部一再提醒我,这样做非常危险,一旦再出现一个'新环材料',咱们公司立刻就会瘫痪。资金链断裂呀,各位同事,即便咱们背后有荣鑫集团这块招牌,那也不是不可能破产的。所以,我觉得在和新环材料的合作上,我们有些冒进,没有考虑到公司的实际情况。"

"什么叫'实际情况'?谁都知道流动资金的重要性,咱们欠新环材料的货款那么长时间,这合理吗?新环材料是存在一些问题,可咱们就做得尽善尽美吗?如果咱们不采取债务重组的方式解决货款问题,新环材料真会起诉咱们。到时候官司打了,诉讼费也花了,最后咱们该还的钱一分也少不了,到那个时候咱们公司才真的是要面临破产呢!"陈涛义正词严,说的众人哑口无言。

"可是到现在,这个新环材料的问题还是没解决,咱们公司账上的流动资金倒是全用上了。"李堃似笑非笑地回了一句。他极少这样与谁针锋相对,所以这话一出,众人不免吃了一惊。

陈涛看了他一眼,刚欲张口,被邢斌拦了下来:"这个项目进度是慢了一些,我亲自抓的,有些事情也是我去跑的。大家这么关心这个项目,也是出于对公司未来发展的关心,我非常感谢大家的支持。下面我具体说一下这个项目的情况……"

邢斌将在T城的情况一五一十地叙述了一遍,又强调了债务重组这项业务的发展对长和公司的重要意义。很多人被他所描绘的蓝图吸引了,听得津津有味;但也有人持反对意见。

"债务重组这种业务模式太过超前,我不是说它不好,至少现在我们还没见到成果,也不好妄加评判。不过有一点,我想提醒大家,咱们公司自己还在泥潭里,没有那么多能力去'扶弱助贫'。社会到任何时候都需要'雷锋';但是想当'雷锋',首先得看自己有没有当'雷锋'的底气和本事。"

李堃的话铿锵有力,虽然大家知道他所说的并不占理,但出于经济利益考虑,再加上公司实情,大家也就纷纷低下了头。

一时之间,会场竟分成了两派。一派支持李堃,认为公司应该先解决自己的燃眉之急,而另一派则支持邢斌。两派相持不下,各有说辞,最后会议在难分胜负之下草草结束了。

那是邢斌比较郁闷的一段时间。虽然邢斌还是长和公司的总经理,但无论权力还是气势,李堃都明显占了优势。除了牢牢守住财务这道防线外,李堃的手还伸向了邢斌主管的人力资源部,不但安插了心腹,还暗中做了很多人事调整。这些小动作,看似无关紧要,实则动了邢斌的爱将,比如老朱。

"为什么把老朱派到外联组当司机?"邢斌质问老王。

老王叹了口气,无奈地道:"这个人事调动是李副总授意的。"

"'授意'?这是什么意思?"邢斌在竭力压制心中的怒火。令他吃惊的不是李堃调动老朱这件事,而是他居然可以在老王的眼皮子底下搞这种小动作。

老王明白邢斌到底气在哪一点上,便呵呵笑道:"这还是李副总代理总经理职务时的事,我们也没办法。老朱挺仗义的,二话没说就直接去外联组报到了……"

"我当时不是给你发过信息,让田蕊和老朱都临时到办公室帮忙吗?你可以派点活给他们。"在老王的印象里,这是邢斌第一次用这种强硬的态度跟他说话,想来这件事的确触碰了邢斌的底线。

"我是派了活给他们,田蕊和老朱都派了。"老王思前想后,委屈巴巴地道,"我总不能把田蕊派到外联组去吧?"

邢斌虽然气愤,但老王的话也彻底点醒了他:丢卒保车的事是无奈之举。他不会一再忍让,当然,他也不会蛮干。

借着新环材料债务重组项目的契机,邢斌郑重地向赵瑞提出了恢复债务重组小组的方案,很快就得到了回复。赵瑞毫无例外地再次选择站在他的阵营。老朱被调回了债务重组小组,虽然还是做外联工作,但却直属邢斌管辖。当然,最为重要的是,田蕊回到了那张熟悉的办公桌前。

"我'胡汉三'又回来了!"田蕊兴奋地绕场一周,看看别人的办公桌,再看看自己的,对着邢斌露出了笑脸。

对面大厦的霓虹灯照进来,映在田蕊的脸上,有一种闪烁之美。邢斌笑了笑,故意问道:"你怎么知道自己还能回来,万一我……"

"万一什么?你才舍不得那个新环材料呢?你又不是能善罢甘休的

人。"田蕊明知道邢斌不是这个意思，可她偏偏答非所问。

邢斌原本还想说什么，此刻却全然没了兴致。他突然觉得，他和田蕊有些疏远了。

"你可别想偷懒啊，我把你调回来，可是让你来干活的。这次不把新环材料的项目弄好，你哪儿也别想去！"邢斌用命令似的口吻说道，眼中却含着笑。

田蕊故意嘘他，得意地拿出一份报告。

"这是什么？"邢斌一边翻看，一边问。

"新环材料的财务报告。"田蕊继续得意地说。

"这个报告我看过。"邢斌不解地道。他的确看过这份报告，而且是老付交给他的。

"我担保这份跟你看到的那份不一样。"田蕊胸有成竹地指了指那份报告，特意翻到其中一页。

邢斌一脸疑惑地扫了一眼报告，突然惊出一身冷汗。

"这份报告你从哪儿得到的？"

40 柳暗花明

世上哪有那么多的柳暗花明，不过是机会来时不顾一切地拼搏，还有上天入地也要将其收入囊中的霸气。没有经历过的人，无法体会在放弃边缘挣扎的纠结和不知道有多漫长的黑夜。邢斌说，任何倔强，都是生活淬炼出来的。所以，他痛恨磨难时，总会暗暗补上一句"谢谢"！

邢斌拿着田蕊给他的报告，手抖了。

"没有最坏，只有更坏"是厄运的规律。那份报告的确与他之前看到的不一样，而且相差甚远。

到底谁在说谎？

答案是显而易见的。他不假思索地相信了田蕊，但相信是一回事，弄清事情真相是另一回事。

"你这份报告是从哪儿来的？"邢斌淡眉紧锁，不经意间瞪大了眼睛。

田蕊吓了一跳，半晌才缓过神来，怯怯地说："是，是李峰给我的。"

"李峰？"邢斌听到这两个字，眼睛瞪得更大了。他忽然想起一件怪事：在他决定入股新环材料之后，有一次李峰匆匆来找他，见陈涛和老王也在，便有些欲言又止。"会不会是那次？"此时回想起来，他不免有些懊恼。

"怎么了？有什么不对吗？"田蕊关切地问。

邢斌摇了摇头，敷衍地道："没事，我只是觉得，你近来跟李峰走得很近？"他突然说出这一句，连自己也被吓了一跳。

田蕊怔怔地看着他。这已经是邢斌第二次有这样的表情了。倘若在他们初识的那段时光，她见到他这样，会暗自窃喜，会脸颊泛红……可是现在……

"我是说，他为什么把报告给了你……"邢斌也不知道自己为什么要解释，或许是因为田蕊提起了李峰。

两个人四目相对，田蕊的脸上露出了一丝诧异。她大概也没想到，邢斌居然这样在乎她。

气氛突然有一点尴尬，田蕊只得借故离开。她忽然有些乱了，不知道该对邢斌说些什么，是该解释报告的来源，还是报告的内容……显然都不合适！

田蕊走后，邢斌独自坐在办公室里，又看了那份报告，心潮起伏。桌上的报告令他后怕。如果李峰的数据是准确的，那说明老付为了拿到长和公司的投资，刻意隐瞒了一些债务，而老付的为难和纠结也就都说得通了。

要不要把报告交给老付？

邢斌也在纠结。他想象不出，那样一张单纯的脸下，居然藏着一颗并不单纯的心。他气愤、懊恼，皆因对方的不诚实。这让他们的合作从开始就埋下了隐患，不知道什么时候会爆。他忽略了技术型人才的冷静和超强的心理素质，忽略了单纯的脸是天然的保护色。

他要怎样说服自己接受现实，况且还是一个失败的现实？绝大多数人一生都在"制造失败——接受现实"这样的循环里挣扎，有些人走不出心里的阴霾，便熬成了病。而邢斌会一直走，直至找到一条正确的路。

而这一次，正确的路是哪一条呢？

田蕊和邢斌的谈话，像被从时间上抹掉了一样。再次见到老付时，邢斌照样是嘘寒问暖，照样是一副同甘共苦的样子。报告一事，他只字未提，甚至连那份报告都"神秘消失"了。田蕊问过他，却没有得到任何答案。

李峰听田蕊提及此事，只是淡淡一笑。他在邢斌面前也绝口不提"报告"二字，表面上是为了田蕊，实际上是他借田蕊之手把报告交给邢斌的，既然目的达成，自然也就没有再提的必要了。然而，以他和邢斌的关系，为什么不自己交给邢斌呢？这个答案，恐怕只有他自己知道了。

长和公司又迎来了一个短暂的平静期。债务重组小组重打鼓另开张，先前被遣回各自部门的伙伴们悉数调回原岗，"新环材料"意料之中地被列为第一个重点项目。

鉴于上次总经理办公会上，在李堃的"带领"下，很多中层管理人员对新环材料项目产生了质疑,甚至牵连到债务重组业务,这令邢斌有些反感。所以,这一次的项目讨论会在债务重组小组内部进行。

作为项目的总体负责人,陈涛似乎嗅到了一些气味。

"老邢。"会间休息时,陈涛朝邢斌使了个眼色,两人来到一个僻静的房间。

邢斌见陈涛欲言又止的样子,便忍不住先发问了:"老陈,有话就直说,咱们出来时间太长了不好。"

陈涛猛吸了两口烟,才道:"老邢,你觉不觉得新环材料有问题?"

"什么问题?"邢斌惊讶之余,还有些忐忑。陈涛是不是知道了那份报告的存在,抑或他找到了其他蛛丝马迹?

陈涛又吸了口烟,突然说道:"我觉得老付不对劲。"

"不对劲?"邢斌煞有介事地反问道。

陈涛点点头,理了理思绪,开始了他的分析:"他在这个行业里也干了一年多,他会不知道哪儿有原材料?还用得着咱们千里迢迢跑到T城去?再说这次罢工的事,车间里的操作工人对他意见很大,他自以为拿钱塞饱了的那些技术人员,早就脚底抹油跑了……"

邢斌看着陈涛,微微笑了笑说:"你想说什么?"

"我就是觉得,他对自己的厂子不那么上心。从咱们跟他谈债务重组到现在,好像都是咱们冲在前面帮他解决难题,他倒成了配合咱们工作,这厂子到底是谁的?"陈涛越说越激动,声音也越来越大。门外有人听到,还以为邢斌和陈涛在吵架。

"以前是他的,现在是咱们的了。"邢斌笑了,那笑容似乎有一点意味深长。

陈涛却面色忧愁,暗自咕哝了一句:"但愿咱们别踩坑里。"

尽管他声音极小,但邢斌还是听到了。他不禁叹了口气,不知是庆幸那份报告没被发现,还是庆幸自己又多了一位战友。无论怎样,这段插曲还是令他紧张的心情得到了一丝安慰。

回到会议室后,邢斌毫无保留地公布了整个"T城之行",债务小组的成员们对每个细节都进行了复盘,全方位剖析了化工集团。

债务小组的思路很清晰:找出对方痛点,逐一击破。在商务洽谈中,这是常规的思路。但化工集团作为地方支柱企业，所掌握的优势资源绝非一般企业所能比，再加上地方政府提供的诸多便利条件，不禁令人感叹，化工集团被"保护"得太好了，几乎到了无欲无求的境地。

没有需求，不成买卖。这或许就是老付迟迟拿不下这家供应商的原因！邢斌这样想着，难掩一脸愁容。众人也跟着垂头丧气，会议室里一片阴霾，债务小组似乎又走进了死胡同。没想到，第一个项目就延续了"出师不利"的惯例。

等！恐怕这是目前唯一能做的事了。

一天，两天，三天……在此期间，又不断有人质疑邢斌的策略。

为什么要在一棵树上吊死，除了T城就没有别的希望了吗？

为什么要做新环材料这个项目？

等到什么时候算完？商场上的机会都是稍纵即逝的，咱们放着别的机会不要了吗？

军心又开始动摇了……

随着时间一天一天地推移，邢斌的压力也越来越大。从集团公司到长和公司，从管理层到一线员工，每天每时每刻都有无数双眼睛在盯着他，盯得他快要窒息了。很多人开始质疑邢斌的眼光，质疑他太理想化了，甚至有一点痴人说梦。这种不切实际的做法，简直犯了商场大忌。连邢斌自己也开始怀疑，他之前收到的那个消息是真是假？

就在从T城回来的第二天，邢斌曾见过S城城建投公司的一位高管。虽是老朋友叙旧，但在饭桌上对方给他透露了一个重磅消息：T城已经启动了城市规划案，所有大型重污企业都要迁址外地重建厂房。化工集团已经收到迁址的红头文件。最重要的是，这次的重建项目涉及资金大，工程量更大，所以要全国招标。

当时听到这则消息，邢斌开心得几乎要跳起来。这对他来说，无疑是一次"围魏救赵"的好机会。然而，半个月过去了，一个月过去了，T城始终平静如水，连一点风声都没有。

邢斌等不及了！他的公司也等不及了！渐渐地，他萌生了放弃的念头，开始让小组成员另寻项目。那段时间，不仅债务小组，连整个公司也笼罩在迷茫的氛围中，平静得没了生气。而李堃也平静了下来，等着看邢斌的笑话。

时间又是一天天过去了。原材料供应不上，新环材料又将面临停产的风险。这一次，幸运之神似乎没有眷顾邢斌。T城依旧没有消息传来。邢斌几次托人去打听情况，都没有得到想要的答案。

老付已经做好了停工准备，遣散了不少员工。当然，因为征信问题，他一连收到了好几张法院传票，还跟邢斌开玩笑说，自己这次真要赔得"一丝不挂"了。邢斌也被赵瑞约谈了好几次，已经做好了离职的准备。虽然他没有想到自己会以这样的理由离职，但这的确是最好的解决方式了。

正当所有人都准备放弃的时候，一个看似不起眼的消息重燃了邢斌的希望。

深夜，邢斌接到了城建投公司王总转发的一条信息，内容是T城化工集团厂房迁址工程开始招标，施工地点选在H省。虽然需要异地竞标，跨省施工，失了地缘优势，但这些都不重要。纵使有一线希望，他也要搏一搏。

那天，邢斌兴奋得辗转反侧，连夜开始搜集投标所需要的资料，规划项目组和投标方案，忙得不亦乐乎。直到阳光照进屋里，他才意识到自己竟一夜未眠。

望着洒在地上的晨曦，他只觉这一夜过得真快，仿佛是做了一场梦。这样的悲喜两重天，或许只有创业的人才能体会。走出公寓时，他忽然感慨：天终于亮了。

伴着深冬清冷的阳光，田蕊、老朱、老王和小黑主任提前一小时赶到了公司；因为他们一大早就收到了邢斌那条激情洋溢的信息。

几个人兴奋地赶到公司会议室时，发现桌上摆着热气腾腾的早餐，邢斌坐在一旁津津有味地吃着，见他们到了，便起身张罗起来。

长和公司从来没有过早餐会议的先例。除了田蕊，大家都感到十分新奇。

"邢总，咱们这算是开会吗？"

"当然，最近还会临时抽调一些项目组的骨干过来，成立一个专项小组。"

邢斌果然言出必行，很快从项目组抽调了精兵强将过来。有陈涛这位大将居中指挥，邢斌可以放手一搏。于是，他又踏上了去 T 城的高铁，并且带了一员大将——那位年轻的项目经理王军。

这一次，他势在必得。

在 S 城城建投公司王总的引荐下，邢斌顺利见到了招标公司项目负责人和建筑设计公司的设计师。王军负责对接设计师，重点了解施工难度。他们要知己知彼知甲方，还要知甲方所不知。这是邢斌多年投标积累下来的经验，也是他在强敌环伺之下能够一次又一次杀出重围的绝招。

化工集团的项目一经公布，就成了投标网站上的热门，各大公司都盯上了这块肥肉。虽然荣鑫集团在 S 城响当当，但放在全国，这四个字就不那么响亮了。所以，这一次除了绝招之外，邢斌还有一个奇招。

在招标公司的引荐下，邢斌绕过化工集团那位销售经理，直接见到了主管业务的副总。他直接抛出了采购商和工程承包商的双重身份，这样的双重合作背景，自然比其他投标公司多了一分胜算。

结果一如邢斌所料。虽然长和公司只是入围承包商之一，但意义非凡。这是长和公司的生死之战，也是新环材料和债务重组小组的生死之战。消息传回 S 城后，长和公司的办公大厅里一片欢呼，所有的压抑、愤怒都在这一刻倾泻而出……

41 绝望深渊

> 柳暗花明并不意味着曙光来临。很多时候，当我们爬出一个深渊后，才发现前方还有更大的深渊。虽然我们笃定会成功，但没有人能预判通往成功的路上有多少荆棘和深渊，而眼前的成功是否就是终点……

恐怕连邢斌自己也没有想到，小小的长和公司能在全国建筑行业大咖的混战中杀出重围，并且独中标的，即便用"奇迹"来形容，也并不为过。当他一遍又一遍地翻看招标网站上的中标结果时，内心真是风起云涌……他真想和田蕊拥抱一下，因为这个成功着实来之不易。

面对这个"不可能完成的任务"，大家本来都不抱什么希望，不过是在敷衍邢斌的情绪，除了田蕊。无论长和公司，还是他们一起奋斗的小公司，只要邢斌发起的项目，甚至他说的话，她都确信不疑。如果世上只剩最后一个支持邢斌的人，一定是她。所以，这一刻，邢斌最想将这份快乐分享给她。

当然，成功所带来的喜悦并不能感染每一个人。中标消息传回S城后，李堃强挤出一丝笑意，不咸不淡地说了几句风凉话，便悻悻地离开了公司。这意味着，他之前所有的"努力"都落空了。突然被打乱节奏，让他怅然若失，像丢了魂似的。

田蕊和陈涛带着几个骨干已经先行返程，一方面是回来报捷，另一方面是为了做好内部联络。毕竟这么重大的项目，又是异地施工，人手调派、前期资金、施工方案都需要审慎斟酌。当然，这也说明邢斌对李堃极度不信任。他们的关系已经到了演不下去的程度。

T城只留下了邢斌和老朱，处理一些琐碎事情。不过，邢斌似乎另有计划。

"邢总，咱们怎么不跟他们一块儿回去？"老朱从包里拿出一盒中华，递给邢斌。他自己舍不得抽这种档次的烟，这是充场面用的。

自从被调回办公室后，老朱一直干闲差，也就是打杂。邢斌复职后，他就顺理成章地当起了总经理的专职司机。其实邢斌每天上下班都是自己开车，公事用车的机会也不多，老朱像是被"养"了起来。他怕惹人非议，几次提出想调职去一线，但都被邢斌拒绝了。他说，每个人有每个人的用处，老朱也不例外。

邢斌深吸一口烟，淡定地道："老朱，该你上场了。"

虽说"养兵千日，用兵一时"，但老朱实在想不出自己这个老兵还能派上什么用场。他怔怔地看着邢斌，诧异地指了指自己，问道："我？"

"这事非你莫属。"邢斌笑了笑。

"邢总，就我这脑子，您就别卖关子了，直说吧！"老朱掐灭了烟，扔进路边的垃圾桶，一本正经地等候命令，像个战士。

邢斌停顿了一下，缓缓地问："你跑过运输？"

老朱一脸疑惑，心虚地点了点头。他年轻时的确跑过运输，但现在与那时不可同日而语。那是没有高铁的时代，高速公路上车辆稀少，可现在，人多、车多，各种琐碎的事情也自然多起来。他真怕自己应付不来。还有最为重要的一点，他老了。跑运输这种耗时耗力的工作，已经不适合他这个年龄的人了，但邢斌并不这么想。

"跑过邻省到咱们S城的路线吧？"邢斌又问。

老朱重重地点了点头："跑过，周边的省份几乎都跑过，不过那时候条件差，车少，路好跑，现在不行了……"

"那就没问题，经验比什么都重要。"邢斌听到了自己想要的答案，不由自主地打断了老朱的话。

老朱还有些踟蹰，但邢斌不以为然。他早已将老朱纳入了自己的宏伟计划中。

之后的几天里，老朱跟着邢斌白天跑化工集团，晚上上网查资料。两个中年男人的奋斗充满了艰辛，但别有一番乐趣。老朱终于有了被需要的感觉，他觉得自己真的离退休越来越远了。

而邢斌也渐入佳境。尽管化工集团仍然不肯在原材料价格上做出让步，但还是被邢斌生生撬开了突破口。工程分包商的身份为他提供了诸多便利，除了打探出化工集团内部更多关系网外，更为重要的是，还建立了另一条人脉。

人脉是商场中最重要的信息来源。不是所有信息都可以通过冷冰冰的网络查到。很多时候，别人不经意的一句话，对自己来说却是生死攸关的大事。邢斌和化工集团的人迅速熟络起来，因而打听到一个内部信息：H省有一家涂料公司刚跟化工集团签下一个大订单。

H省？

听到这个消息时，邢斌内心一阵狂喜。真是"踏破铁鞋无觅处，得来全不费功夫"！两个月的蛰伏，误解，争吵，几度绝望，几度崩溃，都被眼前这条信息抹掉了。成功的人是健忘的，容易忘掉艰难中的绝望，绝望中的恐惧……所以，成功的人大都是快乐的。

邢斌通过自己在化工集团的人脉关系，很快联络上了那家公司。如果以新环材料新股东的身份前去，只怕这一趟十有八九是白跑了。那他要以什么身份去谈呢？谁会平白无故地让完全陌生的竞争者搭车呢？

办法的确比困难多，尤其人在危难时，总会迸发出超乎寻常的智慧之光。邢斌选择了一个巧妙的身份——荣鑫集团项目部副主任，主管材料引进，与他现在的职级相当。这是临行前他向赵瑞申请的，任命书是前一天才对外公示的。虽说是个虚衔，但对他来说简直如同尚方宝剑。

有了这个身份，邢斌在H省的谈判进展非常顺利，可以说是"一帆风顺"。通过考察，邢斌还引进了一些普通级别的环保涂料，可谓一举两得。对方也爽快地答应了邢斌搭车的请求。这并不是一场"面子交易"，而是切切实实的各取所需。邢斌省了运输成本，又丰富了现有涂料产品。对一些要求不高的项目，可以不再依赖造价高昂的矿物漆。综合成本来看，长和公司这次是捡到了便宜。

最好的合作，一定是各取所需，这是邢斌的经营原则。他甚至将这个原则运用到了人事管理上。老朱就是个活生生的例子，他被雪藏的事业心被激发了出来。原材料搭载火车运输到H省后，就改由汽车运输到新环材料公司的车间里。而汽车运输这一段正是由老朱负责。

冬日里泛白的阳光打在他脸上，恍惚之间，他竟觉得像回到了二十年前，回到了那个属于他和他们的年代。那种喜悦涌到他脸上，藏都藏不住。他一边笑，一边指挥若定。两辆大型罐车从装车到驶离火车站台，一气呵成。

一切步入了预定的轨道，他们真的走出了沼泽！

是真的吗？

就在所有人都以为大功告成时，绝望的深渊再次袭来。

回到S城的邢斌，刚刚洗去一身疲惫，就接到了一个惊雷般的电话：

"邢总，出事了，咱们的罐车出了交通事故。"

"什么？罐里的东西呢？"

电话另一端濡滞了半天，才低沉地道："化学品泄漏了。"

那一瞬间，邢斌的五官揪成了一团。如果只是单纯的交通事故，车辆损失、人员伤亡，该怎么赔付就怎么赔付，但化学品泄漏这个事就大了。他一时间也六神无主了，呆立在客厅里。

老朱的脸一直在他眼前晃，电话另一端还在絮絮叨叨地说着什么，他已经听不见了。他的世界仿佛裂开一道口子，整个人掉了下去，一直往下掉……

"是邢斌吗？可算打通你电话了！我是市交通队事故科调查员，你现在马上到市交通队，有一起重大事故需要你配合调查。"

那声音清冷简捷，像播放的录音。邢斌听完，心里有些不舒服。虽然在他意料之中，但还是有些诧异。他讷讷地报了一声"好"，便挂掉了电话。之后，整个人又在沙发上呆坐了半天。

电话放在茶几上，嗡嗡地响着，茶几的玻璃面也跟着共振，声音变得异常刺耳。但这些完全惊扰不到邢斌。良久，他才缓缓站起身，穿上外套，出门去了。

外面已是银装素裹。雪花还在天空中飞舞，打着旋子，落到邢斌的镜片上，世界顿时变成了童话世界。可惜只是那一瞬间，美好便消失了。

一个人到底要多强大，才能把现实世界真的变成童话世界？邢斌不敢想。此刻的他，脆弱得像个孩子，怯生生的，被一只大手推着走向绝望的深渊。

交通队事故科一片嘈杂，各界领导、警察挤在一起，连楼道里也挤满了人，前来报道的记者一概被挡在门外。邢斌本以为低调小心就能平安穿山过林，没想到一秒破功。人群中有人一眼就认出了他。

"邢总，请问您对这次事故怎么解释？"

"邢总，长和公司要做出哪些赔偿？"

"邢总……"

邢斌真想用"无可奉告"来回绝他们，可惜这是交通队门前。他真希望老王在，或是其他人也行，至少能帮他挡一挡。他的内心泛起更深的绝望，脸色也跟着阴沉起来。尽管无数摄像头对着他，但此刻的他真演不出来。

邢斌一回身，看到了林刚的身影。一身警服的他很是庄严，与平素温和的形象简直有着天壤之别。他想问林刚为什么会出现在这里，结果还没来得及张口就被林刚"护送"出了记者们的包围圈。

"这下你又成名人了！"林刚半揶揄似的笑道。

邢斌无奈地摇了摇头。

"动静有点大，因为跟新环材料的经济问题有牵连，我正在省厅做报告，硬被叫过来了。"

林刚的话虽听不出半点埋怨，但他紧锁的眉头、凝重的表情，还是让邢斌心头一紧。

两人信步朝办公楼走去。途中林刚意味深长地告诉邢斌，他马上就能见到老朋友了。这当然指的是老付。长和公司目前是新环材料的第一股东，但老付还是名义上的法人。公司出了这么严重的事故，他势必要来负责。

事故科的受理大厅里，邢斌只跟老付对了一个眼神，便被带到了另一间审讯室。讯问的流程大体相同，邢斌也算熟悉了。讲清楚事情的来龙去脉，邢斌有点口干，喝了口水，心里闪过一个念头：老朱怎么样了？

虽然老朱是事故的直接责任人，但邢斌作为企业负责人，又是老朱的领导，责任也并不比老朱小。虽然未涉及刑事责任，但各种处罚、解决事宜足够把他逼疯。他宁愿像老朱那样，简简单单地承担事故责任，该赔钱的赔钱，不必应付没完没了的检查汇报，还有媒体……

此刻的老朱正躺在医院的病床上，虽然没有生命危险，但毕竟吸入了化学制剂，需要留院观察一段时间。田蕊和办公室的几个人轮流在医院守候，一有消息就会通知邢斌。

邢斌并没有责怪老朱的意思。当初让老朱接手运输工作，他能看出老朱的勉强。但他当时的投机心理占了上风，误以为责任心可以战胜年龄。然而现实的教训是惨痛的，力不从心就是力不从心，哪有那么多侥幸。

他默默地问自己，整件事表面上是老朱的失误，但要较真起来，用人之人就没有责任吗？坚持要走汽运的人就没有责任吗？可是有多少人能想到这一层？大部分人更喜欢表面问题表面解决，至于深层次问题是要伤筋动骨的，世上又有几个人不怕疼呢？即便有人冒着得罪人的风险，揭开了管理的漏洞，那这个人的动机就一定单纯吗？

当然，老朱的自责抵不上巨额罚款。经济状况本就捉襟见肘的新环材料公司，这次真的雪上加霜了。一直在努力爬出沼泽的邢斌，又一次被拽回了沼泽。或许，他天生就是在泥泞中前行的人！

42 离间之计

人在危机之中激发出来的智慧是不可估量的，甚至连自己都会感到意外。在田蕊的人生中，有好几次这样的瞬间，她觉得那不是她！那样聪明、睿智，一眼就能洞察别人的心思……尤其当涉及邢斌时，她就像刺猬一样，每个毛孔都在战斗，智慧之光仿佛照耀了她的全身。

医院传来好消息，老朱伤势不重，很快就能恢复。老朱想尽快回单位向邢斌当面检讨，否则他的良心过意不去，况且他也不想背着这样的名声离开长和公司。邢斌理解他，可是短期之内，他真的不适宜出现在公司，甚至不适宜走出医院，因为这件事还在持续发酵……

老朱的自责和认错态度，虽然抵不了巨额罚款，但至少让邢斌在赵瑞和集团公司众位领导面前有了喘息的机会。当然，事情最终还是要归结到钱上。由于荣鑫集团在新环材料占有相当大比例的股份，所以相应地也要承担自己份额内的罚款。

"数目不小。"邢斌看着交通部门出具的交通罚款单，暗自咋舌。

"不止这些，两辆罐车上的制剂所剩无几，可以忽略了。还有就是汽车的运输费和租车费；虽然火车是拼车，但也要支付一半的费用……"小黑主任一只手翻着各种单据，一只手飞快地在笔记本电脑上操作。

"直接说结果吧！"邢斌显然没有耐性听他细细道来。

小黑主任忙活了一阵，很快停下手。他表情凝重地看着邢斌，压低了嗓子说道："如果加上进货分摊的成本，应该是这个数。"说罢，他调转电脑屏幕，指着打开的一份表格给邢斌看。

邢斌看着屏幕上的数字，瞳孔在逐渐放大、放大，直到眼球快凸出来，才从喉咙里挤出一句："赔了这么多！"

"是呀,一朝回到解放前,这次真是不好上岸了。"小黑主任也跟着叹了口气。

原本在邢斌和陈涛的努力下,接连拿下几个小项目,进展顺利,回款也快;再加上开发区项目顺利开工,也拿到了阶段性工程款。一切刚刚走上正轨,公司的账面上也开始见流动资金了。所有人都兴奋不已,感觉公司这一口气终于喘上来了。可是现在,就这么一下子,全都成了泡影。前期赚的钱都赔进去不说,还要向集团公司预支工资额度。长和公司又回到了那风雨飘摇的日子!

当然,新环材料的日子也好过不到哪儿去。最直接的影响是罢工,而缘由还是讨薪。由于原材料迟迟未能到货,车间始终处于停工状态。停工自然没有收入,公司没收入,工人们的薪水就发不出来。但这些薪水并不是停工后的应发薪酬,而是生产上一批产品工人的应发薪水。显然,老付动了工人们的薪水,这是如洪水般能瞬间吞没一家公司的举动。

可是老付偏偏就这么干了!

"钱,我是拿不出来了,机器现在也停着呢,库房还有一点产品,你们想搬什么就搬什么吧!"

老付向工人们抛出这句话,沮丧地蹲在地上,四周围满了工人,里三层外三层。他感觉自己快窒息了。可工人们搬空了库房,又跑来讨说法,一副不依不饶的架势。

"我是真没有了!但凡能想的办法都想了,你们看着办吧!"老付的话几近负气,但又充满了无奈。

见老付一副破罐子破摔的架势,众人也无计可施了。就在此时,人群中有人突然喝道:"咱们去找长和要钱。"

"要不是那个邢总找了个二愣子开车,那罐车能出事儿吗?不出事儿,咱们现在早开工了,早拿着工资了……"

"对,罪魁祸首就是他!"

"走,咱们去长和公司!"

说着,工人们就朝车间门口走去。老付吓得大惊失色,连忙给邢斌打电话报信。没想到,邢斌已经站在车间门口了。

"找我还用跑那么远?这不,我自己来了!"邢斌一脸和气地朝众人笑了笑。

众人止了步。老付从人群中挤出来，站在邢斌身边，喘着粗气，压低了声调说："这些人疯了，我拦都拦不住。"

"各位工友，有什么要求，慢慢说，一个一个说，咱们一条一条解决。"邢斌依旧笑脸相对，试图稳定工人们的情绪。这几年的历练终究派上了用场，他处理危机事件更加游刃有余了。

工人们见邢斌笑脸相迎，言语和蔼，姿态也摆得很低，像是要解决问题的样子，渐渐地冷静下来。

"邢总，我们也不是成心闹事，实在是过不下去了。"

"是呀，自从前两个月补发了一回工资后，一直没再发工资，我们都是上有老下有小，没钱，拿什么养家？"

邢斌看着工人们恳切的脸，有些于心不忍，但他深知，同情解决不了问题。要帮那么多人解决"钱"的问题，可不是一件轻松的事。俗话说："天助自助者。"要解决新环材料的问题，还得靠新环材料自己。于是，他清了清嗓子，停顿了一下。他需要把控一个节奏，一个他熟悉的节奏。

"我知道大家的难处，你们当中有些跟我是同龄人，咱们遇上的难处大同小异。大家是来要工资的，其实我也是来要工资的。"他这话一出，众人立刻安静下来。

"有人笑了，你们觉得我在开玩笑？老板怎么还要工资呢？"讲到这里，人群中传出几声笑，邢斌也跟着笑了，"我是来跟'新环材料'这块牌子要工资的。其实咱们都是靠这块牌子活着。有了它，咱们就是个单位，是个组织。人在组织内，你才能跟其他的组织对话。没了它，大家四分五散，可就什么都不是了。"

邢斌正说着，人群中又传出一个不屑的声音："我们可以找别的组织，总不能在一棵树上吊死！"

邢斌也不急，只觉得这语气像极了年轻时的自己，因而笑着慢慢道："我当然不拦着大家找别的组织，可是你能保证出了这道门就能找到一个好下家吗？"

众人哑然，气氛再一次凝重起来。邢斌的话戳中了很多人的心。真想走的人不会来公司闹事，找好下家的人自然也不会出现在这里。现在，他需要给这些人一个大大的台阶："现在市场竞争这么激烈，下家也未必就比咱们这里好。再说，眼前的困境只是暂时的，只要开了工，一切都会好起来，咱们得对自己有信心，对咱们公司这块牌子有信心！"

有人犹豫了，有人开始窃窃私语。望着车间大门的人越来越少。邢斌在他们的眼神中看到了期盼。尽管那目光一闪而过，还是被他捕捉到了。

"有一个消息，原本是要等到文件走完审批流程再向大家公布的，现在我就提前交个底。"邢斌故意摆出一副漫不经心的神情，笑呵呵地道，"公司正在联系原材料发货商和运输公司，下一批原料已经准备起运了，一到货咱们就开工。知道为什么这么着急开工吗？"

邢斌像讲故事似的，故意卖了个关子。众人听得入神，摇着头配合。邢斌接着道："因为甲方已经下了订单，也就是说，只要咱们生产出产品，货款就会进账，大家的工资都会有着落。"

邢斌话音未落，齐刷刷的目光就盯住了他。落锤定音，只怕他现在连反悔的机会都没有了。此时老付脸上的表情已由诧异变成了惊愕。他心里清楚得很，哪里有什么甲方订单，更没有原材料……一切都是邢斌在自说自话！

谎言总会被拆穿！邢斌的这套说辞，在老付看来，不过是将罢工的时间延后了，抑或是在积聚更大的麻烦。邢斌越是镇定，他越是心虚发毛。他仿佛已经听到，不远的将来，工人们那歇斯底里的吼叫……

他想劝他邢斌，已然来不及了。

工人们带着狐疑和期待的神情走了，空荡荡的车间里，只剩下老付和邢斌两个人。老付问邢斌，再三地问，想从他口中听到真相，但又惧怕听到"谎言"这两个字。他想，一切是真的就好了！

谎言如同沙漏。细沙一粒一粒落进邢斌心里，沉甸甸的，每落下一粒，他的心就沉重一分。他必须争分夺秒，圆上自己亲口编织的谎言。可惜，成年人的致命考题恰恰是——把童话变成现实。

当然，不是所有人都这么好"骗"，也不是所有人都会讲故事。比如李堃，虽然擅长舞文弄墨，可一张笑面虎的脸把心思都出卖了，谁还会相信他呢？

邢斌的一连串动作，瞬间反败为胜，打了李堃一个措手不及。李堃显然低估了邢斌，也高估了自己。而更可怕的是，愤怒已经烧到了他自己，他却全然不知。

有一次，邢斌因为项目方案批评了田蕊，语气稍重了些。那一瞬间，田蕊的脸色异常难看。她是他的心腹，这是公司里公开的秘密。但这并不是她生气的真正原因。之前也曾发生过类似的事，但在长和公司，在众目睽睽之下，这还是第一次。

她什么也没说，静静地、缓缓地走出了办公大厅。就在她转身的刹那，所有注视着她的目光都自觉地垂了下去。

假装没看见，假装没听见——这是办公室生存的潜在法则。但那一刻，田蕊厌恶极了这条法则。她从没想过，有一天，邢斌会这样不顾颜面地批评她。

邢斌没有追出来。直到深夜，她也没等到他的信息。那夜，实在太漫长了……

"他不需要我了吗？"田蕊不免发挥想象，因为自从西南之行后，她和邢斌之间的话题就只有工作。她不知道，他们从什么时候开始疏远了，是从她听李峰的讲座时开始的吗？或许从一开始就已经注定了是这样的结局，又或许一直是她在自作多情？

第二天，第三天，一直没有信息。田蕊甚至疑心手机坏了。可是真若坏了，怎么能接到其他信息？也许只是关于邢斌的那部分坏了！

她不知不觉走到总经理办公室门前，紧闭的大门堵在眼前，像堵上了一个世界。她沮丧地垂下头，转身想走，却被一个低沉的声音叫住。

"小田，我正找你呢，到我办公室说吧！"

她转身一看，一张白皙松垮的脸，肉嘟嘟的下颚正微微抖动，油滋滋的头发贴在头皮上，眼睛眯成一条缝，猥琐的笑容令人作呕。

是李堃！全公司没有第二个人能恶心得令她连胆汁都能吐出来。"这家伙找上门来，肯定没好事！"她暗自想着，点了点头，没有拒绝，实在是没有恰当的理由。

"小田啊，你可是咱们工会的活跃分子呀！"

副总经理办公室里，暖气的热浪升腾起一股老式发胶的味道。李堃习惯性地将了将贴在头皮上的发丝——在强光的照射下，更加油亮了。

田蕊瞥了一眼，没作声。她知道，这个狡猾的男人正盘算着怎么给她下套呢！

"有没有兴趣来工会帮忙？"

李堃笑嘻嘻地抛出橄榄枝，田蕊一时怔住了。她没想到李堃居然会拉拢自己，更没想到他会这么直白地说出来。

"意外吗？我也是为你好。债务工作多辛苦呀，不是跑工地、跑客户，就是加班做方案，一个女孩子，干吗把自己整得那么累？连谈恋爱的时间都没有了。"

李堃的话语重心长，像极了长辈对晚辈的关切，但细听之下，却有些别扭。

"谈恋爱？他为什么故意提起这三个字，还刻意加重了语气？"田蕊的脸上渐渐表现出一丝厌烦。

"怎么了？我说的也是实情，你看看公司里像你这个年纪的女孩子，谁待在一线呀？再说，女孩子还是别担那么大风险的好，让男孩子去干吗！"

"这算是组织关心吗？"田蕊心里想着，脸上露出了尴尬又不失礼貌的微笑。

李堃见她笑了，面露得意之色，又语重心长地补了一句："其实过一段时间，邢总也会做人员调整的，你现在走还占个主动……"

这么说，田蕊还要谢谢他了？

43 三访T城

再好的关系,也架不住"猜疑"二字;即便没有猜疑,时间久了,蜜语少了,也会变得生疏。田蕊和邢斌虽然谈不上相濡以沫,但也曾相互扶持,共渡难关,这些都是不可抹杀的记忆。

"小姑娘嘛,受不得冷落!"李堃自以为把准了田蕊的脉,便想着一步一步实施自己的计划。然而,他还是失策了。

那天以后,李堃又找田蕊谈过几次话,还是游说她到工会工作。田蕊照旧不置可否,态度不明。这令李堃有些恼火。他不理解,一个人对另一个人能有多忠诚?何况,他们传说中的关系看起来也只是"传说"。他不知道,是什么让田蕊如此坚定地留在邢斌身边。

"这大概就是邢斌的厉害之处吧!"李堃有些后悔同田蕊说那番话了。

田蕊并不是把心事挂在脸上的人,但最近一段时间,她明显兴致不高,工作也没之前积极了。很多人都看出了端倪,公司里传出很多流言。其中很大一部分是在传她"失宠"了,因为大家看到了异常忙碌的邢斌和异常轻闲的田蕊。

"你最近很忙?"

清冷的晚风中,田蕊停住了脚步。她大概没有想到这个熟悉的声音会在此时响起。她并没有预想中的惊喜,而是缓缓转过身看着远方,目光有些游离。她不是要刻意避开谁,只是不知道该用怎样的表情去面对这个人。

他渐渐靠近,脚步声湮没在呼啸的风中。

糟糕,她还没准备好,怎么办?

"你怎么了?怎么不说话?"当邢斌若无其事地问出这句话时,仿佛一下子引爆了潜藏已久的雷。

嘣的一声，山呼海啸袭来。

"我忙不忙，邢总不知道吗？"这话一出，田蕊居然被自己吓了一跳，"为什么要用质问的口气？他是我的什么人吗？我们根本什么也不是……"她后悔得真想找个地缝钻进去。

邢斌笑了笑："你这是怎么了？我惹着你了吗？"他问得这样轻描淡写，似乎已将上次在办公大厅里当众训斥田蕊的事忘得一干二净，又或者那件事根本没在他记忆里出现过。

但田蕊不同。她毕竟是个小姑娘，在某些方面心思格外细腻的小姑娘。这些天，她想过眼前，也想过他们的未来，甚至想过他成为她的"谁"，但那似乎不太可能。或许以前可能，但现在不可能了！

"真的只剩下工作关系了吗？"她悻悻地看着他，突然有一点局促，即便在他们初相遇的时候，也没有过这种感觉。她也不禁问自己："我是怎么了？"

"你最近情绪不对头？"邢斌的话戛然而止，他看着田蕊一直低垂着头，似乎想到了什么，但话到嘴边又被他生生咽了下去。

是什么时候生出的疏离感？邢斌也不知。他甚至从没在她面前小心翼翼地讲过话，可是今天，在这一场冷风奇袭中，一切突然就变了！

"没什么。"她敷衍地回了话，然后是长久的静默。

谁都没有离去的意思，但谁也没再向前迈一步。风一直吹，这不是那个雪夜，也不是C城的暖风，刺骨的寒风直往人脖颈里灌。总要有人先开口。

"有件事我考虑了很长时间，之前跟陈总商量过，他同意了，不过还得报到集团才算数。"邢斌说话时，向前迈了两步，凑到田蕊跟前。一双好奇的大眼睛，正看着他。

"过了这么多年，她还是那个直爽的大女孩。"他想。在最初的那一刻，他正是被这个眼神吸引。

"跟我有关？"田蕊的语气突然软下来，果真像个大女孩，问着明知故问的问题。

邢斌点点头，面容恢复了一如既往的认真："T城化工集团迁址的项目要动工了。"

"这么快？可现在还是冬天……"田蕊的声音也变得清脆起来，像只百灵鸟。

邢斌又点点头："甲方等不起，咱们也等不起。H省并不临海，冬天户外作业还算好。"

"冬天开工多冷啊！"田蕊知道，邢斌说的"好"指的可不是施工环境，而是海风小，施工作业相对安全些罢了，但是工人们就需要冒着严寒在户外作业了。工地上的冷，是那种无处躲藏的冷，能把人冻透。

邢斌瞧她那可爱的模样，笑道："那么好干的话，就轮不到咱们喽。"

"什么？"田蕊不解地看了邢斌一眼，突然想到了什么，戏谑似地问，"你都答应了什么'不平等条约'？"

邢斌笑而不语。两人在冷风中走着。

田蕊古灵精怪地试探："你打算把我调到那边的工地去？"

邢斌重重地点了点头："别人去，我不放心。"

田蕊嗤笑道："干吗，派我去当监工呀？"

邢斌突然停下脚步，怔怔地看着她，然后郑重地说了句："就是派你去当监工。"

"我？"田蕊指着自己，一脸诧异。她大概没想到，自己竟一语成谶。

邢斌笑着又点了点头："就是你啊！我琢磨很久了，派谁去都不合适，就你最合适。"

"可是，我，我，工地上的事情我完全不懂啊！"田蕊有些慌乱，仿佛一下子就没了信心，开始喋喋不休起来，"我完全不行，你还是换别人吧，我会把事情搞砸的……"

"你这个小丫头，也有谦虚的时候呀？"邢斌调侃道。在他的印象里，田蕊虽然不是个女汉子，但遇事也从不退缩，是个可以共患难的伙伴。但这一次，她似乎没了方寸。

"大叔，这次真的不行。"田蕊委屈巴巴地说道，声音也有些低沉。

"怎么'不行'？"邢斌高声道。眼前这个唯唯诺诺的女孩，完全不像他认识的田蕊。

"这可是BT项目，你让我去做'监工'？公司里那些'老人'哪个好对付？论业务人家比我熟，论经验更没得说。人家做工程时，我还在啃书本呢！你硬要我去，一定会出事的！"田蕊的语气也有些急切，她丢下这句话，径自往前走去。

她并不是一个怕事的人，也不会被困难吓倒。但这一次，这么大的工程，人员多、工期长，又是政府重视的大项目，她一个入行不久的小丫头怎么可能挑起大梁？当然，邢斌不可能让她独自前去，必然会派业务能手同行。但即便如此，这么重大的项目，对于从未单独负责过一个项目的人来说，也是"勉为其难"的。

"走这么快！"邢斌大步跟上来。

"这不是'行不行'的问题,是根本不可能的问题。"田蕊近乎负气地道。她觉得邢斌过于武断，并不理解她。这不是提拔，而是顶雷！

邢斌并没有发火，语气缓和下来，缓缓地道："我给你讲个故事。从前有个老爷，有一天突然想吃鱼，就吩咐家里的伙夫中午做鱼。伙夫一大早就上街去买鱼了，可是到了中午，老爷这肚子饿得咕咕叫，一点儿鱼味也没闻见。老爷纳闷了，就亲自到厨房去看，你猜怎么着？"

"伙夫没买到鱼？"田蕊敷衍地道。

"鱼是买着了，可是家里没那么大的锅。这伙夫坐在厨房里直叹气。老爷站在厨房门口是一脸无奈。"邢斌越讲越兴奋。

"换口大点儿的锅不就行了！"田蕊的语气还是冷若冰霜。

"你看看，你都知道这个道理，可那个伙夫不知道呀！结果老爷也没吃上鱼。"邢斌乐呵呵地解释道。

田蕊却有些不耐烦了，阴沉着脸道："我这口锅太小，装不下这么大的鱼，您还是换口大锅吧！"说罢，她又急匆匆地朝前走了。

邢斌赶忙跟上去解释："现在这口锅才叫小，你就是我准备的大锅。"他又凑到她耳边，小声道，"没有人比你合适，你要是不去，这个项目就做不成了。"

田蕊突然停下脚步，看了他一眼："我有这么大面子吗？"

"有！"邢斌见田蕊的脸色有了缓和，又接着安慰她，"你放心，我不会真把你一个人放那儿的。前期我会带着你干一段时间，但是不会太久，因为这边还有很多工作要做；后期我会给你配一个项目组，你需要做的是代表我盯着他们干活。"

田蕊半信半疑地瞥了他一眼，紧张地道："项目组，你该不会是把项目部那些老人派过去吧？你让我盯着这些人干活，怎么可能？我给他们端茶倒水还差不多！"

"当然不会。"邢斌连忙摇头，"项目部的人不可能都派去，我会挑一部分，再从集团公司那边抽调一部分，都是业界大咖。"

"什么？"田蕊听完更心虚了。

邢斌笑道："有我在，你怕什么？再说，集团公司那边都安排好了，给你找了很厉害的助手，你的工作就是代表我居中联络，解决好后勤问题，这回还没信心吗？"

田蕊看了看他，没说话，但也没再坚持拒绝。

几天后，邢斌带着田蕊和部分技术骨干奔赴T城和H省，进行业务考察和开工准备。这是他第三次来T城，与前两次的百感交集相比，这一次他气定神闲，一副胸有成竹的架势。

此时的邢斌发觉自己爱上了债务重组这个新业务。不是他喜欢创业，而是想将自己的经历更多地分享给正处于困难之中的创业者。而荣鑫公司的业务他又不想放弃，所以他必须培养一个得力的助手，最合适的人选自然是田蕊。

幸好，她并没有让他失望。

两人在T城一边考察，一边交换意见，仿佛又回到了一起创业的那段时光。

"我听说化工集团最近参加了一个T城的公益活动，他们一把手会亲自到现场给小朋友颁奖。"一名技术人员拿着手机，边看边汇报。

考察团此行有两个目的：一是做好化工集团迁址工地开工的准备；二是向化工集团寻求援助，解决新环材料的原材料问题。

邢斌一听这个消息，立刻兴奋起来："这的确是个不错的机会。既然平时约不上这位老总，咱们想办法也去参加，说不定有机会跟他聊一聊。"

"那我去找找门路。"田蕊进入角色很快，才到T城第三天，就已经有点儿项目负责人的架势了，说起话来不再像之前那样叽叽喳喳，添了几分沉稳，这令邢斌颇感欣慰。

田蕊果然拿到了入场券，邢斌也顺利见到了化工集团的CEO。那天，田蕊跟在他身后，努力学习着各种商务礼仪，努力融入社交之中，更努力开辟着自己的小天地。她上手很快，不仅迅速掌握了建筑行业的基础知识，还找到了开拓市场的窍门。总之，她就像换了一个人，在极短的时间里，迅速成长！

颁奖仪式结束后，邢斌和化工集团 CEO 私下里见了面。

"邢总，久仰大名啊！"化工集团的 CEO 看上去并不年轻，比邢斌要年长很多，有一种老派国企领导的架势。他之前听部下讲起过邢斌，有一些印象，所以才会有这次见面。

邢斌恭敬地回了礼。即便是赵瑞的职级，跟这位 CEO 相比也差了一截，何况他这个中层干部，要不是荣鑫集团代表这个身份，只怕是没有这次对话的机会。所以，邢斌特别珍惜，开门见山，直入主题。

他首先陈述了上次事故给荣鑫集团带来的经济损失，当然，他把新环材料的损失也算在内了，毕竟对外他们是一家公司；随后又提及荣鑫集团正在做的政府大型项目，算是背书。那位 CEO 听完眼神一亮。邢斌仿佛看到了希望，顺势又提出了延缓结账的请求——他此行的终极目的。

然而，话一出口，邢斌又有些后悔了。毕竟两位当家人之间是不宜这样"开门见山"的，一旦被对方回绝，那真是一点回旋的余地也没有了。这不仅是一场赌博，简直是一场豪赌。

那位 CEO 面无表情，怔怔地看着邢斌，一语不发。

他在想什么？邢斌无从得知，也没有必要去猜。结果无非是"零"和"一"两种可能性。

时间在一分一秒中流逝，邢斌却仿佛过了一辈子……

44 邂逅兰芝

  播种与收获永远不在同一个季节。漫长的播种期和不期而遇的收获季，让人烦恼，但也正是乐趣所在。无心插下的柳树，因为有了足够的成长空间，绿树成荫，才让人因意外而生出惊喜。倘若以收获为目的，播种就变得斤斤计较，不得不计算成本；而计划好的收获便成了一种必然，少了喜悦，添了指望。一旦收获落空，便只剩下失望。交友，亦如此。

  把自己的生死交到别人手上，不仅冒险，还有点傻。邢斌有一点后悔，可他又能怎样呢？想要救活新环材料，或者说想要自救，唯有冒险这一条路。

  这代表什么呢？无非是"零"和"一"两个数字，这么难以抉择吗？他看着对方没有任何信息可以解读的脸，并没有焦急之色。他心里清楚，时间越久，另外那百分之五十的可能性就越大。其实他不知道，他自己的脸色才叫石板一块。

  怎么打破眼前的尴尬呢？邢斌僵硬而不失礼貌地笑了笑。他假装看了一眼手机，像是有什么急事要处理。那位CEO虽然上了年纪，但很敏感，见邢斌给出台阶，立刻找个理由脱了身。

  邢斌也没再追问，反而长舒了一口气。没有回答，也许是最好的答案。虽然没有达成预期目标，但事情也没有向相反的方向发展。只要想好对策，还是有希望的。

  回去的路上，他一直在回忆整个过程，每一个问题，每一个答案，一遍一遍仔细回忆。他要找出问题出在哪儿。想了许久，还是没找出答案，也许从一开始他就错了！他不该冒失地直接找到化工集团的CEO，也不该那样开门见山，毕竟他们之间没有任何感情基础。人与人之间，还是要讲情分的。

路，突然变长了。海边的冬季，格外寒冷。风很大，邢斌不禁缩了缩脖子。他的脑子在翻涌，心也在翻涌，但所为的却完全是另一件事。在公益活动中，他无意间看到了一张照片。其实只是在他眼前匆匆掠过，但那个熟悉的身影，却在他脑子里久久挥之不去。

兰芝？真的是她吗？她不是在国外吗？

也许她回来了。

可是，她为什么不来找他？是刻意躲避，还是另有原因？

邢斌控制不住自己胡思乱想。在见到兰芝之前，他会一直胡思乱想下去。他自嘲似地嗤笑了一声，觉得自己像个小女生。可他不知道的是，他身后还有一个小女生，一直默默跟着他……

"你还没走？"邢斌突然转过身，惊讶地道。

田蕊无奈地点了点头，她的语气带着点责怪："我还以为你把我忘了呢！"

邢斌猛然回过神来，想起田蕊是跟自己一起从活动现场出来的，心生歉意道："你瞧我这脑子，光顾着想事了，差点把你忘了。走，咱们现在就回酒店。"

"您不光把我忘了，把自己都忘了！"田蕊也不知哪来的邪火，竟脱口而出，说完连她自己都吓了一跳。

其实，邢斌前后情绪的转变她都看在眼里，原因也猜出了七八分，只是没想到，那位传说中的"红颜知己"居然又回来了。但她倒没有什么好嫉妒的，先前似乎有一点，现在居然淡了。她生气的是，自己竟这样平白地被忽略，陪着一个思绪混乱的游魂，在寒冷的海风中漫无目的地乱走。

邢斌讪讪地解释道："我真是年纪大了，脑子不能想事，一想事就什么都顾不上了。"

田蕊依旧默默地跟在他身后，也不说话，空气突然凝固，尴尬再次袭来。

邢斌似乎想到了什么，停下脚步，转身看着田蕊，酝酿了一下，才说："H省的工地需要提前做些安排，陈总已经赶过去了，明天你先过去跟陈总会合。我在这边还有点事，处理完了就去跟你们会合。这次是大工程，咱们得全力以赴。"

他分明是在找借口。田蕊懒得计较，默默地点了点头。

晚上回到酒店，邢斌还是有点神情恍惚。

兰芝的出现打乱了他的节奏。原本以为今生永别之人，居然就在身边，这是冥冥之中的安排吗？邢斌不淡定了。他的手不受控制地在手机上来回拨弄，一个熟悉的电话号码很快跳了出来。

他许久没有拨过这个号码了，有一点犹豫，害怕拨过去无人接听，更害怕根本拨不通。他踌躇良久，从傍晚到深夜，想象过无数个开场白，从语言到声调，一遍又一遍地练习。即便演讲时，他也从未这样用心过。可是，当电话真的拨通了，电话那头传来那个熟悉又悠远的声音时，他居然哽咽了，一句话也说不出来，大脑竟是一片空白。

"喂，老邢？"兰芝的声音带着一丝惊讶。自从离开S城后，他们之间甚少联系，最近一年更是没了消息。各自安好，就是最好的祝福。这算是一种默契。然而这一刻，默契被打破了。

邢斌拿着手机，愣在原地，直到电话另一端又传来几声呼唤，他才回过神来。

"喂，是……兰芝吗？"他的声音居然有些颤抖，有点激动，还有点彷徨。他只觉得心怦怦乱跳，潜藏在心底的不自信又跑了出来，这是许多年没有过的感觉了！

"今天怎么想起来给我打电话了？"兰芝的声音还是一如既往的清脆，充满朝气，完全不像中年人。

邢斌一时语塞，原本想好的开场白一字不剩，全都忘了。

"出什么事了吗？"她的声音突然变得温柔、熟悉，让人沉醉。

"没，没事，我就是想打个电话。"邢斌磕磕巴巴地说，言语间充满了闪躲。他的确只想打电话，只想听听她的声音。

兰芝收起笑意，问道："你是不是遇上什么事了？"

邢斌愣住了。他的确遇上事了，而且是骑虎难下的事。但他没想到的是，这么久没联系，兰芝对他的处境还是清清楚楚。

"啊，没事，真没事。"邢斌极力掩饰道，"我今天去T城参加了一个公益活动，是化工集团主办的，在活动现场看到了一张照片，我才知道，你也参加了这个活动。"

电话另一端传来轻轻的笑声，邢斌又接着问："兰芝，你……你是什么时候回国的？"

"刚回来不久，我就在T城，没想到这么巧……"兰芝爽朗地道。

后面的话，邢斌几乎没听见，他脑子里只有"T城"两个字。这么近？要不要见一面？一股热血直逼他的太阳穴，"噔，噔"撞得他的头生疼。

他幻想着兰芝现在的样子，沉浸在刚才那温柔的声音里。他觉得，自己八成是疯了。

"能见一面吗？我还要在T城待几天。"邢斌的声音极小，小到连他自己都快听不见了。他们当初约定过不再相见，誓言犹在，可是现在他反悔了。

电话另一端是长久的静默。邢斌琢磨着，那么小的声音，兰芝大概没听见，他要不要再说一遍？可是他张开了口，却发不出声音。他不敢再说一遍，害怕另一端再次沉默。那沉默实在可怕！

"兰芝？"他还是鼓起勇气叫了她的名字。

"哦，是啊，我也觉得应该见一面。"兰芝似乎也有点惊讶，但她很快调整好了心情。她是极少数能用理智控制情感的女人，但每每这种时刻，难免有点"不女人"。

"好啊，咱们在哪儿见面？"邢斌马上接过话茬，生怕稍有停顿她会改变主意。

"T城我住了一段时间，应该比你熟，还是我去找你吧！"兰芝大方地道。

邢斌说了地址，双方约定半小时后见面。挂掉电话时，他才意识到，听筒已经湿漉漉的，自己的手心里居然全是汗。

他不应该心潮澎湃，或是手舞足蹈吗？可是那一刻，他却呆若木鸡。

真的要见面了吗？他曾无数次幻想的重逢画面，马上就在眼前了吗？他的心莫名紧张起来。

半小时的准备时间，似乎有点短，他还来不及梳理没有兰芝的这段人生。

半小时后，邢斌终于在酒店楼下的咖啡厅见到了久违的兰芝。她还是那样漂亮，而自己却老了许多。他异常平静的外表下，是强行克制的躁动的心……

很多年过去了，兰芝还似一朵明媚动人的花，仿佛把咖啡厅昏暗的光线都变亮了。邢斌感觉自己的脸有点僵，笑容变得极不自然。他在极力掩饰，把欣喜藏在心底。

"真没想到，我们还会再见面。"兰芝一边坐下，一边微微笑道。

"怎么能不见呢？"邢斌随口说了一句，立刻又觉得有些草率。

"是啊，老朋友了，好不容易在T城碰上，也是缘分，总要见一面的。"兰芝笑道。

两人各自点了一杯咖啡。服务生很快端了上来，邢斌看着杯子里的拉花，不禁想起了第一次喝咖啡时，兰芝特意要了一杯美式。

"我记得你以前只喝美式咖啡，今天怎么换了口味？"

"人哪有一成不变的，换换口味，感觉新鲜。"

"这倒是。"邢斌搅着杯中的咖啡，脑子里却在盘算要说些什么。其实，他脑中一片混乱，这些年的这些事，一点一滴像放电影一样，在他脑子里过了一遍。他想告诉兰芝，他是怎么离开原来公司的，又是为什么到了长和公司，还有他配合公安和纪检调查……太多了,讲也讲不完。也许兰芝根本没兴趣听这些，她只是匆匆而过，下一次见面不知道又是什么时候了。

"难得见一面，总不会就为了这一杯咖啡吧？"兰芝打趣道，"我可是冒着寒风跑来见你的……"

邢斌憨憨地笑了。他心中的那些"盘算"立刻烟消云散了。

"你，你挺好的？"他不知道怎么冒出这么一句。兰芝怎么会不好呢？她那一脸春风已经说明了一切。

兰芝点点头，收起笑容，又问："你今天怎么了？有心事？"她这个判断完全是按照习惯，以往邢斌主动提出见她时，总是身处困境，她想着这次大概也不例外。

邢斌还是有些惊讶，赶忙否认："没，没什么，电话里不是都说了吗，我没事，也挺好的。"他知道这话是自欺欺人，以他对兰芝的了解，这话是骗不了她的。

空气凝固了片刻。兰芝突然道:"你的事,我听说了一些,你去了荣鑫集团,大概是为了还赵瑞的人情吧!"

邢斌点了点头。

"感觉怎样?跟之前完全不同的感受吧!"兰芝不愧是最了解他的人。

这一次,邢斌摇了摇头,有点儿一言难尽的味道。

"我听说,你打算做债务重组,还遇上了麻烦?"兰芝喝了口咖啡,不紧不慢地道,"现在问题解决了吗?"

邢斌一声苦笑,敷衍地道:"解决了,当然解决了。"

"可是你的样子不太像啊?"兰芝道。

"你听说了?"邢斌问道。

"听说了一些。"兰芝又道,"舆论的事不难解决,能让你这么忧心忡忡的还是经营上的事吧?"

邢斌笑了。想来兰芝已经听说了一些传闻,但他还是避重就轻地说道:"真是什么也瞒不了你,我最近确实在为经营的事头疼,不过都解决得差不多了。"既然兰芝已经置身事外,没必要再牵扯她进来。何况他不希望再打扰兰芝的生活,今天的见面已经是例外。

"真解决了?"兰芝再一次问道。

邢斌也再一次给了肯定的答案。

"咱们都是老朋友了,用不着见外,或许我用不上的资源,到你那儿就帮上大忙了,我还落下一份人情,何乐而不为呢?"

兰芝这话听上去像生意,实则却是为了邢斌,这一点邢斌清楚得很。他点了点头,还是没下定决心借助兰芝的资源。

45 融资成功

有时候，人情的确可以促成生意，但绝不能将生意当成人情。在邢斌的世界里，生意和人情如同楚河汉界一般泾渭分明。他不会把感情搅在生意里，就如同他不会轻易接受兰芝的帮助一样。他不想再欠她的人情，更不想成为她的人情。但人生不会按照剧本来演……

"目前我还应付得了。"邢斌婉言回绝了兰芝。

兰芝也不再强求。尽管她知道化工集团还没有答应邢斌的条件，但她需要尊重朋友的选择。不过还有一层原因，兰芝跟化工集团并没有交集，大概也帮不上什么忙。

"那好吧，我在T城也待不了几天了，幸好今天咱们见了一面。"兰芝又道。

"你又要走？出国吗？"邢斌急切地问。

"不是出国，去香港。"兰芝淡淡地道。

"哦，你在香港有生意？"邢斌试探地问，其实他大概是醉翁之意不在酒。

兰芝不以为意，接着道："算不上生意，帮朋友点小忙而已，这次是去参加朋友公司的上市庆典。"

"在香港上市？"邢斌顿时眼中放光，满脸羡慕地问。

兰芝点了点头，仿佛在说一件稀松平常的事。她这些年在国内国外来回跑，从做贸易、电商，到帮朋友的公司在港股上市，也是经历了一番风雨。现下虽然说得轻描淡写，但个中滋味只有她自己知道。

邢斌在她的脸上看不到一点风霜，岁月仿佛只是从她身边悄悄走过。他惊讶于这个女人旺盛的精力和职业能力，更惊讶于自己的好运气。一个男人一生能够认识这样的女人,甚至与其成为朋友,是多么幸运。

她是个值得珍藏一生的女人!

邢斌在心里默默想着。夜幕已经降临,老朋友叙旧,时光总是过得特别快。他们就在咖啡厅吃了简餐,边吃边聊。话匣子一旦打开,就很难关上。直到咖啡厅打烊,他们才离去。邢斌坚持要送兰芝回去,兰芝拗不过他,只得随他的意。

出租车驶过这座海滨城市,夜幕下的海风,呼啸而来,像一头强壮的野兽。邢斌的心被野兽推向了飓风之中,突然觉得充满了斗志。兰芝就是有一种神秘的感染力。以往,每当邢斌丧失斗志的时候,只要见到她,聊一聊,哪怕三两句词不达意的废话,也能让他立刻恢复斗志。现在亦如此。

邢斌真想在昏暗中握一握她的手,只是握一下。然而,路灯淡淡的光照进车里,他的手尴尬地停在当空,被她看见了,也被前排的司机看见了。他的手羞涩地缩了回去,插进羽绒服口袋里,再也没伸出来。

一个中年男人的胆子,是被生活"吓"小的!

和兰芝的短暂相会,如同一场梦。回去的路上,邢斌回忆着自己那些言不由衷的话、刻意保持的距离……他在克制与恣意之间纠结徘徊,在拒绝与后悔之间游走。

那一夜,他失眠了。往事历历在目,前路如梦似幻。

T城成了他的心灵圣地。

邢斌在T城逗留只有一个目的——谈妥原材料赊账的事。这是一桩不公平的买卖。虽然他做好了准备,但没想到过程比他预料的还要艰难。

依常理来说,那位CEO的态度是人之常情,既不想得罪他这位承包商,也不想吃亏。问题的关键是,他们之间少了一层情感基础。谈判一时之间停在原地。

但这一次,邢斌已经没有了再等一等的机会。S城突传噩耗——由于工人操作不当,新环材料的设备报废了。这意味着,新环材料必须尽快购置新设备,也就是说,邢斌需要解决一大笔资金问题。对于连原材料进货都需要赊账的公司来说,这简直是雪上加霜。

"完了,完了,这次是真的完了!什么都没用了,邢总,都没用了!"老付在电话另一端急得声音都变了。邢斌听得出,他哭过,那种沙哑颤抖的声音，还留着吼叫过的痕迹。

"我觉得那几个工人就是故意的，他们就是要看着公司倒闭，这是存心想整死我呀！"老付指的是上次在车间里闹罢工的几个工人。他们和老付之间芥蒂很深，也自然成了老付的第一怀疑对象。此刻，老付正在电话的另一端喋喋不休，而邢斌则皱起了眉头。他倒不是为老付抱不平，而是为筹钱头痛。

真是一波未平一波又起，如今的新环材料已是负债累累，怎么可能还有银行愿意放贷？原本化工集团的态度已经有些松动，这档事一出，只怕预付款的比例都会上调很多。不过，事实更残酷。

第二天，邢斌收到了化工集团的回复，对方非但回绝了延长付款周期的请求，还直接取消了预付款的付款方式，改为"全额支付"，并且明确提出要款到发货。这显然是对新环材料的极度不信任。但现在的新环材料的确没有令人信任的资本。

邢斌用力吸了一口气，感觉一块巨石压在心头。钱可以解决很多难事，但解决钱的问题却是最难的。他不得不暂回 S 城，先解决资金问题。但他并不知道，此时的 S 城正有一场狂风暴雨等着他。

邢斌下了高铁，已是黄昏时分。老付早早等在出站口，来回踱着步，时不时地看向出站闸门。

"你可到了。"见邢斌出了站台，他三步并作两步抢过行李，"咱们直接去公司吧，要不在外面找个地方随便吃点……"

"嗯。"邢斌的情绪有些低落，难掩一脸愁容，步伐也变得沉重起来。

老付并未察觉，径自走着，见邢斌没跟上来，又回身喊他快些走。

邢斌的身体颤抖了一下，像被惊了一下，然后呆呆地走过来。

"邢总，你，你怎么了，情绪不对头？"老付有些担忧。现在邢斌是他的最后一根救命稻草，他无法接受这最后一丝希望也破灭。

邢斌淡定地摇摇头，看不出丝毫焦虑，平静得像什么也没发生。可越是这样异常的平静，老付心里反而越是没底。他的表情也跟着凝重起来。

两人找了一间简餐吧，要了两份简餐，没有酒。虽说重压之下需要释放，可现在两人连发泄的心情都没有了。

"怎么办？"这是见面后，老付说得最多的一句话。

邢斌没理会，本能地咀嚼着饭，一口，又一口。

"还是得买设备！"老付沉默了一小会儿，突然抛出这一句。他显然比之前更坚定了，"没有设备就没法出产品，没有产品公司就真的玩完了。"

邢斌看了他一眼，欲言又止。他从来没有向老付问起新环材料隐瞒负债的事，现在看来更没必要问了。每个人都有自己的迫不得已，既然他已经接受了这家企业，又何必把人往绝路上逼呢？毕竟，老付的技术能力是无可替代的。

"对，还是得买设备，明天我再去跑贷款。"说到这里，他看了看邢斌，试探地问，"我现在好歹也是荣鑫集团注资的公司，有这么厉害的股东，贷款没那么难，估计就是我跑得还不对路，要不就是跑得次数太少了……"

老付说着说着，便自顾自地咕哝起来。这些天他快把S城银行的大门踢破了，结果还是到处吃闭门羹。现在这么说，也无非是想探一探邢斌的口风，看看荣鑫集团能不能出面帮他这个忙。

其实在他开口之前，邢斌已经让财务部门去各大银行打听过了。银行给的回复像是商量过似的，众口一词：资信太差，不予放贷！邢斌甚至怀疑，新环材料已经上了银行界的黑名单。

"别跑了，我已经让财务问过了，贷款很难，别浪费时间了。"邢斌低沉地说道。

这话像一块巨石，封住了老付最后一条路。他失落地看着面前的盘子，出了神。但老付并不甘心，他又试探：向荣鑫集团做企业借贷，或者股份转让……能想的办法他悉数唠叨了一遍。

邢斌听得头痛。他理解老付内心的焦急，但荣鑫集团已经投入了大量资金；如果继续投入，不但风险过大，还有可能遭到股东反对，这条路显然是行不通的。可他目前毫无对策，只能任凭老付这样病急乱投医了。

这是邢斌职业生涯中吃的最沉闷最无奈的一顿饭。当晚回家后，邢斌坐在客厅的沙发上，呆呆地望着满屏雪花的电视机，也不知过了多久，一身疲惫袭来，便和衣而眠了。

那一夜，他在一个接一个的梦中穿梭。一会儿在S城的建筑工地，一会儿又跑到了C城考察，一会儿又仿佛回到了T城那间咖啡厅，他正和兰芝谈天说地……

兰芝！

邢斌一遍又一遍呼唤着这个名字，直至被自己的叫声惊醒。他坐在沙发上，看着洒进来的阳光，恍如隔世。这时，手机响起了"叮咚"声，是微信的提示音。他打开手机一看，居然是兰芝发来的信息。

久违的语气，久违的文字，把冰冷的手机屏幕都焐热了。

"麻烦还没解决吗？"

"我有位朋友想在S城投资，你手上有合适的投资对象吗？"

"有。"邢斌暗想，"这一定是兰芝主动帮他联系的融资。"现在的市场环境，能拉到投资实在太难了，何况新环材料又是这样的财务状况，即便是风投公司也会望而却步，兰芝到底是怎么办到的？

"兰芝，谢谢！"

"说什么呢？各取所需而已。不过这家公司对投资对象的考察是非常严格的，你最好提前做足功课。"

兰芝的信息像一支兴奋剂，瞬间注入邢斌的血管里。他差点从沙发上跳起来，立刻拨通老付的电话，分享这个天大的好消息。老付也被兰芝的社交能力震惊了，没想到邢斌还有这样一位红颜知己。

不过机会虽好，还需要他们把握得住。考察这一关并不好过。这是一家香港公司，投资条件相当严苛。新环材料为此做了精心准备，清洁厂房，发动职工复工，甚至把暂停的产品研发方案也整理了出来……总之绝不能放过这最后一根救命稻草。

当然，这些硬件上的准备是远远不够的。邢斌和老付都清楚新环材料的吸引力有多大，要想留住这家投资公司还需要运用人脉关系。在生死存亡之际，老付使出了浑身解数，找到大学时代的导师帮忙。

天无绝人之路。说来真巧，这位导师是国内知名大学科技研究所的负责人，他正在找研发基地。老付得知这个消息后，立刻跟邢斌一起赶到研究所。两人干脆提出免费让其使用场地的条件，说服了导师，最终争取到了高校的科研资源。即便新环材料在硬件上差了一些，可是有了高校科研资源的加持，未来可期。这一点也是兰芝的提醒。

果然，投资公司对新环材料开展了为期一周的严苛考察。那几天，邢斌和老付忙得团团转，除了各种各样的汇报以外，还要应付投资公司的考察团队。为了给自己加分，老付还特意请了自己的导师参加科研项目的专题汇报。最后，令投资公司一锤定音的正是这次科研项目的专题汇报。

一周后，邢斌和老付收到了香港公司的投资合同。又过了一周，第一笔投资款打进了新环材料的对公账户。当看到那一串数字的时候，老付抱住了邢斌，激动得喜极而泣。他从未想过，公司会因祸得福，走上了一条全新的发展轨道。而邢斌也没想到，第一个债务重组的项目居然完成得这样艰难，而结局又如此出人意料。

一个月后，新设备开始安装调试，新环材料的工人们也陆续复工，而化工集团也如期发货了。邢斌所期待的债务重组业务，终于步入正轨。但长和公司的质疑声依然存在，那些不甘寂寞的人还在忙碌。而此时的邢斌，经过一次又一次的磨砺，已经做好了决战的准备……

46 自酿恶果

《三国志》中，蜀帝刘备在遗诏里写道："勿以恶小而为之。"再小的恶，积少成多，终会成为大恶。即便做坏事的人并不是什么十恶不赦之徒，即便那只是一时不慎犯下的错，但做过了就是做过了，再粉饰也没用。人，终究要吞下自己酿的恶果。

有兰芝的日子，总是阳光明媚。邢斌的心情一下子云开雾散了，整个公司也跟着活了过来。老付说，他就像开了一家新公司，换了一批新工人，连他自己都像换了一个人似的。他觉得，邢斌要么是有魔力，要么是天生好命，总能遇难呈祥，逢凶化吉。邢斌被他夸得脸红了一阵又一阵。

不只老付，长和公司的人也吃了一惊，他们不知道邢斌背后居然藏着一个这么厉害的角色。尤其是李堃，他拉着田蕊问东问西，几乎把邢斌几人在T城的事都问了一遍。

S城购物中心的咖啡厅里，田蕊正坐在临窗的卡座，漫不经心地搅动着杯中的咖啡，榛果的香气逐渐飘散开来。她的眼神游离，时不时瞟向对面梳着背头的中年男人。那一头油亮的黑发粘在头皮上，像画上去的假发，让人看了有点恶心。

"李总叫我来，有什么事要吩咐吗？"田蕊当然明白李堃的用意，如果不是为了背人的话，这个吝啬鬼也不会来这里破费。她的语气虽然平静，却难掩心底的瞧不起。

李堃没说话，只是笑，故意笑。

他的笑，让人发冷。田蕊不想花心思琢磨这个满脸猥琐的男人，干脆什么也不问，自顾自地喝着咖啡。一杯喝完，又点了一杯，反正不用她买单。

气氛陷入尴尬。李堃没想到,自己这神来一笔竟没能激发田蕊的好奇。她越是平静,他越是不自在。终于,还是他先开了口:"上次我跟你提的事情,考虑得怎么样了?"

"上次的事?"田蕊假装忘记,明知故问道。

"到工会来工作呀!"李堃又郑重地说了一遍,一个字一个字,故意说得清清楚楚,仿佛每个字都要浸入她心里。

田蕊故作惊讶,又不置可否。

"还在考虑?"李堃焦急地追问。他实在琢磨不透,这个小丫头的脑子里到底装了些什么。

田蕊笑而不语,依旧喝着咖啡。她的笑容甜美、清纯,还有几分憨。如果不说,旁人很难猜到,她已经步入职场多年了。

李堃倒吸了口凉气,又试探地问:"不喜欢工会的工作?"

田蕊摇了摇头:"怎么会呢!工会是多少人梦想的地方。"

"那是什么呢?钱也不少赚,比你现在的岗位要轻松不知多少倍。"李堃大概是等不下去了,又旁敲侧击地问,"你是有什么顾虑吗?"

田蕊还是摇摇头。

"有什么就直说嘛,今天我把你叫到这儿来,就是为了说话方便。"李堃再一次给田蕊心理暗示,"你不用考虑太多,今天咱们谈话的内容,我保证不会有第三个人知道,你还信不过我吗?"

老实说,田蕊的确信不过他!他这话问得有些打脸,好在田蕊也不是当面拆台的人。她清楚李堃想让她说什么,可她永远不会说。她和邢斌的关系,是别人永远不懂的。

"小田啊,你进公司时间虽然不长,但是你的工作能力还是得到集团公司领导的高度认可的,调到总部工作那是迟早的事。我现在安排你到工会锻炼,也是为了给你将来晋升增加砝码。"李堃的脑子在飞速运转,他在想方设法笼络这个小丫头。

田蕊听了这话,差点笑出声来。她强忍笑意,郑重而委婉地回绝道:"谢谢李总对我的关照,我刚进公司不久,论资历、论能力,都远不及那些前辈,再说我的专业也不大对口,我想留在项目部多历练几年。"

债务小组虽然是由总经理直接管辖,但从组织架构上说,还是隶属项目部，所以田蕊还是属于项目部。

田蕊聪明地选择了一个无可辩驳的理由，可惜说服不了李堃，反而激发了他的征服欲："年轻人多历练是对的，但是不能老待在一个地方历练，那不成了十年如一日？年轻人就该多走走多看看，到工会再学一学，增加阅历，将来对你到总部发展有帮助。"

听罢这一番话，田蕊也没有表现出明显的拒绝，反而眼中绽放出一种不一样的光芒。

李堃的脸色也瞬间柔和许多："我就知道，你这个小丫头顶聪明了。你待在项目部其实没啥大发展，大项目轮不到你，小项目做了又有啥业绩？"

田蕊叹了口气，附和道："您说得真对，就是这么回事儿。"

李堃却当真了，得意地笑了笑："我也是从你这个年纪过来的，你遇到的难处，我都懂。做项目，没人脉，那是什么也干不了。"他再三提到"晋升"两个字，自诩看穿了田蕊的小心思。

田蕊煞有介事地点点头，给了李堃一个坚定的回应。

李堃瞬间兴奋起来，又加紧了进攻的步伐："就说这次新环材料能起死回生吧，主要是靠邢总的社会关系。马上要破产的公司了，都能让他救活了。当然咱们公司可是搭上了半条命，不得不说邢总可是手眼通天，上上下下打点得都不错，还有红颜知己……"他故意说得酸溜溜的。其实公司里关于田蕊和邢斌的风言风语从未间断过，只不过平日里大家碍于邢斌的身份不敢胡说。现在只有他们两个人，他便无所顾忌了。

遗憾的是，他又一次打错了如意算盘。田蕊的确喜欢过邢斌，但那已经成为过去时了。所以她才能波澜不惊，理性地思考李堃说这番话的真实用意。

两人各怀心事，却聊着同样的话题。田蕊大概从没这样用尽心思地聊天。他们从工作聊到人生，从情感聊到感情，聊到嗓音沙哑，聊到天昏地暗……聊到李堃放下了戒备！

转天，田蕊果然被调到工会临时帮忙。她给邢斌发了信息，但迟迟没有收到回复。一连几天，她总共发出五条信息，大多数都石沉大海，好不容易等到一个回复，也不过是"嗯""知道"这些极简单的字眼儿——她从未被他这样冷落过。

"也许李堃说得对，我果然成了他身边可有可无的人，也许从一开始就是……"田蕊一脸失落地望着邢斌办公室紧闭的大门。有好几次，她都想去敲门。

不，她可以直接闯进去！

"然后呢？质问他为什么不理我吗？"田蕊暗暗问自己。她突然被自己傻傻的想法吓了一跳。她从不会被别人的三言两语轻易挑拨，这回究竟是怎么了？难道真的是因为兰芝吗？

事实上，邢斌的冷落并非有意。自从载誉而归，他比以前更加忙碌了。一连开了几天会议，他又马不停蹄地到各处汇报，费尽唇舌才说服赵瑞和集团公司的领导们接纳兰芝介绍的香港公司。而另一边的老付已经迫不及待地要签合同了。

"邢总，什么时候能签合同？"

邢斌已经记不清，这是几天里老付第几次催他了。老付的语气越来越急躁，因为工人们实在等不下去了。

邢斌的手飞快地在键盘上敲打，随着他的手敲下最后一个字，合同最终修改版本完成。

终于大功告成！他如释重负地告诉老付这个消息。老付兴奋不已，第二天就忙着准备签约仪式。

几家欢喜几家愁。就在邢斌和老付忙得热火朝天之时，长和公司又迎来了一场大地震——李堃出事了。

邢斌接到集团公司纪检委的来电时，正在跟香港公司签约。他作为股东代表列席仪式，没有上台。现场环境有些嘈杂，音乐阵阵，电话里的声音断断续续，邢斌心不在焉地听着。此刻，他脑中正在勾勒长和公司的未来，盘算债务重组小组的下一步计划，也盘算着自己美好的未来……直到"集团公司纪检"这几个字灌进耳朵里，他才意识到出大事了。

"邢总，希望你下午到集团来一趟，我们有一些情况需要当面向你了解。另外，关于李堃的事情还在秘密调查阶段，希望你暂时保密。"

邢斌挂掉电话，参加完签约仪式就直奔集团公司而去。老王见他一脸焦虑，不知出了什么事，一再追问，他也只是敷衍过去。那一刻，仿佛有一盆冰水劈头盖脸地浇在邢斌身上。

或许，很多人会觉得，这不正是他一直期待的结果吗？为什么当这一刻到来时，他却并不开心，甚至心底还泛起隐隐地担忧？

倘若邢斌不是长和公司的负责人，那么他有充足的理由开心，甚至该庆祝一番。可他偏偏是公司的一把手，他不能看着刚刚步入正轨的公司再次经历动荡。

虽然李堃涉足的业务不多，但毕竟是公司二把手，而且在邢斌到来之前的很长一段时间里，李堃是作为公司临时负责人履职的。想到这里，邢斌立刻有一种不好的预感。

此时的他已站在总部纪检委的大门外。那是独立于总部所有部门以外的办公区——一幢两层小洋楼，还保有二十世纪七八十年代的风韵，与周边环境格格不入，仿佛宣告着他们的特立独行。

邢斌对这里并不陌生。还是上次他来配合调查时负责审问的那位年轻人，一脸不苟言笑的样子。另外还有一位纪检委领导，脸色铁青。邢斌坐在对面，气氛一下子紧张起来，有一种令人窒息之感。

两人郑重地向邢斌介绍案情，并透露了一个重要信息，不知是喜是忧！有人匿名向集团公司纪检委举报李堃。虽然匿名举报未必会立案调查，但这次不一样，举报者提供的信息中涉及一个当事人的姓名——田蕊。

邢斌听到这个名字时，用怀疑的目光盯着两位纪检人员。他不确信，又或者他宁愿相信自己听错了。因为李堃这样的人，谁跟他沾上边，都不会有好事。

邢斌忽然想起田蕊给自己发过的那些信息，很多是语音，因为他一直在开会，场合不适宜便没听，现在想起来，着实后悔。如果真是田蕊，那语言说不定是重要信息，或许她在跟自己商量……

"邢总，邢斌。"纪检工作人员大声叫着邢斌的名字，终于让他回过神来。

"这次的匿名举报跟田蕊有什么关系？"邢斌不由自主地问道。

工作人员又向他解释了一遍，已经核实匿名信不是田蕊所写，但信中所提到的事却是事实。田蕊的确是被李堃调到工会的，而且田蕊也曾向纪检委反映过李堃的一些问题。

听到这里，邢斌愣住了。他并不知道田蕊偷偷调查李堃的事，更不知道田蕊去工会工作是故意引诱李堃上当的。

"这太危险了！"邢斌真想立刻抓过田蕊的胳膊，好好地训斥她一番。可惜，他没有。他舍不得……

就在邢斌去纪检委配合调查的第三天，集团公司发布了红头文件，李堃因经济问题被内部调查，暂停一切职务，调离原单位。

看来，李堃很难再翻身了！邢斌从来没想过，大厦倾倒是这样的，仿佛一瞬之间。

"是田蕊举报了李副总？"

"不会吧，他俩之间也没有什么过节呀，更何况李副总还亲自把她调到工会那么轻闲的部门，她不至于吧？"

"知人知面不知心，前段时间还听说她跟邢总……"

不知是谁走漏了消息，公司里上上下下到处是关于田蕊的流言。为此老王特地在全公司整肃办公室风纪。可惜"防民之口，甚于防川"，老王的做法只能解决表面问题，流言还是照旧，田蕊的处境越来越尴尬。于是，邢斌便提前把她派到 H 省的前线工地去了，另外还为她安排了一位强势搭档——原 S 城开发区项目经理王军，现在是化工集团迁址项目施工方的代表。

这个全新的组合，出乎所有人的意料。这么重大的项目，又是政府关注的焦点，邢斌居然派了两名年轻人上阵，连陈涛也不得不佩服他的勇气。然而，邢斌的勇气还远不止于此。

47 约定分离

人生是一场约定分离的旅程。因为要分离,才会格外珍惜。创业团队也好,夫妻关系也罢,没有人能逃过这个终极宿命。每当离别将近时,情也会变得更浓,心底里所有的不舍便都化成了对方的好。于是往后余生,便只留下了对方的"好"!

李堃——终于离开了长和公司。邢斌并不讨厌他,甚至觉得有一点对不起他,从情理上说,的确是他抢走了李堃的职位。

当然,田蕊被迫离开也令他耿耿于怀。虽说,他原本就计划将化工集团迁址项目交给田蕊负责,但在这样一种情形下,背着并不光彩的名声离开S城,对她并不公平。邢斌于心不忍,所以草草处理好S城的工作,便找机会去H省督工。

因为是冬季,工地只是在做一些夯土、临建工房这样的初期准备。虽然是两人搭档,但因为天气寒冷,加上王军是男子汉,他便一直常驻工地,田蕊则负责跟化工集团对接。不过,邢斌赶到工地时,还是见到了田蕊。

田蕊的样子与之前有些不同,脸上多了几分成熟和内敛。有那么一个瞬间,邢斌在她身上竟见到了兰芝的影子。

"终于大功告成了!"田蕊慵懒地趴在天桥的栏杆上,望着天边那一轮红日。余晖照在她的脸上,映出柔和的曲线。她大概从来不知道,自己竟是这样令男人着迷。

"这个成功来得有点突然。"邢斌有一种难以言表的怅然若失,他是被迫纠结着接受了这个"成功"!因为对他来说,又欠了兰芝一个人情。

"成功就是成功,大家只看结果,谁会真正去关心过程。"田蕊的声音听起来轻飘飘的。

邢斌无奈地笑了笑。他看着身旁的女孩，有些恍惚。此情此景，让他仿佛一下子回到了几年前，回到了那个他们初识的黄昏……她的笑还是那样纯真，她的声音还是那样动听，可是她的话却变得犀利了，变得不像那个"初生牛犊不怕虎"的疯丫头了……

如今，她已经是女人了！

他突然生出些感慨："时间过得真快呀，一转眼你到长和公司都半年了。"

"是呀，跟你认识七年了。"田蕊迅速补上一句。她的语气也有些惆怅，仿佛已经看穿了邢斌的心事。一位老板被员工看破心事，并不是什么好事。但邢斌不同，他真希望田蕊能把他那一肚子话看得明明白白。

"我，我在这儿不会待太长时间。"他突然话锋一转，连语气也柔软了许多，仿佛还夹杂着几分不舍。

男人到了离别时，总是变得婆婆妈妈的。

"哦。"田蕊淡淡地回应了一声。她知道那一刻到来了，可她不想听到那些话，而最好的办法就是让谈话戛然而止。

可邢斌似乎并不想结束这场谈话，这样的夕阳下，太适合说一些沧桑之言了。

"和王军搭档还顺利吗？"他突然问。

田蕊意味深长地笑道："我又不懂业务，谈不上顺不顺利，业务上听他的，业务以外听我的。"

邢斌似乎并没听出田蕊的弦外之音，自顾自地感慨道："搭档不就是这么回事吗？各自独当一面，两人相互弥补，这样一加一肯定大于二……"

他话说到一半，被田蕊打断了："那你呢？你跟你的搭档也这样吗？"她的口吻不知为何，突然变得咄咄逼人。

"我们？"邢斌怔怔地看着她，一时语塞。

"对，你和她。"田蕊口中的"她"自然是指兰芝。

邢斌有些不好意思，喃喃地道："我，我们不算搭档……"

"哦，"田蕊似乎有些失望，眼神落寞，"她是你的'天外飞仙'吧？"

"什么？"邢斌差一点笑出声，她居然用了这个称呼！

"我胡说的。"田蕊见邢斌一脸迷茫，后悔自己不该开这样的玩笑，便又连忙解释。

邢斌不以为意，宠溺地道："你呀，还像个小丫头。"

"我本来就是个小丫头，一直都是。"田蕊气哼哼地回了一句，"所以我们有代沟。不对，应该是'天堑'，下辈子，下下辈子也跨不过去的'天堑'。"

邢斌笑笑，只当是小姑娘发牢骚。之后，这场谈话似乎真的戛然而止了。两个人看着天桥下穿梭的汽车，静默良久，看着红日一点点没入尘嚣，竟生出一种末世之感。

"我知道你要说什么，其实我要的不多。我只要一瞬间就足够了。我知道，你的世界不属于我，也不属于任何人，所以我从没奢望你给我一生一世。"田蕊故意装出不在意的口吻，可她的声音还是有些颤抖。

邢斌有些意外。他没想到田蕊会主动提分手。尽管从兰芝再次出现的时候，田蕊已有所表现，但他们之间的疏离不是一开始就有吗？那种爱慕或是一时的崇拜，并不是爱情。只是没想到最后还是田蕊先开了口。不过，这样反而给了他心安理得的理由。至少，他给了一个女孩该有的尊严。

"你知道，我从来不做太长久的计划。想那么多干什么，累不累呀？"田蕊又继续说，"我就是没想到，你会在这么好的黄昏说这些……一点儿也不浪漫！"说完，她悄悄背过脸去。

邢斌见她的肩膀在耸动，想伸手去安抚。可惜，他的手怔怔地停在半空中，良久又缩了回去。

他胆怯了！不，他终于明白，这是一场约定的分离，现在已经走到了终点。

他一直沉默，沉默地听着田蕊的抱怨。

"至少应该找一个阳光灿烂的海滩，要么也是花团锦簇的山野……好歹给我留下一点浪漫的回忆吧！你这个人啊，真是一点也不懂得浪漫，只有工作最适合你。我可不行，我得生活，好好生活！"

这才是他认识的小丫头，倔强的可爱的小丫头！

夜幕悄悄降下来。邢斌笑了笑，怔怔地看着田蕊。夜晚的灯光，是那样璀璨，所以才令人沉醉。可惜今夜的邢斌有些疲惫，项目落地并没有让他兴奋。因为有个人同他一样憔悴。他仿佛能感受到田蕊的伤悲。她表面上越是云淡风轻，内心就越是波涛汹涌。

可是，他拿什么理由劝她呢？她给的答案，不正是他想要的吗？

月色如初，田蕊美丽依旧，但他们之间已隔了太远的距离。他们默默地走着，在冷风中，在异乡的街头，在无奈的情绪中……

也许，这是他们最后一次一起散步。她从不否认喜欢他，而他也会一直把她珍藏心中，仅此而已。

"这场分离不是早就约定好了吗？"邢斌看着田蕊远去的背影，黯然神伤。他们都需要一点时间适应彼此的新角色。

再回到 S 城的邢斌，没有了当初的意气风发，多了几分沉稳。独自走出站台的他，见到了一个熟悉的身影——李峰。这位好久不见的伙伴，给他带来一份大礼。

"还记得那位胆小的五金协会会长吗？"李峰接过行李，笑盈盈地问邢斌。

虽然这段时间他们联系不多，但李峰并没有放弃他们的事业。债务重组业务的在线讲座一直如火如荼地进行着，并且收获了很多粉丝，其中就包括这位胡会长。当然，还有田蕊。

因为讲座的关系，田蕊和李峰一直保持着联系。虽然见面不多，但他们的熟悉程度却出人意料。邢斌曾一度以为李峰和田蕊有着不同寻常的关系。其实，这也正是他期待的结果，毕竟李峰是个值得依赖的人。

继续说回这位胡会长。邢斌对他可谓印象深刻——老王的老友——债务重组业务的试验田。

邢斌突然侧目看了看李峰，好奇地问："当然记得，他怎么了？"

李峰得意扬扬地道："他主动找上门要跟咱们合作。"

邢斌有些吃惊。李峰又接着说："你现在可是名人了！新环材料这次起死回生，还得到了那么好的发展机会，你现在可是咱们 S 城债务重组领域的大咖，他能不上赶着找咱们合作吗？"

新环材料一切步入正轨，工人复工，成品漆不但供给长和公司，还开始向全国销售，之前丢掉的市场在慢慢收复。邢斌几乎成了老付的恩人。他主持的第一个债务重组项目艰难成功了。债务重组不仅成为荣鑫公司创新的标杆,邢斌也成为S城很多创业者争相效仿的对象。随着邢斌重回S城的名人榜,名人效应又开始在他身上绽放光彩了。

邢斌微微点了点头。经历了这么多事,他早已练就一身宠辱不惊的本事。反倒是李峰一路上兴高采烈,难掩激动的情绪。

"我需要先回公司处理些工作。"邢斌猜到李峰已经约了胡会长。

"没问题,我跟他约了后天,你还有一天时间。"李峰半开玩笑似的边说边上了车。

两天后,邢斌如约见到了五金协会的胡会长。才半年的时间,胡会长苍老了许多,一见到邢斌便主动迎上来打招呼,前后差异着实令人咋舌。

"邢总如今是咱们S城的名人,我们也盼着能像新环材料那样起死回生啊!"

胡会长倒是直爽,开门见山,也不藏着掖着。一旁的李峰见状差点儿笑出声来。

"胡会长过奖了,我哪有那么大本事,都是机缘巧合,赶上好机会了。"邢斌谦虚地道。

"邢总谦虚了,要是有机会,我们也想凑凑热闹,就怕邢总嫌我们庙小。"胡会长一脸讪笑地使劲恭维邢斌,与他之前的态度截然相反。

李峰在一旁看着,大有一种扬眉吐气之感,不过邢斌依旧小心谨慎。

"胡会长客气啦,之前咱们谈合作时,我那点招数就用得差不多了,现在可是有点黔驴技穷了。"他半开玩笑似的,婉言拒绝了胡会长。

胡会长以为邢斌因为前事存了心结,便又解释道:"邢总,之前的事儿啊,都是我目光短浅。再说这个债务重组我的确是头回听说,胆子小,不敢干呀!这次我看明白了,我就信您。不瞒您说,我们协会里有好几家公司都存在债务问题,一直解决不了,就想向您讨教高招,您看……"

胡会长再三恳请,再加上李峰从中撮合,这次邢斌没有再拒绝。不过,他清楚树大招风的道理,并没有答应胡会长的合作请求,只是给胡会长开了几个方子,分享了一些实打实的经验。胡会长也是聪明人,心领神会,立刻付诸行动。

当然,招是好招,很快就见到了成效。胡会长想来感谢邢斌时,又一次被他婉言谢绝了。此时的邢斌正在全力以赴解决荣鑫集团的债务问题。

其实荣鑫集团一直存在严重的债务问题,现金流一直捉襟见肘。这也是赵瑞支持邢斌开展债务重组业务的一个重要原因。在新环材料项目上,赵瑞不仅动用了自己多年积累下来的人脉,还几乎倾尽了荣鑫集团所能动用的资金。用赵瑞的话说,救活了新环材料,就是救活了长和;救活了长和,就是救活了整个荣鑫集团。而邢斌最后的成功说明,他选对了人!

邢斌也是投桃报李之人。他知道,对赵瑞的最好回报就是解决荣鑫集团的债务问题。于是,回到S城后,他就日夜赶工,完成了一份几十页的债务重组方案。赵瑞几乎一口气读完了整个方案,拍案叫绝。

那段时间,赵瑞顶住了来自各方面的压力,动用集团的精兵强将,全力支持邢斌进行改革。三个月的时间,邢斌日日披星戴月,全身心地投入工作,交上了一份满意的答卷。

他们先是对整个集团的运营能力进行了一次综合评估,对所有项目一个一个筛选、评估、测算,对供应商也进行了一轮又一轮的考察;最终成功剥离了部分债务,对现有资源进行了重新整合,大幅缩减了集团的不良资产,对一些利润点较低的项目勇敢说"不",提升了公司项目的变现能力。荣鑫集团简直焕然一新……

48 香港之行

  读万卷书，不如行万里路；而行万里路，不如找对人。每个人的生命里，都会有一盏照耀自己前行的明灯。对邢斌来说，那盏明灯就是一个人，一个他这辈子命中注定离不开的人——兰芝。他想，即便他们最终没能修成正果，也必然会以另一种方式相伴一生。

  "终于不负朋友所托！"
  在荣鑫集团的庆功会上，邢斌坐在主席台的一角，侧目望着中心位的赵瑞，心中涌动的便是这句话。
  虽然新环材料的债务重组又创造了一次涅槃重生的奇迹，但对邢斌而言，更像是完成了一项艰巨的任务，完成了一位朋友的嘱托。他静静地坐在主席台上，脸上一片宁静，既没有阳光灿烂的笑容，也没有意气风发的斗志。台下坐着陈涛、王军、田蕊、老王，还有昔日一起并肩奋斗的同事，他又想起了李峰、林刚大队长，还有李堃……这一趟旅途，是他人生中最丰富多彩的一程。
  此刻的邢斌思绪万千，因为他即将接手的，是赵瑞为他专门成立的集团公司债务重组部。长和公司的成功激发了赵瑞内心的熊熊火焰，债务重组业务更让他看到了荣鑫集团再次腾飞的希望。这是赵瑞对邢斌的信任，但也是一个充满危机和挑战的职位！
  老王曾劝邢斌见好就收、急流勇退。可他不懂，对邢斌来说，荣鑫集团是不一样的存在。
  如果说S城的城建项目是邢斌从教师向创业者的转变，那么当他从债务人变成债权人时，又从一名创业者变成了商人。而加入荣鑫集团，又给了他一次跨越行业的机会——从建筑业到债务重组。现在的邢斌已经深深爱上了债务重组这项业务。

爱，是邢斌做每项工作的前提！

"听说你又升职了？"

邢斌婉拒了同事们为他庆功的邀请，把时间留给了兰芝。

"算不上升职，不过有一个好处，可以专注于债务重组项目了。"

邢斌的声音藏不住兴奋。他和李峰的视频课正在如火如荼地进行着，李峰也陆续接到一些债务重组方面的咨询和工作邀约。看来债务重组业务的发展空间广阔，邢斌也更加坚定了在这个行业发展的决心。

"你啊，只要做自己喜欢的事，眼睛都在放光。"

电话中传来兰芝温柔的声音。邢斌笑了。他的所有心思仿佛都逃不过兰芝的眼睛。

"我就知道，什么都骗不了你。"他话锋一转，突然又提到另一件事，"你上次提到香港上市的事……"

话未说完，兰芝已经猜中了他的心思。

"我在香港，你要来考察吗？"

香港，离S城有大半个中国的距离。

几天后，邢斌做完了长和公司的工作交接，却没有急着去集团报到，而是坐上了去香港的飞机。

"我来了！"

登机前，邢斌给兰芝发去了信息，只有短短的三个字。但这三个字对他们两人来说，却价值千金。

香港，一座充满未知的城市。曾几何时，它是多少人追逐的梦。不要说来这里创业，就是来旅游一趟，也是一场奢华的梦。而今天，这个梦唾手可得。在这里创业，寻找商机，不再遥不可及。

邢斌坐在出租车上，看着两旁掠过的繁华街景和来来去去的人群，整个人仿佛置身电影之中。有多少像他这样怀揣梦想的人踏上过这片土地？有人灰溜溜地回去了，有人留下来苦苦支撑，还有人成功走上了人生巅峰……

"不知道哪一个会是我的未来。"他的思绪如脱缰野马，时而又似不安分的小鹿，因为身边有个她。

兰芝安静地坐在他身旁，并没有忙着介绍沿途的风景。因为她知道，那不是邢斌想要的风景。

车子在繁忙的街上穿梭，左转右拐，绕了好一段路才停到一幢大厦前。夜幕已经降临，对面是万家灯火，身后亦是星灿如海。这就是香港，全亚洲人口密度最大的城市。那些绽放的灯火里，有来这里淘金的人，也有为一日三餐艰难挣扎的人。

邢斌拖着行李箱，跟着兰芝走进了大厦。电梯间十分拥挤，一个行李箱已经让邢斌和兰芝的身体紧紧贴在一起。下了电梯，窗外红红绿绿的霓虹灯光照射进来，让大厦里本就昏暗的灯光又添了一层迷离之色。

这一路上，邢斌做了各种各样的预设。假定自己一无所获，那么这次短暂的旅行就是一次心灵放松；倘若他找到了商机，也许他的人生又将开辟一片新天地。太多次的创业经历让他变得冷静理智，不过度憧憬，也不妄自菲薄。他会预想最坏的结果，但也不会让自己失掉信心。

终于来到了兰芝临时租住的房间。三十几尺的房间里打了隔断，硬生生地被分成两间卧室。房间拥挤得很，好在整洁。据兰芝说，像这样的房间，即便在远离市中心的地段也要几千块租金。对初来这里闯荡的人来说，是难以支付的。

邢斌将行李箱放在床尾，也只有那个空隙能放下一个行李箱。床边有一扇大窗，雪白的纱帘映出一个朦胧的世界。那里灯火灿烂，繁华绚丽。这就是人们眼中的香港——这是一个可以把理想摇得粉碎的地方。邢斌的心莫名地颤抖了一下。他清楚地意识到，自己踏上了颠覆梦想的旅程，他必须把心调到最强的档位！

在香港的第一夜，是这样漫长。邢斌躺在狭窄的单人床上，在被子上又盖了一层毯子。没想到香港的冬天这样冷。他几乎是和衣缩在被子里，辗转反侧。兰芝就睡在隔壁，并不隔音的挡板后，传来她轻微的呼吸声。她睡得很沉，很静，连同这夜也静了下来。邢斌就这样听着，听着，不知过了多久，昏昏睡去。

邢斌第二天醒来，兰芝已经准备好早餐，见邢斌从房间出来，便兴致勃勃地叫他共进早餐。邢斌有些错愕地看着眼前的女人，恍惚之间，有一种疏离之感。

"干吗这么看着我,有什么不对吗?"兰芝摸了摸自己的脸,惊讶地问。

"今天不是要去见一位重要人物吗?"邢斌极少见她一身休闲打扮,便好奇地问。他的商务礼仪还是跟兰芝学的,没想到兰芝自己却倒不在乎了。

"是呀!"兰芝笑嘻嘻地点了点头,见邢斌一身正装,反而感到有些不适,"你这身打扮也太正式了,今天就是朋友聚会,太正式了不方便说话。"

又是朋友聚会?邢斌不知道兰芝到底有多少朋友,而且她的朋友总能在关键时刻派上用场。这也是他佩服她之处。

"今天要见的人是……"话一出口,邢斌就有些后悔了。他不知道自己从什么时候开始变得这么不自信了。也许是从来到香港开始的。这两天,他总是莫名地彷徨,仿佛每走一步都离不开兰芝。他实在厌恶这样的自己。

"好好吃饭,然后去换身衣服,咱们就出发。"兰芝细嚼慢咽地吃着早餐。这是她来香港后为数不多的放松时刻,看得出,她极其享受。

邢斌虽然不明白她葫芦里卖的什么药,但见她这么放松,便闭上了嘴。他喝了口白粥,又夹了一块肠粉蘸了些醋,一口吞下。他对食物没有什么要求,也便省了水土不服的过程。唯一让他不适应的是兰芝。她就像完全变了一个人,变得无比温柔,变得不真实……

早饭过后,邢斌也换上一身休闲装,跟着兰芝来了一场"香港一日游"。从香港岛到九龙,从九龙到中环,仿佛是一场时空穿梭,从现代到二十世纪。香港这个可以与纽约、伦敦等特大城市相媲美的地方,到处都是摩天大楼的地方,原来也有繁华与精致的对立面——真实的市井的一面。

中环有一条老街,一块块大石板砌成的台阶仿佛嵌在山道上,所以也叫"石板街"。兰芝和邢斌拾级而上,沿途可以见到很多卖二手书、特色玩具、杂货、成衣、配饰的老店铺,浓郁的港风扑面而来,像置身于电影之中。

"你朋友住这儿?"邢斌不由得小声咕哝。

兰芝正四处张望,并没作声。她来香港的时间也不长,跟人问路时,操着别扭的粤语夹杂着普通话,乍听上去有点搞笑。可是邢斌听着,心里却是一阵凄凉。

"为什么不用导航?"邢斌又问。

"这种老街区,导航说不清,还是得靠嘴。"兰芝回过身打趣道,她少有这样幽默的时候,大概是因为身处异乡,总要自己找一些乐趣吧!

邢斌点点头,继续跟着她走。穿过一条狭窄的巷子,他们来到一幢老旧的楼前。兰芝兴奋地说了句"到了",便闪身上了楼。邢斌也跟在后面,上了那条狭窄的楼梯,依旧是昏暗的灯光、整洁的环境,有着浓郁的香港味道。他实在想象不出,这种地方能住着什么样的世外高人!

走到一处老旧的防盗门前,兰芝停住了脚步,轻轻按下门铃。屋里走出一位三十岁开外的年轻男人,花格衬衫套着羽绒坎肩,典型的理工男装扮。他腼腆地看着兰芝,叫了一声"堂姐"。

邢斌怔住了。原来兰芝说的朋友居然是亲戚。据兰芝说,这小伙子是程序员出身,从大陆到香港打拼,转行做了股票经纪,短短几年就做到了证交所的小头目,现在专门帮企业跑上市手续。别看他年轻,还有些腼腆,可做起事来那是十足的拼命三郎。

年轻人把他们请进屋。房间的格局和空间跟兰芝租住的屋子差不多,邢斌竟恍惚地以为又回到了兰芝的那间出租屋。不过,这里的烟火气更浓一些。他们一进屋子,就闻到一股浓郁的大葱味,伴着香油的味道,芳香扑鼻。

"馅都和好了,正等着你们来呢,我一个人包得太慢了。"年轻人用力搅拌着不锈钢盆里的肉馅,时不时地加入一点水。

"牛肉大葱的?"兰芝兴奋地问,年轻人点了点头。"我去洗洗手就来帮忙,老邢,你也一块吧?大家一块包饺子才有意思。"

邢斌看着这一对"姐弟"完全怔住了。从初见这位理工男到现在,也不过五分钟的时间,他却一次又一次刷新了邢斌的认知。从穿着到谈吐,再到一举一动,除了他鼻梁上架着的那副眼镜,邢斌实在找不出其他与上市操盘手这个身份相关的元素。

三个人一起包饺子,有说有笑,更像是千里之外的一场老乡聚会。年轻人谦逊得很,讲了很多他来香港打拼的经历。相谈之下邢斌才知道,他已经帮助三家内地公司在香港成功上市了。兰芝悄悄告诉邢斌,这间老旧的小屋,连同她租住的那间,都是这位年轻人靠自己买下的。邢斌顿时对他刮目相看。

兰芝又请年轻人讲了内地的公司在香港上市的条件、所需材料和操作流程。他讲得条理清晰，层次分明，一会儿举例，一会儿打比方，仿佛在讲故事。邢斌被这位年轻人深深吸引了，有好几次夹住的饺子掉进碗里，溅出了醋汁。三个人都笑了。

对北方人来说，没有什么是一顿饺子解决不了的。这顿饭足足吃了四个小时，宾主尽兴时，太阳已快落山。渐渐滑落的阳光，仿佛在催人回家。兰芝和邢斌告别了年轻人，依旧穿过石板街，两人的脚步都不自觉地慢了下来。

"小王讲得真好。"邢斌感慨道。

刚才做介绍时，兰芝一直叫他的英文名，简单实用。一个听着习惯，一个叫着顺口。但邢斌是局外人，感觉像在看港剧。

"什么小王，人家根本不姓王。"兰芝道。

"他不是叫你'堂姐'吗？"邢斌诧异地问。

"是堂表姐，其实连这点亲戚都算不上，早就出了五服。"兰芝一本正经地道。

邢斌知道，兰芝没骗他。她就是有一种天然的能力，能把很多人变成"亲戚"。他喜欢这样的兰芝——聪明得不着痕迹。

49 舍得之间

"舍得,舍得,有舍才有得。没得舍不在,无舍不见得。"白安树的《舍得诗》中,最有意味的便是这两句。人生何时不身处舍得之间?聚散是舍得,成败是舍得,爱恨亦是舍得。邢斌加入荣鑫集团,便舍弃了辛苦创业的公司;如今改做债务重组业务,同样舍弃了辛苦改革的长和公司。那么接下来,不畏牵绊、奋然前行的邢斌又将面临怎样的"舍"与"得"呢?

香港之行,令邢斌久久不能忘怀。他见到了不一样的兰芝。短短的三天时间,他们没有去维多利亚港看夜景,也没有在尖沙咀拥挤的人群中牵手,唯一的一次石板街散步,伴着温暖的阳光,融化了冬日的一切寒冷。他想,即便是在寒风凛凛的北方,兰芝也一样能融化世间的冰冷。

邢斌只想跟她待在一起,探访她的朋友,陪她穿梭在拥挤的人潮中,排长长的队去买一杯豆花……简简单单地过完一天。他觉得这样的要求似乎过于简单,但又有点奢侈。

"真想留下来!"登机前的那一刻,邢斌的心中一直回荡着这个声音。而除了放不下的人,还有深深迷恋上的事——上市!

他羡慕兰芝的堂弟。那种羡慕,充满了对年华的唏嘘,却不是对才华的嫉妒。

他想成为兰芝堂弟那样的人,不是为了钱财名利,也不是为了与兰芝在一起。他只是单纯地觉得荣鑫集团应该有这样的机会,在一个更大的平台上展示自我的机会。

回到 S 城后,邢斌第一时间去见了赵瑞。以往的他,总是准备好一整套方案才去向这位顶头上司兼好友汇报,可是这一次,他只有梦想和一张空空的蓝图。

他能说服赵瑞吗？

说服一个比自己眼界更高、见识更广的人，他有这个把握吗？

他自己也没底，但一定要试！

已是立春时节，竹香苑的茶室里弥漫着竹叶青的清香。在北方，极少有人喜欢喝这种峨眉茶。而赵瑞是南方人，邢斌算是投其所好了。当然，今天要谈的事情有些难度，所以他必须营造一个让对方舒适的环境。

"你这次去香港就是为了这个事吗？"赵瑞的声音有些冷漠，或者说是严肃，还带着些审问的口吻。这让邢斌有些不舒服，一腔热忱被当头浇下一盆冰水，凉了半截。

邢斌点了点头。

"我不同意。荣鑫是国企……"赵瑞初听到"香港上市"这几个字眼儿，惊得差一点站起身来。幸好他们要了一间雅室，没有外人在场，否则人家还以为他们两人发生了争执。

"国企怎么了，很多国企在香港上市，参与国际经济竞争没什么不好。"邢斌道。

"不是每家企业都适合上市，也不是所有上市公司都能适应香港的环境。"赵瑞有些激动，他喝了口茶，借机平复了一下情绪。

"他的冷静和智慧都丢了？"邢斌不禁自问，眼前的赵瑞，跟他认识的那个泰然自若的总裁判若两人。"出什么事了吗？"他看着赵瑞忧愁的表情，似乎猜出了什么。

赵瑞没有回答，只是一口接一口喝茶。空气突然静止了，外面幽怨的琵琶声传进来，倒是应景。

"到底出什么事了？是不是跟李堃有关？"邢斌休假之前一切还好好的，赵瑞对成立债务重组部信心满满，对荣鑫的未来规划更是雄心勃勃。怎么才几天的工夫，一切都变了样子？他左思右想，唯一的变数就只有李堃了。

又是一阵静默。竹叶青的清香四散飘走，邢斌给茶壶续了水，摆弄起他熟悉的工夫茶来。他惯常用这种方式来缓解尴尬，每每都能奏效，不过只对赵瑞有用。

赵瑞喝了口茶，终于平复了情绪，对邢斌点了点头。

"人还在咱们公司纪检委吗？"邢斌试探地问了一句。从赵瑞刚才的表情来看，事情应该在往坏的方向发展。

果然，赵瑞摇了摇头，轻叹一声："公安已经介入了，过几天市纪检委也会介入……"

这绝对不是一个好消息！邢斌不知道李堃藏着多少秘密，但此人的确不是泛泛之辈。回顾自己进入长和公司的一年多，邢斌有好几次都差点栽在这个人手上，现在想起来，还心有余悸。想必这次会牵连出很多"大事"。

"李堃跟集团的几位副总都有秘密往来。"赵瑞突然说道。看得出，他有些紧张。

所谓"秘密往来"，邢斌已猜到是什么事。既然与自己无关，那么他不便多问，也不能多问。

"难道赵瑞也有份儿？"邢斌心中有一种不祥的预感。他没说出口，但脸上的表情已经出卖了他。

"怎么，怀疑我？"赵瑞不知何时变得这样敏感。

邢斌赶忙解释，他不相信赵瑞会参与其中，但作为荣鑫集团的负责人，赵瑞还是难逃连带责任。就算法律上没有责任，作为国企干部，内部处分也是少不了的。所以赵瑞才这样焦急，才一口回绝了邢斌。

"暂时还是不要有大动作。"赵瑞的口吻有些沮丧，但更多的是无奈和迷茫。

"又是一场风波，难道计划又要搁浅？"邢斌自然不愿意就此罢休。他不能等，荣鑫集团也不能等。他相信，赵瑞也不甘愿这样原地踏步。

"其实上市的事也不一定要大张旗鼓地进行，咱们可以先准备。毕竟债务重组的业务刚刚起步，我会把大部分精力投入新部门的建设上。"邢斌凭借对赵瑞的了解，使出了"以退为进"这招。

不过，这一次赵瑞并没有答应他。不置可否的态度对邢斌来说，既充满了希望，又危险重重。然而，他所喜欢的不正是这样的挑战吗？舍得之间，不正是需要抉择吗？

那天之后，邢斌和赵瑞之间似乎达成了某种默契。赵瑞忙于接受公安和纪检委的调查，一轮又一轮。虽然只是连带关系，但依然焦头烂额。而邢斌自从到债务重组部上任后，便向上级推荐了陈涛接替自己在长和公司的职位。"赠人玫瑰，手留余香"的事，邢斌总是乐此不疲。而陈涛也投桃报李，鼎力推进债务重组业务，并积极参与一些债务重组项目，长和公司一跃成为集团的中流砥柱。

不过，筹备荣鑫集团在香港上市的事，一直在悄悄进行。赵瑞会时不时地给邢斌开绿灯，比如调配人手。而兰芝则一直留在香港，一方面经营自己的业务，另一方面和堂弟一起帮助邢斌完成上市的重任。三个人经常开视频会，频繁地进行线上沟通。虽然每次都是因为工作，但能见到兰芝，邢斌非常满足。即便遇到再多困难，只要开个视频会，他就会斗志昂扬，信心满满。

香港，时隔三年，一切如故。

对于邢斌和赵瑞来说，今天是个特别的日子——荣鑫集团终于在香港证交所挂牌上市了。这意味着，荣鑫集团迎来了一个全新的发展时期。

香港证交所楼下的会议厅里，两个中年男人坐在角落的咖啡桌前，以咖啡代酒，互敬一杯。

"终于没辜负你这三年的努力。"赵瑞穿着一身深色西装，身材稍有发福，但精神很好。

邢斌习惯性地扶了扶眼镜框，感慨地道："没有您的支持，我什么也做不了。"

赵瑞也谦虚道："你就别奉承我了，那时候我对你搞上市是持保留意见的。要不是你坚持，恐怕现在咱俩还坐在S城的小酒馆里呢！"

"小酒馆也不错啊，我现在还真想那小酒馆，还有地道的涮羊肉……"

"我也是，别看我在国外待了那么长时间，还是长了个中国胃。而且这几年年纪大了，西餐越来越吃不惯了。"

两人边说边笑，仿佛又回到了那间小酒馆。那是邢斌到长和公司后第一次请赵瑞吃饭的地方。这几年他们俩常去光顾，很多大项目都是在那里吃着火锅喝着小酒酝酿出来的。

"这说着说着，我还真馋了。"邢斌闭上眼睛，仿佛在回味火锅的味道，又好像在回味这一路走来的艰辛。

"我记得你好像还欠我一顿火锅呢！"赵瑞煞有介事地道。

"谁说我欠您的，明明是您欠我一顿。"邢斌故意不认账。

赵瑞急道："给新环材料融资的时候，你可是给我画了好大一张饼。尤其是那次翻车，原材料没了，还得咱们垫付一部分资金再去进货。我为了这事跟集团几位领导吵了好几架，找你请顿火锅过分吗？"

邢斌讪讪地道："事先声明啊，我可从来没说过不请。您这位大忙人整天东忙西忙的，我逮得着您吗？"

"这可是你说的，"赵瑞一本正经地道，"这回来香港，机会难得，你得把这顿给我补上。"

"怎么是我请呢？公司上市这么大的喜事，得您这位老板请客呀！"邢斌故意开他玩笑。

"我请就我请！叫上你那位红颜知己。晚上的宴会，你们俩一个也不能少啊！"赵瑞显得兴致很高。

邢斌不止一次在他面前提起兰芝，尤其是公司准备上市这段时间，很多事情都需要兰芝居中协调，替邢斌省去了不少麻烦。赵瑞早有意请她，只是碍于邢斌的面子。今天这么开心的时刻，赵瑞早就准备好了晚宴，准备犒劳同事、答谢各界友人。兰芝既在犒劳之列，也在答谢之内，必然要出席晚宴的。

邢斌没有推辞，也没有替兰芝推辞。这种社交场合，本就是兰芝最熟悉的地方，也是最能展现她才华的地方。

晚宴如期举行。荣鑫集团初来乍到，在商界没什么名声，有一大半受邀嘉宾都是内地在香港的办事处或分公司的负责人。邢斌和兰芝则代表荣鑫集团宴客。兰芝的风采再一次震慑全场。

赵瑞朝邢斌努了努嘴。虽说兰芝的名字早已如雷贯耳，但今日一见，他也不由得羡慕邢斌："你这位红颜知己真厉害！"

邢斌得意地笑了。

"是为了她吗？"宴会期间，赵瑞主动提起话题。

如今的荣鑫集团已不仅是建筑行业的排头兵，业务更是涉及债务重组、装饰涂料等领域，是一家名副其实的集团公司了。这其中离不开邢斌的努力。原本说好的一年合同，赵瑞一再拖延，如今已拖了三年。之前邢斌已不止一次向他提过离开的打算，看来今天是一个谈话的良机。邢斌看着赵瑞，眼中突然闪过一道光。

邢斌也意识到"时机来了"。他浅浅地笑了，没做任何解释。

赵瑞沉默良久。邢斌对他来说，不只是下属、朋友，更是创业路上的合伙人。虽然荣鑫集团已经如日中天，但老友离去，任谁都会难掩不舍。

"下一站打算去哪儿？"他突然问道。

邢斌顿了顿，感慨地道："打算先休息一段时间，这些年太累了。"

赵瑞深吸了一口气，虽然满腔不舍，但还是诚心祝福老友："是该好好休息休息，将来无论去哪儿，都别忘了公司，我会等着你回来。其实这些年我也想过，你早晚是要离开的，我在公司里给你留了一个独立董事的位置，公司股票的认购书，我发到你邮箱里了，你看看没什么问题，就可以签约。"

"这，这不大合适吧？"邢斌有些诧异。

"没什么不合适的，咱们虽然是国企，但现在是上市公司，允许个人股东加入董事会，这很正常！"

见赵瑞盛意拳拳，邢斌便没有再推辞。

"我就是希望你能时常回公司看一看，我可不想跟你成为对手，有了这层关系，咱们永远在同一个战壕里。"

说罢，两人相视而笑。

香港的夜景格外美丽，而他们内心的景色更加美丽。

50 未来可期

在我们的人生道路上，有时需要变换不同的车道。有时需要换到快车道，有时需要换到慢车道，而有时只需要换到非机动车道。然而，无论顺风还是逆风，只要不停地前进，总会到达终点，甚至在终点开启一扇崭新的大门。

在香港的那一夜，兰芝恰巧听到了邢斌和赵瑞的谈话。其实，她知道邢斌迟早会离开，而现在正是最好的时机。只是她没想到邢斌做决定时，居然这样干脆利索，没半点纠结。

"荣鑫集团能有今天几乎耗尽了你全部的心血，说走就走，你舍得吗？"穿着一袭晚礼服的兰芝，站在邢斌身边，望着繁华的街景，好奇地问。

邢斌憨笑道："我这个人，你还不了解？在一个地方待久了，是要闷出病来的。再说，现在的荣鑫集团已经不需要我了，让我留下来享清福，我可没那种命，过不惯！"

"你是看上我堂弟了，还是看上那位李律师了？"兰芝调侃地道。

"我见了人才就贪心，两个人我都看上了。"一提起这两个人，邢斌就一脸兴奋。他喜欢跟聪明人合作，尤其是跟聪明的年轻人合作。

"看来你是打算把债务重组业务进行到底了！"兰芝笑了笑。她早就看出邢斌有再次创业的打算，只是为了那一句"不负朋友所托"才没能成行。"人家赵总对你那么好，还给你留了独立董事的职位，你还铁了心要走呀？"

邢斌知道她明知故问，便道："你不是一直盼着我走吗？"

"你少来。事先声明，你要是投靠我，我可不要啊！"兰芝故意气哼哼地转过身。

邢斌凑过去，故意逗她："放心吧，我早就筹划好了，新公司专门做债务重组项目，李峰会过来帮忙，哦对了，你堂弟也会来！"

"我堂弟？他来干什么？"兰芝吃惊地道。

"来当债务师呀！"邢斌一本正经地道。

"瞎说，哪有这个职业？"

"怎么没有，我和李峰不是一直在做吗？我们帮新环材料起死回生，又为荣鑫集团做了这么多规划，清理了不良资产，优化了产业结构，又帮助他们上了市。要是不先处理好债务问题，这两家企业也很难发展到今天这个局面。这还不叫'债务师'？"邢斌得意地说道。

"你呀，就会吹。"

两人忽然觉得夏日的晚风格外清凉。

荣鑫集团在香港成功上市后，邢斌又回到了S城。兰芝没有随他回去，但兰芝的堂弟在他的再三邀请下，加入了他的新公司。

邢斌重新创业的消息又一次在S城引起了轩然大波。一时之间，各种各样的猜测、网络舆论甚嚣尘上。

"在国企待不下去了，又出来创业？"

"现在搞什么债务重组，还不是拿别人的钱在玩？"

"说不定背后有人……"

对于这些无端的猜测，邢斌不予理睬。他只管向着自己的理想进发！

新公司成立仪式上，赵瑞、陈涛、老王、老付，还有被他一手提拔起来的王军和田蕊都到场祝贺。令他颇感意外的是，之前的一些老对手也赶来了。

"老邢，还是你行啊，这个年纪还敢创业，佩服，佩服！"

"这不是有年轻人帮衬吗？我往后可是得跟着年轻人往前冲啦！"邢斌果然在不遗余力地推荐两位年轻搭档。他知道，未来是年轻人的，而他也要跟着年轻人的步伐前进。

到了演讲时，邢斌的一番话深深打动了在场的每个人：

"今天我非常高兴。首先，感谢各位朋友、来宾、曾经的竞争对手，百忙之中来参加这个小小的开业仪式。刚才有的朋友在祝贺我，这把年纪了还敢创业。可是我觉得，不是上年纪的人敢创业，而是创业的人上年纪了。"

这一轮自嘲引得一片欢呼。今天的邢斌已经跟在工地上被工人催债的邢经理不一样了，也跟那个被竞争对手挤得走投无路的邢总不一样了。这个上了些年纪的创业者变得平凡又不平凡。他讲话时接地气的样子，像邻家大叔；他创业时果敢决绝的样子，又像极了年轻小伙子。

"他永远都是那个信心满满的邢斌。"田蕊站在人群中，看着台上演讲的邢斌不由自主地出了神——这是她见过的最好的邢斌——一个年纪越来越大，却越活越好的男人！

"我喜欢看美国大片《碟中谍》，男主人公伊森所在的特工小组叫'不可能任务小组'，他们完成的都是在我们看来不可能完成的任务，但伊森用超凡的勇气和智慧完成了一个又一个不可能完成的任务。在创业路上，我们都遇到过不可能完成的任务，你会发现勇气和智慧是成正比的……"

邢斌的演讲还在继续，但这一段却令赵瑞听得格外入迷。

"老邢什么时候变得这么能说了？"他对着身旁的陈涛念叨。

"他呀，一直这么能说，跟您在一块儿，那是收敛着呢！"陈涛不忘调侃邢斌。如今的他们是挚友，更是损友。三个人总在那家火锅店聚会，吃着火锅喝着小酒，谈着工作和人生。赵瑞觉得自己越来越像邢斌了，越来越喜欢那样接地气的氛围了。

"这一次创业，我也不保证能够成功。但我的两位合伙人，两个勇敢的年轻人，还是乐意把他们的青春交给我。所以，我不能让他们白白浪费掉自己的青春，白白挥霍他们的信任，挥霍所有人对我的信任。今天就是重新开始的日子，未来可期，咱们共同努力！"

好一句"未来可期"，邢斌的演讲话音未落，台下已经响起一片雷鸣般的掌声。员工也好，合作伙伴也罢，对邢斌的信任度直线上升，对新公司也是充满憧憬。当然，邢斌并不是一个喜欢听恭维话的人。他在竭尽全力地附和每一位嘉宾，回应每一句恭贺之言，可是他的眼神却骗不了人，他的目光，在一个角落停了下来。

是她！

终于找到她了！

自从田蕊被派到H省后，和邢斌之间就变得疏离了。无论是在荣鑫集团开会,还是在今天这样的庆典上,她总是有意无意地与邢斌保持着距离。

"新部门还习惯吗?"邢斌端起两杯香槟走过去,一杯递给了田蕊。

她怔了怔,接过香槟,露出礼貌的笑容,然后一双好奇的眼睛看向了邢斌:"你怎么知道我换了部门?"

"当主管了,得有个主管的样子。"邢斌笑道。虽然这些年他们联系少了,但田蕊的一举一动都在邢斌的视野范围内。即便他离开了荣鑫集团,还是会有人定期向他汇报田蕊的行踪。

"李峰告诉你的吧?"田蕊下意识地朝四周扫视一圈,像是在找寻李峰的身影。

邢斌点了点头:"怎么还怪起老公来了?"

"多嘴。"田蕊小声咕哝,嘴角却难掩上扬。

"李峰不错,你很有眼光。"邢斌突然语重心长地道。自从田蕊离开他后,他一直希望田蕊能找到一个值得托付终身的人。没想到,她真的选择了李峰。当邢斌得知这个消息时,内心有点嫉妒李峰,但也真心地为他们高兴,尤其是替田蕊高兴。

"得到你的表扬,还真不容易。"田蕊有点负气地道。

"没邀请你来我的新公司,有点失望?"邢斌早就猜出了她的心思,调侃道。

"我现在做的公司风险太大。"邢斌似乎还想解释,但田蕊已经别过脸去。她不是不想听他解释,而是一切无须解释。

"放心吧,我会在荣鑫集团好好干的,争取哪天接陈总的班。"这虽然是一句玩笑,但邢斌坚信田蕊能够做到,而且陈涛也向他透露过要栽培田蕊。

两人忽然都停下来,看着彼此笑了。

"公司里其他人也都挺好吧?"邢斌的话显然是在缓解尴尬。

"还好,"田蕊顺口答道,她突然又想起一个人来,"不过有一个人过得不怎么好,算是报应不爽吧!"

"李垩?"邢斌立刻想到了自己的老对手,"他的问题交代清楚了?"

"原本也不是什么大事,就是聪明过头了,自以为什么事都做得天衣无缝。其实啊,这个世上哪有什么'神不知鬼不觉'的事,只要做过就有痕迹。"田蕊说这句话时，一直盯着邢斌。

邢斌忽然想起了那一年的西南之行，想起了很多……他只能用李堃的事把自己的思绪拉回来："他回公司了？"

"回是回去了，不过丢了官，去了保卫室。"田蕊的口吻反倒有一丝可惜，还有一丝愧疚。其实以李堃的所作所为，即便当初她不向纪委反映情况，接受审查和处分也是迟早的事，只不过她恰恰在那样一个关键时期做了一次导火线。

"他怎么会同意……"邢斌没有说下去。他在离开荣鑫集团之前，就听闻有人想重新启用李堃，可是没能成功。没想到，最后李堃还是回到了公司，而且是以这样的方式。如果换作是他，断然不会接受这样的安排。

"所以说，那是你，不是他！"田蕊把这个消息透露给邢斌，虽然是无心之举，但不得不说，当年的事情还是给她留下了心结。

那天之后，邢斌偶然遇到了李堃。两位昔日宿敌的见面，居然成了一场老友重逢。这大概连邢斌和李堃自己都没想到。

"老李？怎么是你？"公司门口一道熟悉的身影闪过，邢斌一眼便认出了李堃。

"我，我就是路过。"李堃见邢斌走过来，便谎称自己是路过。

"好久没见了，你最近怎样？之前的官司怎么样了？"邢斌故意问道。

"还行吧，我就是路过。"李堃显得有些局促，眼神不停地躲闪。

邢斌大概猜出了他的来意，便主动道："进来看看吧，我们公司刚成立，百废待兴，正是需要人手的时候。"

"我，我有工作了。"李堃突然一阵脸红，磕磕巴巴地道。说罢，转身就要走，被邢斌拦了下来。

"老李，你还跟我客气呀？"邢斌大方地邀请他，"我这儿的工作也不是太好，就是整理档案，负责接待。当年在公司里，你的文笔可是有口皆碑呀，这是嫌我的庙太小？"

"没有，没有，我……"李堃的脸更红了，他原本以为自己会无所谓，可没想到，当邢斌说出那句话时，他还是恨不得找个地洞钻进去。都怪自己当初太过分了，如今想再回头却如此之难。他只恨自己是个没骨气的人……

"犹豫什么呀，来吧！算是在我这补差了，老王也在，大家都是老熟人，工作起来也方便！"邢斌热情地叫来了老王，还有李堃认识的几个人，大家一阵寒暄，完全没把之前的种种当回事。

在老王等人的游说下，李堃也不再坚持，同意留下。对于邢斌来说，这无疑是一桩好事。毕竟李堃还是有自己的人脉和经验的，只要用对地方，就能发挥重要作用。再一次开启创业之旅的邢斌，有了海纳百川的胸襟。这样的未来，真的令人期待。

新人才、新项目、新市场，全新的一切等待邢斌去开拓。对于创业者来说，这是多么鼓舞人心的时刻。而邢斌却没有以往的兴奋，因为他在等生命中最重要的那个人。没有她，再大的成功都会黯然失色，没有她，生活只剩下了寂寞……

可是，从新公司成立起，她一直没有出现。邢斌明白，她有她的事业，而自己也许并不是她唯一的选择。

日子一天一天过去，邢斌的公司渐渐步入正轨。就在他习惯了等待的时候，在一个平常的早上，阳光明媚，云淡风轻，邢斌走到楼下，猛然抬头时，一个熟悉的女人站在光晕里，她说：

"不知道你的未来里，有没有我？"

后 记

笔者在写作过程中,因为一边写作一边参与项目实施,期间曾经拜访了不少债务筹划和资本运作方面的专家,也曾经与他们并肩作战。这里梳理了一些我们之间的对话,以飨读者,希望能给予读者一些帮助和指引。

作者采访实录

问:这本书的书名为什么是《债务师》?

答:人一生的活动都与债有关,有钱债、情债等各种债。在经营中,企业扮演着多重角色,往往既是债权人,又是债务人,合理负债还可正常经营,但若债务结构不合理,没有处理好债务问题,债务就会成为压垮企业的最后一根稻草。所以说,很多企业老板可能是好的经营者,但往往不是合格的债务管理者。这几年,很多企业为债所困,这本书是我创作的债务系列小说中的第三本,是企业老板应对和处理企业债务危机,并最终实现使命的故事,主人公心中有一个使命,那就是让企业不为债所困,所以这本书叫《债务师》。希望企业经营者能透过本书看到自己企业的问题,能够重视债务问题,不要麻木、回避,要学会积极应对,找到方法,找到同行者,给自己和企业保驾护航。

问:从书中可以看出您在债务方面的经历不少,也成功解决了不少债务危机,您能否简单介绍一下企业处理债务基本的方法。

答:好的。处理债务危机有一套方法,因篇幅原因,这里只能片段式介绍一二,比如邢总刚进入企业时进行的望闻问切,就是诊断的第一步,如同医生看病,要知道病因才好开药方,当然前提是患者要毫无保留地把病因说出来,保留和遮遮掩掩是不行的,最后是采取中医疗法还是西医疗法，是做小手术还是大手术，需要因人因企而定。

应对债务危机就要涉及改革，不破不立——破原来的思想，破原来的舒适圈子，破麻木不仁的状态——从老板开始，怎么破是个学问。当局者迷旁观者清，在债务面前，很多企业老板容易被债务所困，不敢面对数字，怕看到真相，对自己的企业没有做到了如指掌；还有一些企业老板看到了数据，却因日常事务的牵绊，加上缺乏经验、没有专业的团队而放弃。所以，我认为企业有必要和专业的人合作来解决问题，术业有专攻嘛！另外，根据债务规模，企业内部也可以专门成立一个部门处理债务问题，统一协调处理企业内外部与债务相关的事宜。

问：您能给读者介绍一下您现在是如何做这块业务的，以及大家如何互通有无、相互学习吗？

答：近年来，为债所困、所累的大小企业比比皆是，我认为有义务、有必要写出自己的故事，希望能给有未雨绸缪、防患于未然意识的企业老板一些警醒，给那些已经陷入债务困境的老板一些帮助。现在，我们已经推出几个课程：

"企业债务筹划"，这个课程是为了让公司高管统一思想，学习一些方法，通过学习，协助企业和老板未雨绸缪，在面对危机时能团结一致，制订出一套适合企业解决危机的方案，当然，这也是企业的必修课。这个课程尤其适合企业核心高管学习，以防止危机来临时企业老板成为孤家寡人，求助无门。

"老板健康管理"，一些老板为债所困，心情郁闷，没有渠道倾诉，也不敢随便和别人说，身体和心理健康都受到严重影响，难免影响企业发展，所以我们推出了这个课程。作者这些年一直从事债务管理工作，经历过与债相关的全过程，且愿意与老板交心，成为老板的朋友，倾听老板的难处，为老板出谋划策，帮助老板疏导情绪和进行健康管理，让企业和个人都更健康、更安全。

"老板故事系列"，这个课程主要针对有故事的老板。他们想分享自己的故事，可苦于没有时间或不会写而无法实现，我们可以帮助他们整理并写出来，把他们的经验教训、得与失分享给大家，这也算是我们做的有意义的一件事情吧。

以上课程，我们会采取灵活机动的方式，根据企业需要采用合适的方式授课。

最后，给所有看到本书的读者道声感谢，因为有你们的一份爱心传递，让我们多了一份责任与守护。因本人不是专业作家，只是一个爱好写作和分享的业余写作者，水平有限，写得不到位、不精彩地方，还请大家给予理解，非常感谢！

愿意和作者沟通的读者可添加作者微信：taijiweichang。

尾声问答 1

1. 您好，贵所作为一个知名度很高的律所，您能否简单介绍一下贵所？

北京市盈科律师事务所是一家全球化法律服务机构，总部设在中国北京。截至 2021 年 11 月份，盈科在中国大陆拥有 99 家分所，是"全球首家单体突破 10000 名律师的律师事务所"。盈科是联合国南南合作全球智库五大创始机构之一，是 2018 年至 2020 年"一带一路·健康之路"十佳律师事务所之一……盈科的荣誉不胜枚举。

盈科设立了盈科律师研究院、盈科律师学院、30 个全国专业委员会、11 个综合性法律中心，各分所共设有 800 多个专业部门。通过不同专业、不同国家律所之间的合作，盈科已能满足客户在各个法律领域、全球各个地域的法律服务需求。

2. 请简单介绍一下您本人！

我 1988 年毕业于中国政法大学，本科毕业后回到太原市某级人民法院担任审判员，1995 年的时候担任了经济庭的庭长，山西第一个国有企业破产重组案（山西毛纺厂破产案）就是在我们庭审结的。1998 年我借调到最高人民法院任职一年，1999 年在深圳市某级人民法院任职。2003 年我从法院系统辞职，自己开办过公司，去某国企担任过副总，也做过多家资产管理公司的法务总监。正是这些工作经历让我和破产重整业务结下了不解的缘分。在 2017 年到 2019 年这两年，我走访了河北、山西、山东等地的地方百强企业，这段经历让我更加深刻地了解到地方企业的发展困境，知道了民营企业实控人的心酸，同时也探索出一套对具有拯救价值的企业的纾困方案。

3. 您可以简单介绍一下是什么样的纾困方案以及什么类型的企业可以使用这套纾困方案吗？

我先讲讲什么样的企业适合吧，我认为，只要还有拯救价值的企业，就可以适用我提出的纾困方案。大部分企业出险的主要原因是经营不善导致债务爆发，有的企业债务爆发的微观原因是银行停止续贷，有的企业债务爆发的微观原因是深陷互保链而被其他出险的企业拖累。虽然这些企业的账户被冻结，可拍卖、变卖的资产已经被拍卖或者变卖，能抵押的资产也早已抵押给银行，但是只要这些企业的主要业务还在，恢复生产经营后还可以盈利，盈利后债务偿还率远远高于破产清偿率，那这个企业就可以运用这套纾困方案。

我要说的这套纾困方案就是债务企业"自我重整＋共益债＋留债"的破产重整模式。

4. 这个模式还是挺新奇的，可以具体介绍一下吗？

债务人企业进行自我重整，不对外寻找重整方。为什么不对外寻找重整方呢？从外部环境看，很难找到合适的重整方，自己的烂摊子，他人只有在知根知底的情况下才会接盘，这种外部企业少之又少；从内部情况看，债务人企业的原有股东、实际控制人是最了解企业的人，他们创办了企业，让企业得到发展，又让企业陷入困境，可能每天晚上睡觉前想的都是自己出了什么问题把企业搞成这样。让了解企业的人来重新拯救企业，再好不过。

有的人会说，那还有旁观者清一说，企业原有的股东都把企业搞垮了，他们还有什么门路拯救企业？自我重整的道路上自然是要有思路清晰的"旁观者"来为债权人把关，那就是我接下来要说的"共益债"引入者——重整管理人。

重整管理人就是企业的引路者，企业想自我重整，有好的项目、好的业务，但是缺钱开张，房地产企业没有钱交土地出让金了，矿产企业没有钱继续申请采矿证了，化工企业欠员工几年工资导致员工罢工了，等等。企业想要恢复经营就需要资金，此时，管理人可以为企业引入共益资金，用于解决这些开工前的问题。共益资金的属性在法律上是有明确规定的，也被称为"共益债"。我们盈科律所和多家资产管理公司达成共识，对我们所担任管理人的案件可以为我们提供共益资金。而且，共益资金在金融圈也逐步发展成为一种金融产品，是金融机构一种创新的增量业务。

再说企业留债，这是无法避免的，巨额的债务根本无法在短时间内还清，留债成为一定。留债期限需要给债务人企业做压力测试后才能确定，比如通过测算要知道企业每年盈利多少，欠款多少，盈利有多少比例能够用于偿还债务，等等。

5. 您说的重整就是《企业破产法》规定的重整吗？现在很多企业其实是不愿意破产的，怎么能说动他们用这种方法拯救企业呢？

首先，现在已经不是谈"破"色变的年代了，据估计，2016年至2019年全国破产案件数量为新中国成立后的破产案件数量之和；2020年至2021年11月全国破产案件数量为2016年至2019年破产案件数量之和。大量的企业愿意以破产方式解决企业问题。现在的趋势是，明白破产重整程序是拯救企业最佳方式的企业家，都着急要走这个程序，只不过各级法院担心案件量"井喷式"爆发而对立案更加严格和放缓了。还看不懂破产、看不懂重整的企业家只会拖垮自己的企业。这些建立过企业帝国的企业家们不应抗拒一种名字听起来很恐怖但是却很有用的办法。既然那么多的大企业、知名企业都以重整方式拯救自己了，为什么企业家们还是要把重整模式拒之门外呢？

其次，只有把企业放入破产重整程序中，才能查明白企业所有的债权债务关系，才能把企业摆在明面上进行"手术"救治。也只有进入重整程序，管理人才能以管理人的名义为企业引入共益资金。一个债台高筑、资产全部被抵押的企业如何能以企业的名义再借到钱呢？

最后，重整并不是要企业"躺平"，不是要企业真的破产到全部"凉凉"。重整只是解决债务人企业问题的法律程序，债务人企业必须要通过法律程序对自己的债务作出最终处理，是偿还多少，何种方式偿还。如果无法全部清偿，是需要在重整计划草案里明确表示的，乱七八糟地走进重整程序，干干净净地走出重整程序，给企业一个向死而生的机会。

6. 本书的最后，您还有什么话对企业家们说的？

尊敬的企业家们，尤其是因为债务问题已经被限制高消费、列入最高院黑名单的企业家们，企业落败不可怕，可怕的是没有信心去重建它。去了解我说的或者其他人说的重整模式，大胆地作出决策，拯救企业。

谢谢！

盈科全国破产与重组法律专业委员会主任

师文律师

尾声问答 2

笔者：孙总好，听说您是做债务重组的专家，想请您分享一下对债务重组的理解。

孙总：炜昌兄太客气了，专家谈不上，但有一定了解。债务对很多人来说是一个沉重的话题，但也是一个哲学命题。人生都是在欠债，一出生我们就欠下父母生育之恩的债，所以我们要奋发图强让父母以我们为荣。一个企业甚至一个国家都是因为要发展壮大，所以把未来的收益通过债务的方式转移到当下运用增值。因此，面对债务我们要理性分析，重组的过程就是把不良的债务重新组合，重新加入新的元素（如价值和信用等），让其成为良性的债务，成为良性资产的一部分。

笔者：对处于困境中的企业如何脱困，有什么好的方法吗？请孙总简单介绍一下。

孙总：企业在发展过程中，处于困境是常态，走出困境的过程就是企业发展的过程。企业的困境主要体现在三个方面，依次是人才、资本、项目（战略目标）。根据主要的问题点，来对症下药。比如一家公司经常缺现金流，那么可以从CFO和资本设计方面进行修正。

笔者：什么样的企业在什么时期需要做债务筹划？

孙总：一家企业在开始做3年、5年、10年规划时就要启动债务规划和设计，想办法拓展更多的工具和通道来良性运筹债务资产。

笔者：您这方面的成功案例不少，能否给读者分享一些心得（鉴于保密考虑，企业名称可以保密）？

孙总：债务重组一直是企业发展壮大的伴生品，既然是不可避免的，那么我们就要理性看待。任何经济体都是围绕资源——资本——资产——资金的螺旋形循环的，而循环的背后就是价值和信用的背书。因此，拓展思维，紧盯核心，定长期战略，用好用对人才，把发展的关键节点提前预判并加以备份方案，就一定会化危机为机遇。债务重组就像环境变化一样，让企业不断地适应不断变化的环境，——通则变、变则通、通则久。愿企业家都能够做到有备无患，基业长青。

笔者： 孙总，能否简单介绍一下贵公司对债务重组公司的要求以及您公司的情况？以便有需求的读者能找到您。

孙总： 债务重组公司需要企业家及企业的核心团队积极主动配合，放下包袱，用包容的心态，导入外部智慧和外部资本力量，这样才能化腐朽为神奇。柏君咨询是维尔斯国际旗下针对政务债务重组、企业债务重组及资产重新配置的专业机构，与国内外知名券商和基金公司都有合作。有需求的读者可以发邮件给我：Mike66@139.com。

柏君咨询 孙红亮